ECHO UIT HET VERLEDEN

D1134475

Marcia Muller

ECHO UIT HET VERLEDEN

Vertaald door Hans Kooijman

Uitgeverij Atlas – Amsterdam / Antwerpen

Voor Virginia en William Campbell Gault

Uitgeverij Atlas maakt deel uit van Uitgeverij Contact

© 1991 Marcia Muller
© 1993 Nederlandse vertaling: Hans Kooijman
Oorspronkelijke uitgave: *Where Echoes Live*, The Mysterious
Press/Warner Books, Inc., New York
Omslagontwerp: Gebrs. van Dalen
Omslagillustratie: ABC Press
Foto auteur: Charles R. Lucke
Typografie: John van Wijngaarden

ISBN 90-254-0377-8
D/1993/0108/682
NUGI 321
CIP

Hoewel Tufa Lake en Promiseville denkbeeldige lokaties zijn, heeft de schrijfster zich laten inspireren door Mono Lake en Bodie. Ze wil haar dank betuigen aan al degenen die zich onbaatzuchtig inzetten voor het behoud van zulke natuurlijke en historische schatten.

Haar bijzondere dank gaat uit naar Collin Wilcox en zijn Citabria 11659 voor hun waardevolle hulp.

1

Tufa Lake, Californië

I

Tufa Lake ligt in de hooggelegen woestijn van noordoostelijk Californië, op slechts enkele kilometers van de grens met Nevada. Het land is daar vulkanisch gevormd; het bekken van het meer wordt aan drie kanten omringd door donkere basaltheuvels en aan de vierde kant ligt een keten van puimsteen en met as bedekte kraters. Het meer wordt van de heuvels en de puimsteenketen gescheiden door een alkalische vlakte die is bedekt met alsem en mos, en de spookachtig witte tufsteentorens die daar staan als stille getuigen van de hebzuchtige wijze waarop de mens zijn omgeving misbruikt.

Deze knobbelige torens van verkalkte vegetatie zijn gecreëerd door mineraalrijke ondergrondse bronnen en lagen eens volledig onder water. Ze zijn geleidelijk bloot komen te liggen doordat de aanvoerstromen van het meer zijn afgetapt ten behoeve van de waterleidingen en zwembaden van Zuid-Californië. De vlakte is bezaaid met honderden van deze torens en andere vormen eilanden in het water waar de meeuwen, futen en plevieren nestelen, broeden en zich te goed doen aan de zoutwatergarnalen die daar in overvloed voorkomen. Meestal is het water waaruit ze verrijzen griezelig roerloos en het weerspiegelt de veranderlijke kleuren van de woestijnhemel.

Hoewel de stad Vernon aan de oever van het meer ligt en er vlakbij een verkeersweg loopt, heerst hier diepe stilte. Als je aan de rand van het water staat, kun je je gemakkelijk voorstellen hoe het hier honderd jaar geleden was, of hoe het over honderd jaar zal zijn. En als een meeuw schreeuwt en steil naar de zon omhoogvliegt, wordt het geluid als dat van geweerschoten door de omringende heuvels weerkaatst.

Dit is een plaats waar tijd niet bestaat – een plaats waar echo's wonen.

Ik wendde me van het meer af en liep de rotsachtige helling op naar het bungalowparkje dat bestond uit zes kleine huisjes en het grote huis van de eigenares. Ze waren opgetrokken uit donkerbruin hout, hadden groene kunststofdaken en -blinden en lagen half verscholen in een bosje populieren en wilgen. De snelweg liep langs het bungalowparkje en werd aan de andere kant begrensd door een steile heuvelhelling. De diepe glooiingen van de helling waren dicht begroeid met espen met gele bladeren zodat het leek alsof er goudaders waren opengebarsten en leeggestroomd. Hoewel het warm was toen ik een uur geleden aankwam – veel te warm voor eind oktober en deze hoogte – was de zon nu achter de hoge bergtoppen weggedoken en er hing een uitgesproken kilte in de lucht.

Ik liep het trapje van de meest linkse bungalow op, stak de veranda over en ging naar binnen. De kleine woonkamer zag eruit zoals die van alle rustieke zomerhuisjes op het platteland. Het meubilair bestond uit een rotanbank, stoelen waarvan de gebloemde kussens waren verkleurd en geplet, een dikbuikige houtkachel in een hoek en een eethoek van formica en metaal die voor de keukendeur stond. De geur was ook hetzelfde: muf door droogrot, oude kookluchtjes, uitgebrand haardvuur en ouderdom. Ik liep naar een van de ramen die op de veranda uitkeken en trok het omhoog. Het kreunde vermoeid en daarna begon een licht naar vis ruikend, maar fris briesje naar binnen te waaien.

Toen ik me omdraaide zag ik Anne-Maries briefje van de koffietafel naar de vloer dwarrelen. Ik pakte het op en las het opnieuw: 'Ben naar Lee Vining gegaan om met een paar mensen van het Mono Lake-comité te praten. Ben omstreeks 16.30 uur terug. Zie je dan in Zelda.'

Ik moest erom glimlachen dat mijn vriendin er geen adres bij had gezet en evenmin had toegelicht wat Zelda was. Ze ging er zonder meer van uit dat een privé-detective dat zelf wel kon uitvissen in een stadje dat nog geen tweehonderd inwoners en maar weinig straten had. En het maakte ook niet uit dat ze de moeite niet had genomen, want ik had het restaurant eerder op de middag, toen ik door Vernon reed, al gezien.

Hoewel het pas even na vieren was, besloot ik bij het kantoor waar Anne-Marie werkte langs te gaan voor het geval ze vroeg was teruggekomen. Als dat niet het geval was, zou ik een beetje gaan rondkijken. Ik schoof het gordijn voor het poortje dat naar een van de beide slaapkamers van de bungalow leidde opzij, pakte mijn favoriete groene sweater uit mijn weekendtas en trok die aan in plaats van het dunne T-shirt dat ik droeg. Nadat ik mijn haar geborsteld en het weer in een paardestaart gebonden had, pakte ik mijn tas en mijn autosleutels en liep de helling af naar mijn MG die voor de grote bungalow stond.

Mevrouw Wittington, de eigenares van Willow Grove Lodge, snoeide een paar chrysanten die in een halve ton naast de deur van haar huis groeiden. Ze zag me, richtte zich op, duwde een vuil baseballpetje van haar voorhoofd naar achteren en liet de hand waarin ze de schaar had op een vlezige heup rusten. Toen ze naar me glimlachte, rimpelde haar gebruinde gezicht vriendelijk.

'Alles in orde met het huisje?' vroeg ze.

'Ja hoor, prima.'

Ze knikte tevreden. 'U zult hier in de buurt geen betere en zeker geen schonere huisjes vinden dan de mijne. En buiten het seizoen zijn ze spotgoedkoop. Uw vriendin was heel tevreden met de regeling die we hebben getroffen. Natuurlijk was ik blij dat ze kwam. Als die mensen er een advocate bij halen, wil dat zeggen dat ze serieus van plan zijn te voorkomen dat dit gebied naar de knoppen gaat.'

'Die mensen' waren de Californische Coalitie voor Milieubehoud. Mijn vriendin en ex-collega, Anne-Marie Altman, had voor onbepaalde tijd verlof genomen bij het advocatencollectief All Souls in San Francisco om als hun belangrijkste juridische adviseur op te treden.

Ik zei: 'Ik dacht dat het probleem van het aftappen van de watertoevoer naar het L.A.-Basin bijna was opgelost, net als bij Mono Lake.'

'O zeker. De staat gaat waarschijnlijk L.A. betalen voor het water dat ze van ons wilden stelen.' Ze snoof minachtend. 'Nee, dat is het grote probleem niet meer. Het is nu de goudwinning.'

'Goudwinning?'

'De kant van Stone Valley op.' Ze gebaarde met de snoeischaar naar het oosten, naar Nevada. 'Er was daar aan het eind van de negentiende eeuw een stad die zich heel snel ontwikkelde – Promiseville. In de jaren twintig is de stad weggekwijnd. Sindsdien zijn er altijd een paar goudzoekers in de vallei geweest, hoofdzakelijk mensen die eigenlijk alleen maar met rust gelaten wilden worden. Maar nu heeft een of ander buitenlands bedrijf de rechten op de winning van mineralen in handen gekregen en het wil daar op grote schaal gaan delven.'

'En de mensen hier willen dat niet?'

'God, nee. Beseft u wat dat voor dit gebied zou betekenen? Het lawaai. De technologie die ze gebruiken – ze zouden de lucht vergiftigen. Ze zouden vernietigen wat God heeft geschapen. Al heel snel zou het niets meer uitmaken of we de strijd om het behoud van het meer voor de vogels en de mensen die ervan houden, zouden winnen. We zouden met lege handen achterblijven en een stelletje vervloekte buitenlanders zou het goud hebben.' Ze keek om zich heen en vertrok haar gezicht in treurige rimpels. 'Ik bid iedere avond dat het niet zal gebeuren, maar ik weet niet zeker of de Heer me hoort. Zou het geen gotspe zijn als we het water zouden redden en al het andere zouden verliezen?'

'Absoluut,' stemde ik met begrip voor de ironie van de situatie in.

Misschien was de verrassingsaanval van het buitenlandse goudwinningsbedrijf de reden dat Anne-Marie me had gevraagd dit weekend hier te komen. Tijdens het enigszins gehaaste telefoongesprek dat ze gisteren, donderdag, met me had gevoerd, had ze alleen gezegd dat er daar een paar dingen gebeurden die haar zorgen baarden en dat ze zich beter zou voelen als ik er een onderzoekje naar zou doen. Toen ik haar antwoordde dat ik alleen het weekend voor haar beschikbaar had, omdat ik al mijn vrije dagen al had opgenomen, lachte ze en zei: 'Ik weet zeker dat je baas voor mij wel een oogje wil dichtknijpen als ik je na zondag nog nodig mocht hebben.'

Ik wist dat ook zeker, want Hank Zahn, formeel mijn baas bij All Souls, is toevallig Anne-Marie Altmans echtgenoot.

Mevrouw Wittington keek me verwachtingsvol aan, alsof ze hoopte dat ik haar enigszins zou kunnen geruststellen. Ik zei: 'Ik ben er zeker van dat de Coalitie niet zal toestaan dat Tufa Lake wordt vernietigd na alle moeite die ze hebben gedaan om het te redden.'

'Goeie bedoelingen...' Ze haalde haar schouders op en ging verder met het snoeien van haar chrysanten. 'Als u in het huisje nog iets nodig mocht hebben, hoor ik het wel.'

Ik bevestigde dat en liep naar mijn MG.

Ik had de rode MG al jaren, al sinds ik bij All Souls was gaan werken. Hij zag er nog net niet aanstootgevend uit, maar in september had ik als verjaardagscadeau aan mezelf de motor laten reviseren. De reis naar Tufa Lake was de eerste lange rit die ik sindsdien had gemaakt. Ik had de hele weg – van de Bay Area naar Stockton, door de vlakke Central Valley, de heuvels aan de voet van de Sierra Nevada en door Yosemite National Park – zorgvuldig in de gaten gehouden hoe de kleine auto zich hield. De revisie was de moeite waard geweest, had ik geconcludeerd, terwijl het geen zin zou hebben gehad de carrosserie te laten opknappen en spuiten. In mijn werk is het beslist een risico een mooie, opvallende sportauto te hebben.

Ik reed de snelweg op en sloeg twee kilometer verder linksaf naar Vernon, op de plaats waar de heuvelkam naar het oosten kronkelt waardoor de strook vlak land tussen de heuvels en de oever van het meer breder wordt. Aan de rand van de stad passeerde ik een caravanterrein en een groepje verspreid liggende kleine, grotendeels geprefabriceerde huizen. Daarna verschenen er aan weerskanten van de weg bedrijfjes: een paar benzinestations, een avondwinkel, een wasserette, een afhaalpizzeria en een hotel dat dit jaargetijde gesloten was. Onverharde weggetjes met nog meer huisjes erlangs kronkelden zich naar de heuvels en een kerk met een witte toren lag half verscholen aan het eind van een ervan. Voorbij de werf van een botenverhuurbedrijf aan de rand van het meer stak een landtong uit in het water en daar lag Zelda – cocktails, steaks en visgerechten. Voorbij de landtong was een soort industrie- en zakencomplex met onder andere een assurantiekantoor, een boekhoudservice, een boorbedrijf en een makelaardij in onroerend goed die waren gehuisvest in buitenmaatse caravans die lukraak op een groot geplaveid terrein waren neergezet. Ik liet de MG in de berm achter en ging de caravan zoeken die als tijdelijk hoofdkwartier van de Coalitie voor Milieubehoud dienstdeed.

Hij was gemakkelijk genoeg te vinden want een banier met het embleem van de Coalitie, een fel oranje Californische papaver, hing van het dak naar beneden. Een oude Morgan in perfecte staat stond ervoor geparkeerd. De Subaru van Anne-Marie was nergens te zien, maar ik besloot toch naar binnen te gaan en naar haar te vragen. Toen ik naar de caravan liep, hoorde ik echter binnen luide stemmen. Ik kon niet verstaan wat er werd gezegd, maar de stemmen klonken boos. De deur werd opengesmeten en een vrouw kwam zó snel naar buiten dat ze haar evenwicht verloor en de trap af struikelde.

Het was een kleine vrouw van tussen de vijfendertig en veertig jaar die een spijkerbroek van grove stof, werklaarzen en een dik wollen overhemd droeg. Haar bruine haar was kortgeknipt en haar ronde gezicht was gebruind en verweerd door het buitenleven. Ondanks haar geringe lengte sprak er een pezige kracht uit de manier waarop ze zich aan de trapleuning vastgreep en zich oprichtte. Ze draaide zich snel naar de nog openstaande deur om, hief haar gebalde vuist en schreeuwde: 'Vuile klootzak!'

Er verscheen een zeer lange, magere man met krulhaar in de deuropening die geamuseerd naar haar keek. Hij zei: 'Lily, je begint je naar mijn smaak een beetje te beschaafd te gedragen.'

'Krijg toch de klere, rottige bomenfanaat.'

De man schudde zijn hoofd. 'Daar begin je me alweer te vleien.'

De vrouw beefde van woede. Ze stampte met haar gelaarsde voeten, draaide zich toen om en beende over het terrein naar de weg. Terwijl ze langs me liep, hoorde ik haar mompelen: 'Vuile godvergeten rotschoft!'

Toen ik weer naar de caravan keek, stond de man nog grijnzend in de deuropening en hij zei tegen me: 'Je moet wel bewondering hebben voor haar beheersing van de Engelse taal.'

'Eh, ja. Wie is ze?'

'Mevrouw Lily Nickles. Lily de Tijgerin noemen ze haar.'

'En wat had dat allemaal te betekenen?'

'Niet veel. Lily is gewoon een beetje... strijdlustig. Als je haar een beetje beter kent, besef je dat ze maar doet alsof. Ze heeft het idee dat een goudzoeker stoer moet zijn.'

'Is ze goudzoeker?'

'Ja, Lily is de volhardendste goudzoeker van Stone Valley.'

Ik keek naar de weg. Lily stapte in een stoffige, geelbruine jeep die een paar meter van mijn auto vandaan geparkeerd was.

De man vroeg: 'Zoekt u iemand?'

'Anne-Marie Altman.' Ik liep naar de trap. Van dichtbij zag ik dat hij ongeveer van mijn leeftijd was en met zijn arendsneus en hangsnor was hij op een bepaalde manier aantrekkelijk. Zijn

14

donkerblonde haar krulde over de kraag van een suède jasje dat betere tijden had gekend – maar dan wel heel lang geleden – en zijn bruine ogen hadden een intense uitdrukking die bij zijn scherpe profiel paste.

Hij grijnsde weer. 'U moet haar vriendin de privé-detective zijn. Sharon McCone, klopt dat?' Toen ik knikte, voegde hij eraan toe: 'Anne-Marie is nog niet terug uit Lee Vining.'

'Dat dacht ik wel.'

De man kwam de caravan uit, sloot de deur en deed hem op slot. Terwijl hij met lange stappen van de trap liep, vroeg hij: 'Weet u dat Anne-Marie u in Zelda wil treffen?'

'Ja, ze heeft in de bungalow een briefje voor me achtergelaten.'

'Mooi. Ze wil u onder vier ogen spreken. Na het eten treffen we elkaar allemaal hier.'

'Allemaal?'

'Nou ja, u, zij, ik en Ned Sanderman. Verder is er niemand van de Coalitie die hoeft te weten wat we bespreken.'

Een vreemde formulering, dacht ik. Het leek wel alsof het een operatie van de geheime dienst betrof. 'Kunt u me er niet vast niet wat over vertellen?' vroeg ik.

'Anne-Marie hoort u eigenlijk te informeren. Bovendien had ik vijf minuten geleden al een afspraak.' Hij begon met lange soepele passen naar de Morgan te lopen.

'Hé,' riep ik, 'hoe heet u?'

'Heino Ripinsky.'

Jezus, dacht ik, geen wonder dat hij zich niet heeft voorgesteld!

Ripinsky was kennelijk gewend aan reacties zoals de mijne, want hij bleef naast de auto staan, draaide zich snel om en stak zijn wijsvinger naar me uit. 'Lach niet,' waarschuwde hij. '*Waag* het niet te lachen!'

Ik beheerste het trillen van mijn mondhoeken en spreidde mijn armen. 'Ik? Waarom zou ik dat doen?'

Hij lachte toen en stapte in. Boven het lawaai van de motor uit schreeuwde hij: 'Noem me maar Hy.'

De auto reed met loeiende motor richting snelweg en terwijl ik hem nakeek, zag ik een sticker op de achterbumper met de tekst: Tufa Lake is voor de vogels.

Wat kan ik nog meer verwachten? vroeg ik me af. Ik was hier

pas iets langer dan een uur en had al drie redelijk excentrieke mensen ontmoet. Ik begreep zelf ook niet precies waarom ik vasthield aan het grotendeels misplaatste idee dat mensen in kleine stadjes gewoon zijn. Ik had behoorlijk wat tijd in zulke plaatsen doorgebracht en ik had gemerkt dat de inwoners ervan precies even vreemd waren als die van grote steden.

Ik keek op mijn horloge en zag dat het pas tien over halfvijf was. Ik zou de komende vijftig minuten voor toerist spelen en daarna met Anne-Marie gaan eten en geïnformeerd worden over deze kwestie die zo ernstig was dat slechts vier mensen hoefden te weten waarom het ging.

2

Het gebied dat ik het eerst wilde verkennen, was de alkalivlakte aan de zuidkant van het meer waar de tufsteentorens stonden. Ik stopte bij het benzinestation tegenover het zakencomplex om de weg te vragen en volgde de snelweg ongeveer zes kilometer de stad uit tot ik bij een onverharde zijweg zonder naamsaanduiding kwam die naar het oosten liep en zich in een lus om de met as bedekte grijze kraters slingerde.

In een recent nummer van een Californisch reismagazine had ik gelezen dat hier op de plaats waar deze 'vuurbergen' staan, zoals de bijnaam luidt die geologen ze hebben gegeven, de kans het grootst is dat er in de komende vijfig jaar een uitbarsting zal plaatsvinden met de omvang van de ramp met de Mount Saint Helen in 1980. Een waarschuwing tegen potentiële vulkanische activiteit die in 1982 werd gegeven door de *U.S. Geological Survey*, wekte veel protest, vooral van de kant van zakenlui, en de dreiging van een uitbarsting waarvan de omvang en het tijdstip niet voorspeld kunnen worden, hangt als een donkere wolk boven de kraters.

Na ongeveer anderhalve kilometer draaide de weg weer naar het noorden en eindigde ongeveer honderd meter van de oever van het meer vandaan in een rotsachtige verbreding. Ik liet de MG staan en ging te voet verder. De grond was hier bedekt met een wit poeder dat fijner was dan zand. Mijn gymschoenen deden er kleine wolkjes van opstuiven en al snel waren de pijpen van mijn broek bedekt met stof. Ik kon het meer nu ruiken; het verspreidde een visachtige geur met een scherpe, maar niet onaangename bijgeur. Er was een kille wind opgestoken die het water deed golven. Behalve ik leek er niemand te zijn, hoewel ik vaag het lage gebrom van een auto op de onverharde weg kon horen.

Voor me uit doemde een versteend woud van verwrongen,

surrealistische vormen op. Sommige stonden in hun eentje terwijl andere met elkaar verstrengelde groepen vormden en hun knobbelige vertakkingen verhieven zich in de lucht. Hun hoogte varieerde tussen de tweeëneenhalve en drieëneenhalve meter en de ondergaande zon wierp er roze en goudkleurige vlekken op. Er omheen stonden groepjes droge planten waar eekhoorns tussendoor schoten. De koude wind deed de alsem en de distels ritselen, blies kleine witte zandhozen op en floot en kreunde in de spleten en holten van de torens. Het tufsteen was precies zo mooi als ik had verwacht, maar ook grotesk en angstaanjagend. Ik voelde een huivering over mijn rug lopen die weinig met de wind te maken had.

Als een kind dat in een sprookje een betoverd bos binnengaat, begon ik tussen de tufstenen torens door te lopen. Toen ik een platte, gnoomachtige formatie aanraakte, schuurde het verkalkte oppervlak ervan over mijn huid. Ik trok snel mijn hand terug, alsof ik me had gebrand en lachte toen om mijn overtrokken reactie. Het geluid van mijn lach werd van alle kanten naar me teruggekaatst. Het klonk hoog, hol en veel te luid in de diepe stilte.

Spoedig bereikte ik de oever. De zon was snel achter de westelijke heuvelkam weggezakt en het water had nu een diep indigoblauwe kleur met vage roze strepen. Watervogels die zich in het invallend duister slechts als silhouetten aftekenden, deinden op het golvende water en de eilandjes voor de oever verrezen als donkere kastelen met torentjes.

Ik knielde en stak mijn vingers in het water; het was ijskoud. Toen ik mijn hand omhoogbracht en mijn tong met mijn vingers aanraakte, proefde ik een erg zoute, bittere smaak. Ik richtte me op, keek om me heen en probeerde me het landschap voor te stellen zoals het was geweest voordat de mens met een typerend gebrek aan vooruitziendheid de rivieren die het meer voedden, was gaan omleggen. Ik zou dan nu op de bodem van het meer hebben gestaan, alle tufsteenspitsen zouden onder water zijn verdwenen en de oever zou zich ergens om de buitenrand van de alkalivlakte hebben bevonden...

Vanuit mijn ooghoek zag ik vijftien meter van me vandaan, naast een gebochelde, tufstenen reuzengedaante, een snelle beweging. Ik tuurde in die richting, maar zag in het snel vervagende daglicht niets. Eerst hoorde ik alleen het geruis en gegier van de wind, maar toen voegde zich daar een ander geluid bij – het geschuifel van voeten die over de zachte poederachtige grond wegrenden.

Ik rende om de tufstenen toren heen, maar zag niets behalve een nog grotere formatie die mijn zicht volledig belemmerde. Het schuifelende geluid was opgehouden. Er was alleen de beweging van de distels en de alsem die zich voor de wind bogen.

Ik fronste mijn voorhoofd en hield mezelf voor dat ik me maar wat verbeeldde. Toen hoorde ik het schuifelende geluid weer, verder naar het westen in de versteende doolhof.

Ik luisterde tot het geluid was weggestorven. Toen ik een volle minuut niets meer had gehoord, haalde ik mijn schouders op en begon terug te lopen naar mijn auto. Waarschijnlijk een wandelaar, dacht ik, die hierheen was gekomen om van de eenzaamheid te genieten en verrast was toen hij merkte dat iemand anders het landschap met zijn aanwezigheid vervuilde. Misschien was het een van degenen die mevrouw Wittington had omschreven als 'mensen die eigenlijk alleen maar met rust gelaten willen worden'. In een gebied als dit...

Het geronk van een motor verscheurde de stilte.

Eerst kon ik niet bepalen waar het vandaan kwam. Toen realiseerde ik me dat ik het uit het westen hoorde komen, de richting waarin de voetstappen waren verdwenen. Een vierkante vorm – een terreinauto of bestelwagen? – schoot vanachter een rotsformatie vandaan en reed snel over de vlakte naar de kruising van de onverharde weg en de snelweg. De lichten van de auto waren uit, zelfs zijn parkeerlichten brandden niet.

Ik rende naar mijn auto, maar toen ik er aankwam, was het andere voertuig al op de snelweg naar het noorden afgeslagen en het zou zinloos zijn de achtervolging in te zetten. Bovendien, dacht ik, wat voor doel zou ermee gediend zijn? Wie het ook was geweest die me vanachter de tufsteentoren had gadeslagen, hij of zij had me niet bedreigd en niets onwettigs gedaan. En de reden waarom diegene was gevlucht, had waarschijnlijk niets met mij te maken.

Of was die kwestie waarvoor ik op verzoek van Anne-Marie hierheen was gekomen om er een onderzoek naar in te stellen, ernstiger dan ik had aangenomen?

Zelda was een café-restaurant dat in een enorm, architectonisch oninteressant gebouw van knoestig vurehout was gevestigd dat op het uiteinde van de landtong stond. Nu de duisternis was ingevallen, was de flikkerende rood- en goudkleurige neonreclame op het dak aangezet en de parkeerplaats vulde zich snel met auto's, jeeps en pick-ups. Ik had in de stad geen ander restaurant gezien, dus nam ik aan dat dit de vaste ontmoetingsplaats van de inwoners van Vernon was.

Binnen was het spelonkachtig en lawaaiig. De daksparren waren zichtbaar, de ramen van spiegelglas keken uit op het meer en je zag overal lichtgevende bierreclames. Aan de linkerkant was een eetzaal met een dansvloer en een podium met afgedekte muziekinstrumenten, rechts was een lounge waarin de mensen drie rijen dik om de bar stonden. Daar zag ik Anne-Marie zitten die de tweede stoel aan haar tafeltje verdedigde tegen mensen die er hun oog op hadden laten vallen. Ze was gekleed in een spijkerbroek en een denim jasje en ze liet haar benen op de richel onder het brede raam rusten. Ze had al een glas witte wijn voor me besteld.

'Hé,' riep ze toen ze me zag, 'ik begon al bijna te denken dat je niet meer zou komen.'

'Sorry.' Ik liet me op de lege stoel zakken. 'Ik heb de toerist uitgehangen en ben de tijd uit het oog verloren.'

'Zo iets dacht ik wel. Hoe gaat het met je?'

'Niet slecht. En met jou?'

'Ik ben moe, maar verder voel ik me fantastisch. Ik ben op kruistocht en je weet wat voor effect dat op me heeft.'

Anne-Marie had zich in de jaren zeventig bij de toen nog prille vrouwenbeweging aangesloten en deelgenomen aan de strijd voor verbetering van de sociale voorzieningen. Ze was het gelukkigst wanneer ze plannen kon smeden om de gevestigde orde omver te werpen. De laatste jaren was ze echter weggekwijnd als advocaat voor belastingzaken bij All Souls, een terrein waarop ze zich eerder had gespecialiseerd omdat het collectief daaraan behoefte had, dan uit eigen interesse. Dit verlof had haar zichtbaar goed gedaan. Haar brutale, blonde kapsel was in de war gewaaid; haar elegante, fijn besneden gezicht had een gezonde kleur en haar ogen glansden. In het afgelopen jaar was ze mager en hologig geworden, maar nu had ze wat meer vlees op haar botten gekregen en dat stond haar goed. Nu ik haar zo zag, besefte ik dat Anne-Marie heel depressief was geweest voordat ze met verlof was gegaan. Natuurlijk had ze in het begin van haar huwelijk met Hank problemen gehad, maar die hadden ze opgelost en nadat hij de vorige zomer neergeschoten en bijna overleden was, was de band tussen hen zo hecht geworden als je zelfs bij gelukkig getrouwde stellen zelden aantreft.

Ik zei: 'Vertel me dan maar over de kruistocht. Ik ben bij de caravan van de Coalitie langsgegaan en heb een van hun mensen gesproken. Hij deed heel geheimzinnig.'

'O. Wie?'

'Heino Ripinsky.'

'Ah, Hy. Ja, dat is echt iets voor hem.' Ik wilde haar nog wat over Ripinsky vragen, maar ze voegde eraan toe: 'We zullen alles onder het eten wel bespreken. Nu wil ik horen hoe het met jou is, hoe het in San Francisco gaat.' Voordat ze naar Tufa Lake was vertrokken, had Anne-Marie een maand in het hoofdkwartier van de Coalitie in Sacramento gewerkt en ze was maar één weekend naar De Stad geweest, zoals wij die er wonen San Francisco egocentrisch noemen.

'Ach, er valt niet veel te vertellen,' zei ik. 'Hank is natuurlijk vreselijk chagrijnig nu jij de stad uit bent. We ontzien hem allemaal. Rae...'

'Ik weet hoe het bij All Souls gaat; ik spreek Hank om de dag. Ik wil weten hoe het met *jou* gaat.'

'Je bedoelt met George en mij.'

Ze knikte met een samenzweerderige glimlach.

Ik had nu sinds juli weer een relatie met George Kostakos, professor psychologie aan Stanford en heel waarschijnlijk mijn grote liefde. Hij was toen bij me teruggekomen nadat hij zijn ex-vrouw van wie hij vervreemd geraakt en inmiddels gescheiden, zes maanden had begeleid tijdens haar zenuwinstorting en haar herstel. Het halve jaar daarvoor was voor mij heel moeilijk geweest. Niet alleen was ik eraan gaan twijfelen dat George, zoals hij me had gezegd, van plan was bij me terug te komen als hij zijn leven weer op orde had, maar ik was er ook aan gaan twijfelen of ik dat wel wilde. Maar toen we onze relatie hadden hervat, waren mijn bedenkingen verdwenen en ik was nu gelukkiger dan ik in jaren was geweest, al bleven er dan aan de horizon nog een paar donkere wolken hangen...

'Nou?' vroeg Anne-Marie.

'Hij wil dat ik bij hem intrek.'

'En?'

'Ik weet niet of ik dat kan.'

'Shar, waarom niet? George is een fantastische man.'

'Ik weet niet... Ik denk dat ik ruimte voor mezelf nodig heb.'

'Ik weet zeker dat er meer dan genoeg ruimte voor jullie allebei is in die enorme flat van hem.'

'Maar mijn eigen huis dan... Ik heb het eindelijk zo opgeknapt als ik het wil hebben. En Ralph en Alice...'

'Katten! Zou je George opofferen voor een paar katten?'

Ik keek haar boos aan. De verdienste van katten is een van de weinige dingen waarover zij en ik van mening verschillen. Ze is er allergisch voor en ze lijkt het gehijg en genies dat ze bij haar veroorzaken als een persoonlijke belediging op te vatten. 'Ralphie en Allie zijn familie,' zei ik ferm.

'Neem ze dan mee. George is toch ook een kattenliefhebber?'

'Ja... in tegenstelling tot sommige andere mensen die ik ken. Maar we hebben het nu over katten die gewend zijn naar buiten te kunnen. Georges flat is op de eerste verdieping en ze kunnen alleen op een binnenhof rondlopen waar ze in de bloembedden zullen gaan graven. Ze zullen gek worden als ze binnen opgesloten zitten en ze zullen *ons* gek maken.'

Anne-Marie trok haar wenkbrauwen op en zuchtte. 'Waarom heb ik het gevoel dat je me niet het hele verhaal vertelt?'

'Wat bedoel je daar nu mee?'

Ze staarde me alleen maar aan en wachtte.

'Goed dan.' Ik sloeg mijn ogen neer en begon aan mijn servet te frunniken. 'Hij begint ook over trouwen te praten.'

'En wat is daar verkeerd aan?'

'Eigenlijk niets. Ik ben niet tegen het huwelijk.'

'Voor andere mensen.'

'Nee, zelfs niet voor mezelf als de omstandigheden goed waren. Maar... Het echte probleem is dat ik er vrij zeker van ben dat hij een kind zal willen, min of meer om het verlies van zijn eigen dochter te compenseren.'

'O, o.' Anne-Marie leunde zwaar achterover in haar stoel. Haar afkeer van kinderen wordt alleen overtroffen door haar afkeer van katten en ze gaat ervan uit dat alle andere kinderloze volwassenen hetzelfde gevoel hebben.

'Begrijp je?' zei ik. 'Ik ben te oud en te egoïstisch geworden voor een kind. Ik geniet te veel van mijn vrijheid en mijn werk. Wat zou ik met een baby aan moeten? Meenemen naar All Souls en hem in een hoek van mijn kantoor dumpen? Hem in de auto meenemen als ik iemand moet volgen?'

'Er is altijd nog de crèche. Of George.'

'Je denkt toch niet dat hij grotendeels de verantwoordelijkheid op zich zou kunnen nemen; zijn carrière komt in een stroomversnelling nu zijn boek uitgegeven wordt.'

'De crèche,' herhaalde Anne-Marie.'

'Goed, goed, ik verzin uitvluchten! Verdomme, het is niet zo dat ik niet van kinderen hou. Ik heb elf nichten en neven en ik hou van hen allemaal, hoewel ze dat af en toe heel erg moeilijk maken. Elk jaar schrijf ik voor hun verjaardag en als kerstcadeau tweeëntwintig cheques uit. Af en toe komen ze langs, eten de oren van mijn hoofd en dwingen me hen mee te nemen naar Marine World. Ze bellen me op – collect calls – om advies te vragen bij problemen met hun ouders, hun leraren en hun vriendjes en vriendinnetjes. Ik doe mijn plicht al tegenover de volgende generatie!'

Anne-Marie glimlachte toegeeflijk. 'Ik sta wat dit betreft voor honderd procent achter je. Je hoeft je tegenover *mij* niet te rechtvaardigen.'

'Dat weet ik,' zei ik. 'En ik weet precies tegenover wie ik me wél probeer te rechtvaardigen.'

Onder het eten – gebakken goudforel – zette Anne-Marie uiteen welke situatie ertoe had geleid dat zij, en nu ik ook, naar Tufa Lake was gekomen.

De Californische Coalitie voor Milieubehoud was, zoals ik wist, een organisatie die werd gefinancierd door zo'n vijfentwintig actiegroepen. Een van hun doelstellingen was tegenover de wetgevende instanties een gemeenschappelijk front te vormen door een landelijk milieubeleid te formuleren. Anne-Marie was tot vorige week bezig geweest met research voor het voorgenomen beleid toen de Vrienden van Tufa Lake de hulp van de Coalitie inriepen. Omdat het erop leek dat er een juridische kant aan het probleem zat, was ze samen met Ned Sanderman, een van de voornaamste *troubleshooters* van de Coalitie, naar Vernon gestuurd.

'Ik neem aan dat het probleem te maken heeft met het buitenlandse mijnbouwbedrijf dat de delfrechten voor Stone Valley heeft,' zei ik.

Ze trok haar wenkbrauwen op. 'Dat is heel goed voor iemand die pas een paar uur in de stad is.'

Ik glimlachte bescheiden. Ik had geen zin toe te geven dat het puur toeval was dat ik daarachter was gekomen.

'Dat is inderdaad het probleem,' vervolgde ze. 'In het plateau boven Promiseville is al sinds de jaren twintig niet meer gedolven, maar moderne methoden om goud te winnen, hebben de mijnbouw weer winstgevend gemaakt. En de Transpacific Corporation heeft niet alleen de delfrechten, maar is ook eigenaar van het land.'

'Ik dacht dat het meeste land hier in de buurt federaal bezit was,' zei ik, want ik herinnerde me de borden voor het Toiyabe National Forest.

'Dat is ook zo. Maar de Transpacific, een Amerikaans bedrijf dat wordt gesteund door een kapitaalgroep uit Hong Kong, heeft ongeveer twaalfhonderd hectare die in particuliere handen was, gekocht van een nakomeling van de familie die de oorspronkelijke mijn in bezit had. De andere driehonderd hectare was ook privé-eigendom, maar die grond was nog maar een jaar geleden van de federale regering gekocht.'

'Hoe kan iemand federaal land kopen?'

'Het is een ingewikkeld proces dat te maken heeft met het verkrijgen van de mijnbouwrechten bij het Bureau voor Landbeheer. Ik zal je nu niet met de details vervelen; er ligt een dossier in de bungalow waarin de technische aspecten worden behandeld. Ik kan je wel vast vertellen dat het volkomen legaal is.'

'Wat kun je dan doen om hen tegen te houden?'

'Het is mijn werk om de landaankoop onder de loep te nemen om te kijken of er niet een juridische mogelijkheid is de overeenkomst ongeldig te laten verklaren. Of misschien kan ik ontdekken dat er een of andere onethische transactie heeft plaatsgevonden waardoor Mono County reden heeft te weigeren de definitieve mijnbouwvergunningen af te geven.'

'Uit de manier waarop mevrouw Wittington erover praatte, leid ik af dat de mensen in het gebied behoorlijk tegen de mijnbouw gekant zijn.'

'O maar er zijn er ook genoeg die het zien als een economi-

24

sche stimulans, maar die zijn kortzichtig. Het zou maar een tijdelijke stimulans zijn die meer problemen zou veroorzaken dan oplossen. De meeste weldenkende mensen hier willen gewoon geen grootschalige bovengrondse mijnbouw in Stone Valley.' Anne-Marie legde met een rood gezicht en glinsterende ogen haar vork neer. Ze was inderdaad op kruistocht.

'Niet alleen is bovengrondse mijnbouw lawaaiig en ontsierend voor het landschap,' vervolgde ze, 'maar de cyanide die bij het logingsproces wordt gebruikt, vergiftigt de lucht en het grondwater. Bovendien zijn er van het vroegere Promiseville een aantal historische gebouwen overgebleven die de Vrienden van Tufa Lake onder monumentenzorg proberen onder te brengen. De explosies in de mijn zullen ze verzwakken en uiteindelijk vernietigen.'

Ik knikte en draaide een takje peterselie op mijn bord rond.

'Oké,' zei ik, 'maar je hebt me hier niet naar toe gehaald om je te helpen met het onderzoek naar de juridische aspecten van de zaak. Wat is er nog meer aan de hand?'

Anne-Marie keek om zich heen alsof ze bang was dat ze afgeluisterd zou worden, leunde toen voorover en liet haar stem dalen: 'In de week dat ik hier ben, heb ik een paar dingen ontdekt die gewoon niet kloppen en er zijn dingen gebeurd die zonder meer verdacht zijn. Ik heb iemand nodig die goed kan onderzoeken om er een verklaring voor te vinden.'

'Goed, breng me maar op de hoogte.'

Ze telde de punten op haar vingers af.

Punt een: Toen de Coalitie bij het Bureau voor Landbeheer in Sacramento informeerde, bleek dat het stuk grond van driehonderd hectare bij hen was gekocht door een man die Franklin Tarbeaux heette. Tarbeaux had aanspraak gemaakt op de delfrechten, daarna de juiste documenten overgedragen en aan de verdere eisen voor het patent voldaan. Hij betaalde slechts vijfentwintig dollar per hectare.

Punt twee: Uit de registers van Mono County blijkt dat Tarbeaux het land bijna onmiddellijk aan de Transpacific Corporation doorverkocht voor $ 750.000 wat neerkwam op $ 250 dollar per hectare. Weliswaar was zijn winstmarge aanzienlijk, maar de prijs per hectare was minder dan een tiende van de prijs die vergelijkbare stukken grond op dat moment opbrachten.

Punt drie: De andere twaalfhonderd hectare die de oorspronkelijke mijn van Promiseville omvatten, waren gekocht van Earl Hopwood, een afstammeling van de familie die de mijn eens in bezit heeft gehad. De Transpacific had Hopwood slechts vijfentwintig dollar per hectare betaald; het bedrag dat het Bureau voor Landbeheer voor federaal land berekende en veel minder dan het op de vrije markt opgebracht zou hebben.

Punt vier: Toen Anne-Marie en Ned Sanderman mensen in het gebied over Franklin Tarbeaux ondervroegen, bleek niemand hem te kennen. De goudgravers in Stone Valley beweerden dat ze er niets van hadden gemerkt dat iemand het gebied van zevenhonderd hectare aan de oostkant van het plateau boven Promiseville, waar de oude mijn lag, in exploitatie had genomen.

Punt vijf: Earl Hopwood was een soort kluizenaar; hij woonde in een houten huis aan de andere kant van Stone Valley en zocht naar goud langs de rivier die erdoorheen stroomt. Toen Hy Ripinsky, die Hopwood al sinds zijn jeugd kende, hem ging zoeken, ontdekte hij dat niemand de oude man in de afgelopen twee weken had gezien.

'Dat was nadat de Transpacific met hun onderzoeksploeg arriveerde, het land omheinde en bodemmonsters begon te nemen,' voegde Anne-Marie eraan toe.

'En dat is alles?'

'Nee. Nu komen de echt vreemde gebeurtenissen. Een paar dagen nadat Ned Sanderman en ik hier aankwamen, werd er zowel in Hy's huis als in de caravan van de Vrienden van Tufa Lake, die naast de onze ligt, ingebroken. En de volgende dag ontdekten Ned en ik dat iemand zich met geweld toegang had verschaft tot onze bungalows.'

'Wat was er weg?'

'Voor zover we weten niets.'

'Is er veel misdaad in dit gebied?'

'Heel weinig. Hoofdzakelijk rijden onder invloed en vissen zonder vergunning, dat hebben ze me tenminste verteld.'

Ik legde mijn vork neer en wachtte tot onze serveerster de borden had weggehaald. Terwijl ze ons gehaast onze koffie serveerde, dacht ik aan degene die me in het tufsteenwoud had gadegeslagen. Had dat hiermee te maken?

Toen de serveerster weg was, zei ik: 'Ik veronderstel dat in een gebied als dit de mensen alles van elkaar weten.'

'Goed gezien.'

Ik nam een slokje koffie en dacht nog even na. 'Heeft Lily Nickles hier misschien iets mee te maken?'

Anne-Marie keek verbaasd. 'Lily de Tijgerin? Voor zover ik weet niets, behalve dan dat ze naar goud zoekt in Stone Valley. Waar ben je haar tegengekomen?'

'Ze had ruzie met Hy toen ik naar de caravan ging. Hij was niet boos of overstuur, zij wél.'

Hy wordt niet gauw kwaad. Maar als hij het wordt, moet je voor hem uitkijken.'

'Vertel me eens wat over hem. Waar heeft hij in godsnaam die afschuwelijke naam vandaan?'

Ze glimlachte vaag. 'Van zijn ouders, zoals meestal. Zijn moeder was Duitse, vandaar de voornaam Heino. Zijn vader stamde af van Russen die generaties geleden via de Aleoeten naar Alaska zijn geëmigreerd. Hy is in de Central Valley geboren, maar hij is hier grootgebracht nadat zijn moeder gescheiden en hertrouwd was. In de jaren zeventig is hij een tijd weggeweest. Er wordt beweerd dat hij bij de CIA heeft gezeten en de manier waarop hij spreekt en denkt in aanmerking genomen, zou dat best kunnen.'

'Vraagt niemand hem ernaar?'

'Hij is niet iemand wie je vragen over het verleden stelt.'

'Het is een grote stap van CIA-agent naar milieubeschermer. Hoe is dat gegaan?'

'Het weinige dat ik ervan weet, heb ik van Rose Wittington. Toen Hy hier terugkeerde, leefde hij eerst erg teruggetrokken op de kleine schapenranch op de weg naar Stone Valley die hij van zijn schoonvader had geërfd. Hij leek volop geld te hebben. Hij liet het huis verbouwen, reed in een dure auto en bezat een vliegtuig. Maar hij ging met niemand om, zelfs niet met oude vrienden, en hij werd zelden in de stad gesignaleerd.'

'Waardoor is dat veranderd?'

'Hij leerde Julie Spaulding kennen, een milieuactiviste die een paar jaar daarvoor hierheen was gekomen en de Vrienden oprichtte. Ze wist hem geleidelijk uit zijn isolement te halen en overreedde hem zich voor de goede zaak in te zetten. Drie jaar geleden, ongeveer een jaar nadat ze waren getrouwd, overleed Julie aan multiple sclerose. Ze had veel geërfd van haar vader, een grote teler uit Kern County, en in haar testament richtte ze een stichting op die tot doel zou hebben milieuorganisaties te financieren en ze benoemde Hy tot directeur ervan.' Anne-Marie zweeg met een peinzende uitdrukking op haar gezicht. 'Rose Wittington zei hetzelfde als jij: dat het een hele overgang was van CIA-agent – als hij dat tenminste was – naar milieuactivist. Maar zij heeft Hy niet zo goed geobserveerd als ik. Achter zijn relaxte uiterlijk gaat nog steeds een gevaarlijk man schuil.'

'In welk opzicht?'

'Als je bijvoorbeeld ziet hoe hij te werk gaat, zelfs binnen het kader van de milieubeweging. Hij is... hoe moet ik dat nu zeggen? Ken je Aarde Eerst!?'

Ik knikte. Aarde Eerst! was een organisatie die een tactiek van directe confrontaties voorstond – sommigen noemen de mensen van Aarde Eerst! milieuterroristen – om hun standpunten kracht bij te zetten. Terwijl de meest radicale elementen onder hen er weinig kwaad in zagen karteringsborden van bouwterreinen te verwijderen of de apparatuur voor olieboringen te saboteren, waren er toch niet veel die het eens waren met praktijken als verborgen spijkers in bomen inbrengen zodat de kettingzagen kapot zouden springen en het rondvliegende staal de houthakkers zou verwonden of zelfs doden. Ik had omstreeks de Dag van de Aarde op het nieuws gezien dat Aarde Eerst! deze tactiek had afgezworen, maar met met mijn gebruikelijke cynisme had ik me afgevraagd wat ervoor in de plaats zou komen. Latere berichten over een explosie waarbij twee van hun leiders gewond waren geraakt en die was veroorzaakt door een apparaatje dat ze zelf hadden gemaakt, gaven me reden aan te nemen dat mijn cynische vermoedens gerechtvaardigd waren.

'Is Hy bij hun acties betrokken?' vroeg ik.

'Nee, hij is te veel individualist om zich bij een groep aan te sluiten. De enige reden waarom hij in de raad van bestuur van de Vrienden zit en met de Coalitie samenwerkt, is dat de Spaulding Stichting daarmee financiële banden heeft. En ik betwijfel zelfs of hij iets met de stichting te maken zou willen hebben als hij zich door Julies testament niet verplicht zou voelen. Maar Hy lijkt in zekere zin op de leden van Aarde Eerst!. Hij is echt gek en zal het tegen iedereen opnemen, op welke manier ook, om hen tot luisteren te dwingen.'

'Net zo'n kruisvaarder als jij, hè?'

'Veel erger. Hy heeft maling aan de wet. En hij is nergens bang van, zelfs niet van de politie en hulpsheriffs met knuppels en *riot guns*. Toen de campagne om Tufa Lake te redden op zijn hoogtepunt was, heeft hij in diverse gevangenissen gezeten. Zodra hij een straf had uitgezeten, veroorzaakte hij opnieuw moeilijkheden en eindigde weer achter de tralies. Hij beweert dat hij was beïnvloed door Martin Luther King en Gandhi, maar ik zou de kamikazepiloten en Djengis Khan aan het rijtje willen toevoegen.'

'Leefde zijn vrouw nog toen dit aan de gang was?'

'Ze heeft het nog gedeeltelijk meegemaakt, maar na haar dood werd het veel erger met hem. Ik denk dat zij een kalmerende invloed op hem had. Rose Wittington zegt dat Julie het grootste deel van haar leven in een rolstoel heeft gezeten, maar dat weerhield haar er niet van te doen wat ze wilde. Ze reisde de hele staat door om verschillende groepen te helpen, zowel met haar eigen inzet als met donaties. Toen ze bij Tufa Lake kwam, besloot ze dat ze zich daar wilde vestigen. Ze was een vechtjas, net als Hy. Toen de Vrienden bij het departement voor water-voorziening in L.A. postten, was ze erbij en ook bij de *sit-ins* in Sacramento. Maar Julie had zichzelf altijd in de hand. Dat gold lange tijd nadat ze was gestorven niet voor Hy.'

'En nu?'

Ze haalde haar schouders op. 'Het gaat beter, maar soms denk ik dat hij alleen door zijn werk bij de stichting ervan wordt weerhouden te exploderen en... God weet wat te doen.'

'Dus Julie Spaulding had een goede reden hem tot directeur van haar stichting te benoemen.'

'Dat denk ik wel.'

'Heeft hij al confrontaties met de Transpacific gehad?'

'Nee, hij is maar één keer bij de mijn geweest en dat was bij een *public relations*-rondleiding die het bedrijf gaf voor mensen die zich over de vestiging ervan zorgen maakten. Verder heeft Transpacific zich gedeisd gehouden en geweigerd een dialoog met de milieubeschermers aan te gaan. Tot ze dat doen, valt er niets te confronteren.'

'En dan?'

'Dat is een vraag waarop ik het antwoord niet wil weten.'

'Ik vraag me af waarover Hy en Lily Nickles vanmiddag ruzie hadden.'

Anne-Marie keek op haar horloge en schoof toen haar stoel naar achteren. 'We worden nu ongeveer bij hem en Ned in de caravan verwacht. Vraag het maar aan hem.'

3

Tien uur. Ik onderdrukte een geeuw en probeerde me te concentreren op wat Ned Sanderman zei.

We zaten nu al bijna drie uur in de ongemakkelijke kantoorstoelen in de gehuurde caravan en hij had nagenoeg de hele tijd aan één stuk door gepraat. Het onderwerp was nu hoeveel het de Transpacific zou kosten als de milieubeschermers een manier zouden vinden om te verhinderen dat de definitieve mijnbouwvergunningen zouden worden afgegeven. De kostprijs van het land en de bodemverbetering, plus wat het tot nu toe had gekost bodemmonsters te nemen, zei Ripinsky lichtelijk geïrriteerd. Nee, wierp Sanderman tegen, er waren ook administratieve en juridische kosten, plus het verlies van potentiële winst. De waarde van een goudmijn, zei hij, was gelijk aan de waarde van het erts min de voornoemde kosten. Vervolgens ondersteunde hij deze bewering met voorbeelden die hij op zijn personal computer intikte. ('Die neem ik overal mee naar toe,' had hij me ongevraagd verteld.)

Ned Sanderman behoorde tot de nieuwe generatie van milieubeschermers: rationeel, ongeëmotioneerd, toegerust met de modernste technische snufjes en met een scherp oog voor de financiën. Dat had hij me in de eerste tien minuten nadat we aan elkaar waren voorgesteld ook verteld, plus bijna zijn hele levensverhaal. Ik wist nu meer over Ned Sanderman dan over sommige van mijn familieleden en ik wist vooral dat hij saai was.

Hij was klein en slank, had een gladgeschoren babyface en blond haar dat zo geknipt was dat het een kale plek verhulde. Ik was verbaasd geweest toen hij me vertelde dat hij zesenveertig was. 'Ik heb mijn midlife-crisis zeven jaar geleden gehad toen ik negenendertig was,' zei hij. 'Ik was computeringenieur in Silicon Valley. Op een dag drong het tot me door dat het leven meer te bieden had dan het opbouwen van een aandelenportefeuille en het kopen van duur speelgoed. Ik had het in het werk dat ik zelf gekozen had, gemaakt en ik wilde een zinvoller leven leiden. Ik wilde op een wezenlijke manier verbonden zijn met de eindresultaten van mijn werk.'

'Dus is hij weggelopen en heeft zich bij de milieubeweging aangesloten zoals sommige mensen bij het circus gaan,' merkte Anne-Marie op.

Sanderman wierp haar een niet begrijpende blik toe. Hij had geen gevoel voor humor en hoewel hij vermoedde dat de opmerking grappig was bedoeld, wist hij kennelijk niet wat hij ermee aan moest. Ook duidelijk was dat hij volledig op zichzelf geconcentreerd was. Het enige dat hij me vroeg, was of het huisje in het bungalowpark me beviel. Toen ik zei dat ik er heel tevreden over was, somde hij minachtend de gebreken van het zijne op, vooral van de keuken. 'Ik zou er nog geen water willen koken. God mag weten wat voor bacteriën er op de loer liggen,' klaagde hij.

Hij was zich nu gaan opwinden over het intensieve loogproces met cyanide en zeurde maar door over de gevaren die het voor het milieu opleverde. De nadelige effecten – vergiftigde vissen, vogels en andere dieren, om maar te zwijgen over ondrinkbaar water en vervuilde lucht – waren inderdaad verbijsterend, maar we hadden het daarover al eerder gehad. Het was minstens de twaalfde keer dat hij een zijsprong maakte. De eerste vijf, zes keer hadden Anne-Marie en Ripinsky geprobeerd hem ertoe te brengen bij het onderwerp van onze bijeenkomst te blijven, maar uiteindelijk hadden ze het opgegeven.

Ik keek even naar Anne-Marie die een glazige uitdrukking in haar ogen had gekregen. Ripinsky zat achterovergeleund in zijn stoel met zijn voeten op een van de goedkope stalen bureaus en staarde naar het plafond. Uit zijn gelaatsuitdrukking leidde ik af dat hij met zijn gedachten ergens in een uithoek van de stratosfeer zat. Ik schoof ongemakkelijk op mijn stoel heen en weer en geeuwde onopvallend.

Ripinsky's blik verplaatste zich van het plafond naar mij. Hij grijnsde, knipoogde, en haalde zijn benen van het bureau. Misschien had hij toch niet met zijn gedachten ver boven de aarde gezeten.

'Je tijd is om, Ned,' zei hij. 'Ik heb nog iets dat jullie allemaal moeten weten.'

Sanderman leek van zijn stuk gebracht. Hij fronste zijn voorhoofd, opende zijn mond, sloot hem weer en vouwde zijn armen over elkaar. Ik voelde aan dat Ripinsky hem in het verleden al vele malen, en zelfs nog abrupter, had onderbroken.

Ripinsky vervolgde: 'Toen jij binnenkwam – hij knikte naar Anne-Marie – vroeg je me over een bezoek dat Lily de Tijgerin me vanmiddag had gebracht. Ik kreeg niet de kans je te antwoorden omdat Ned onmiddellijk begon te vertellen wat hij allemaal in zijn mars had.'

Sanderman bloosde, maar zei niets.

'Lily en ik hadden niet echt een vriendschappelijk gesprek,' vervolgde Ripinsky. 'In feite was ze uiteindelijk flink woest op me. Dat is niets nieuws; de vrouw heeft een hekel aan me omdat ik, na Julies dood, niet op haar avances ben ingegaan. Maar dat is een heel ander verhaal en bovendien niet erg interessant. Het verhaal dat ze me vanmiddag te vertellen had, is echter wél interessant.'

'En?' vroeg Sanderman geïrriteerd.

'Lily is kennelijk op het plateau op onderzoek uit gegaan. Ze beweert dat het haar was opgevallen dat het daar al weken stil was – zo stil dat ze onmogelijk bezig konden zijn met nemen van bodemmonsters – dus besloot ze poolshoogte te gaan nemen. En wat denken jullie? Er was geen onderzoeksploeg en er waren geen geologen, alleen een klein ploegje beveiligingsmensen. En er waren ook geen boorinstallaties, graafmachines en vrachtwagens.'

'Dus ze zijn klaar met het nemen van bodemmonsters.'

Ripinsky schudde zijn hoofd. 'Dat kan niet. Ze zijn net begonnen.'

'Dan hebben ze uit de monsters geconcludeerd dat het niet de moeite waard is verder onderzoek te doen omdat er te weinig erts is. In dat geval...'

'Absoluut niet. Toen ik direct nadat ze de grond hadden gekocht aan hun kleine *public relations*-rondleiding deelnam, vertelde hun hoofdgeoloog me dat ze tijdens de levensduur van de mijn minimaal vijftienhonderd kilo goud zouden kunnen delven. Dat levert met de huidige prijzen twintig miljoen dollar bruto op.'

Sanderman stond op en liep naar zijn computer. Hij toetste een paar cijfers in, keek naar het scherm en zei: 'Dat klopt.'

'Ja, ik heb ook een computer, mijn hersens. In ieder geval probeerde Lily van de bewakers te weten te komen wat er aan de hand was, maar het lukte haar niet. Ze probeerde zelfs een van hen om te kopen met... haar niet onaanzienlijke charmes, maar vergeefs.'

We zwegen allemaal een minuut. Toen vroeg ik: 'Waarom werd ze zo boos op je?'

Hij grijnsde en streek met een vinger over zijn hangsnor. 'Lily is een beetje paranoïde en ook nog lichtelijk racistisch. Een paar van de bewakers waren Chinezen. Ze begon haar theorie over het Gele Gevaar ten beste te geven. Het waren boosaardige oosterlingen die het land overnemen. Dat zijn gewoon domme praatjes en dat heb ik haar gezegd. Toen waren de poppen aan het dansen.'

'Hoe noemde ze je ook al weer... bomenfanaat?'

'Onder andere. Lily haat milieubeschermers.'

'Ik zou denken dat ze aan jullie kant zou staan.'

'Lily de Tijgerin niet. Het enige dat ze van de natuur verlangt, is goud. Als ze dat niet kan krijgen, neemt ze wild, forel en brandhout. Maar de natuur in haar ongerepte staat of het behouden van Promiseville interesseert haar geen moer. Als het aan haar lag, zou ze ieder historisch gebouw in de vallei slopen, behalve dan het huis dat ze zelf heeft gekraakt, en het hout ervan in haar houtkachel opstoken.

'Waarom is ze dan naar jou toe gekomen?'

Hij haalde zijn schouders op. 'Omdat ze bij niemand anders terecht kon. En ondanks haar grote mond is ze een beetje bang.'

Anne-Marie tikte met een potlood op haar bureau. 'We hebben meer informatie over de Transpacific nodig.'

Ik vroeg: 'Waar is hun hoofdkwartier gevestigd?'

'In de stad.'

'Dan zal ik informatie over het bedrijf inwinnen als ik terug ben.'

'Goed.'

Ripinsky stond op en rekte zijn lange, magere lichaam uit. 'Ik weet niet hoe het met jullie zit, maar voor mij is het een lange dag geweest. En McCone heeft lang achter het stuur gezeten en zal waarschijnlijk naar bed willen.'

Ik stond dankbaar op en Anne-Marie volgde mijn voorbeeld. We spraken af elkaar hier de volgende morgen weer te ontmoeten zodat ik mijn actieplan zou kunnen ontvouwen – als ik dat dan tenminste zou hebben – en Ripinsky, Anne-Marie en ik vertrokken gedrieën.

Toen ik wegreed, zag ik Sanderman door het nog steeds verlichte raam van de caravan. Hij speelde weer met zijn computer.

Ik volgde Anne-Maries Subaru naar het bungalowpark en stopte naast haar aan de rand van het groepje bomen. Ze stapte uit en zei: 'Het spijt me dat Ned zo doorzaagde. Ik denk dat hij misschien wilde laten zien dat hij de situatie onder controle heeft en het eigenlijk zonder jouw hulp kan stellen.'

'Hij was er zeker geen voorstander van er een buitenstaander bij te halen?'

'Hij zou er misschien vóór zijn geweest als Hy het idee niet had gesteund.'

'Hebben ze een hekel aan elkaar?'

Ze haalde een kleine zaklantaarn uit haar tas en lichtte ons bij terwijl we de heuvel afliepen. 'Er bestaat eerder rivaliteit tussen hen, in ieder geval van Neds kant. Hy was aanvankelijk heel beleefd tegen hem, maar hun relatie is nu beslist gespannen. Het laatste halfuur had ik maar één gedachte: hoe kom ik hier weg zodat ik een cognacje kan gaan drinken. Gelukkig heb ik een fles in het huisje. Wil je ook een slaapmutsje?'

'Graag.'

We liepen de trap naar de veranda van de bungalow op. Anne-Marie opende de deur, stak haar hand naar binnen en deed het plafondlicht aan dat bestond uit twee kale lampen die aan een stuk gesmeed metaal in de vorm van een hoefijzer waren bevestigd; ze verspreidden een schel licht door de kamer waardoor de duidelijkste gebreken ervan nog meer in het oog sprongen.

'Bah,' zei ze en ze stak een tafellamp aan. 'Doe dat licht even uit als je wil. De cognac staat in de kast rechts van de gootsteen. Ik zal de houtkachel aandoen; het is hier *koud*.'

Ik deed wat ze had gevraagd, liep toen door de klapdeur naar de keuken en vond het trekkoord van het licht boven de gootsteen. De keukenkasten waren van knoestig vurehout, het groene linoleum was versleten en de tegels van het aanrecht waren gebarsten en hadden een onzalige oranje kleur. Het kookgerei was even oud als dat in de keuken van All Souls, dat nog uit de jaren vijftig stamde. Als Sandermans keuken echter zo schoon was als deze dan moest ik zijn bewering dat er bacteriën op de loer lagen toch betwisten. Waarschijnlijk duidden zijn klachten er alleen maar op dat hij zich hier niet prettig voelde.

Ik pakte de cognac en twee glazen die eruitzagen alsof er oorspronkelijk olijven of cocktailkersen in hadden gezeten en liep ermee naar de woonkamer. Anne-Marie stond met haar rug naar me toe bij het raam dat op de veranda uitkeek. Ze draaide zich half om en ik zag dat ze een vreemde, verstarde uitdrukking op haar gezicht had.

Ik zette snel de fles en de glazen op de koffietafel. 'Wat is er?'

'Het raam. Daarom is het hier zo koud.'

'O, dat spijt me. Ik heb het opengezet, maar ben vergeten het dicht te doen toen ik wegging.'

'Maar je hebt het vliegenscherm er toch niet voor vandaan gehaald?' Ze wees naar de plaats waar het aan de onderkant werd vastgehaakt. De haak zat nog in het oog en was van de lijst van het scherm losgerukt.

Ze wilde iets zeggen, maar ik hief mijn hand omhoog en luisterde. Het was heel stil in het huisje, maar zo'n stilte kan bedrieglijk zijn. Ik liep naar de houtkachel, pakte de pook op en sloop naar de slaapkamers.

Ik trok het gordijn voor het gangetje dat naar mijn kamer leidde opzij. Ik zag niets behalve het goedkope esdoornhouten bureau en het nachttafeltje tussen de twee bedden. Er was geen kast waarin iemand zich zou kunnen verbergen. Mijn weekendtas stond op het bureau; ik keek ernaar terwijl ik naar de badkamer liep die tussen deze kamer en die van Anne-Marie in lag. Het leek er niet op dat iemand de tas in mijn afwezigheid had geopend.

Ik stak mijn hand om de deur van de badkamer heen en haalde de lichtschakelaar over. Ik duwde de deur open terwijl ik de pook gereedhield. Weer niets. Ik zag alleen het gebarsten porseleinen sanitair. Ik deed bij de andere deur hetzelfde en zag alleen Anne-Maries zorgvuldig opgemaakte bed, haar netjes opgehangen kleding en haar keurig naast elkaar gezette cosmetica.

Ik liep terug naar de woonkamer en voelde me lichtelijk belachelijk toen ik de pook terugzette omdat ik er zo theatraal mee had gezwaaid. Anne-Marie stond nog bij het raam en zei: 'Weer een inbraak.'

'Het lijkt erop.' Ik liep naar de deur en stapte de veranda op. Het ontbrekende scherm stond tegen de balustrade.

Ze zei door het open raam: 'Ik vraag me af waarom hij het niet heeft teruggezet om zijn sporen te verbergen.'

'Het kon hem niet schelen dat we het zouden weten of hij is ergens door op de vlucht gejaagd.'

'Heeft hij iets van jou weggenomen?'

'Ik denk het niet. We moeten het allebei toch maar even controleren.'

Ik zette het scherm zo goed ik kon op zijn plaats terug en sloot het raam af. Anne-Marie liep naar haar kamer en kwam even later terug terwijl ze haar hoofd schudde. Ze ging de kachel aanmaken en ik liep naar mijn kamer om mijn tas te onderzoeken. Ik zag dat de zijzak opengeritst was en dat iemand aan de enveloppen had gezeten die ik er in mijn kantoor had ingestopt. Ik trok ze eruit en liep ermee naar de woonkamer.

'Wat heb je daar?' vroeg Anne-Marie. Ze had twee glazen ingeschonken en liep nu met het hare naar de rotanstoel tegenover de bank.

'Mijn post. Weet je nog dat de mensen in mijn buurt last hadden van kinderen die hun brievenbus vernielden. De mijne is ten slotte ook aan de beurt gekomen, dus laat ik alles naar All Souls sturen. Het lijkt erop dat degene die hier heeft ingebroken de inhoud van deze enveloppen heeft bekeken.'

'Valt eruit af te leiden dat je privé-detective bent?'

'Op de stickers van het postkantoor staat de naam All Souls, maar niet mijn functie. De meeste mensen zouden gewoon aannemen dat ik advocate ben.' Ik ging zitten en las vluchtig de brieven.

'Ik weet niet precies waarom, maar ik heb liever niet dat iemand hier weet dat je privé-detective bent. Misschien is Hy's passie voor geheimzinnigdoenerij besmettelijk.'

'Ik heb hier mijn rekeningen van Visa en Macy's, een bedelbrief van de Vrienden van de Bibliotheek en een brief van mijn moeder. Nergens wordt mijn beroep vermeld. Tussen haakjes, ma's brief herinnert me eraan dat ik op zijn laatst dinsdagmiddag in de stad terug moet zijn.' Ik hield de brief omhoog. 'Ze komt op bezoek.'

Anne-Marie keek verbaasd; ze wist dat ma bijna nooit een voet buiten San Diego zette. 'Hoe dat zo?'

'Ik weet het niet precies en mijn broers en zusters evenmin. Het lijkt erop dat ma aan een soort odyssee langs al haar kinderen is begonnen. Ik begrijp er niets van en het maakt me ook een beetje nerveus.'

'Misschien wil ze met George kennismaken en gebruikt ze die odyssee als excuus om eens te komen kijken wat hij voor iemand is.'

'Ma is niet zo subtiel. Maar ze zal er de kans voor krijgen; hij heeft ons voor dinsdagavond te eten uitgenodigd.'

'Ik kan nauwelijks wachten tot ik daar alles over te horen krijg.'

'Ik kan wél wachten. Ik zou eeuwig kunnen wachten. Ma bedoelt het goed en ik houd van haar, maar ze kan heel opdringerig zijn tegen de mannen met wie ik een relatie heb, en zelfs tegen mannen met wie ik *geen* relatie heb.'

'Ik zal proberen hier zo veel mogelijk werk te verzetten als ik kan,' vervolgde ik. 'Als ik terug ben in de stad, zal ik de Transpacific natrekken en zo nodig kom ik het volgende weekend hier terug.'

Ze knikte instemmend en ging kijken of de kachel goed brandde. Ik ontspande me in de weldadige warmte ervan en nipte aan mijn cognac. Toen drong zich een verontrustende gedachte aan me op. 'Anne-Marie,' zei ik, 'je denkt toch niet dat degene die mijn post heeft doorgekeken All Souls zal bellen om te proberen meer over me aan de weet te komen?'

'Dat zou best kunnen. Maar maak je daarover geen zorgen. Ik ben waarschijnlijk overdreven op mijn hoede, zoals ik al zei.'

'Maar misschien ook niet.' Ik vertelde haar kort wat ik in het tufsteenwoud had meegemaakt.

Toen ik uitgepraat was, zweeg ze een ogenblik. 'Ik denk dat je All Souls moet bellen om te zeggen dat ze geen informatie over je mogen geven.'

'Goed idee.' Ik stond op en keek rond om de telefoon te zoeken.

'Er is geen telefoon,' zei ze, 'maar je kan bij mevrouw Wittington bellen.'

Ik keek op mijn horloge. 'Is halftwaalf niet een beetje laat voor haar?'

'Absoluut niet. Ze is net als ik gek op nachtfilms. Ik ben deze week al een paar keer naar haar huis gegaan om tot twee uur 's nachts samen met haar te kijken. Ze vindt alles mooi waar veel bloed in vloeit of waarin vrachtwagenchauffeurs voorkomen.'

'Vrachtwagenchauffeurs?'

'Ja. *They Drive by Night. Smokey and the Bandit.* Het maakt haar niet uit wie erin speelt, hoe slecht of uit welke tijd de film is als er maar een vrachtwagen met een behaarde vent achter het stuur in voorkomt. Rose is een vat vol tegenstrijdigheden; ze heeft een gespierd taalgebruik en drinkt een stevig glaasje whisky, maar ze is ook een wedergeboren christen en bezoekt iedere zaterdagavond een bijbelstudiegroep in Bridgeport.'

'Interessante vrouw. Goed, als ik haar niet stoor, ga ik nu direct naar haar toe om te bellen.'

Toen Rose Wittington me binnenliet, droeg ze een roze gewatteerde badjas en met schaapsvacht gevoerde pantoffels en ze had een kleur op haar ronde gezicht die volgens mij door de whisky was veroorzaakt. Bij de stenen haard stond wat met sits overtrokken meubilair en een tv met een groot beeldscherm waarop niet één, maar twee harige kerels te zien waren die tegen een oplegger leunden. Uit het kussen en de gehaakte sprei op de bank concludeerde ik dat mevrouw Wittington haar avonden inderdaad zo doorbracht als Anne-Marie me had verteld. Ze wees me de telefoon achter de receptiebalie en ging weer naar haar film kijken.

Ik belde op mijn creditcard naar All Souls. Het late uur was ook daar geen bezwaar, want Ted Smalley, onze secretaris, is een nachtmens en bovendien een van die zeldzame en zeer gewaardeerde mensen die bereid zijn vierentwintig uur per dag in zijn werk te steken.

'Hi, Shar,' zei hij toen hij mijn stem herkende. 'Als je belt om naar Ralph en Alice te informeren; alles is in orde met ze. Ik ben om ongeveer zes uur bij je thuis geweest, heb ze naar binnen gedreven, ze te eten gegeven en met ze gespeeld. Ze zullen nu wel liggen te pitten.' Mijn katten – het zijn eigenlijk nog poesjes – waren oorspronkelijk van een vriend van Ted die aan AIDS is overleden. Ted heeft een erg bezitterige belangstelling voor ze die zo ver gaat dat hij altijd bereid is op ze te passen als ik de stad uit ben. Hij zou geschokt zijn als hij wist dat ik nauwelijks aan ze had gedacht sinds ik ze in vertrouwde handen had achtergelaten.

'Bedankt, Ted,' zei ik. 'Ik bel je ook om een andere reden; heeft er vanavond nog iemand telefonisch naar me gevraagd?'

'Bedoel je of er boodschappen voor je zijn?'

'Nee, ik bedoel of iemand echt informatie over me heeft gevraagd, bijvoorbeeld over het werk dat ik doe.'

'Ik kan het... Wacht even. Er heeft een poosje geleden een man gebeld. Rae heeft opgenomen omdat ik naar het toilet was. Hé, Rae!'

Hij legde de hoorn met een klap op het bureau en een paar seconden later kwam mijn assistente Rae Kelleher, die evenals Ted in het grote Victoriaanse pand van het collectief in Bernal Heights woont en werkt, aan de lijn. 'Hallo. Hoe gaat het?'

'Tot nu toe prima. Vertel me eens over die man die heeft gebeld. Heeft hij je een naam opgegeven?'

'Nee, hij mompelde een beetje en ik kon zijn naam niet verstaan. Ik had er eigenlijk naar moeten vragen, maar ik zat naar de tv te kijken en was afgeleid.'

'Wat wilde hij?'

'Nou, hij vroeg naar jou en toen ik zei dat je buiten de stad was, zei hij dat ik hem dan misschien kon helpen. Hij wilde alleen je functieomschrijving weten, zei hij. Die hadden ze nodig om je je nieuwe Discover Card te kunnen verstrekken. Ik vond het wel vreemd dat hij zo laat belde, maar veel van die creditcardbedrijven werken dag en nacht en zoals ik al zei, probeerde ik naar *Arsenio* te kijken. En ik weet hoe belangrijk het is goede betaalkaarten te hebben, dus heb ik hem verteld dat je onze privé-detective bent.'

Ik zweeg een ogenblik. 'Hoe klonk hij? Is je nog iets opgevallen aan zijn stemgeluid?'

'... Nee. Het was gewoon... normaal.' Ze zweeg en vroeg toen: 'Shar, heb ik iets verkeerds gedaan?'

'Nee, natuurlijk niet.'

'Dat is een opluchting. Ik dacht even... maar je weet wat Willie zegt over het hebben van krediet.'

'Ja, dat weet ik.' Ik zal het niet weten! Willie Whelan, Rae's vriend, is waarschijnlijk de grootste deskundige ter wereld op het gebied van overbesteding. Hij wordt rijk doordat hij in zijn keten van juwelierszaken waar met korting gekocht kan worden iedereen en altijd tegen woekerprijzen krediet geeft. 'Luister,' voegde ik eraan toe. 'Ik ben op zijn laatst dinsdag terug. Red je het tot dan?'

'Natuurlijk, ze noemen me niet voor niets "Nero" Kelleher.'

'Nero?'

'Nero, van Nero Wolfe.'

'Ah, natuurlijk.' Rae was onlangs in de ban geraakt van detectiveromans en ze werkte zich in hoog tempo door een van de talrijke boekenkasten van All Souls heen.

Toen ik had opgehangen riep ik 'bedankt' naar mevrouw Wittington en sjokte terug de heuvel af naar het huisje. Hoe zou Hy Ripinsky, naar verluidt voormalig CIA-agent, dit noemen? Dat je je dekmantel bent kwijtgeraakt?

Nog maar kort geleden had ik er de noodzaak niet van ingezien een dekmantel te hebben. Nu ik die niet meer had, voelde ik me kwetsbaar.

4

De onverharde weg naar Stone Valley liep omhoog de met alsem en mesquitestruiken begroeide heuvels in. Evenwijdig eraan liep een smalle, ondiepe beek waarlangs roodachtig goudkleurige espen groeiden. In de verte verrezen kale bergen waarvan de met sneeuw bedekte toppen door de hooghangende
nevel een blauwe kleur hadden gekregen. Erboven trok een
straalvliegtuig van het Fallon Naval Air Station in Nevada con-
densstrepen in de middaghemel. Ze waren het enige teken van
het moderne twintigste-eeuwse leven.

Ik lette scherp op putten in de weg en reed niet harder dan
veertig kilometer. Na een kilometer of zes liep de weg op een
hoge, met droog bruin gras begroeide weide weer vlak. Het
land was omheind met paaltjes waartussen een enkele lijn prik-
keldraad was gespannen en aan mijn rechterkant was een schapenkooi met een planken schutting eromheen. Twee in spijker-
pak geklede mannen dreven een kudde schapen bijeen. Aan
hun uiterlijk te zien waren het afstammelingen van de Paiutes
die al lang voordat de Euro-Amerikanen arriveerden in dit gebied woonden. Hy Ripinsky's arbeiders, dacht ik. Ik herinnerde
me dat hij had gezegd dat ik zijn ranch na ongeveer zeven kilometer voorbij de kruising waar deze weg zich afsplitste van de
snelweg ten oosten van Vernon zou zien liggen.

De boerderij verscheen om de volgende bocht. Het huis was
gebouwd van vurehout en steen uit de streek en strekte zich
naar alle kanten uit zonder dat er van een duidelijk bouwplan
sprake leek te zijn. De Morgan stond in de stad bij de caravan
van de Coalitie waar ik Ripinsky een halfuur geleden had achtergelaten, maar er stond een landrover tussen een enorme tv-
schotel voor de ontvangst van satellietuitzendingen en een vervallen schuur. Ik keek achterdochtig naar de landrover toen ik
erlangs reed en dacht aan het terreinvoertuig dat de vorige

avond snel over de alkalivlakte was weggereden. Toen haalde ik mijn schouders op; mijn voorraad verdachten zou echt heel groot worden als ik als criterium zou hanteren dat ze een voertuig moesten bezitten dat sterk genoeg was om het terrein van het Tufa Lake-gebied te weerstaan. Bovendien zou Ripinsky als een duivel hebben moeten rijden om de landrover te kunnen ophalen en naar het tufsteenwoud terug te keren. In een auto met zo'n lage wegligging als de Morgan was dat op deze weg onmogelijk.

Na nog een kilometer of anderhalf begon de weg weer te stijgen, deze keer zigzaggend. Aan de ene kant was een rotswand en aan de andere een steile, met rotsstenen bezaaide helling. De rivier kronkelde zich beneden me en glinsterde zilverachtig op de plaatsen waar hij door stroomversnellingen raasde. Ik nam voorzichtig een bijzonder kronkelige bocht en toen zag ik de hele Stone Valley voor me liggen.

Ik reed de berm in en bestudeerde het panorama. Ik wist niet zeker wat ik had verwacht, maar in ieder geval dit niet. De vallei was deprimerend kaal. Er groeide geen boom en geen grassprietje; de enige levende natuur waren de alsem en de mesquitestruiken die zich aan de donkere heuvels vastklampten. De lokatie van de toekomstige mijn op de vlakke top van het hoge, oostelijke plateau was gemakkelijk te herkennen aan de nieuwe afrastering van harmonikagaas. Daarboven en in de vallei bewoog niets, zelfs het water van de stroom leek stil te staan. Verspreid over de bodem van de vallei lagen de ruïnes van de gebouwen die waren overgebleven van wat eens Promiseville was geweest.

Het waren niet meer dan een stuk of twintig verweerde vurehouten bouwsels met verroeste ijzeren daken. De meeste stonden bijeen in het midden van de vallei, maar enkele ervan lagen grillig verspreid op de oostelijke helling in de richting van de overblijfselen van een oude ertsmolen. De molen was ingestort en er was niet veel meer van over dan een berg versplinterd hout en verwrongen metaal die zich voor een deel over de helling had verspreid. Het was te zien dat de weg die erlangs naar de afrastering liep onlangs was genivelleerd.

Ik reed terug de weg op en zette de afdaling naar de bodem van de vallei voort langs een kerkhof met door de wind gladgeschuurde grafstenen. Een havik met een rode staart zat op een van de stenen en keek met meedogenloze ogen naar me terwijl ik langsreed. De lucht was hier warm en bewegingloos en er heerste een onnatuurlijke, drukkende stilte. Ik wist niet waarvan ik het eerst last zou krijgen als ik hier zou wonen: de enorme temperatuurverschillen tussen de seizoenen of die verschrikkelijke stilte. Hoezeer ik het ook betreur dat het in de stad zo mistig en lawaaiig is, ik ben een San Franciscoër in hart en nieren en ik functioneer het best in een stedelijke omgeving met een gematigd klimaat.

Toen Anne-Marie en ik Ripinsky om halftien vanochtend in de caravan hadden getroffen – Ned Sanderman was onverklaarbaar afwezig – had ik hem ondervraagd over de mensen in de vallei en daarna wist ik globaal waar ik hen kon vinden en hoe ik bij de concessie van de vermiste goudzoeker, Earl Hopwood, kon komen. Daarna ging ik op weg om de verhalen die ze hadden verteld te controleren. Ik was vooral geïnteresseerd in het verhaal van Lily Nickles over de vreemde afwezigheid van activiteit in het gebied van de mijn. Indien nodig zou ik er naar toe gaan om zelf rond te kijken.

Nadat ik wat de hoofdstraat van Promiseville geweest moest zijn, was ingereden, stopte ik bij een afgebrande ruïne en raadpleegde mijn lijst. Volgens Ripinsky woonde Nickles al meer dan drie jaar in een door haar gekraakt huis op de helling beneden de ertsmolen. Ik liet mijn auto achter op de plaats waar ik was gestopt en ging te voet verder. Onderweg kon ik me er niet van weerhouden door de met stof bedekte ramen van de huizen die ik passeerde naar binnen te turen.

Wat ik daar zag, stemde me niet vrolijker: ingestorte plafonds, behang dat in grote lappen van de muren hing, gebroken vloerplanken en blootgelegd schotwerk. Ripinsky had me verteld dat veel bewoners van Promiseville na de bloeitijd waren gebleven en op alle mogelijke manieren hadden geprobeerd hun kostje bij elkaar te scharrelen tot een brand aan het eind van de jaren twintig het grootste deel van het stadje verwoestte. Toen waren ze allemaal gevlucht en hadden alleen hun draagbare en dierbaarste bezittingen meegenomen. Dit werd bevestigd door de meelijwekkende verzameling voorwerpen die in de huisjes waren achtergebleven: verroeste ijzeren bedsteden, gordijnen die eens kleurig waren geweest en nu in flarden voor de ramen hingen, een keukenfornuis waarop op een van de branders nog een koekepan stond; door knaagdieren aangevreten fauteuils; het in stukken gevallen porseleinen hoofd van een pop.

Toen ik afsloeg en de heuvel op sjokte, dacht ik na over de inwoners van Promiseville. Waarom waren ze zo lang gebleven nadat de bloeitijd voorbij was? Het leven hier moest toen buitengewoon zwaar zijn geweest met de sneeuwstormen in de winter en de verzengende droogte in de zomer. In de jaren twintig waren in de rest van het land elektrisch licht, sanitaire voorzieningen binnenshuis, auto's en stomme films gemeengoed geworden, maar ik zag nergens tekenen die erop wezen dat deze verworvenheden ook hun weg naar deze afgelegen buitenpost hadden gevonden. Maar iets had deze mensen hier vastgehouden; misschien apathie of gewoon het feit dat Promiseville hun thuis was.

Toen had de brand de stad de laatste vernietigende slag toegebracht. Veel mensen waren gedwongen geweest hun huis te verlaten en degenen voor wie dat niet gold, waren met hen mee gevlucht. Er hadden paniek en wanhoop geheerst en bij degenen die misschien toch gebleven zouden zijn was de angst voor isolement en eenzaamheid ontstaan. Maar Promiseville was voor hen allemaal een thuis geweest en ik vroeg me af of velen van hen in de daaropvolgende jaren hun overijlde vertrek niet hadden betreurd of het stadje zelfs waren gaan missen.

Ripinsky had me verteld dat Lily Nickles in het grootste huis op de heuvel woonde en dat je vanaf de veranda aan de voorkant over de hele vallei kon uitkijken. Ik herkende het gemakkelijk aan de geelbruine jeep die ernaast geparkeerd stond. Het lag op het westen, afgekeerd van de ingestorte ertsmolen en de mijn. De trap aan de voorkant was gerepareerd met nieuw hout dat er vergeleken met het verweerde vurehout ruw uitzag. Een ingezakte rieten schommelstoel stond naast de deur. Toen ik de veranda op stapte, zag ik een verzameling verroest en met modder bedekt goudzoekersgereedschap – pikhouwelen, schoppen en pannen die op mijn wok leken – door elkaar in een hoek liggen. Ik klopte op de deur, maar er werd niet gereageerd. Er hingen jute lappen voor de ramen dus ik kon niet naar binnen kijken

Als Nickles niet thuis was, had Ripinsky gezegd, zou ze waarschijnlijk achthonderd meter naar het noorden, op de plaats waar de rivier om een met rolstenen bedekt veld heen een scherpe bocht maakte, aan het goudzoeken zijn. Vanaf Nickles' veranda overzag ik het terrein en besloot de banden en de vering van de MG er niet aan te wagen. Vervolgens liep ik terug de heuvel af en volgde de stroom. Het ondiepe water lag vol stenen en stroomde even traag als ik had gedacht toen ik er boven vanaf de weg naar had gekeken. De oevers waren bezaaid met rommel: overblijfselen uit het verleden als verroeste bakken en gereedschappen waren vermengd met afval uit het heden waaronder bierblikjes, hulzen van geweerkogels en plastic bekers. Ik passeerde een paar andere ruïnes waarvan er een niet meer was dan een afgebrokkelde bakstenen muur en een fundering en toen zag ik het veld met rolstenen aan de overkant van de rivier. Van achter een rotsformatie met de omvang en de vorm van een slapende olifant vandaan klonk het tjoekende geluid van een benzinemotor en het water stroomde er met zo'n kracht achter vandaan dat het nooit de rivier zelf kon zijn. Ik versnelde mijn pas tot de rots mijn uitzicht niet langer belemmerde. Lily de Tijgerin stond tot haar knieën in het water. Naast haar dreef op de binnenband van een vrachtwagen een merkwaardige machine. Er staken twee slangen uit die in het water waren ondergedompeld en aan de motor zat een aluminium voorwerp vast dat op een trog leek en waaruit water spoot. Nickles droeg een turkoois topje en een vale spijkerbroek met afgeknipte pijpen die allebei donker waren door het water en haar korte bruine haar lag tegen haar hoofd geplakt. De machine maakte zo'n lawaai dat ze me niet hoorde toen ik haar riep.

Ik ging op de oever zitten, trok mijn gymschoenen en mijn sokken uit en rolde mijn spijkerbroek op. De ijzige kou van het water vormde een schril contrast met de middaghitte toen ik de stroom in stapte en de stenen onder mijn voeten waren glibberig door het mos. Nickles zag me toen ik naar haar toe begon te waden.

Boven het gestamp van de motor uit, schreeuwde ze: 'Hé, jij daar, wegwezen hier!'

Ik bleef doorlopen.

'Je hebt me verdomme toch wel gehoord! Ga mijn stroom uit!' Ze balde haar vuist en schudde die woedend naar me.

'Rustig maar, Lily.'

Ze fronste haar voorhoofd, duidelijk verbaasd doordat ik haar naam kende. Toen rolde ze geërgerd met haar ogen en zette de motor uit. In de plotselinge stilte klonk het uit de trog stromende water erg luid.

'Wat wil je in jezusnaam?' vroeg Nickles.

'Met je praten over wat je tegen Ripinsky hebt verteld. Over wat je bij de mijn van de Transpacific hebt gezien.'

Haar ogen vernauwden zich. 'Heeft die rottige bomenfanaat je gestuurd?'

'Inderdaad.' Ik vertelde haar hoe ik heette en dat ik voor de Coalitie werkte.

'Wacht even,' zei ze. 'Je was gisteren bij de caravan.'

'Ja.' Ik waadde naar haar toe en wees op de machine op de binnenband. 'Wat is dat?'

'Een hydraulische concentrator. Hij werkt als een baggermachine.'

'En wat doet hij?'

'Hij zuigt grind op en sorteert het.'

'Waarom?'

Ze keek me woedend aan. 'Je weet niets, hè? Je bent vast een van die bomenfanaten uit de stad. Waarom denk je dat het grind wordt gesorteerd? Om goud te vinden natuurlijk. Goud is zwaar, het zwaarste metaal dat er is. Het zinkt en blijft in de trechter zitten. De rest wordt weggespoeld.'

'Ik dacht dat je het grind in een goudzeef waste.'

'Dat doe je alleen om monsters te nemen. Op die manier kun je de stroom leren kennen en te weten komen waar de grindbanken liggen die de moeite waard zijn om op te werken. Weekendgoudzoekers doen het ook – het zijn meestal klootzakken. Dit schatje – ze klopte op de machine – kan per dag vijftig maal zo veel grind afwerken en bovendien kan ik hem op mijn rug meedragen.'

Nickles keek me nog steeds onderzoekend aan, met een onaangenaam trekje om haar droge, gebarsten lippen. Maar iets in haar toon zei me dat ze heimelijk genoot van de gelegenheid om met haar vakkundigheid te pronken.

Ik zei: 'Je bent dus een goudzoekster die geavanceerde technieken gebruikt.'

'Nee, *zij* gebruiken geavanceerde technieken.' Ze wees met haar duim over haar schouder naar het oostelijke plateau. 'Ik heb alleen mazzel dat ik vorig jaar zo veel klompjes heb gescoord dat ik er dit schatje mee heb kunnen kopen.'

'Kunnen we over hen praten?' Ik knikte in de richting waarin ze had gewezen.

Ze aarzelde en zei toen: 'Ach, wat maakt het ook uit. Ik ben wel aan een rustpauze toe. Wil je een biertje?'

'Graag. Bedankt.'

Nickles pakte het plastic touw waarmee de binnenband aan een rotssteen was bevestigd en trok de concentrator langzaam naar de wal. Ik hielp haar de machine op de hoge oever te tillen en toen stak ze haar hand naar me uit en trok me omhoog. 'Ga daar maar zitten,' zei ze en ze gebaarde naar het rotsblok dat op een slapende olifant leek. 'En in de schaduw, want de zon is vandaag moordend.'

Terwijl ik voorzichtig over het veld met rolstenen liep, hurkte Nickles, trok aan een ander plastic touw en viste een *six-pack* Coorsbier uit de stroom. Ze trok twee blikjes los en liet de rest in het water terugzakken. Toen ze naar me toe kwam en me er een overhandigde, zag ik in gedachten hoe de vurige liberalen bij All Souls in elkaar zouden krimpen als ze zouden zien dat ik bier dronk van een merk dat ze boycotten. Maar goed, de vurige liberalen waren dan ook nog nooit met deze verzengende middaghitte in Stone Valley geweest.

Nickles en ik gingen op een plat stuk graniet zitten met onze rug tegen de koele zijkant van de olifant. De schaduw was welkom en het ijskoude bier nog meer. Ik nam een grote slok en zei toen: 'De mensen van de Coalitie hebben me verteld dat je nog nooit van Franklin Tarbeaux hebt gehoord, de man die de driehonderd hectare aan de Transpacific heeft verkocht.'

Ze dronk met grote slokken en schudde haar hoofd. 'Zo'n naam zou ik me herinneren. Bovendien zou die kerel nu barsten van de poen, dus ik zou zeker mijn best hebben gedaan hem te leren kennen.'

'Was je ervan op de hoogte dat het land aan de oostkant van het plateau in particuliere handen was?'

'Nee, ik was er niet van op de hoogte dat het in particuliere handen was en ik wist zelfs niet dat er goud werd gewonnen.' Ze imiteerde mijn stem, maar ze glimlachte erbij om te laten zien dat ze het niet venijnig bedoelde. 'Ik dacht dat het land van het Bureau voor Landbeheer was, zoals het meeste hier in de buurt.'

'En de vermiste goudzoeker, Earl Hopwood?'

'Wie zegt dat hij wordt vermist?'

'Hy Ripinsky zegt dat niemand hem de afgelopen weken heeft gezien.'

'En wat dan nog? Earl kennende zou ik zeggen dat hij in Reno of Carson City zit en daar met een of andere hoer hokt en alle winst die hij op de verkoop van dat land heeft gemaakt erdoorheen jaagt aan de blackjacktafel.'

'Verdwijnt hij vaak op die manier?'

'Behoorlijk vaak. Earl is 69 jaar, maar hij is nog zo geil als een bok. Behalve dan op mij en ik zou me door dat ouwe gratenpakhuis nog niet met een tang laten aanraken. Er is hier in de buurt niemand op wie hij zijn geilheid kan botvieren.'

'Maar zou hij twee weken wegblijven?'

'Wél als hij goed genoeg bij kas was en dat moest hij zijn nadat hij dat land had verkocht.'

Het was mogelijk, dacht ik, dat Hopwood gewoon aan de boemel was gegaan, maar ik wilde toch een kijkje bij zijn concessie gaan nemen. 'Hopwood is een nakomeling van de oorspronkelijke eigenaars van de mijn van Promiseville?'

Ze knikte. 'De familie is halverwege de negentiende eeuw uit Engeland of zo'n soort kloteland hier naar toe gekomen. Ze hebben hun concessie gekregen en zijn rijk geworden.' Nickles ogen kregen een verrassend zachte, dromerige uitdrukking. 'Het huis waarin ik woon, was van hen. Voor deze tijd zou het niets bijzonders zijn, maar het kijkt nog steeds uit over de hele vallei... Daarom heb ik het gekozen,' voegde ze er even later aan toe. 'Voor de mazzel. Ik dacht als ik nu in een rijkeluishuis ga wonen, word ik misschien ook nog eens rijk.'

De vrouw interesseerde me, dus liet ik de vragen die ik haar wilde stellen even voor wat ze waren. 'En hoe zit het met jou, Lily? Hoe ben jij goudzoekster geworden?'

Ze dronk haar bier op, kneep het blikje in elkaar en gooide het in de richting van het water. Het kwam met een zacht tinkelend geluid op de oever terecht.

'Ik kon niet veel anders doen; ik heb weinig opleiding gehad. Mijn moeder was geefster in een van die luizige casino's in Reno. Mijn vader heb ik nooit gekend. We woonden bij mijn grootouders en ze zaten me altijd op mijn nek. Maak je school af, zorg dat je een goeie baan krijgt, trouw met een lieve man die voor je zal zorgen.' Ze grijnsde ondeugend. 'Het probleem was dat ik te graag feestvierde.

Ik zat net in de tweede klas van de brugschool toen ik het met die vent aanlegde die op de Strip werkte om het geld bij elkaar te verdienen voor zijn goudzoekersuitrusting. We gingen op zoek naar het eldorado en vonden veel goud in de buurt van Jamestown. We hebben zelfs een tijdje ons eigen café gedreven en ook nog een paar kinderen gekregen.'

Na lang te hebben gezwegen, zei ze zacht: 'Hij is nu al jaren dood. Daar wil ik niet over praten. Hoe het met mijn kinderen gaat, weet ik niet. De kinderbescherming heeft hen bij me weggehaald.' Haar ogen werden vochtig en ze veegde woedend over haar ogen. 'Waarom vertel ik je dit in godsnaam allemaal?'

Ik haalde mijn schouders op en dronk mijn blikje bier leeg. 'Misschien komt het door deze omgeving. Stone Valley, Promiseville. De eenzaamheid maakt dat je wel eens met iemand wilt praten.'

'Het is hier eenzaam, ja. Het is hier 's nachts zo stil dat ik er bijna gek van word. Ik ga dan op mijn veranda zitten en kijk uit over de vallei. En weet je wat ik dan zie? Dat kerkhof. Het ligt vol met mensen wier dromen nooit zijn uitgekomen. Sommige nachten kan ik alleen maar denken aan al die mensen die hierheen zijn gekomen om rijk te worden en wie het niet meer heeft opgeleverd dan een vurehouten doodskist. Soms ben ik wel eens bang dat mij dat ook zal overkomen.'

'Maar je gaat hier niet weg.'

'Ik kan nergens heen. En er is nu ook geen andere plek waar ik zou willen zijn.' Ze beet op haar lip en wendde haar blik af.

Ik voelde aan dat dit niet het soort gesprek was waar ze goed tegen kon en dat ze het nu welletjes vond, dus zei ik: 'Vertel me eens wat je bij de mijn hebt gezien.'

Nickles had zich tegen het rotsblok ineen laten zakken, maar nu richtte ze zich op en schudde haar hoofd alsof ze haar gedachten wilde ordenen. 'Daarboven,' zei ze. 'Ik had me er al een tijdje over verbaasd dat er daar niets gebeurde. Geen grote vrachtwagens op de toegangsweg, geen explosies, niets waaruit bleek dat ze bodemmonsters namen. Dus vond ik dat ik boven maar eens een kijkje moest gaan nemen...

Dat was twee dagen geleden geweest. Zodra het licht werd, had ze het plateau beklommen en een omweg vanuit het noorden gemaakt waar grote rotsblokken lagen die haar aan het oog onttrokken. Ze wist niet waarom ze de aandrang had zich verborgen te houden, maar intuïtief leek het haar een goed idee.

'En ik bleek gelijk te hebben,' zei ze.

De zon was die ochtend net boven de verre bergen van Nevada verrezen en in het zich verspreidende licht zag ze dat het land aan de kant van het plateau die vanaf de stad niet zichtbaar was, pas genivelleerd en in terrassen verdeeld was. Het was volledig omringd door een hoge afrastering van harmonikadraad dat onder stroom stond. Bij de poort van de toegangsweg stonden vier caravans en ernaast waren verscheidene voertuigen geparkeerd.

Nickles 'kronkelde zich als een slang' naar een goed uitkijkpunt en bestudeerde het gebied door haar verrekijker. Er was geen spoor te bekennen van de uitgravingen van de oude mijn en evenmin zag ze machines die erop duidden dat ze waren begonnen met het nemen van bodemmonsters. Terwijl ze keek, kwam er een man uit een van de caravans die naar een schuurtje naast de poort liep. Hij riep iemand die binnen was en er kwam een man naar buiten die naar de caravan liep.

'Toen drong het tot me door dat ze bewakers op het land hadden,' zei ze. 'Waarom zou het bewaakt moeten worden terwijl er niets was? Ik besloot het uit te zoeken.'

Ze had ook besloten dat de directe benadering het beste was, dus ze liep om naar de toegangsweg terwijl ze in de gaten hield wat er bij de bewakerspost gebeurde. 'Ik dacht dat ik er gewoon naar toe zou kunnen gaan en me gedragen als iemand uit de buurt. Ik zou iets zeggen als "ik was een eindje aan het wandelen en ik dacht, laat ik eens even langs gaan om te kijken hoe er in een echte mijn wordt gewerkt". Pas toen ik er vlakbij was, zag ik dat die vent bij de poort een grote Magnum op zijn heup droeg en ook nog een geweer van een zwaar kaliber bij zich had. En ik mocht doodvallen als het geen Chinees was en daar schrok ik pas echt van.'

Toen ik niet reageerde, keek Nickles me ongeduldig aan. 'Heb je niet gehoord wat ik zei? Een Chinéés.'

Ik herinnerde me wat Ripinsky me had verteld over Lily's theorieën over het Gele Gevaar. Om het goede contact dat ik met haar had te bewaren, deed ik mijn best gechoqueerd te kijken.

Nickles knikte alsof we een bijzondere kennis deelden. 'Die zijn in deze streek niet meer gesignaleerd sinds ze die Chinees halverwege de negentiende eeuw hebben opgehangen. Toen ik hem zag, besloot ik de zaak nog maar eens te overdenken. En terwijl ik dat deed, kwam er een derde man uit de caravan die naar de Spleetoog toe liep. De Spleetoog liep naar een van de jeeps en reed weg – om te patrouilleren, denk ik. Die andere man haalde een vouwstoel uit de caravan en ging in de zon zitten. Toen ik hem eens goed bekeek, zag ik dat hij ook zo'n gele was. En hij had ook een geweer.'

'Wat heb je toen gedaan?'

'Wat iedereen met een beetje verstand in zijn hoofd zou hebben gedaan. Ik heb de kuierlatten genomen.'

'Ik dacht dat je met een van de bewakers had gesproken.'

'Wie heeft je dat verteld?'

'Hy Ripinsky.'

Ze kreeg even een niet begrijpende uitdrukking op haar gezicht en begon toen te brullen van het lachen. 'De zakkenwasser geloofde me! Ik heb hem verteld dat ik die kerel heb aangeboden dat ie me mocht neuken als hij me zou vertellen wat er aan de hand was en Ripinsky geloofde me!'

'Waarom heb je dat gezegd?'

'Omdat ik Ripinsky niet kan uitstaan. Ik mag hem graag choqueren. Bovendien werd het daardoor een beter verhaal.'

'En waarom schreeuwde je zo tegen hem toen ik je uit de caravan zag komen?'

Haar mondhoeken gingen omlaag en haar lippen verstrakten. 'De klootzak zei dat ik een raciste was.'

'Om wat je over die Chinese bewaker had gezegd?'

'Ja. Er is daar iets vreemds aan de gang en het zou best eens een communistische samenzwering kunnen zijn. Je zou denken dat Ripinsky zich daar zorgen om zou maken; hij heeft het een en ander meegemaakt en weet hoe het in de wereld toe gaat. Maar nee, hij zegt alleen maar dat ik dom praat en dat ik hen geen spleetogen mag noemen.'

Ik zweeg een poosje en overdacht wat ze me had verteld. Nickles vatte dat als een afkeuring op en zei afwerend: 'Ik ben geen raciste. Ik hou alleen niet van Chinezen en ook niet van Jappen. Wat Indianen betreft – ik kan aan je gezicht zien dat je Indiaans bloed hebt – ik ben met Indianen opgegroeid en ik vind dat ze evenveel waard zijn als ik.'

'Maar je bent niet met Aziaten opgegroeid.'

'God, nee.' Maar ze glimlachte. Lily Nickles was slim genoeg om lang geleden al voor zichzelf te hebben bedacht waar ik nu op doelde. Ik vroeg me af in hoeverre de racistische praatjes die ze tegen mij en Ripinsky uitkraamde komedie waren.

Ik dacht nog wat langer over de situatie op het plateau na en stelde toen een vraag over iets dat me al een tijdje had dwarsgezeten.

'Lily, Earl Hopwood was zelf goudzoeker. Waarom heeft hij dat gebied op het plateau waarvan hij eigenaar was dan niet zelf geëxploiteerd in plaats van het te verkopen?'

'Je moet Earl kennen om dat te begrijpen. Ten eerste ontgint hij, net als ik, alleen *placers*, tenminste als hij zin heeft. Dat is goud dat door erosie van zijn bron vandaan is gevoerd. Maar om bij die aders te komen die daar boven nog over zijn' – ze gebaarde naar het plateau – 'moet je echt de harde rotsbodem openleggen. Spitten, opblazen en tunnels graven. Dat kost meer. En het is verdomd zwaar en gevaarlijk werk. Earl Hopwood is zo lui als een varken.'

'Oké, ik begrijp nu waarom hij het land niet zelf heeft ontgonnen, maar waarom heeft hij het verkocht voor een prijs die zo ver beneden de marktwaarde ligt?'

'Zozo, heeft hij het goedkoop verkocht? Wat moet ik daar nu over zeggen?' Ze haalde haar schouders op. 'Earl is dom. Alle hersens in zijn familie zijn generaties geleden al opgebruikt. In zijn ogen was het waarschijnlijk een hoop geld.'

'Hij moet toch hebben beseft...'

'Earl beseft niets. Hij is niet gewoon dom, maar oerstom. Dat huis van hem? Dat heeft hij gebouwd op land waar zelfs nog nooit één klompje goud is gevonden.'

'Ripinsky zei dat de rivier er doorheen stroomt. Daar vind je dan toch *placer*goud?'

'Zeker, maar de stroming is te snel. Je hebt langzaam stromend water nodig, anders blijft het goud niet liggen. Dat vind je bij bochten in de rivier, op plaatsen waar het water diep is of waar grindbedden liggen.'

'Bedoelde je dat met de rivier leren kennen – dat je die plaatsen weet te vinden?'

'Gedeeltelijk. Het is simpel; de grootste stommeling kan het.

Maar Earl Hopwood niet. Die bouwt zijn huis op land dat hij nooit in concessie zal kunnen krijgen, laat staan dat hij het ooit zal kunnen kopen.'

Die ochtend vroeg had ik het dossier doorgenomen dat Anne-Marie voor me had samengesteld over het verkrijgen van delfrechten: een van de eisen was dat het bewijs moest worden geleverd dat het mineraal was ontdekt binnen de grenzen van het gebied waarop iemand een concessie wilde hebben. Om dat land van de federale regering te kunnen kopen, moest aan nog strengere eisen worden voldaan. Misschien was Hopwood echt oerstom. Het was inderdaad niet slim van hem zijn huisje op federaal land te bouwen zodat de overheid ieder ogenblik van hem zou kunnen eisen dat hij het zou afbreken.

Nickles vroeg: 'Hoe heet je? McCone?'

Ik knikte.

'McCone, wat denk je dat daar boven aan de hand is?'

'Ik heb er geen idee van.'

'Ik ook niet. Maar wat het ook is, het maakt me doodsbang.'

5

Twee van de goudzoekers die ik probeerde te vinden nadat ik bij Nickles was weggegaan, waren niet in de buurt en een derde joeg me weg met een geweer. Tegen de tijd dat ik bij Hopwoods zogenaamde concessie kwam, was het al laat in de middag en de temperatuur was, god zij dank, een beetje gedaald. De concessie was aan het andere eind van de vallei en lag in een door rolstenen verstopte smalle canyon waar de stroom in een waterval over een hoge granieten richel stroomde. Ik moest het hele eind lopen – ik schatte dat het bijna vijf kilometer was – en ik was blij dat ik dank zij de lange wandelingen die ik met George op het strand had gemaakt nog in een betere conditie was dan gewoonlijk. Desondanks was ik moe en uitgedroogd en ik was dan ook flink opgelucht toen ik Hopwoods huis ontdekte. Het was vrij groot en lag een stukje van de rivier vandaan onder een puntig overhangend deel van de rotswand. Door het verweerde vurehout en het bolstaande glas van de ruiten vermoedde ik dat Hopwood zijn bouwmaterialen in Promiseville bij elkaar had gescharreld. De versterkte planken deur zat op slot met een grendel en een hangslot, maar ik klopte toch. Het verbaasde me niet dat er niet werd opengedaan en ik ging de ramen controleren. Net als bij die van Nickles hingen er jute lappen voor. In het huis, en eigenlijk in de hele kleine canyon, hing die verstomde stilte die me zei dat er niemand was en dat er ook al een tijdje niemand was geweest.

Voordat ik wat beter ging rondkijken, liep ik naar de waterkant, vormde een kom met mijn handen en dronk van het ijskoude water. Het had een aangenaam, metaalachtig bijsmaakje. Toen mijn dorst was gelest, trok ik mijn schoenen en sokken uit en liet mijn voeten in het kolkende koude water bungelen. Ik sloot even mijn ogen en luisterde naar het geruis van de waterval. Ik dacht aan de lange wandeling die ik nog voor de boeg had om bij mijn auto te komen en zuchtte.

Wat had ik vandaag ontdekt? Alleen dat er een volkomen redelijke verklaring was voor het feit dat niemand in de vallei Earl Hopwood de laatste twee weken had gezien. Ik had bevestigd gekregen dat Lily Nickles nooit van Franklin Tarbeaux had gehoord en dat de mensen van de Transpacific op hun land geen bodemmonsters namen, maar zo op hun hoede waren dat ze zelfs gewapende bewakers in dienst hadden. Maar wat zou dat dan nog? Het bedrijf had een buitenlandse directie die dit deel van het land niet begreep. Op de meeste plaatsen waar ze goud wonnen, was het waarschijnlijk uit noodzaak een routinekwestie om bewakers in te schakelen. Mijn werkdag had me niets nuttigs opgeleverd.

Waarom was mijn gevoel dat er iets mis was dan sterker geworden?

Ten eerste omdat Nickles gezegd had dat ze bang was en ze leek me geen vrouw die gemakkelijk bang werd of dat normaal gesproken zou toegeven. En dan waren er ook nog de onverklaarde inbraken in Ripinsky's huis, de caravans en de bungalows. Verder waren er nog de persoon die me in het tufsteenwoud had bespied, de tweede inbraak van gisteravond en de man die All Souls had gebeld.

Bovendien was het gevoel dat er iets mis was bijzonder sterk in deze kleine, smalle canyon; te sterk voor een plek waarvan de enige bewoner gewoon naar Nevada was vertrokken om eens flink te gokken en achter de wijven aan te zitten.

Ik geloof niet in het bovennatuurlijke, maar ik geloof wel dat plaatsen soms de emoties kunnen absorberen die door gebeurtenissen die daar hebben plaatsgevonden zijn opgewekt. Een huis waarin mensen gelukkig zijn geweest, heeft een aangename sfeer. Een plaats waar veel ellende is gebeurd, geeft je nooit een goed gevoel. Plaatsen waar een misdrijf is gepleegd, vooral als dit een moord was, zijn het ergst van allemaal en er hangt een aura van woede, wanhoop en pijn.

Ik stond op en begon rond te kijken. Het gebied achter het huis dat zich tot aan de rotswand uitstrekte, lag vol met verroeste goudzoekersspullen, gereedschap en afgedankte autoonderdelen. Ik liep om het huis heen en probeerde de ramen open te krijgen, maar ze zaten stevig op slot. Als er een zou zijn opengelaten, was het misschien verdedigbaar geweest als ik naar binnen zou zijn gegaan, maar de omstandigheden recht-vaardigden op geen enkele manier dat ik me met geweld toe-gang zou verschaffen. Ik draaide me om en begon de omgeving in steeds groter wordende halve cirkels meter voor meter af te speuren; daarna stak ik de stroom over door van de ene steen op de andere te stappen en begon de andere oever af te zoeken.

Toen rook ik een geur van verrotting.

Het duurde niet lang voordat ik had vastgesteld dat de geur van achter een paar manshoge rolstenen vlak bij de rotswand vandaan kwam. Mijn maag kwam in opstand toen ik er dich-terbij kwam en ik dacht, *o nee...*

Ik moest mezelf dwingen om een van de rolstenen heen te stappen en voelde zowel afkeer als opluchting toen ik erachter keek.

Het was Earl Hopwoods vuilnisbelt. De bergen afval zagen eruit alsof ze in de loop van jaren opgehoopt en even langzaam ingezakt en verrot waren. Vliegen zwermden eromheen. De stank was zo intens dat ik oppervlakkig door mijn mond ademde. Ik wilde me omdraaien omdat ik zeker wist dat mijn maag verder onderzoek niet zou kunnen verdragen, maar toen viel me iets op dat nog geen meter van me vandaan op de rottende massa lag. Het was een gekarteld stuk hout dat eruitzag alsof het een deel van een kist was geweest. Erop stond een woord waarvan de rode kleur van de letters niet in het minst door de elementen was vervaagd: 'Dynamiet'.

Daarboven was het onderste deel van nog een rij letters zichtbaar. Er leek 'Rode Duivel' te staan. Een merknaam.

Ik keek om me heen, vond een gebroken bezemsteel en haal-de het stuk van de kist daarmee naar me toe. Het was glibberig door het rottende voedsel dat eraan plakte dus ik pakte het voorzichtig op, liep ermee naar de stroom en waste het af. Ik wilde het meenemen als bewijsmateriaal, maar ik wist absoluut niet wat ermee te bewijzen zou zijn.

Dynamiet, dacht ik. Dynamiet werd bij de ontginning van rotsachtige bodem gebruikt om de heuvelhellingen op te bla-zen. Dynamiet werd gebruikt door technisch geavanceerde, commerciële mijnbouwbedrijven zoals de Transpacific.

Het werd *niet* gebruikt door goudzoekers die naar *placer*-goud zochten – goudzoekers zoals Lily Nickles en Earl Hop-wood.

Wat had Hopwood dan met een hele kist dynamiet gedaan? Ik besloot deze vraag aan Lily de Tijgerin voor te leggen.

Tegen de tijd dat ik weer in Promiseville aankwam, was de zon achter de heuvels gedaald en de vervallen huizen waren gehuld in een purperen schaduw waardoor ze er eerder uitzagen als geesten uit een romantisch verleden dan als de treurige overblijfselen uit een tijdperk vol ontbering en teleurstelling. Achter de ramen van Nickles' huis brandde geen licht en haar jeep was nergens te bekennen.

Ik bleef op haar veranda een minuut naar de stilte staan luisteren en werd bekropen door het gevoel van eenzaamheid dat ze had beschreven. De grafstenen op het kale heuveltje aan de andere kant van de vallei vingen de stralen van de opgaande maan op en glansden fluorescerend in de invallende duisternis. Ik dacht eraan dat Nickles hier avond aan avond zat uit te kijken op een plek waar zoveel dromen begraven lagen en daardoor misschien een beetje gek werd. Hoewel ik graag met haar wilde praten, was ik blij voor haar omdat ze hier vandaan was, al was het dan maar voor even.

Toen ik bij mijn auto kwam, stopte ik het stuk van de dynamietkist in de achterbak en reed terug naar Vernon. Toen ik Hy Ripinsky's boerderij passeerde, zag ik dat de lichten brandden en dat zijn Morgan naast de landrover geparkeerd stond. Impulsief stopte ik naast de weg en klopte op zijn deur.

Ripinsky deed onmiddellijk open met een boek in zijn hand. Hij droeg een vale spijkerbroek, een zwaar gerafelde trui en versleten mocassins. Hij knipperde verbaasd met zijn ogen, maar leek blij me te zien.

Zijn woonkamer was mooier dan je zou verwachten als je het huis van de buitenkant zag. Op de vurehouten vloer lagen geweven Indiaanse kleden, de uit afzonderlijke elementen bestaande bank en de stoelen waren van dikke kussens voorzien en zagen er comfortabel uit, in de boekenkasten aan weerszijden van de stenen haard stonden honderden boeken in kleurige omslagen en aan de muur boven de schoorsteenmantel hingen antieke geweren. Ripinsky bood me een biertje aan en ging het halen. Ik liep naar een van de boekenkasten en las de titels.

Justice Rides Alone; *Horses, Honour, and Women*; *Wear a Fast Gun*; *Hell on the Pecos*; *Bitter Sage*; *The Last Days of*

Horse-Shy Halloran. Duidelijk westerns. Ik pakte een boek op dat plat op de andere lag: *Hopalong Cassidy and the Trail to Seven Pines*, geschreven door iemand die Tex Burns heette. Met een boosaardige blik in zijn ogen boog Hoppy zich over de liggende gedaante van een man terwijl zijn paard vredig voor zich uit staarde. Hoppy droeg – ik zweer het! – een verwijfd lavendelblauw pak. Dit boek, dacht ik, zou gemakkelijk een zeer gewild verzamelobject kunnen worden in de overwegend homoseksuele Castrowijk in San Francisco.

Ripinsky kwam terug en overhandigde me een blikje Budweiser. 'Ik zie dat je in mijn westerns bent geïnteresseerd.'

'Vooral in deze.' Ik hield Hopalong omhoog.

Hij grijnsde. 'Ik wed dat je dat nooit van de ouwe Hoppy gedacht had. Ik heb dat boek alleen voor het omslag gekocht; het is onleesbaar. In feite heb ik een groot deel van mijn verzameling voor de omslagen gekocht; in de jaren dertig en veertig waren ze prachtig, vooral die van westerns.'

Hij liet me een paar van de betere zien waarvan de meeste waren gemaakt door een kunstenaar die Nick Eggenhofer heette. Daarna leidde hij me naar de boekenkast aan de andere kant van de haard en wees me niet alleen een boek over Eggenhofers leven en oeuvre aan dat de toepasselijke titel *Horses, Horses, Always Horses* droeg, maar ook andere naslagwerken over het Oude Westen.

'Ik moet bekennen dat ik de helft van de non-fiction niet heb gelezen,' zei hij. 'Ik lees liever fictie. Mijn vrouw beweerde dat het kleine jongetje in me hiermee probeerde te compenseren dat het nooit een revolverheld was geworden.'

Maar volgens de plaatselijke roddel, dacht ik, was hij wél een soort revolverheld geworden. Ik wilde hem vragen wat er waar was van de geruchten dat hij bij de CIA had gewerkt, maar zijn gezicht had een droefgeestige uitdrukking gekregen toen hij over zijn overleden vrouw sprak. Dit was niet het juiste moment om naar persoonlijke zaken te informeren, maar ik had het gevoel dat het juiste moment daarvoor misschien nooit zou komen.

'Zo,' zei hij, terwijl hij me gebaarde op de bank te gaan zitten, 'vertel me maar eens wat je in de vallei hebt ontdekt.'

'Heel weinig vrees ik.' Ik bracht hem op de hoogte van mijn wederwaardigheden en vertelde hem tot besluit over het stuk van de dynamietkist dat ik op Earl Hopwoods vuilnishoop had gevonden.

'Vreemd,' merkte hij op. Hij pakte een bruyèrepijp van de tafel die naast de leunstoel waarin hij zat, stond en begon hem te stoppen. 'Earl zoekt niet veel meer naar goud en hij heeft nooit iets gevoeld voor het delven in harde rotsbodem al had hij dan dat stuk land op het plateau in bezit. Ik kan me niet voorstellen wat hij met dynamiet zou moeten doen.'

'Lily zegt dat ze er zelfs aan twijfelt of er ooit goud in de buurt van zijn huis is gevonden. Waar denk je dat hij van leeft?'

Ripinsky stak zijn pijp aan. Door de opkringelende rook heen zei hij: 'Ik weet zeker dat hij in de loop van de jaren langs die stroom een flinke hoeveelheid goud heeft gevonden en hij heeft waarschijnlijk een uitkering. Je vergeet dat je in dit deel van de staat goedkoop kunt leven en zeker op de manier waaraan Earl gewend is geraakt.'

'Geraakt?'

'Earl is niet altijd goudzoeker geweest. Tot twintig jaar geleden dreef hij het benzinestation tegenover het kantoorterrein. Toen ging zijn dochter Peggy – ze was van mijn leeftijd en we hebben samen op school gezeten – weg uit de stad en Earl zag niet veel reden om te blijven. Dus gaf hij het benzinestation op en verhuisde naar de vallei.'

'Lily zegt dat hij daar niet legaal woont.'

'Ze heeft waarschijnlijk gelijk. Om je de waarheid te zeggen, heb ik er nooit over nagedacht. Earl noemt het zijn concessie, maar ik denk niet dat er genoeg goud in die canyon is om patent op het land te kunnen aanvragen. En zelfs wanneer dat wél zo zou zijn, betwijfel ik of hij de moeite zou nemen. Nadat Peggy is vertrokken, heeft Earl al zijn ambitie verloren.'

'Was zij zijn enige kind?'

'Ja. Earl is al snel weduwnaar geworden en hij heeft haar grootgebracht vanaf haar babytijd. Mooie Peggy noemden we haar. Ze was te mooi om haar leven in Vernon te verdoen.'

'Wat is er met haar gebeurd?'

'Ze is naar Berkeley gegaan, heeft daar een baantje gevonden en studeerde aan de universiteit. Ze is twee of drie keer getrouwd – met rijke mannen.'

'Is het mogelijk dat Hopwood de afgelopen twee weken bij haar is geweest?'

'Dat is niet waarschijnlijk. Voor zover ik weet, is hij met Kerstmis eens een keer een heel weekend bij haar op bezoek geweest, maar nooit langer.'

'Ik moet het toch controleren. Wat is de achternaam van haar echtgenoot?'

Ripinsky dacht na en schudde toen zijn hoofd. 'Als ik ooit geweten heb hoe haar echtgenoten heten, ben ik het vergeten.'

'Wie zou dat wél weten?'

'Misschien Rose Wittington. Toen Peggy nog een meisje was, heeft ze vaak op haar gepast en ze waren dol op elkaar. Ik kan niemand anders bedenken; ze heeft al haar banden met Vernon verbroken toen ze vertrok.'

Net als jij, dacht ik. Maar jij bent teruggekomen.

Ik vroeg: 'Wat vind je van Lily's idee dat hij in Nevada de bloemetjes buiten zet van de opbrengst van de verkoop van zijn land?'

'Op het eerste gezicht lijkt het aannemelijk, maar voor mijn gevoel klopt het niet.'

'Naar mijn idee ook niet. En dan is er nog die andere man die bij de landaankoop door de Transpacific was betrokken: Franklin Tarbeaux. Waarom weet niemand iets over hem?'

Ripinsky fronste zijn voorhoofd. 'Die naam zit me dwars, weet je. Ik heb al vanaf het begin het idee dat ik de naam ken, maar ik kan hem niet thuisbrengen.'

'Weet je zeker dat je Tarbeaux niet eens ergens hebt ontmoet?'

'Als je zo'n naam hebt als ik, maken andere opvallende namen indruk op je. Als ik Tarbeaux zou hebben ontmoet, zou ik het me zeker herinneren.'

'Dat zei Lily ook. Ik ben, toen ik van Hopwoods huis vandaan kwam, bij haar langsgegaan om haar te vragen of ze wist of hij ooit dynamiet gebruikte of dat ze ooit explosies had gehoord terwijl hij in de vallei was, maar ze was er niet. Heb je er enig idee van waar ze op een zaterdagavond naar toe zou kunnen gaan?'

Hij glimlachte. 'Jullie grotestadsmensen leiden een ingewikkeld leven, omdat jullie zoveel mogelijkheden hebben. Hier daarentegen... tenzij Lily naar de stad is gegaan om een *six-pack* te kopen of haar was naar de wasserette te brengen, kan ze nergens anders zijn dan in Zelda.'

'Natuurlijk. Ik denk maar dat ik er even langsrijd om met haar te praten.'

Ripinsky klopte zijn pijp in de asbak uit, stond op en rekte zich uit. 'Als je wilt ga ik met je mee om je gezelschap te houden.'

'Ik heb je avond al verstoord.' Ik gebaarde naar het boek dat hij in zijn hand had toen ik binnenkwam.

'Dat geeft niet. Ik moet er toch even uit.' Hij keek in de kamer rond alsof hij in de schaduw iemand zocht die er niet meer was. 'Herinneringen,' voegde hij er met een quasi-zielig glimlachje aan toe.

'Dat weet ik.' O ja, ik wist het heel goed. Ik werd de laatste tijd niet gekweld door bitterzoete herinneringen, maar tot een paar maanden geleden, leken het mijn enige herinneringen te zijn.

Om acht uur was het zo druk op de parkeerplaats van Zelda dat ik de MG in de berm van de weg moest achterlaten. Ik wachtte tot Ripinsky's Morgan achter me stopte, stapte toen uit en liep naar hem toe. Het was nu koud en de volle maan wierp een ijsachtige baan van licht over Tufa Lake. Ik ritste mijn suède jasje dicht en stak mijn handen in mijn zakken, blij dat ik er vanochtend aan had gedacht het mee te nemen.

Zelda's rood-met-goudkleurige neonreclame flikkerde verwelkomend tegen de achtergrond van de zwarte hemel. Er schalde luide muziek uit de zaak – countrymuziek met een dreunend ritme.

Hoewel ik met rockmuziek ben opgegroeid, heb ik de laatste jaren een voorkeur voor klassieke en countrymuziek gekregen. Klassieke muziek omdat ik er inspiratie door krijg en rustig van word en countrymuziek omdat die vrolijk en humoristisch is of zo verschrikkelijk treurig dat ik weet dat mijn leven nooit zo ellendig zal kunnen worden. Eenzaam gefluit, verloren weekenden, gevangenisstraffen en alle varianten op een gebroken hart – daarvan kikker je pas echt op. Bovendien heb ik via mijn familie een band met de *country and western*-wereld. De man van mijn zuster Charlene, Ricky Savage, heeft het gemaakt met zijn song: *Cobwebs in the Attic of my Mind* en daarna hits gemaakt als *My Library of Memories* en *The Cellar of Despair*. (Als Ricky's songs een thema hebben, heeft het iets met architectuur te maken.)

Ripinsky hield de deur voor me open en we stapten naar binnen. Het lawaai was oorverdovend; de mensen moesten schreeuwen om elkaar boven het geluid van de band uit te kunnen verstaan en in de lounge werden een paar mannen die aan het armdrukken waren door een grote groep omstanders aangevuurd. De temperatuur en de vochtigheid waren bijna tropisch en de rook die er hing was net zo dicht als de smog in L.A. op een slechte dag.

Ik keek naar Hy op. Hij keek me aan met een blik van 'Wat moet ik ervan zeggen?' en duwde me zachtjes naar de lounge.' Er ging een gebrul op onder de toeschouwers toen een van de mannen de arm van zijn tegenstander tegen de tafel drukte. De verliezer kreunde luid en schreeuwde toen dat het volgende rondje van hem was.

We vonden plaatsen aan het eind van de bar vlak bij de ramen die op het meer uitkeken en bestelden een paar Budweiserbiertjes. Toen ze werden gebracht, leunden we met onze rug tegen de houten wand om te kijken of we Nickles ergens zagen. We hadden haar jeep buiten zien staan, maar ze was nergens te bekennen. Het was te lawaaiig om te kunnen praten, dus dronken we zwijgend bier waarbij ik een portie pretzels at – ik had al sinds vanmorgen elf uur niets meer gegeten. Toen onze glazen leeg waren en ik mijn pretzels op had, leunde Ripinsky naar me toe en schreeuwde: 'Misschien is ze aan het dansen. Zullen wij ook even met de voetjes van de vloer gaan?'

Ik aarzelde – het was al een paar jaar geleden sinds ik veel gedanst had – en zei toen: 'Waarom ook niet?' en volgde hem naar de dansvloer. Terwijl ik mijn jasje op een kapstok naast de deur hing, speurde hij de dansvloer af om te proberen Nickles te ontdekken. De op en neer deinende mensenmassa was dicht opeengepakt en de gezichten waren in het zwakke licht en de laaghangende rook onherkenbaar. Hy haalde zijn schouders op, pakte mijn hand vast en en trok me achter hem aan.

Eerst voelde ik me onhandig, maar al snel merkte ik dat hij me goed leidde. Hij bewoog zich soepel en met flair zonder iets ingewikkelds te proberen waardoor ik over mijn voeten zou zijn gestruikeld. Zijn magere, harde lichaam paste aangenaam tegen het mijne en het had iets vanzelfsprekends dat ik zo dicht bij hem was.

George, herinnerde ik mezelf. George.

En een stemmetje binnen in me, kaatste terug: Doe niet zo idioot; je bent alleen maar aan het dansen!

De band zette *Cobwebs in the Attic of my Mind* in. Ik bracht mijn mond tot vlak bij Hy's oor en bekende dat de schrijver ervan aangetrouwde familie van me was. Dat amuseerde hem en hij vertelde me over zijn nichtje, nog een tiener, dat probeerde een tweede Dolly Parton te worden. 'Ze lijkt op haar; ze heeft grote tieten en alles,' zei hij, 'maar ze wordt alleen gevraagd om het volkslied te zingen bij baseballwedstrijden voor junioren.' De band speelde nog een song van Ricky Savage – *You can Leave my Bedroom but not my Heart* – en toen zag ik Nickles.

Ze was aan de andere kant van de dansvloer, waar ze tegen een kleine man aan hing die een cowboyhoed droeg. Haar hoofd met het kortgeknipte haar hing op zijn schouder en de arm die hij om haar heen had geslagen, schoof de achterkant van haar sweater omhoog waardoor een stukje blote rug zichtbaar was. De man duwde zijn neus in haar nek en Lily giechelde en struikelde. Ik tikte Ripinsky op zijn schouder en wees op hen.

Hij keek even in hun richting en trok een grimas. 'Als ik zo naar haar kijk, denk ik niet dat we veel informatie uit haar kunnen loskrijgen. Ze zijn allebei straalbezopen en het is nog vroeg ook.'

Ik knikte en zag dat de man iets in Nickles' oor fluisterde. Ze giechelde weer en hij begon met haar naar een zijdeur te dansen. Toen ze van de dansvloer stapten, slingerde ze en hij moest haar in evenwicht houden. Ze gingen samen naar buiten en lieten de deur achter hen open.

'Waarop komt die deur uit?' vroeg ik aan Hy.

'Op het balkon en daarvandaan kun je de trap af naar de steiger.' Hij fronste zijn voorhoofd. 'Normaal zou ik me er niet mee bemoeien, maar ik ken die vent. Hij is chauffeur op een tankwagen en bezorgt bij het benzinestation dat Earl Hopwood vroeger dreef. Een gemene klootzak voor zo'n klein kereltje. En ik heb Lily nog nooit zo dronken gezien dat ze bijna niet meer op haar benen kon staan.'

'Zullen we zelf ook een luchtje gaan scheppen? Ga jij maar vast. Ik pak eerst even mijn jasje.'

Toen ik me op het balkon bij hem voegde, waren Nickles en haar vriend nergens te zien. We liepen over de planken vloer naar de trap die naar de steiger afdaalde. Eerst zag ik niets anders dan de baan maanlicht op het meer, maar toen kreeg ik Nickles' lichte sweater en de hoed van de man in het oog. Ze waren aan het eind van de steiger.

Ik raakte Hy's arm aan en wees naar hen.

Hij knikte en versnelde zijn pas.

Toen schreeuwde de man die bij Nickles was. Het was geen dronkemanskreet die alleen diende om herrie te maken; het geluid had een ondertoon van verbazing en afschuw.

Ripinsky en ik begonnen te rennen. Beneden op de steiger liet Nickles zich op haar hurken zakken. De man schreeuwde weer.

Ik botste op de trap tegen Ripinsky aan, struikelde en miste twee treden voordat ik me weer wist op te richten. Ik zag dat Nickles' vriend nu als verstijfd achter haar stond. Ze staarden over de rand van de steiger in het water.

Ik rende de steiger af met Ripinsky vlak achter me. De vloer bewoog heen en weer en boog onder ons gewicht door. Ik drong me langs de man die nog steeds als verstijfd stond toe te kijken en pakte Nickles bij haar gebogen schouders.

'Lily, wat is er?'

Ze draaide haar hoofd om met een geschokte, verbijsterde uitdrukking op haar gezicht. Ik liet me door mijn knieën zakken en sloeg een arm om haar heen.

Ripinsky liep langs ons en ik hoorde hem kreunen van verbazing.

Nickles bleef roerloos zitten. Ze rook naar bier en sigarettenrook. Ik hield haar vast en keek over haar schouder naar Hy.

Hij stapte terug van de rand van de steiger en gebaarde naar beneden. Ik leunde voorover en tuurde in het duister.

Er dreef een lichaam in het water dat tegen de steiger stootte door de golven die waren ontstaan doordat we er overheen hadden gehold. Het was het lichaam van een man die lichtgekleurde kleding droeg. Zijn gezicht was naar beneden gekeerd en zijn schouders waren gebogen. Hij bleef maar tegen de steiger botsen...

Ik wendde me af en zei tegen Nickles' vriend: 'Breng haar terug naar het restaurant en laat iemand het bureau van de sheriff bellen. Hij ontwaakte met een schok uit zijn verdoofde toestand, stapte naar voren en trok Nickles overeind. De schrik had hém ontnuchterd, maar zij leek er volkomen krachteloos door te zijn geworden. Hij moest haar ondersteunen terwijl ze langzaam over de steiger liepen.

Ripinsky was op zijn hurken gaan zitten en probeerde het lichaam te pakken te krijgen. Onwillig liep ik naar hem toe om hem te helpen. Eerst dobberde het lichaam weg tot het buiten ons bereik was en vervolgens dreef het weer naar ons toe. We grepen het samen vast en trokken het op de steiger. Ik deinsde terug toen het op de planken vloer terechtkwam.

Ik keek Ripinsky aan. Zijn ogen waren even donker en glinsterend als het water. Hij aarzelde, pakte toen de schouder van het lijk vast en draaide het op zijn rug.

Het dode gezicht van de man staarde ons uitdrukkingsloos aan. Het was een rond, knap gezicht met een mopsneus dat er veel te jong uitzag voor de dikke bos grijs haar die tegen zijn schedel en zijn voorhoofd zat geplakt. Hij kon niet lang in het water hebben gelegen, want hij stonk niet en was niet opgezwollen. De voorkant van zijn witte overhemd werd ontsierd door twee donkere gaten waar kogels uit een revolver van een licht kaliber zijn lichaam waren binnengedrongen.

Ik vroeg: 'Ken je hem?'

'Ik heb hem nog nooit gezien.'

Ripinsky ging weer op zijn hurken zitten en begon de zakken van het lijk te doorzoeken. Hij stak zijn hand in de binnenzak van het geelbruine jasje en trok er een portefeuille uit. Hij stond op, haalde een doosje lucifers uit zijn zak en overhandigde me dat. Ik stak er een aan en lichtte hem bij terwijl hij de inhoud van de portefeuille onderzocht.

'Rijbewijs,' zei hij na een paar seconden. 'Het staat op naam van Michael M. Erickson. Hij woont in Barbary Park in San Francisco. Volop betaalkaarten: American Express, Visa, Master Card en betaalkaarten voor warenhuizen. Een legitimatiebewijs van een ziekteverzekeringsbedrijf.'

'Heb je zijn naam ooit gehoord?'

'Nee.' Hij ging verder met het doorzoeken van de portefeuille.

Ik verbrandde mijn vingers aan de lucifer die ik vasthield. Ik liet hem in het water vallen, stak er nog een aan en staarde neer op het gezicht van de dode man.

Michael M. Erickson. Een San Franciscoër, net als ik. Barbary Park was een vrij nieuwe woonwijk in het financiële district die bestond uit huizen die boven een paar kantoorverdiepingen en winkels waren gebouwd en door promenades met de nabij-gelegen Golden Gateway en het Embarcadero Center waren verbonden. Misschien geen prestigieus adres volgens de normen van de kenners van de society van de stad, maar het was wel duur om daar te wonen. Hier in Vernon was Erickson in een omgeving die als dag en nacht verschilde van zijn woonbuurt.

Ik huiverde en werd bevangen door het gevoel van afgrijzen en het besef van de nietigheid van de mens die door iemands gewelddadige dood worden gewekt.

Ripinsky floot zachtjes en zei: 'Halló!'

Ik rukte mijn blik los van de dode man. 'Wat heb je gevonden?'

'Een verborgen vakje in de ruimte voor het contante geld. Een tweede stel legitimatiebewijzen.'

'Van wie?'

Hij keek me aan. In het moment voordat de lucifer tussen mijn vingers uitging, zag ik de verbaasde uitdrukking op zijn gezicht.

'Zoekt en gij zult vinden,' zei hij. 'Mag ik je voorstellen: meneer Franklin Tarbeaux.'

6

De rechercheurs die door het bureau van de sheriff in Bridgeport in Mono County hierheen waren gestuurd, heetten
Dwight Gifford en Kirsten Lark. Gifford was een zwijgzame
man van midden dertig die eruitzag als een bodybuilder en zijn
voortijdige kaalheid leek te compenseren met een grote, borstelige snor. Lark was jonger – achter in de twintig – en beschikte
over een ongelooflijke nerveuze energie. Haar slanke lichaam
was voortdurend rusteloos in beweging en ze haalde nauwelijks
adem als ze sprak. Haar blonde krullen zagen eruit alsof ze met
statische energie waren geladen en zelfs de sproeten op haar
wipneus zagen eruit alsof ze plotseling op één rij zouden gaan
liggen. Eerst dacht ik dat ze als partners heel slecht bij elkaar
pasten, maar toen ik hen aan het werk zag, besefte ik dat ze samen buitengewoon goed functioneerden.

De patholoog-anatoom stelde vast dat Michael M. Erickson,
alias Franklin Tarbeaux, met een wapen van licht kaliber twee
keer van dichtbij in de borst was geschoten. Hij kon nog niet
nauwkeurig schatten wanneer de dood was ingetreden, maar
hij bevestigde dat het lijk nog niet lang in het meer had gelegen.
'En hij is ook niet van ver komen drijven,' voegde hij eraan toe.
'De stroming is niet sterk genoeg, zelfs 's avonds wanneer de
wind opsteekt niet.' Terwijl de mensen van de technische dienst
schijnwerpers op de steiger neerzetten, drongen de twee rechercheurs, Ripinsky en ik ons door de menigte die door de agenten
op het balkon werd tegengehouden en we gingen het restaurant
binnen.

De band had een gedwongen pauze genomen en het eet- en
dansgedeelte was leeggelopen. De lounge zat nog vol klanten
die door de ramen keken naar wat zich beneden afspeelde. De
eigenaar Bob Zelda, een kleine corpulente man die niet de min-
ste gelijkenis vertoonde met de exotische Scott Fitzgerald-achti-

ge verschijning die ik me vaag had voorgesteld, had Lily Nickles en haar danspartner in zijn kantoor asiel gegeven. Gifford ging er naar binnen om hen te ondervragen en Ripinsky en ik praatten met Lark aan een tafel in een hoek van de eetzaal.

Ze stelde goede vragen en concentreerde zich nauwkeurig op de belangrijkste feiten. Bij een ondervraging wist ze haar natuurlijke onrust te bedwingen; ze luisterde goed, ving nuances op en vroeg door wanneer dat nodig was. Toen Hy haar vertelde over het tweede stel legitimatiebewijzen dat de dode man bij zich had en over Franklin Tarbeaux' betrokkenheid bij de landaankoop van de Transpacific, noteerde ze alles zorgvuldig. Toen keek ze mij aan.

'Bent u hier beroepshalve?'

'Ja.'

'Voor wie werkt u?'

'Voor de Coalitie voor Milieubehoud.' Ik vertelde haar vervolgens over de gebeurtenissen die Anne-Marie ertoe hadden gebracht me te vragen hier naar toe te komen en wat er sinds mijn aankomst was gebeurd.

'Is er van die inbraken aangifte bij ons gedaan?' vroeg Lark.

'Van die van gisteravond niet. Er was niets gestolen en uit het telefoontje naar mijn kantoor bleek waar de dader op uit was.'

Hy zei: 'De politie is wel bij mij thuis en in de caravans van de Vrienden en de Coalitie geweest. Ik weet niet of ze ook in het bungalowpark zijn geweest.'

Lark keek nadenkend en tikte met haar vingers op tafel. 'Ik denk,' zei ze even later, 'dat deze Erickson, of Tarbeaux, met die inbraken te maken heeft. Hij kan ook degene met de terreinwagen zijn geweest die in het tufsteenwoud rondsloop. Een van mijn agenten heeft een eind verder op de weg een Bronco gevonden. Uit de papieren bleek dat hij vier dagen geleden in Modesto onder de naam Tarbeaux was gehuurd.' Ze hief haar hand op voordat een van ons iets kon zeggen. 'Dat denk ik, maar die manier van redeneren kan gevaarlijk zijn.

In een county zoals deze met een kleine bevolking heb je de neiging om buitenstaanders de schuld te geven van de misdaad die er plaatsvindt, maar dat is vaak geen goed uitgangspunt. We hebben hier een heleboel wild landschap, van bergen tot woestijngrond, dat aantrekkingskracht uitoefent op... vreemde vogels. Mensen zoals die goudzoekster daar binnen, afgebrande hippy's, eenlingen die een goede reden hebben om alleen te willen zijn. Dus hoewel ik geneigd ben te denken dat deze Erickson, alias Tarbeaux, onze dader is omdat hij uit San Francisco komt waar dit soort dingen aan de lopende band gebeurt, ben ik slim genoeg om te weten dat ik dat alleen maar denk omdat mijn werk daardoor gemakkelijker zou zijn.'

Ripinsky en ik knikten.

'Goed,' zei Lark terwijl ze haar aantekenboekje dichtklapte, 'we zullen daarover meer weten wanneer we de vingerafdrukken van het slachtoffer hebben vergeleken met de vingerafdrukken die we in het huis en de caravans hebben genomen. Voor de bungalow geldt dat jammer genoeg niet omdat u geen aangifte hebt gedaan. Is er nog iets anders dat ik moet weten?'

Ik zei: 'Niet dat ik weet. Hy?'

Hij schudde zijn hoofd.

Lark keek naar de deuropening. Gifford kwam de lounge uit. Ze stond op. 'Als u nog iets te binnen mocht schieten, belt u dan een van ons.'

Ik zei: 'Ik ben van plan maandag via Nevada naar San Francisco terug te rijden, dus dan kom ik door Bridgeport. Is het goed dat ik dan langskom om te kijken wat u aan de weet bent gekomen?'

'Dat is wat mij betreft prima. Ik hoop dat u niet van plan bent hier zelf achteraan te gaan.'

'Alleen voor zover het met mijn eigen zaak te maken heeft en dan alleen met uw toestemming.'

Ze haalde haar schouders op. 'Die hebt u, zolang u ons op de hoogte houdt.'

Gifford ging achter haar staan en streelde zijn borstelige snor. 'Is een van jullie bevriend met mevrouw Nickles?'

Hy en ik wisselden een blik.

'Ik vraag het omdat haar vriend – als hij dat tenminste is – is weggegaan en ze is er slecht aan toe. Ze is niet zozeer dronken als wel van streek, maar ik wil toch niet dat ze rijdt.'

Ik zei: 'Wij zorgen verder wel voor haar.'

Toen ze allebei waren vertrokken, greep Hy me bij mijn arm. '*Wij* zorgen wel voor haar?'

'Waarschijnlijk lukt het alléén met zijn tweeën.'

'Waarschijnlijk.' Hij zuchtte. 'Wat moeten we met haar doen? We kunnen haar niet zo maar bij haar huis in Stone Valley afzetten.'

Ik dacht aan de gruwelijke nachtelijke eenzaamheid in de vallei. 'God, nee. Weet je wat? Rose Wittington lijkt me een moederlijk type. Laten we Lily bij haar brengen.'

Ripinsky grinnikte. 'Rose zal haar waarschijnlijk dood bemoederen. Dat geeft me een soort pervers plezier. We moeten er trouwens toch heen om Anne-Marie en Ned op de hoogte te stellen van wat er is gebeurd. Hij liep naar de deur en bleef toen staan. 'Nog één ding: Lily rijdt met jou mee. De helft van de tijd heeft ze de pest aan me, dus wie weet wat ze me zal aandoen als ze met mij meerijdt.'

Ik ging akkoord en we liepen naar het kantoor van Bob Zelda. Lily de Tijgerin maakte een geknakte indruk. Ze zat naast de restauranthouder op een kapotte bank en omklemde zijn mollige hand. Toen ze me zag, trok ze haar hand terug en probeerde op haar gebruikelijke sardonische manier naar me te grijnzen, maar ze zag er alleen maar meelijwekkend uit. Ik dacht eraan dat Hy had gezegd dat Lily's stoerheid alleen maar een façade was en herinnerde me hoe die al eerder op de dag al was afgebrokkeld toen ze over haar overleden man en haar kinderen die door de kinderbescherming bij haar waren weggehaald, had gepraat. Aangezien het kennelijk belangrijk voor haar was dat ze stoer overkwam, begroette ik haar zonder poespas en vertelde haar wat we van plan waren.

'Geen sprake van!' Ze schudde heftig haar hoofd. 'Ik ga naar huis – op eigen houtje.'

'Dat gaat niet, Lily. Rechercheur Gifford heeft gezegd dat hij niet wil dat je rijdt.'

'Waarom in jezusnaam niet? Ik heb wel gereden als ik er erger aan toe was en ik ben trouwens al weer opgeknapt. Kijk maar – helemaal stil.' Ze stak haar rechterhand uit die hevig trilde. 'Nou ja, bijna,' voegde ze eraan toe.

'Het is maar voor één nacht,' zei ik tegen haar.

'Het is misschien een goed idee, Lily,' zei Bob Zelda tegen haar.

Ze keek alsof ze zou zwichten, maar toen keek ze naar de deur en zag Ripinsky, die zich onopvallend op de achtergrond had gehouden. 'Wat doet die klootzak hier?'

Ripinsky zei: 'Begin nou niet weer, Lily.'

'Beginnen? Shit, ik was jaren geleden al met je klaar.' Ze wendde zich tot mij. 'Hij gaat toch niet met ons mee, hè?'

'Nee. Je kunt met mij meerijden.'

'En jij brengt me morgenochtend vroeg terug naar mijn jeep?'

'Ja.'

Ze geeuwde uitgebreid. 'Ik zou inderdaad wel wat slaap kunnen gebruiken.'

Nickles haalde haar jasje op dat vlak bij de dansvloer hing en ik liep met haar naar buiten naar mijn auto. Ripinsky bleef in het restaurant en gebaarde naar me dat hij me straks zou zien. Het was nu bijna twaalf uur. De parkeerplaats was uitgestorven en de neonreclame op het dak was uitgezet.

'Er gaat niets boven een goede moord om de boel leeg te krijgen,' zei Nickles die nu opgewekter klonk.

Ik reageerde er maar niet op en opende het portier voor haar. Kennelijk voelde ze dat ik de opmerking van slechte smaak vond getuigen, want ze zei niets meer voordat we voor Rose Wittingtons huis stopten. Toen zei ze: Rose krijgt een rolberoerte als ze me ziet.'

'Hoezo?'

'Ze heeft een paar jaar geleden haar echtgenoot betrapt toen hij met mij aan het rotzooien was, vlak voor hij stierf. Ze denkt waarschijnlijk dat zijn hartaanval door de opwinding is gekomen.'

Ik maakte me er niet verschrikkelijk veel zorgen over hoe Rose Wittington haar zou ontvangen. Nickles' verhalen over haar seksuele escapades waren mij een beetje als visserslatijn in de oren gaan klinken.

We liepen de openbare ruimte van Roses huis binnen. Anne-Marie en Rose keken op het grote scherm naar Peter Lorre die er nerveus uitzag. Ze leken verbaasd toen ze zagen dat ik Nickles bij me had, maar toen ik de situatie had uitgelegd, stond Rose met haar tong klakkend en met veel overdreven gedoe op en drukte Lily tegen haar overvloedige boezem. Ze leidde haar weg terwijl ze tegen haar babbelde over de Wilgenkamer die al helemaal gereed was en vroeg of Lily misschien een warm bad of een lekker glas warme melk wilde hebben voor ze onder de wol ging. Nickles keek me over haar schouder aan met een gealarmeerde en smekende uitdrukking in haar ogen, maar ik glimlachte slechts opgewekt tegen haar. Als ze inderdaad met Roses overleden echtgenoot had gerotzooid, zou ze kunnen rekenen op een flinke dosis wraak door bemoedering.

Anne-Marie stond op en wilde iets zeggen toen Ripinsky zijn hoofd om de deur stak. 'Alles veilig?'

'Ja.' En tegen Anne-Marie zei ik: 'Laten we naar ons huisje gaan om te praten. En we moeten Ned wakker maken – ik neem aan dat hij slaapt.'

'O, waarschijnlijk al uren. Ned is het type dat vroeg naar bed gaat.'

'In dat geval zal hij er geen bezwaar tegen hebben vroeg op te staan.'

Ze ging Sanderman halen en Ripinsky en ik liepen zwijgend de heuvel af naar het huisje. Het was heel donker onder de bomen en aan de rand van het meer zag ik de contouren van de wilgen waarvan de lange takken in het brakke water hingen. Er ruiste iets boven ons en een vogel riep klaaglijk. Ik schrok en stootte licht tegen Ripinsky aan.

'Zo te horen een notekraker,' zei hij.

'Hij is eenzaam.'

'Waarschijnlijk. Notekrakers houden van mensen.'

We klommen de trap naar de veranda op en bleven een ogenblik met onze rug naar de deur naar het donkere meer kijken. De maan was bijna ondergegaan en in het rode licht van een waarschuwingslamp aan het eind van de steiger zagen we het water zachtjes kabbelen.

'Je houdt van deze streek, hè?' zei ik.

Hij haalde zijn schouders op. 'Het is mijn thuis.'

'Het betekent meer voor je.'

'Ben je soms mijn psychiater?' Zijn stem klonk lichtelijk geërgerd, maar toen ik niet antwoordde, veranderde zijn toon. 'Ja, het betekent veel meer voor me, maar het heeft lang geduurd voordat ik daarachter was. Toen ik klein was, heb ik gelezen wat Mark Twain over Mono Lake schreef en ik concludeerde dat dat op Tufa Lake dubbel van toepassing was.

"Een levenloze, afzichtelijke, boomloze woestijn... wild, somber, grimmig... die gedachten wekt aan onvruchtbaarheid en dood."'

'Twain had ongelijk; hij zag de schoonheid er niet van. En als hij al zo over Mono Lake dacht, zal hij zich wel nooit in dit gebied gewaagd hebben.'

'Nee, maar de woorden bleven in mijn hoofd hangen en ik

heb er jarenlang van gedroomd uit Vernon weg te gaan. Dus heb ik dat gedaan.'

'En?'

'En nu ben ik voorgoed terug.' Zijn toon was definitief; de discussie was gesloten.

Ik opende de deur van het huisje en we gingen naar binnen. Tegen de tijd dat Anne-Marie terugkwam, had ik de kachel aangemaakt.

'Ned was niet gemakkelijk wakker te krijgen,' zei ze, 'maar hij komt eraan. Willen jullie koffie?'

Ripinsky schudde zijn hoofd. 'Ik wil wel een biertje, als je dat hebt.'

'Voor mij een cognac,' zei ik.

'En Ned wil een mineraalwater en ik kruidenthee. Ze liep mopperend over mensen die de boel ingewikkeld maakten naar de keuken.

Sanderman arriveerde binnen vijf minuten, gekleed in een pas gestreken corduroybroek en een trui en met zijn haar glad over zijn beginnende kale plek gekamd. Hij had de tijd genomen te douchen en waarschijnlijk om zich te scheren, maar dat hij zijn toilet had gemaakt, had zijn humeur niet veel goed gedaan. Zijn onderlip stak pruilend vooruit zodat hij de uitdrukking op zijn gezicht had van een kind dat ruw uit zijn dutje is gewekt. Het zou me niet verbaasd hebben als hij zou gaan blèren. Hij ging stijfjes op een van de stoelen van de eethoek zitten en pakte het glas mineraalwater aan dat Anne-Marie hem aanreikte terwijl hij afkeurend toekeek toen Anne-Marie Hy zijn biertje en mij mijn cognac overhandigde.

Ripinsky zei dat we bij het begin moesten beginnen en gebaarde naar mij. Ik deed verslag van wat ik die dag in Stone Valley had gedaan en vertelde hun over mijn bezoek aan Hy en ons uitje naar Zelda. Toen ik bij het deel kwam waarin ik Nickles aan de andere kant van de dansvloer zag, kreeg Anne-Marie een speculatieve uitdrukking op haar gezicht en ik wist dat ik enkele vragen over Hy zou moeten beantwoorden als hij en Ned vertrokken zouden zijn. Haar gezicht kreeg een ernstige uitdrukking toen ik over het lijk in het meer vertelde. Sandermans blik richtte zich echter naar binnen; waarschijnlijk probeerde hij zich het tafereel voor te stellen.

Toen ik klaar was, zei Ripinsky: 'Jullie begrijpen wel dat het allemaal zeer vreemd is. Eerst heeft nooit niemand die Franklin Tarbeaux gezien of van hem gehoord. Dan duikt er een man in het meer op die in de loop van de dag of de avond is doodgeschoten en een legitimatiebewijs op naam van Tarbeaux in zijn portefeuille heeft. En het legitimatiebewijs lijkt vals te zijn. Volgens mij moeten we...'

Sanderman viel hem in de rede met een scherpe klank in zijn stem. 'Hoe zei je dat zijn echte naam was?'

'Erickson. Michael M. Hij woont in Barbary Park in San Francisco. Zoals ik al zei...'

'Hoe weet je dan zo zeker dat Tarbeaux niet zijn echte naam was? Misschien is het legitimatiebewijs op naam van Erickson wel vals.'

Hy zuchtte. 'Ik heb genoeg valse legitimatiebewijzen gezien om dat te kunnen vaststellen.'

Toen hij niet vervolgde met wat hij had willen zeggen voordat Sanderman hem onderbrak, wendde Anne-Marie zich tot mij. 'Denk je dat die Erickson is vermoord vanwege die landtransactie?'

'Daar lijkt het wel op.' Ik dacht een ogenblik na. 'Het feit dat Erickson een vals legitimatiebewijs heeft gebruikt, stelt die transactie wel in een kwaad daglicht. Misschien heeft iemand die met de Transpacific te maken heeft, Erickson het zwijgen opgelegd om er zeker van te zijn dat nooit zou uitkomen dat Tarbeaux niet bestond.'

'Maar hij had het legitimatiebewijs bij zich,' merkte ze op.

'In een verborgen vakje in zijn portefeuille,' antwoordde Ripinsky. 'De moordenaar hoeft dat niet te hebben geweten.'

Sanderman stond op en begon met zijn handen op zijn rug gevouwen en met gebogen hoofd door de kamer heen en weer te lopen. 'Als dat het geval is, moet de moordenaar een van die gewapende bewakers bij de mijn zijn.'

'Misschien, maar misschien ook niet. Zo'n conclusie is op dit moment nogal voorbarig,' zei ik.

'Welke conclusie kunnen we dan wél trekken?' vroeg hij.

'Nog geen enkele,' zei ik.

'Fantastisch, dat is echt fantastisch!'

'Kalm aan, Ned,' waarschuwde Anne-Marie hem.

Sanderman bleef met zijn rug naar ons toe bij het raam staan en tikte met de knokkels van zijn ene hand tegen de lijst. Anne-

Marie had een bezorgde uitdrukking op haar gezicht en Ripinsky keek met halfgeloken ogen naar Sanderman.

Ik zei: 'Laat me een actieplan voorstellen. Ik wil met de mensen in Stone Valley praten die ik vandaag niet heb kunnen vinden en ook met degene die een geweer op me heeft gericht. Ik zal Nickles meenemen om het allemaal wat soepeler te laten verlopen. Als iemand van hen Erickson kent of hem zelfs maar in de vallei heeft gezien, kom ik er wel achter.'

'En hier in de stad dan?' vroeg Anne-Marie. 'Hij moet ergens gelogeerd hebben en met iemand hebben gepraat. Je zou kunnen vragen...'

'Dat doen de mensen van de sheriff al en ik wil hen niet voor de voeten lopen. Kirsten Lark stelde zich redelijk soepel op wat betreft het voortzetten van mijn onderzoek; ik wil haar noch iemand anders van het bureau tegen me in het harnas jagen. Jij daarentegen...' Ik keek Ripinsky aan.

Hij staarde nog steeds naar Sandermans rug. Hij verplaatste zijn blik naar mij en zei: 'Ik, daarentegen, ben een bezorgde burger die toevallig aanwezig was toen het lijk werd gevonden. Het is normaal dat ik daarover praat – en met wie ik maar wil.'

'Precies.'

'En daarna?' vroeg Anne-Marie me.

'De Transpacific lijkt de grote onbekende in dit alles. Ik moet terug naar de stad om dat bedrijf te checken. Ik vertrek maandagmorgen en ga in Bridgeport bij het bureau van de sheriff langs om uit te vinden wat ze over de moord te weten zijn gekomen. Dan rijd ik via Carson City en Reno naar huis om in de casino's daar naar Earl Hopwood te informeren.' Ik wendde me naar Ripinsky. 'Kan ik ergens een foto van hem krijgen?'

'Als ik goed zoek, kan ik er waarschijnlijk bij mij thuis wel eentje vinden. Julie mocht hem graag en nodigde hem met de feestdagen altijd uit voor onze diners voor "eenzame zielen".'

'Goed, als Hopwood in Nevada is, zal hij waarschijnlijk vaak in een van de minder chique casino's komen. Hun beveiligingsmensen zullen hem misschien van de foto herkennen.'

Sanderman wendde zich van het raam af. 'Ik begrijp niet waarom je zo in Hopwood geïnteresseerd bent,' zei hij nors.

'Ik ben in iedereen geïnteresseerd die iets met die landtransactie te maken had.'

'Het lijkt mij een verspilling van energie.'

'Negentig procent van wat een privé-detective doet, kun je verspilling van energie noemen.'

Zijn mondhoeken zakten naar beneden. Voor een man die zijn computer overal mee naar toe nam, moesten mijn onderzoeksmethoden raadselachtig lijken, als hij ze al niet ergerlijk vond. Een paar seconden later liep hij naar de deur. 'Ik neem aan dat niemand er bezwaar tegen heeft als ik probeer nog een paar uurtjes te slapen.'

Als de vredestichtster die ze was, zei Anne-Marie: 'Natuurlijk niet. Bedankt dat je gekomen bent, Ned.'

Hij knikte nors en liep de deur uit. Wij drieën zwegen tot het geluid van zijn voetstappen tussen het groepje bomen wegstierf. Toen zei Anne-Marie: 'Aanschouw het nieuwe type milieubeschermer.'

Ripinsky zei niets. Zijn blik was op de deur gericht en hij had een koude, nadenkende uitdrukking in zijn ogen.

Een ogenblik later zei ik: 'Genoeg over hem. Wat ik wil weten is of er nóg iemand sterft van de honger.'

Anne-Maries ogen lichtten op. 'Nu je erover begint; ik ben uitgehongerd!'

'Ik heb sinds lunchtijd alleen maar een paar pretzels gegeten.'

'Roereieren? Met toast? En ik geloof dat er nog worstjes zijn.'

'Snij wat ui en groene peper en meng dat door de eieren heen.'

'Wat denk je van champignons?'

'En kaas. Ik heb vanmorgen parmezaanse kaas in de keuken gezien.'

'Zwarte olijven. En aardbeienjam op de toast.' Ze stond op en liep naar de keuken. 'Hy?' riep ze over haar schouder.

'Ik alleen nog een biertje. En misschien wat toast. Ach, wat kan het me ook schelen. Geef alles maar.' Hij keek me aan en ik wist dat we allebei dachten dat dit een perverse, maar niet ongewone reactie was op het vinden van een lijk. Even later vroeg hij: 'Hebben jullie vaker 's avonds laat van die aanvallen van eetlust?'

'Vroeger wel.' Ik dacht aan de oude tijd voordat Anne-Marie haar huis in het Noe Valley District had gekocht en met Hank was getrouwd. Ze woonde toen in een kamertje op de eerste verdieping van All Souls en als ik had overgewerkt, kon ik er altijd op rekenen dat ze meedeed als ik het een of andere vreemde, heerlijke ratjetoe in elkaar draaide in de grote keuken aan de achterkant van het gebouw.

Anne-Marie riep dat we haar moesten komen helpen. Hy en ik wurmden de kleine keuken binnen en hielpen zo goed mogelijk mee, waarbij veel verwarring ontstond, op tenen getrapt en gelachen werd. Ten slotte schepten we onze borden vol – afzichtelijke gele borden die vloekten bij de oranje tegels van het aanrecht –, liepen ermee naar de eethoek en aten als hongerige wolven.

Op een bepaald moment keek ik op en zag dat Ripinsky naar me zat te staren. 'Prop je je altijd zo vol, dame?'

'Behoorlijk vaak.'

'Hoe blijf je dan zo slank?'

'Goeie genen.'

Hij knikte en at door.

Toen we uitgegeten waren, zetten we de borden in het sop van de afwasbak. Ripinsky zei: 'Ik moest maar eens gaan voordat ik zo'n slaap krijg dat ik jullie moet vragen of ik op de bank mag blijven slapen.' Toen keek hij mij aan. 'Loop je even met me mee?'

'Natuurlijk.' Ik pakte mijn jasje en vertrok samen met hem.

Het was ruim na tweeën. De vroege ochtenduren in de woestijn zijn koud en we bliezen met onze adem witte wolkjes in de lucht toen we naar zijn auto liepen.

'McCone,' zei Hy, 'heb je een wapenvergunning?'

'Ja.'

'Ben je een goede schutter?'

'Zeker wel. Als vrouw moet je dat wel zijn in mijn beroep.' Nu hield ík me op de vlakte zoals hij eerder had gedaan toen hij weigerde te praten over de jaren die hij buiten het Tufa Lakegebied had doorgebracht. Ik verzweeg niet zozeer de feiten als wel de emoties die waren gewekt door dingen die ik gedwongen was geweest te doen en waarvan ik soms wilde dat ik ze ongedaan kon maken.

Hij vroeg: 'Heb je een blaffer bij je?'

'Nee, hij ligt thuis. Ik had er altijd een in het handschoenenkastje van mijn auto liggen, maar ze hebben 'm een keer opengebroken en de revolver gestolen. Toen vond ik het te riskant worden.'

We kwamen bij de Morgan. Met zijn armen over zijn borst gevouwen leunde Hy ertegenaan en ik zag in het schijnsel van de veiligheidslichten van Rose Wittingtons huis dat hij een bezorgde uitdrukking op zijn gezicht had. 'Je kunt er een van mij lenen, maar tegen de tijd dat ik 'm gehaald en teruggebracht heb...'

'Doe geen moeite. Ik kan ook heel goed uit de voeten met een pook.'

Zijn mondhoeken trilden, maar hij werd snel weer ernstig. 'Ik weet het niet. Misschien reageer ik een beetje overdreven, maar oude gewoonten raak je moeilijk kwijt. Doe me een plezier en leg die pook vannacht naast je bed.'

'Dat zal ik doen.'

Hij maakte geen aanstalten in te stappen. Ik wipte van de ene voet op de andere, niet van de kou of omdat ik ongeduldig was, maar omdat ik me plotseling slecht op mijn gemak voelde.

Hy zei: 'Kom 's hier, McCone. Omhels me even.'

Zonder te aarzelen stapte ik op hem af. Hij omhelsde me stevig en ik voelde zijn warme adem op mijn voorhoofd. De lichamelijke nabijheid leek net zo ongedwongen als toen we bij Zelda hadden gedanst. Na een paar seconden liet hij me los met een melancholieke glimlach om zijn mond.

'Ik zie je morgen,' zei hij en hij vouwde zijn lange lichaam in de Morgan.

7

Ik sliep goed noch lang en om zeven uur was ik al op en aangekleed. Ik wierp een snelle blik in Anne-Maries slaapkamer en
zag dat ze diep onder de dekens was weggedoken en de kussens
over haar hoofd had getrokken tegen het geluid van de douche.
Uit het feit dat ze al in bed had gelegen toen ik in de bungalow
was teruggekomen nadat ik Hy naar zijn auto had gebracht,
leidde ik af hoe moe ze moest zijn geweest. Ik had nog maar zelden meegemaakt dat ze haar nieuwsgierigheid kon bedwingen
en ik wist zeker dat ze dolgraag wilde weten waarom ik me
door Hy had laten overhalen bij Zelda met hem te gaan dansen.

Ik maakte een kop nescafé voor mezelf, trok mijn jasje aan
en stapte de veranda op. De grijze contouren van de wilgen omlijstten het rozegestreepte meer. Watervogels scheerden over
het oppervlak ervan en streken af en toe neer om met geheven
staart te eten en meeuwen en plevieren maakten snelle landin-
gen op de tufsteeneilandjes om meteen weer door te vliegen.

Ik liet mijn blik op de nabijgelegen steiger rusten waar Ned
Sanderman zat. Hij had zijn gezicht naar het meer gekeerd en
had één knie opgetrokken. Kennelijk kon hij ook niet slapen.
Eerst wilde ik naar binnen teruggaan, maar ten slotte liep ik de
trap af en ging met mijn koffie in mijn hand naar hem toe. Hij
keek om toen de planken van de steiger onder mijn voeten trilden.

'Goedemorgen,' zei ik. 'Het ziet ernaar uit dat het een mooie
dag wordt.'

Hij knikte nors.

'Mag ik bij je komen zitten?'

'Als je dat wilt.'

Goeie god, dacht ik, is hij nu nog aan het mokken? Ik vroeg:
'Heb je nog kunnen slapen?'

'Nee. Ik bleef maar denken aan... Eigenlijk ben ik blij dat je zo vroeg op bent zodat we onder vier ogen kunnen praten. Ik moet je iets vertellen.'

Ik ging naast hem zitten en bood hem een slokje koffie aan.

Hij schudde zijn hoofd. 'Ik drink dat spul nooit en thee ook niet. Cafeïne is levensgevaarlijk.'

Ik negeerde de impliciete kritiek. 'Waar wil je over praten?'

'Over de vermoorde man. Ik denk dat ik hem ken.'

'Waarvan?'

'Tja... ik weet niet zeker of het dezelfde Michael Erickson is. Het is een veel voorkomende naam, maar het adres in Barbary Park... Kun je hem beschrijven?'

Ik vertelde hem hoe de dode man er had uitgezien. Terwijl ik sprak, werd Sandermans toch al lichte huid nog bleker en zijn ogen die rood waren door slaapgebrek, vertroebelden.

Even later zei hij: 'Dat is 'm. En Michael Erickson is zijn echte naam. Zijn roepnaam is Mick.'

'Waarvan ken je hem?'

Van mijn vroegere bedrijf in Silicon Valley. Techworks heet het. Ik was computeringenieur en ik ontwikkelde... nou ja, dat doet er ook niet toe. Mick werkte bij de marketingafdeling en deed hoofdzakelijk de klanten in de landen om de Grote Oceaan, maar hij had ook een technische opleiding. Hij was afgestudeerd aan de Mijnbouwschool van Colorado.'

'Kende je hem goed?'

'Niet echt. De technische medewerkers gingen niet veel met de mensen van de marketingafdeling om, al was het dan een klein vriendelijk bedrijf. Nadat ik ontslag had genomen, heb ik hem een paar jaar niet gezien en ik heb zelfs nooit meer aan hem gedacht. Maar twee jaar geleden liep ik hem op het Union Square in San Francisco tegen het lijf. Het was kersttijd. We hadden allebei onze kerstinkopen gedaan en waren nogal moe, dus zijn we samen wat gaan drinken.'

Sanderman leek geen puf meer te hebben, dus moest ik hem een zetje geven. 'Waar hebben jullie het over gehad?'

'Over ons oude bedrijf, over de mensen die we daar kenden en over wat ze nu deden. Mick was er een paar jaar na mij weggegaan en had zijn eigen adviesbureau opgezet. Maar daarover praatte hij niet veel; hij was meer geïnteresseerd in mijn werk bij de Coalitie. Ik vertelde hem dat we met de Vrienden samenwerkten bij hun pogingen het aftappen van de rivieren die op

Tufa Lake uitkomen, te verhinderen en over onze bezorgdheid over de mogelijke exploitatie van het gebied om het meer voor goudwinning. Hij leek dat heel boeiend te vinden.'

'Heb je hem daarna nog gezien?'

'Twee keer. Een paar maanden later verscheen hij opeens in het hoofdkwartier van de Coalitie in Sacramento. Hij zei dat hij voor zaken in de buurt moest zijn en dat hij in een opwelling was langsgekomen. Hij nodigde me uit om na mijn werk wat te gaan drinken en vroeg me wat documentatie over de Coalitie en wat rapporten over onze standpunten over de situatie in Mono County mee te nemen. Ik deed het graag; we komen altijd geld te kort en Mick leek goed in de slappe was te zitten. Ik hoopte op een donatie.'

'Heb je die gekregen?'

'Ja. Twee of drie weken later kwam hij weer langs. Die keer nam hij me mee uit eten. Hij stelde me een heleboel vragen over Tufa Lake en Stone Valley. Voordat hij vertrok, gaf hij me duizend dollar voor de Coalitie.'

'En toen?'

'Daarna heb ik hem niet meer gezien.'

Ik dacht even na over wat hij me had verteld. 'Vertel me eens wat meer over Mick Erickson. Wat was hij voor iemand?'

'Tja.' Sanderman staarde naar het meer waar de tufsteeneilandjes zich in de gouden stralen van de opgaande zon duidelijker begonnen af te tekenen. 'Een aantrekkelijke man. Goed gekleed, reed in een jaguar. Niet knap in de klassieke betekenis, maar hij had iets waardoor vrouwen zich tot hem aangetrokken voelden. Heel charmant en een goed gevoel voor humor. Maar hij was niet het type dat moppen vertelde; het waren meer grappige verhalen, anekdotes. Hij was geen stereotiepe marketingman; hij had veel meer niveau.'

'Weet je iets over zijn privé-leven?'

'Ik geloof dat hij getrouwd was. Toen ik hem in de kersttijd tegenkwam, klaagde hij er tenminste over dat het zo moeilijk was een parfum voor zijn vrouw uit te kiezen.'

'Weet je nog iets anders over hem?'

Hij schudde zijn hoofd.

'En over dat adviesbureau dat hij is begonnen?'

'Ik kan me de naam ervan niet eens herinneren.'

'Oké, dan wil ik je nog iets vragen. Toen we gisteravond zaten te praten, moet je hebben vermoed dat de dode man Mick Erickson was. Waarom heb je dat toen niet gezegd?'

Hij bevochtigde zijn lippen en perste ze op elkaar.

'Ned?'

'Ik eh... ik wilde er niets over zeggen in het bijzijn van Ripinsky. Niet voordat ik erover had nagedacht.'

'Waarom niet?'

'Zoals ik het zie – en ik weet zeker dat Ripinsky het ook zo zou zien – zou het de indruk wekken dat ik Mick op een idee heb gebracht waarvan hij later gebruik gemaakt heeft.'

'Over de mogelijkheid tot goudwinning in de vallei.'

'Ja.'

'Dat kan Hy je nauwelijks kwalijk nemen. Voor zover jij wist, was Erickson geïnteresseerd in het werk van de Coalitie. Hij *heeft* tenslotte een flinke donatie gedaan.'

'Jij en ik zien het zo, maar Ripinsky zal er vast wat anders achter zoeken. Hij lijkt op veel van die ouderwetse milieubeschermers. Hij is een fanatiekeling die de nieuwe garde een wrok toedraagt.'

'Ik geloof niet dat ik dat helemaal begrijp.'

'Ripinsky is verliefd op Moeder Natuur. Iedere boom, iedere rots, iedere vogel moet ten koste van alles behouden blijven.' Sanderman vertrok minachtend zijn mond. 'Hij ziet niet in dat we met de werkelijkheid rekening moeten houden. Hij ziet niet in dat het nodig is compromissen te sluiten en plooibaar te zijn. En hij begrijpt niet hoe groot onze behoefte aan geld is. We kunnen niet bestaan van de schenkingen die mondjesmaat komen binnendruppelen van onze leden en particuliere stichtingen. We hebben grote bedragen nodig en we moeten leren daarvoor de juiste bronnen aan te boren.'

'Dacht je dat je dat via Mick Erickson zou kunnen doen?'

'... Nou ja, hij leek me in ieder geval iemand die voor een goede entree bij de jongens met het grote geld zou kunnen zorgen. Maar probeer Ripinsky dat maar eens uit te leggen. Hij zou me ervan beschuldigen dat ik het hele gebied om Tufa Lake wil verkopen. En het vervelende ervan is dat hij begrepen zou hebben hoe zo iets kon gebeuren als iemand anders – bijvoorbeeld Anne-Marie of een van de Vrienden – dezelfde beoordelingsfout zou hebben gemaakt. Maar in mijn geval... Ripinsky wil me te grazen nemen.'

'Waarom?'

Hij haalde zijn schouders op en wendde zijn blik af.

'Ik denk niet dat hij dat wil, Ned. Jullie kunnen gewoon niet met elkaar overweg vanwege het verschil in jullie persoonlijke benadering.'

Sanderman keek me nog steeds niet aan. Het leek alsof hij me iets wilde vertellen, maar er niet over durfde te beginnen. Ten slotte zei hij: 'Misschien heb je wel gelijk. Zo'n soort conflict als dit is niet nieuw voor me. Mijn hele leven... Ik kan niet goed met mensen omgaan en zij niet met mij.'

Ik had niet verwacht dat hij over zo'n zelfkennis beschikte. 'Hoe komt het dat je niet met mensen kunt omgaan?'

'In wezen vind ik andere mensen oninteressant. Vergeleken met ideeën zijn ze nogal banaal. Waar ze zich druk om maken, hun leven – als je daarnaar kijkt, moet je toegeven dat het allemaal nogal pietluttig is. Ik voel me het gelukkigst als ik alleen ben; als ik theoretische problemen uitwerk, mijn vakliteratuur bijhoud of kruiswoordpuzzels of naamdichten maak. Maar ik ben me voldoende bewust van mijn sociale omgeving om te beseffen dat het een tekortkoming is dat ik niet met mensen kan omgaan, dus compenseer ik dat door te veel te praten. De mensen vinden me vervelend.' Hij zweeg en legde een hand tegen zijn lippen alsof hij probeerde het verdriet waaruit zijn woorden voortkwamen, binnen te houden. Ik had het gevoel dat dit de eerste keer in lange tijd was dat hij iemand echt in vertrouwen nam.

Het trof me dat ik het tegenovergestelde van Sandermans probleem had. Ik heb mijn hele leven goed met mensen kunnen opschieten – misschien te goed. Mensen vertellen me van alles en vaak zijn dat dingen die ze nog nooit aan iemand hebben verteld. Misschien komt het doordat ik een open manier van optreden heb, de juiste vragen stel of gewoon doordat ik de indruk wek dat ik discreet ben en het vertrouwen dat iemand in me stelt niet zal beschamen. Vaak ben ik erdoor in moeilijkheden gekomen omdat de mensen er later spijt van kregen dat ze te openhartig waren geweest, maar af en toe zijn er hechte vriendschappen uit ontstaan terwijl het in mijn werk een buitengewoon nuttige eigenschap bleek te zijn.

Ik vroeg: 'Trek je het je aan dat de mensen je vervelend vinden?'

'Natuurlijk doe ik dat! Ik heb ook mijn gevoelens, al loop ik er dan niet mee te koop... Weet je nog dat ik je gisteravond heb verteld dat ik mijn midlife-crisis heb gehad toen ik negenendertig was?'

Ik knikte.

'De oorzaak daarvan was dat mijn vrouw me toen heeft verlaten. Ik weet dat dat niets bijzonders is. In Silicon Valley scheiden de mensen aan de lopende band. Mannen verlaten hun vrouw voor secretaressen en vrouwen verlaten hun man voor een collega of hun baas. Twee vriendinnen van mijn vrouw hebben zelfs hun echtgenoot verlaten voor elkaar. Maar weet je wat een van de redenen is waarom mijn vrouw me, volgens haar, heeft verlaten?'

'Nee.'

'Omdat ik zo vervelend was dat ze zichzelf er elke morgen aan moest herinneren dat ik bestond.' Zijn verdriet was nu duidelijk zichtbaar. 'Wat vind je daarvan? Voor mijn eigen vrouw was ik een nul!'

Als ik dit verhaal uit de tweede hand had gehoord – als hij bijvoorbeeld een van Hanks cliënten was geweest die als groep enkele van de lachwekkendste scheidingen hebben meegemaakt die je je kunt voorstellen – zou ik het komisch hebben gevonden. Maar zijn verontwaardiging was zo'n doorzichtig masker voor zijn verdriet dat ik de humor ervan niet kon inzien. Ik zei: 'Je vrouw was niet erg diepzinnig of medelevend, hè?'

Het was de juiste reactie. Sandermans gezicht ontspande zich. 'Nee, dat kun je wel zeggen. Maar in één ding had ze gelijk; ik ben saai.'

Ik glimlachte. 'Saai, maar met trots – zo mag ik het horen. Maar Ned, om op Erickson terug te komen, je zou het bureau van de sheriff moeten bellen en Kirsten Lark of Dwight Gifford vertellen wat je weet.'

'Dat ben ik ook van plan. En wat...'

'Maak je geen zorgen over Anne-Marie en Hy. We zeggen gewoon dat je pas vanochtend toen we elkaar spraken de dode man en jouw Mick Erickson met elkaar in verband bracht.'

'Bedankt.'

Ik stond op. 'Graag gedaan.'

'En bedankt voor het luisteren. Ik heb heel veel *tegen* je gepraat sinds je hier bent, maar het was prettiger *met* je te praten.'

'Als je nog eens wilt praten, kan dat altijd. En Ned, als ik ooit nog eens ga borduren, begin ik met een kussen voor jou waarop staat...'

'Ik weet het. "Saai, maar met Trots".'

Toen ik twee uur later terugkeerde van een lange wandeling langs de oever van het meer, kwam Nickles net de heuvel af wankelen. Ze zag eruit als een opgewarmd lijk en ze kromp in-een toen ik haar een ontbijt aanbood, maar ze stemde ermee in me te helpen de andere goudzoekers in de vallei te vinden. Toen we de stad in reden om haar jeep op te halen, vroeg ik haar hoe het met Rose Wittington was gegaan, maar daarover wilde ze niet praten. Het enige dat ze kwijt wilde was: 'Die vrouw is stapelmesjogge.'

Vanwege het vroege uur was het nog steeds kil in Stone Valley, maar tegen de tijd dat Nickles met het feilloze gevoel van de geboren spoorzoeker de twee goudzoekers had gelokaliseerd die ik niet had kunnen vinden, begon de temperatuur te stijgen. Geen van de beide mannen kon me iets over Michael Erickson of Francis Tarbeaux vertellen en ze hadden allebei Earl Hopwood al minstens twee weken niet meer gezien. Toen we het kamp op de helling van de man met het geweer naderden, begon ik me af te vragen of al dit rondrennen in de hitte wel de moeite waard was.

Het verblijf van de man was niet meer dan een hut van hout, teerpapier en blik en ernaast stond een gedeukt en in vaal geworden psychedelische kleuren geschilderd vw-busje geparkeerd. Nickles bleef een paar meter ervandaan staan en riep hem. Hij kwam naar buiten met het jachtgeweer in zijn armen. Hij was groot, maar begon vadsig te worden en hij droeg slechts een sjofele spijkerbroek en een openhangend leren vest. Zijn volle baard hing bijna tot op zijn buik en zijn geklitte krullen werden door een blauwe hoofdband in bedwang gehouden. Hij leek op een kruising tussen een goudzoeker en een van de overgebleven hippy's uit het gebied, dacht ik. Toen hij ons zag, ging hij wijdbeens staan, maar hij richtte zijn geweer niet op ons.

'Hé Bayard,' zei Nickles. 'Ik heb hier een vriendin bij me die je een paar vragen wil stellen.'

Bayard bleef zwijgend staan.

Nickles gebaarde naar me en we liepen naar hem toe. Ik zag nu dat zijn ogen dof en uitgeblust waren. Ik kon hem ook ruiken en zijn lichaamsgeur die in golven op ons af kwam was in de warme, roerloze lucht bijna tastbaar. Beslist een overgebleven hippy.

'Mijn vriendin heeft me verteld dat je gisteren nogal ongastvrij was,' zei Nickles. 'Ik zou maar uitkijken met dat geweer, Bayard. Daarmee kun je een hoop moeilijkheden krijgen.'

De man haalde zijn schouders op en spuwde naast hem op de grond. 'Ik dacht dat ze van het maatschappelijk werk was en dat ze wilde weten waarom de kinderen niet op school waren.'

Kinderen? Ik keek naar de hut en ving een glimp op van een ratachtig gezichtje dat om de deur heen tuurde. Het werd teruggetrokken zodra ik in de fletse ogen keek.

Nickles lachte. 'Niemand zal je ermee lastig vallen of die kinderen wel naar school gaan; daarvoor zijn ze veel te stom.'

Haar opmerking deed Bayard niets; hij knikte alleen maar. 'Dom als varkens, dus waarom zou ik me druk maken? Wat wil je vriendin weten?'

Ik deed mijn mond open, maar Nickles antwoordde voor me. 'Hetzelfde als waarnaar die bomenfanaten hebben gevraagd. Heb je ooit van een zekere Franklin Tarbeaux gehoord?'

'Dat heb ik hun verteld, nee.'

'En van Michael Erickson, roepnaam Mick?'

'... Van hem ook niet.'

'Wanneer heb je Earl Hopwood voor het laatst gezien?'

Bayard krabde op zijn hoofd. 'Hopwood?'

'Ja, je weet wel... die ouwe man die stroomopwaarts woont.' Ze keek me aan en zei zonder haar stem te laten dalen: 'Je moet geduld hebben met Bay. Hij heeft in de jaren zestig te veel drugs gebruikt.'

Die opmerking leek ook langs hem heen te gaan. Ik kreeg het gevoel alsof we een andere taal spraken en dat Nickles als tolk optrad.

Een moment later leek het muntje te vallen, want Bayard zei: 'Ouwe Earl. Die heb ik vorige week zien langsrijden toen hij op weg was naar zijn concessie. Hij reed veel te hard voor dat busje van hem. Het moet ouder zijn dan dat van mij.'

Nickles keek me aan en fronste haar voorhoofd. 'Weet je zeker dat het vorige week was, Bay?'

De man keek lichtelijk geïrriteerd. 'Natuurlijk weet ik dat zeker. Het was afgelopen woensdag. Ik weet het omdat mijn cheque net was gekomen.'

'Heb je met Earl gepraat?'

'Ik heb tegen hem geroepen dat hij langzamer moest rijden.'

'Heb je hem daarna nog gezien?'

'Nee.'

'Oké, bedankt, Bay. Doe je vrouw de groeten van me.'

Zonder een woord te zeggen draaide hij zich om en liep terug de hut in.

'Woont hij daar met zijn hele gezin?' vroeg ik verbaasd.

Nickles grijnsde sluw. 'Natuurlijk. Dat kwetst je burgerlijke gevoelens zeker een beetje, hè?'

Ik negeerde haar commentaar; waarschijnlijk omdat het midden in de roos was. 'Luister, is het waarschijnlijk dat het klopt wat hij zei?'

'Tamelijk waarschijnlijk. De cheque waarover hij het had, is zijn arbeidsongeschiktheidsuitkering. Daar draait zijn hele leven om en alles gebeurt vóór of nadat zijn cheque is gekomen.'

'Maar dan zou hij Hopwood ook een andere week gezien kunnen hebben.'

Nee. Zo goed is Bayards geheugen niet. Als hij zegt dat het vorige week was, dan was het vorige week. Wat zou je ervan zeggen als we naar mijn huis gingen zodat we uit die zon zijn?'

Ik stemde ermee in en we liepen er zwijgend naar toe. Nickles nodigde me uit om binnen een glas water te komen drinken. 'Ik zou je graag een biertje aanbieden,' voegde ze eraan toe, 'maar alles is op. Ik zou trouwens vandaag geen bier kunnen zien.'

Ik wilde graag weg, maar de verlangende uitdrukking op haar gezicht maakte zó duidelijk dat ze niet wilde dat ik vertrok, dat ik zei: 'Water is prima.'

'Kom dan binnen.'

Het was binnen verrassend koel. Ik volgde Nickles door een smalle gang met loslatend bloemetjesbehang en langs een salon die vol lag met goudzoekersgereedschap. De hydraulische concentrator nam er op een versleten kleedje in het midden van de vloer de ereplaats in. In een andere kamer lag een springveren matras waarover een slaapzak was uitgespreid en kleding hing aan pennen aan de muur. Alle andere kamers waren leeg op het weinige na dat de oorspronkelijke bewoners erin hadden achtergelaten. De keuken was aan de achterkant en ingericht met een ijzeren fornuis, een tafel met een gebarsten blad van emaille, een gootsteen en planken voor borden en kookgerei. In de droge gootsteen stonden verscheidene grote flessen water.

'Water uit de stroom,' verklaarde Nickles. Ze pakte een paar plastic glazen van een plank en controleerde of ze schoon waren. 'Ik filtreer het residu eruit en dan is het zo zuiver als water in flessen uit de winkel.' Ze schonk de glazen in en voegde eraan toe: 'Het spijt me dat ik geen ijs voor je heb. Wat ik in die kast daar had, is waarschijnlijk al gesmolten. Ik wilde meer gaan halen toen ik gisteravond door die kleine wezel meegelokt werd naar Zelda. Laten we op de veranda gaan zitten.'

De vallei zag er in de middagzon even verbleekt uit als een oude kleurenfoto en de hitte danste in golven van de ijzeren daken van de ruïnes. We gingen op de trap zitten en keken uit over de vallei.

Ik zei: 'Je moet taai zijn om het hier te kunnen volhouden.'

'Zeg dat wel. 's Zomers word je geroosterd en 's winters bevries je en je ziet dagenlang achter elkaar geen sterveling – of zeg maar rustig wekenlang. Weet je, McCone, gisteravond nadat Rose me had ingestopt – God, wat heeft ze me banggemaakt; ze liet doorschemeren dat ze mijn warme melk had vergiftigd – ben ik gaan nadenken. Ik blijf hier nog één seizoen, maar als ik niet verdomd goed scoor, ga ik terug naar Nevada.'

'En wat ga je daar dan doen?'

'Ik zal proberen in een behoorlijk huis te komen om eens echt geld te gaan verdienen.'

Ik trok vragend mijn wenkbrauwen op.

'Ja, dat bedoel ik inderdaad. Een hoerenkast. Vind je dat raar?'

Ik haalde mijn schouders op.

'In deze wereld moet je roeien met de riemen die je hebt. Behalve goudzoeken is dat alles wat ik kan. Bovendien betaalt het heel wat beter dan de casino's. In ieder geval zal ik niet arm sterven, zoals mijn moeder.'

Ik dacht daarover een ogenblik na. 'Wat je zoëven zei over mijn burgerlijke gevoelens – het is goed dat die af en toe eens gekwetst worden.'

'O McCone!' Ze stompte me op mijn schouder. 'Als je burgerlijke gevoelens gekwetst moeten worden, kun je altijd bij me langskomen.'

Een halfuur later stopte ik voor Ripinsky's huis om te vragen of hij nog een foto van Earl Hopwood opgesnord had. Hij deed onmiddellijk nadat ik op de deur had geklopt open. Hij liep op blote voeten, droeg een afgeknipte spijkerbroek en een hemdje en had een leesbril met een donker montuur over zijn krulhaar omhooggeschoven. Op de koffietafel stond een zilver-met-goudkleurige kartonnen doos vol foto's en ernaast lagen verscheidene kiekjes. Een ervan was van een glimlachende vrouw in een rolstoel en een strak kijkende oudere man die achter haar stond. De foto was in deze kamer voor de stenen haard genomen.

'Earl Hopwood en Julie,' zei Ripinsky terwijl hij hem mij overhandigde.

Hy's overleden vrouw was broodmager en had lang grijsbruin haar dat vanaf een V-vormige lok in het midden van haar voorhoofd naar achteren was gekamd. Haar glimlach deed haar gezicht oplichten en haar ogen die waren verzonken in een web van rimpels dat op chronische vermoeidheid en pijn duidde, loochenden haar handicap en er spraken een ijzeren wil en een grote geestkracht uit.

Ik zei: 'Naar wat ik van de mensen heb gehoord, was Julie een verbazingwekkende vrouw.'

'Dat was ze inderdaad. Ze zette zich volledig in bij alles wat ze deed. Tufa Lake zou verloren zijn geweest zonder haar en ze heeft mij zo'n beetje van de ondergang gered.'

Ik keek naar hem op in de hoop dat hij er meer over zou vertellen, maar hij haalde alleen de leesbril van zijn hoofd en legde die op tafel.

Ik richtte mijn aandacht weer op de foto en bestudeerde Hopwood. De oude man was mager en pezig, had scherpe gelaatstrekken, dunne, kleurloze lippen en een verweerde huid waarvan de grauwe kleur bij zijn haar paste. Maar evenals bij Julie Spaulding werd ik getroffen door de ogen. Ze waren zwart en brandend, zelfs op deze vervaagde foto, en domineerden zijn verder onbewogen gezicht. De ogen van een fanaticus, dacht ik, mischien zelfs lichtelijk krankzinnige ogen. Misschien was dat wat het eenzame leven in de woestijn hem had aangedaan; misschien maakte hij alleen op anderen de indruk lui te zijn omdat zijn energie werd verteerd door een innerlijk vuur, waardoor dat ook gevoed mocht zijn. Ik keek nog even langer naar de foto en vroeg toen: 'Mag ik deze meenemen?'

'Als je hem maar terugbrengt. Heb je in de vallei nog iets ontdekt?'

'Alleen dat Hopwood daar misschien vorige week nog is geweest.' Ik herhaalde wat Bayard ons had verteld. 'Dat klopt met iets dat ik eigenlijk direct in de gaten had moeten hebben,' voegde ik eraan toe. 'Dat stuk van die dynamietkist dat ik bij zijn huis heb gevonden, was niet zo verweerd als het zou zijn geweest als het weken geleden op de vuilnishoop zou zijn gegooid.'

'Maar wat dan nog? Andere mensen weten waarschijnlijk dat die vuilnishoop daar is en gooien er ook afval op.' Ze hebben hier geen vuilnisophaaldienst, weet je. En je zei dat zijn huis je het gevoel gaf dat er al een tijdje niemand was geweest.'

'Ja, en ook dat er iets... mis was. Anders kan ik het niet beschrijven. Heb je nog gelegenheid gehad om in de stad naar Erickson te informeren?'

'Ja, maar er was niemand die zich herinnerde hem te hebben gezien. Met zijn opvallende uiterlijk zou je dat toch niet verwachten.' Toen vertrok hij zijn gezicht in een spijtige grimas. 'Ik ben er wél achter gekomen waarom de naam Tarbeaux me zo bekend voorkwam.'

'O!'

'Ja, het schoot me te binnen nadat ik er de halve nacht over had liggen piekeren.' Hij liep naar de muur naast de haard waar de boekenkast met non-fiction over het Oude Westen stond en pakte er een boek uit. Het was getiteld *Knights of the Green Cloth: the Saga of the Frontier Gamblers.*

'Ik heb dit jaren geleden gekocht. Ik heb het doorgekeken, maar ik ben er nooit aan toe gekomen het helemaal te lezen.' Hij opende het op een plaats waar een boekenlegger zat en overhandigde het me toen.

Op de bladzijde waarop het was opengeslagen, begon een hoofdstuk met een citaat: *'Bij zwendelarij en oplichterij wordt meestal de bedrieger bedrogen. Ik ben met mijn zwendel met monte met drie kaarten begonnen omdat ik mensen graag in de maling nam en ervan hield sukkels kaal te plukken.'*

Het citaat werd toegeschreven aan ene Frank Tarbeaux.

Ik keek naar Ripinsky op. 'Frank Tarbeaux... Franklin Tarbeaux. Een oplichter uit het Westen?'

'Een van de grootste oplichters die er waren,' zei Hy. 'En iemand die de mensen verdomd graag in de maling nam.'

8

Ripinsky en ik gingen Anne-Marie en Sanderman zoeken. De caravan van de Coalitie en het huisje van Sanderman in het bungalowpark waren op slot. Anne-Marie was nergens te bekennen en Rose Wittington zei dat ze er geen idee van had waar ze naar toe was gegaan. Ik probeerde Kirsten Lark of Dwight Gifford op het bureau van de sheriff in Bridgeport te bereiken om hun te vertellen wat Ripinsky had ontdekt over de valse naam Tarbeaux, maar de rechercheurs waren geen van beiden aanwezig. Terwijl ik wachtte tot een van hen zou terugbellen, doodden Hy en ik de tijd met kijken naar een ingekleurde versie van DOA op de grote tv in Roses huis. Ik adviseerde hem de kleur af te zetten zodat de film in ieder geval te pruimen was. We bespraken de laatste ontwikkelingen niet, omdat Rose steeds in de buurt was om allerlei huishoudelijke karweitjes te doen.

Lark belde uiteindelijk omstreeks zes uur. Ze vond de informatie over Ericksons alias interessant, maar hechtte er niet veel waarde aan. Omdat ik zelf ook niet precies wist wat voor verband er zou kunnen bestaan met de tot nu toe onbekende omstandigheden rondom Ericksons dood, stoorde haar gebrek aan enthousiasme me niet. Ik vroeg of ze al iets van de patholoog-anatoom had gehoord en toen dat niet zo bleek te zijn, zei ik tegen haar dat ik haar de volgende ochtend zou zien.

Anne-Marie kwam ten slotte om zeven uur aanwaaien met twee Vrienden van Tufa Lake in haar kielzog. Ze hadden een lange wandeling langs een van de aanvoerstromen van Tufa Lake gemaakt en waren daarna in het huis van een van de andere leden naar zijn verzameling historische foto's van het gebied gaan kijken. Het tweetal kende Ripinsky goed, dus ze kwamen bij ons zitten en bleven meer dan uur zitten praten. Tegen de tijd dat ze vertrokken, had ik een razende honger.

Ripinsky wachtte ongeduldig tot Anne-Marie, die hen naar hun auto bracht, was teruggekomen en vroeg toen: 'Waar is Ned in vredesnaam?'

'In Sacramento. Hij heeft zijn computer ingepakt en is erheen gereden. Hij zei dat hij daar een paar dagen zou blijven omdat hij een paar *files* wilde inkijken.'

'Kon hij dat niet hiervandaan doen?'

'Kennelijk niet.'

'Fantastisch.' Met een van woede rood aangelopen gezicht sloeg Ripinsky met zijn vuist op de koffietafel.

Ik dacht aan Sandermans enigszins paranoïde klinkende bewering dat Hy hem te grazen wilde nemen. Hoewel ik er zeker van was dat het zo'n vaart niet liep, had Ripinsky beslist moeite met Ned en ik had er geen idee van waaraan dat lag. Ik begreep echter wél waarom Sanderman plotseling naar Sacramento was vertrokken. Hij was gevlucht omdat hij ervan overtuigd was dat Ripinsky in woede zou uitbarsten als deze over zijn contacten met Mick Erickson zou horen.

In de hoop dat Ripinsky's woedeaanval in een openbare gelegenheid wat minder hevig zou zijn, stelde ik voor bij Zelda te gaan eten.

Onder de maaltijd vertelde Ripinsky Anne-Marie wat hij over Ericksons alias, Tarbeaux, had ontdekt. Toen hij uitgesproken was, gaf ik een verslag van wat Sanderman me over Mick Erickson had verteld. Tot mijn verbazing verwerkte Hy deze informatie even kalm als Anne-Marie en hij had een aandachtige, nadenkende uitdrukking op zijn gezicht.

Weer konden we door toedoen van Rose Wittington die kort na ons met een vriendin was binnengekomen, niet vrijuit praten. Toen haar vriendin wegging, kwam Rose ongenood met haar koffie aan onze tafel zitten en begon Hy en mij te ondervragen over het lijk dat we de vorige avond hadden gevonden. Ik liet hem het woord doen en hij gaf haar een afgezwakte versie die het lokale roddelcircuit slechts minimale bevrediging zou schenken. Daarna vroeg ik haar: 'Heb je gisteravond nog last met Lily gehad?'

Rose schudde haar hoofd. 'Ik kan haar soort wel aan.'

Ik kon geen tactische manier verzinnen om haar te vragen of ze tegen Lily de Tijgerin had laten doorschemeren dat ze haar warme melk vergiftigd had en of ze wijlen haar echtgenoot inderdaad op heterdaad met Lily had betrapt, maar toen ik vertelde hoe Nickles had gereageerd op de aanwezigheid van Chinese bewakers bij de mijn, overtuigde Roses milde geamuseerdheid me ervan dat het weer een van de sterke verhalen van de goudzoekster was geweest.

'Lily is altijd een beetje maf geweest als het om oosterlingen ging,' zei Rose. 'Ze doet me denken aan een personage in een Fu Manchu-film.'

'Ze vertelde me dat "dat soort" hier in de buurt niet meer is gesignaleerd sinds ze halverwege de negentiende eeuw die Chinees hebben opgehangen. Wat bedoelde ze daarmee?'

'Een zwarte bladzijde in de geschiedenis van Promiseville. Je weet dat een heleboel Chinezen voor de hongersnood en de oorlogen in hun eigen land vluchtten en hier in de goudmijnen kwamen werken?'

Ik knikte.

'In het begin werden ze door de mensen hier getolereerd, maar halverwege de jaren vijftig in de vorige eeuw sloeg de stemming om en de situatie werd behoorlijk grimmig. Er heersten vreemdelingenhaat en rassenvooroordelen. In 1852 verklaarde de gouverneur dat ze een bedreiging voor de staat vormden. In sommige goudzoekerskampen durfden de Chinezen geen voet te zetten uit angst vermoord te zullen worden.'

'De Chinees in Promiseville was toch eigenaar van de winkel?' vroeg Hy.

'Ja, een goede winkelier. Hij berekende billijke prijzen en was gemakkelijk met krediet. Dat was de enige reden dat ze hem lieten blijven. Maar toen raakte hij in een vechtpartij verwikkeld met iemand uit het zuiden – zij waren degenen die het rassenvooroordeel echt aanwakkerden – en doodde de man. Het was zelfverdediging, maar ze hebben hem toch opgehangen.'

'Je weet heel wat van de geschiedenis van de streek,' zei Anne-Marie.

'Niet half zo veel als de oude Earl Hopwood, die verrader die zijn land aan dat mijnbouwbedrijf heeft verkocht.'

'Over Earl gesproken,' zei ik, 'hij lijkt te zijn verdwenen. En heb je er enig idee van waar zijn dochter Peggy woont of wat de achternaam van haar echtgenoot is?'

'Nee. Ik heb jaren niets meer van Peggy gehoord, al bijna tien jaar. Ik geloof dat Earl me eens heeft verteld dat ze in Marin County woonde, maar ze is daarna verhuisd.'

'Ik had gehoopt dat zij zou weten waar haar vader is.'

'Dat is niet waarschijnlijk; ze zijn met elkaar gebrouilleerd. Maar waarom zeg je dat Earl verdwenen is? Ik heb hem in het midden van de vorige week nog gezien, bij het benzinestation.'

Ripinsky en ik wisselden een blik. Bayards geheugen was misschien door druggebruik aangetast, maar ik was er tamelijk zeker van dat de informatie die Rose me gaf betrouwbaar was. 'Heeft hij nog gezegd dat hij was weggeweest? Of dat hij van plan was weg te gaan?'

'Hij zei wél dat hij volgende week niet op onze bijbelstudie-groep zou komen. Hij is nu al meer dan een maand niet ge-weest.'

'En je hebt er absoluut geen idee van waar Peggy zou kunnen zijn?'

'Ze heeft altijd in de Bay Area gewoond, maar het zou me niet verbazen als ze nu nog verder van haar vader vandaan was gaan wonen.'

'Waarom?'

'Peggy moest zich van hem losmaken om een eigen leven te kunnen opbouwen. Nadat haar moeder was overleden, was zij het enige dat Earl nog had en hij klampte zich aan dat meisje vast. Niemand was ooit goed genoeg voor haar en hij joeg alle jongens die belangstelling voor Peggy toonden weg, onder an-dere iemand die hier aan tafel zit.' Ze keek scherp naar Hy, maar zijn blik was strak op het roodgeruite tafelkleed gericht.

Ik vroeg: 'Is ze direct uit Vernon weggegaan nadat ze van de middelbare school kwam?'

'Ja. Ze was op Berkeley toegelaten en had een gedeeltelijke studiebeurs, maar Earl wilde niet dat ze wegging. Ze hadden er verschrikkelijke ruzies over en uiteindelijk pakte ze haar koffers en vertrok. Ze vond daar een baantje en maakte haar studie af. Het heeft jaren geduurd voordat ze hun ruzie bijleg-den, maar zelfs toen lagen ze steeds met elkaar overhoop. Zo-dra ze weer een beetje met elkaar konden opschieten, begon hij zich met haar zaken te bemoeien. Ze weet het aan zijn bemoei-zucht dat haar eerste huwelijk op de klippen liep. Ik denk niet dat het tussen hen ooit echt goed komt.'

'En nadat ze naar Berkeley was vertrokken, verloor Earl

96

overal zijn interesse in en verhuisde naar Stone Valley?'

Rose keek me niet begrijpend aan. 'Hij is inderdaad naar de vallei verhuisd, maar ik zou niet willen zeggen dat hij nergens interesse meer in had. Hij werd een fanaticus.'

'In welk opzicht?'

'Zoals ik al zei, weet hij veel van geschiedenis; in ieder geval van die van Promiseville en van de mijn die zijn familie exploiteerde.' Ze keek Hy aan. 'Ben je ooit in zijn kleine museum geweest?'

Ripinsky schudde zijn hoofd.

'Dat klopt wel,' zei Rose. 'Toen hij het opzette, was jij zelf ook al weg. Maar het verbaast me dat hij jou en Julie er nooit mee naar toe heeft gesleept. Ik dacht dat jullie nogal goed bevriend waren.'

'Julie was altijd meer op Earl gesteld dan ik.' Hy sloot zijn ogen en probeerde zich iets in herinnering te brengen. 'Nu je erover begint; ik geloof dat hij Julie er wel eens mee naar toe genomen heeft toen ik haar leerde kennen. Ik herinner me vaag zo iets.'

'Voor zover ik weet, zijn er hier niet veel mensen die het hebben bezocht. Earl werd op zijn oude dag een soort kluizenaar.'

Anne-Marie vroeg: 'Waar is dat museum? In zijn huis?'

'Nee, het is in wat er van de winkel van de Chinees aan het eind van Main Street is overgebleven. Earl heeft allerlei oude spullen – van mijnbouwuitrusting tot huisraad – verzameld die na de grote brand zijn achtergebleven en ze daar samengebracht. Hij heeft me er één keer laten rondkijken, maar ik vond het allemaal... nogal pathetisch.'

Ik herinnerde me dat ik de vorige dag, in de buurt van de plek waar ik mijn auto had geparkeerd, een winkel had gezien. Door de met vuil bedekte ruiten waren de roestige blikken en bestofte flessen nauwelijks zichtbaar geweest. 'Hoe lang geleden was dat?'

'Het lijkt wel een eeuwigheid. Het kan best dat hij er nu mee opgehouden is, maar ik betwijfel het. Die stad en de oude mijn zijn een obsessie voor Earl.'

'Dan is het wel vreemd dat hij zijn land heeft verkocht. Heeft hij je ooit verteld hoe dat gekomen is?'

Rose stak haar kaak strijdlustig vooruit. 'Hij kijkt wel uit om met mij over mijnbouw in Stone Valley te praten.'

'Wist je dat hij er een prijs voor heeft gekregen die ver onder de marktwaarde ligt?'

'Nee, maar het verbaast me niets. Geld interesseert Earl geen moer. Wat hem wél interesseert, is dat die mijn weer geëxploiteerd wordt. Hij heeft het idee-fixe dat Promiseville uit haar as moet verrijzen.' Ze snoof minachtend. 'We hebben hem allemaal aan zijn verstand proberen te brengen dat zo'n groot, modern mijnbouwbedrijf de boel alleen maar zal verzieken, maar ja, Earl is nu eenaal niet zo slim.'

'Misschien wil hij alleen maar dat je denkt dat hij niet slim is,' suggereerde Hy.

'Ik ken Earl al bijna mijn hele leven en ik kan je garanderen dat hij op zijn minst tamelijk dom is.' Rose keek op haar horloge. 'Jeetje! Het is al na elven en er is om halftwaalf een Clint Eastwood-film op de tv. Als jullie willen, kunnen jullie allemaal komen kijken.'

We sloegen haar uitnodiging beleefd af en Rose vertrok. Toen ze weg was, werd de stemming een beetje mat. Ik keek steeds naar de deur van het balkon en beleefde opnieuw wat er gisteravond op de steiger was gebeurd. Toen Anne-Marie naar de serveerster gebaarde dat ze de rekening wilde hebben, slaakte ik een zucht van opluchting.

Het was verbazingwekkend warm gebleven, bijna drukkend, en er was een dichte bewolking. We bleven op de parkeerplaats nog een paar minuten staan praten. Anne-Marie zag er door haar lange wandeling vermoeid uit, maar nu we uit het restaurant waren vertrokken, had ik mijn energie teruggekregen en dat gold ook voor Hy. Hij stelde voor dat hij bij de Swifty Mart een paar *six-packs* zou gaan halen en ons in de bungalow zou treffen zodat we konden brainstormen zonder door Rose te worden gestoord. Ik voelde er wel voor en Anne-Marie leek het niet uit te maken. We kwamen in de bungalow bij elkaar en namen onder het genot van een paar biertjes alles wat we over de gebeurtenissen in Stone Valley wisten nog eens goed door zonder nuttige conclusies te bereiken. In het laatste halfuur viel Anne-Marie in haar stoel in slaap en het was bijna twee uur toen ze wakker werd, een verontschuldiging mompelde en naar haar slaapkamer strompelde.

Hy was nog steeds energiek. Hij stond op en zei: 'Laten we een tochtje gaan maken, McCone.'

Het idee stond me aan. Ik was door het vruchteloze brain-stormen nog te actief om te kunnen slapen. 'Oké,' stemde ik in en ik stond op en pakte mijn jasje.

Hij pakte het restant van het tweede *six-pack* en liep naar de deur terwijl de bierblikjes aan hun plastic ringen bungelden.

Ik volgde hem en wilde ertegen protesteren dat hij achter het stuur zou drinken, maar toen hij buiten kwam, draaide hij zich naar het meer.

'Wat...?'

'Een bóóttochtje, McCone. Ik ga niet achter het stuur zitten.'

'Maar waar...?'

'Stil, je maakt de hele buurt nog wakker.' Hij wachtte tot ik de bungalow op slot had gedaan en leidde me toen de helling af naar de steiger waar het eenzame waarschuwingslicht bloedro-de vlekken op het water verspreidde. Ernaast was een roeiboot vastgebonden. Hy overhandigde me het bier en gebaarde me in te stappen. Vervolgens maakte hij de touwen los, stapte aan boord en duwde het bootje van de steiger af.

'Waar gaan we naar toe?' vroeg ik terwijl ik op de middelste bank ging zitten.

'Nergens naar toe. We laten ons gewoon een beetje drijven.' Hy ging voorin zitten, draaide zijn magere lichaam opzij en liet zijn benen over de rand van het bootje hangen. 'Geef me even een biertje, alsjeblieft?'

Ik deed wat hij vroeg en pakte er zelf ook een. Het ploffende geluid waarmee we ze opentrokken, klonk luid in de nachtelij-ke stilte. Ik hoorde het zwakke geruis van de bomen en het zachte gekabbel van het water.

'Het is heel erg stil, hè?' zei ik.

'Houd je niet van stilte?'

Ik dacht aan een andere donkere nacht in het recente verle-den en herinnerde me kabbelend water en ruisende bomen en het verschrikkelijke, definitieve geluid van een revolverschot. 'Soms vliegt het me naar de keel.'

Als het hem was opgevallen dat mijn stem iets te emotioneel klonk, liet hij het in ieder geval niet merken. Hij bracht zijn blikje bier naar zijn mond en nam een slok. Ik deed hetzelfde, zette toen het blikje naast me neer en dook in elkaar in mijn suéde jasje.

'Wat denk je er echt van?' vroeg Hy ten slotte.

'Van de situatie hier?'

'Mm-mm. Ik had het gevoel dat je iets achterhield toen we in de bungalow zaten te praten. Was je misschien bang om Anne-Marie ongerust te maken?'

'Ik houd niet echt wat achter, tenminste niets concreets. Het is meer dat ik het gevoel heb dat er iets mis is zonder dat ik precies kan zeggen wat.'

'Ja, dat gevoel heb ik ook.'

'Die valse naam die Erickson gebruikte – als het klopt wat Ned me heeft verteld, lijkt me dat precies het soort grap dat hij zou uithalen. Ned zei dat hij een goed gevoel voor humor had, maar dan van een subtiele, verfijnde soort. Hij moet ervan hebben genoten het Bureau van Landbeheer iets wijs te maken.'

'Maar waarom? Waarom heeft hij het land niet gewoon op zijn eigen naam laten registreren?'

'Om wie of wat hij was, denk ik. Misschien vanwege zijn connectie met de Transpacific. Daar komen we pas achter als we meer over hem weten. Hoe zat het met de echte Tarbeaux, Hy? Heb je nog wat over hem gelezen nadat je te binnen is geschoten waarvan je de naam kende?'

'Alleen wat er in het boek stond dat ik je heb laten zien. Hij speelde uitsluitend kaart om het geld. Hij wist de sukkels een vals gevoel van zekerheid te geven en plukte hen dan volledig kaal. Het was een gevoelloze schoft. Een schrijver heeft hem eens beschreven als iemand die, behalve waakzaamheid, geen enkele emotie toonde. De ouwe Frank was ijskoud en vokomen op één ding gefixeerd.'

Volkomen op één ding gefixeerd en er misschien wel door geobsedeerd. Precies zoals Rose Wittington Earl Hopwood had beschreven. Een fanaticus, zoals Sanderman Ripinsky had genoemd. Maar was Sanderman niet gewoon een ander type fanaticus?

Hoe werden mensen zo? De gebeurtenissen in het leven van Earl Hopwood boden één antwoord: eerst had hij zijn jonge vrouw verloren en daarna had hij door zijn bezitterigheid zijn enige dochter weggejaagd. En Sanderman had zich in zijn werk bij de milieubeweging gestort na een pijnlijke scheiding. Hij· was ook zijn vrouw kwijtgeraakt en er waren daarvoor dingen gebeurd die hem verbitterd en teruggetrokken hadden gemaakt, dingen waarvan ik me zelfs geen voorstelling kon maken.

Ik zei: 'Mensen wier dromen zijn vervlogen.'

'Wat?'

'Zo beschreef Lily de Tijgerin de mensen die op het kerkhof van Promiseville liggen. Als je dromen zijn vervlogen, wordt je leven beperkter. Je kunt je naar binnen keren en geobsedeerd raken, zoals Earl Hopwood.'

'Heb je het echt over Earl, McCone? Of heb je het misschien over mij?'

Hy's stem had een ruwe, lichtelijk paranoïde ondertoon. Ik dacht eraan hoe Anne-Marie hem gekenschetst had: 'Hij is nog steeds gevaarlijk.'

Ik voelde dat de sfeer in het bootje nu gespannen was. Hy kneep zijn bierblikje in elkaar en gooide het onder zijn bank. Toen hij een ander pakte, ging ik verzitten zodat zijn hand niet langs mijn knie zou strijken.

'Nou?' vroeg hij.

'Ik weet het niet,' zei ik. 'Ik zou het ook over mezelf kunnen hebben.'

Hij kreunde ongelovig.

Maar het was waar, hoewel ik het daarvoor niet zou hebben toegegeven. De laatste tijd bewees ik er heel wat lippendienst aan dat mijn leven zo op het goede spoor zat nu George en ik samen waren en Anne-Marie had moeten doorvragen om me ertoe te bewegen mijn bedenkingen te uiten over de richting die onze relatie opging. Maar gebeurtenissen die ik niet had gezocht, hadden me veranderd sinds George en ik minnaars waren geworden en de veranderingen waren weliswaar subtiel, maar ze gingen diep.

Ik pakte mijn bier op, nam een slok en hield het blikje tussen mijn handen. Vanuit het bosje klonk de kreet van een dier. Het was een snel en schril geluid alsof het door een roofdier was gegrepen. Het geluid echode en maakte dat er een koude rilling over mijn rug liep.

Ik huiverde en sloot mijn ogen om de bloedrode lichtgloed op het water niet te hoeven zien. Ik herinnerde me dat ik toen ik hier aankwam de indruk had gehad dat Tufa Lake een plaats was waar echo's wonen. Zo'n plaats was er ook in de geest, een plaats waar het verleden zich steeds opnieuw herhaalde...

Hy zei: 'Je kunt het me rustig vertellen, McCone.'

'Wat?'

'Wat het ook is wat je dwars zit.'

Ik schudde mijn hoofd hoewel ik wist dat hij me nauwelijks kon zien en ik opende mijn ogen omdat zelfs de bloedrode glans op het water te prefereren was boven de taferelen die zich in die plaats in mijn geest afspeelden. De stilte hield aan en werd drukkend. Toen hoorde ik mezelf snel en bijna op een fluistertoon spreken.

'Het afgelopen jaar heb ik bijna twee mensen doodgeschoten.'

Hy wachtte.

'Een van hen was de grootste schoft die ik ooit heb gekend. De andere had vlak daarvoor een van mijn beste vrienden neergeschoten. Het is niet zo dat ik dat soort dingen nog nooit bij de hand heb gehad; ik heb jaren geleden een man doodgeschoten omdat ik geen andere keus had. Maar dit was... anders.'

'Waarom?'

'Omdat ik het beide keren echt wílde doen. Ik had mezelf volledig onder controle. Ik voelde alleen die ijskoude woede. Ik wilde... als beul optreden.'

'Maar je hebt het niet gedaan.'

'Nee, maar het scheelde verdomd weinig en het heeft onaangename gevolgen gehad. De eerste keer... ik heb nog steeds nachtmerries waarin ik de trekker overhaal. De tweede keer... er waren mensen bij, mensen om wie ik geef. Ze hebben een kant van me gezien die ik verborgen probeer te houden. En daardoor zijn er dingen veranderd.'

'Je bent nu een buitenstaander voor hen geworden.'

'Het is alsof ik een bepaalde grens heb overschreden waar voorbij ze me niet kunnen volgen. Niemand heeft er ooit iets over gezegd, maar dat hoeven ze ook niet te doen. Nu is er ...'

'Een afstand tussen jullie ontstaan.'

'Ja. En ik kan er niets aan doen.'

'Nee, dat kun je niet.'

'Maar ik wil het nog steeds graag. Ik ben een van die mensen die denken dat je een probleem op de een of andere manier moet kunnen oplossen door er flink tegenaan te gaan.'

'Je bedoelt dat je een van die mensen *was*.'

Ik had dat al vermoed, maar het schokte me toen ik het hoorde. Een ogenblik later zei ik: 'Ja, dat *was* ik. En nu... ik weet het niet. Hoe kan ik doorgaan met wat ik doe wanneer ik niet geloof dat er echt iets in orde gebracht kan worden.'

Hy zweeg.

'Ik denk dat je maar gewoon doorgaat,' voegde ik eraan toe. 'Dat heb ik tenminste gedaan. De schijn ophouden. Omdat *sommige* dingen misschien wél in orde gebracht kunnen worden. Omdat er misschien...'

'Omdat er misschien wat?' Zijn stem klonk nu dieper door een ondefinieerbare emotie die erin doorklonk.

'Omdat er misschien... iets is.'

Hij liet zich van de bank af op de bodem van het bootje glijden en pakte mijn hand vast. 'Kom 's hier, McCone.'

'Ik aarzelde maar één hartslag voordat ik naast hem ging zitten. Hij sloeg zijn arm om mijn schouders en ik liet mijn hoofd ertegenaan leunen. Na een poosje tastte hij over de bodem tot hij het laatste blikje bier had gevonden. We dronken het samen op terwijl we in de stille duisternis ronddreven.

II

San Francisco

9

Rae zei: 'Dus zo staan de zaken ervoor. Zodra ik die twee rapporten voor de cliënten heb gemaakt waarover ik het had, en dat zal niet lang duren, kan ik beginnen met Earl Hopwood op te sporen.'

Het was dinsdagmorgen halftien. Mijn assistente zat in kleermakerszit op het uiteinde van de chaise-longue in mijn kantoor in All Souls. Ze droeg een spijkerbroek en een roodbruine trui die bijna dezelfde kleur had als haar sproeten en kastanjebruine krulhaar. Hoewel Rae's garderobe er gestaag op vooruit was gegaan sinds Willie Whelan haar had ingewijd in de geneugten van het op rekening kopen, koos ze nog steeds tinten die nauwelijks van de kleur van haar sproeten en haar haar waren te onderscheiden waardoor ze de onjuiste indruk wekte dat ze een saai vrouwtje was. Was dit het laatste restje onzekerheid dat ze aan haar op jeugdige leeftijd gesloten huwelijk waarin ze emotioneel werd mishandeld, had overgehouden? vroeg ik me af. Of had het ermee te maken dat ze spoedig volledig bevoegd privé-detective zou zijn en om de een of andere misplaatste reden dacht dat ze er te allen tijde onopvallend moest uitzien?

'Shar? Ben je daar nog?'

'Zeker. Mijn gedachten dwaalden even af. Luister, als Tracy Miller van de Motorrijtuigenregistratie niet bereid is Hopwoods gegevens zo snel nadat we de vorige keer van haar diensten gebruik hebben gemaakt, te lichten, probeer haar dan niet over te halen. Door die nieuwe wet op de privacy is ze in een moeilijke positie gekomen.' De wet op geheimhouding van gegevens van de Motorrijtuigenregistratie was ingevoerd na de moord op een actrice door een gestoorde fan die een privé-detective had gehuurd om achter haar adres te komen. Nu verstrekte de Motorrijtuigenregistratie, die lang een van de belangrijkste bronnen voor een privé-detective was geweest, slechts informatie aan de politie en bedrijven die beroepshalve over bepaalde gegevens over auto's moesten beschikken, zoals verzekeringsmaatschappijen. Mijn vriendin Tracy was nog steed bereid af en toe iets voor me na te trekken, maar ik vond het vervelend het haar te vragen als het niet heel belangrijk was.

Rae vroeg: 'Als zij het niet wil doen, waar moet ik dan naar toe?'

'Zoek dan uit wat de huidige achternaam van Hopwoods dochter is en probeer haar te vinden. Het enige dat ik van de Motorrijtuigenregistratie te horen hoop te krijgen, is dat Hopwood onlangs een bekeuring voor een verkeersovertreding heeft gekregen zodat we er achter kunnen komen waar hij heeft uitgehangen, maar dat is een grote gok.'

Ze knikte en maakte een aantekening op het schrijfblok dat ze vast had. 'Kun je me wat meer over de zaak vertellen?'

'Dat doe ik morgen wel. Ik zal je zelfs op een lunch trakteren. Maar vandaag heb ik geen minuut te verliezen voordat ik mijn moeder om halfzes van het busstation ga halen.'

Rae's blauwe ogen schoten heen en weer en ze wendde haar blik snel af. Zij is een van de mensen van All Soul die er vorige zomer bij waren toen zich die ijskoude moordzucht van me meester maakte en bij haar viel me die ogenschijnlijk onoverbrugbare afstand die er daarna tussen hen en mij was ontstaan het meest op. Daarvoor zou ze net zo lang hebben gesoebat en aangedrongen tot ik haar de bijzonderheden van de zaak zou hebben verteld, maar nu trok ze een koel, professioneel gezicht en wachtte tot ik zou zeggen dat ze kon gaan.

Ik vroeg op een te hartelijke toon: 'Dat wilde ik je nog vragen – hoe was je weekend?'

Ze haalde haar schouders op.

'Hebben jij en Willie nog iets bijzonders gedaan?'

'Niet echt. We hebben een paar videofilms gehuurd en een pizzalijn gebeld. Het grootste deel van de zondag hebben we liggen rollebollen.'

'Wat?'

'Liggen rollebollen. Je weet wel.'

'Je bedoelt...'

'Ja, dat.' Ze fronste haar voorhoofd en hield haar hoofd schuin. Haar gekwetstheid van zoëven was vergeten.

'Heb je het nog nooit zo horen noemen?'

'Eh, nee.'

'Hoe noem *jij* het dan?'

'De liefde bedrijven.'

'Nee, ik bedoel het informele woord. Hoe noemt jouw generatie het?'

Mijn generatie. Ik bracht mezelf snel in herinnering dat Rae meer dan tien jaar jonger was dan ik. In veel opzichten *waren* we ook het produkt van verschillende tijdperken. 'Toen ik op de middelbare school zat, noemden we het eerst "het doen". Maar dat was in de jaren zestig en iedereen wilde de mensen choqueren, dus het werd al snel "neuken".'

'En daarna?'

'... Dat weet ik niet. Ik denk dat we zo'n beetje de hele jaren zeventig door hebben geneukt en in de jaren tachtig hadden we "intieme omgang" met elkaar of we gebruikten een vergelijkbare gruwelijke benaming. En nu... ik kan echt niet geloven dat ik dit gesprek voer!'

'Waarom niet? Dit is een historisch belangrijk onderwerp.'

'Dat zal best.' Maar ik moest toegeven dat het veel boeiender was dan welk onderwerp ook dat we hadden kunnen bespreken. 'Ik geloof dat ze in de tijd van mijn oudere broers zeiden "tot het eind gaan". Mijn ouders noemden het "een dutje doen" en dan stuurden ze ons allemaal naar het huis van mijn tante.'

'Toen ik op school zat, was het "met iemand slapen" en mijn grootmoeder die me opgevoed heeft, noemde het "vleselijke gemeenschap" en ze verbood het.'

'Er is wel heel wat veranderd – rollebollen.'

Toen stak Hank zijn hoofd om de deur. 'Stoor ik bij een belangrijke bespreking?' vroeg hij.

Kennelijk moest hij later op de dag naar de rechtbank, want hij droeg een grijs kostuum en een van zijn 'serieuze' stropdassen zoals hij ze noemt.

Rae stond op, greep haar schrijfblok en liep lachend langs Hank de kamer uit.

Hank ging op de plaats op de chaise-longue zitten die door Rae's vertrek was vrijgekomen. 'Waar hadden jullie het over?'

'We hadden het over seks, min of meer.'

'Dus daarop sloeg die wulpse blik die ze me toewierp toen ze vertrok. God wat heeft die vrouw een obscene lach.'

We bleven zo even zonder iets te zeggen zitten, maar nu was het de aangename stilte tussen vrienden die niet de emotionele geladenheid had van de momenten dat Rae en ik zwijgend bij elkaar zaten. Als er iemand was van wie ik had kunnen accepteren dat zijn gevoelens jegens mij veranderd waren, was Hank het wel, want ik had hem niet voldoende kunnen beschermen. Hij was vorige zomer neergeschoten en aan de gevolgen daarvan bijna overleden en in de nasleep daarvan had ik de sluipschutter bijna in koelen bloede gedood. Maar in tegenstelling tot de anderen die van mijn woede getuige waren geweest, was de band met Hank – een van mijn oudste vrienden en in sommige opzichten mijn dierbaarste vriend – nog hechter geworden. Hij is een man die de zeldame gave heeft de dingen van de positieve kant te zien. In zijn ogen was ik niet tekortgeschoten omdat ik hem niet goed had beschermd, maar had ik zijn leven gered door hem uit de baan van een kogel te duwen. En mijn gewelddadige optreden tegen de sluipschutter had hem alleen maar doen beseffen hoe diep mijn zeer platonische liefde voor hem was.

Een moment later zei hij: 'Seks is niet een onderwerp waarover ik het nu uitgebreid zou willen hebben want mijn vrouw is nu al in totaal drieëntwintig dagen weg. Wat voor indruk maakte ze op jou?'

'Ze zag er fantastisch uit en ze klonk ook fantastisch. Hank, het is net alsof ze weer tot leven is gekomen.'

'Dat is ook de indruk die ik uit onze telefoongesprekken krijg. Om gelukkig te zijn, heeft Anne-Marie een ideaal nodig waarvoor ze kan vechten en die baan bij de Coalitie heeft haar dat gegeven.'

Ik aarzelde en stelde toen een vraag die ik Anne-Marie niet had gesteld uit angst dat ze het gevoel zou krijgen dat ik haar onder druk zette: 'Denk je dat ze nog ooit bij All Souls zal terugkomen?'

'Nee. En dat zou ik ook niet willen. Toen we vlak na ons afstuderen dit collectief aan het opzetten waren, was de sfeer hier stimulerend voor haar. Maar nu... verdomme, we horen bij de gevestigde orde.'

'Wat is daar verkeerd aan? We hebben geprobeerd het idee ingang te doen vinden dat mensen met een laag inkomen er recht op hebben door een goede advocaat te worden verdedigd. Dat is gelukt en het wordt nu algemeen geaccepteerd.'

Hank zette zijn bril af en begon hem met zijn zakdoek schoon te maken. 'Daar is helemaal niets verkeerds aan. Ik vind het prettig bij de gevestigde orde te horen. Ik vind het prettig als een van de wethouders me belt om mijn advies te vragen. Ik vind het zelfs prettig met de mensen van het stadhuis te gaan lunchen. Maar Anne-Marie heeft er behoefte aan in de frontlinie van de verandering te staan.'

'Zelfs als dat betekent dat ze zo lang van jou en haar vrienden gescheiden is?'

'Ook dan. En ik zou niet willen dat het anders was.' Hij zette zijn bril weer op en stond op. 'Ik moet je maar weer aan je werk laten gaan. Als je voor die zaak van Anne-Marie extra tijd nodig hebt, kun je die nemen. Ze heeft me gisteravond beloofd dat de Coalitie ons flink voor je tijd zal betalen.'

'Flink?'

'Misschien zei ze "het normale tarief".'

'Dat lijkt er meer op.'

Hij knipoogde naar me en liep mijn kantoor uit.

Ik glimlachte toen de deur achter hem dichtviel.

Ons korte gesprek had me ervan verzekerd dat het goed ging met het huwelijk van Hank en Anne-Marie. Nadat ze hun aanvankelijke problemen hadden opgelost, was er tussen hen een relatie gegroeid die zowel intiem als vrij was en waarbij ze elkaar tegelijkertijd steunden en hun eigen gang lieten gaan. Misschien hoefde het huwelijk helemaal niet zo'n beperkend instituut te zijn...

Mijn blik bleef rusten op de roos met de lange steel in de vaas op mijn bureau. De bloem was kort na negen uur, gewikkeld in waspapier en met een geel lint eromheen, bezorgd. Geen kaartje, slechts één enkele, volmaakte roos. Ik draaide impulsief het nummer van Georges flat op Russian Hill, hoewel ik wist dat hij nu college gaf aan Stanford.

Na de pieptoon waarop ik volgens zijn opgenomen stem moest wachten, zei ik: 'Hallo, ik ben terug, maar ik zie dat je dat al wist. Ma arriveert om halfzes. We zullen om zeven uur op ons paasbest bij je zijn. Nou ja, laat dat paasbest maar zitten. We zullen onze gewone kleren dragen en, zoals afgesproken, de wijn en het dessert meebrengen. Zie je dan.'

Toen ik de vorige avond was thuisgekomen en door een verrukte Ralph en Allie werd ontvangen, was het te laat geweest om hem te bellen. Die ochtend had ik op weg naar San Francisco in Bridgeport een tussenstop gemaakt. Het was een stadje met ongeveer vijfhonderd inwoners dat zich op een hoge vlakte ongeveer 25 kilometer ten noorden van Vernon lag. De meeste bedrijven daar leken op het toerisme te zijn gericht en hun glamourachtig moderne uiterlijk contrasteerde scherp met de negentiende-eeuwse charme van het witte Victoriaanse gerechtsgebouw dat, omringd door een groot gazon, in de hoofdstraat stond. In de straat erachter – die vreemd genoeg ook Bryant Street heette, evenals de straat in San Francisco waar het Paleis van Justitie stond – stond het moderne gebouw waarin het bureau van de sheriff gevestigd was. Ik ging naar binnen en werd doorgestuurd naar Kirsten Lark met wie ik, zoals afgesproken, over de moord op Erickson zou komen praten. Volgens de schatting van de patholoog-anatoom, vertelde Lark me, was de dood niet meer dan twee uur voordat Nickles en haar danspartner het lijk in het meer hadden ontdekt, ingetreden. Het moordwapen was een automatische .22-revolver geweest. Het onderzoeksteam had geen aanwijzingen gevonden waaruit kon blijken waar Erickson was doodgeschoten, waar hij in het water terechtgekomen was en waar hij in de streek had gelogeerd.

Zijn vingerafdrukken stemden niet overeen met de vingerafdrukken die na de inbraken in Ripinsky's huis, de caravans en de bungalows waren genomen. Lark had contact opgenomen met de politie van San Francisco die op haar beurt Ericksons vrouw van zijn dood op de hoogte had gesteld.

'Ik heb om achtergrondinformatie over het slachtoffer gevraagd,' zei ze, 'maar ik denk niet dat ik veel zal krijgen. Ze hebben daar een werkachterstand en eerlijk gezegd heeft een moord in Mono County voor hen geen prioriteit. Behalve dat zijn vrouw op een chic adres woont en dat hij een kantoor in een torenflat in het centrum heeft, weten we niets over hem.'

Ned Sanderman had dus niet de moeite genomen met haar of Gifford contact op te nemen. Ik vatte samen wat hij mij had verteld en vroeg toen: 'Waar is Ericksons kantoor?'

'In het Embarcadero Center.' Ze pakte een kaartje uit het dossier dat vóór haar lag en schoof me dat toe. 'In het handschoenenkastje van zijn gehuurde Bronco zat een doosje met deze kaartjes.'

Ik bekeek het kaartje. Het was van een goede kwaliteit en de naam van het bedrijf, Interculturele Concepten N.V., stond met blauwe reliëfletters op een parelgrijze achtergrond. Eronder stond met kleinere letters: 'Training voor Internationale Marketing' en Erickson werd als directeur vermeld.

Lark keek me hoopvol aan toen ik het kaartje gelezen had. 'We zullen waarschijnlijk iemand naar San Francisco moeten sturen om met zijn vrouw en zijn werknemers te praten,' zei ze. 'Dat zal een aanslag op ons budget zijn en nu de vakantie voor de deur staat, kunnen we eigenlijk niemand missen.'

Ik greep de kans die ze me bood met beide handen aan. 'Hoe staat u er tegenover dat privé-detectives aan uw onderzoeken meewerken?'

'We zijn hier veel gemakkelijker dan in een heleboel andere districten, hoofdzakelijk doordat er daar meer geld uit de belastingpot voor de politie beschikbaar is.'

'Ik wil met alle plezier kijken wat ik over Erickson kan ontdekken.'

Lark grijnsde. 'Dat had ik wel zo'n beetje verwacht.'

Ik beloofde contact met haar te houden en schreef de naam van haar contactpersoon bij de politie van San Francisco op. Het was Bart Wallace, een man die ik kende en sympathiek vond. Daarna vervolgde ik mijn reis over de grens met Nevada naar Carson City.

Daar concentreerde ik me op de casino's die van het soort leken te zijn dat een goudzoeker uit het binnenland als Earl Hopwood zou bezoeken. Ik kreeg echter overal nul op het rekest als ik zijn foto aan hun beveiligingsmensen liet zien. In Reno was het resultaat hetzelfde tot ik aan het eind van de Strip bij een armoedig casino kwam dat reclame maakte met bejaardenkorting, parkeergelegenheid voor caravans en goedkope dagschotels voor vroege gasten. Het hoofd van de beveiliging daar herkende Hopwoods foto onmiddellijk.

'Hij is hier al een jaar of tien, twaalf vaste klant,' zei hij. 'Als hij goed bij kas is, speelt hij blackjack aan de twee-dollartafels. Anders speelt hij op de gokautomaten, meestal met quarters.'

'Hebt u hem de afgelopen twee weken nog gezien?'

De man dacht een ogenblik na. 'Nu ik erover nadenk; ik heb

hem als sinds vorige zomer niet meer gezien.'

'Bent u daar zeker van? Kan hij niet aan uw aandacht zijn ontsnapt of misschien binnen zijn geweest toen u op vakantie was?'

'Nee. Hopwood is een aardige kerel. Het personeel mag hem graag. Zelfs als ik hem zelf niet zou hebben gezien, zou iemand anders me hebben verteld dat hij terug was. En ik ben al meer dan een jaar niet met vakantie geweest.'

Daardoor werd een flink gat geschoten in mijn theorie dat Hopwood in Nevada de opbrengst van de verkoop van zijn land aan het vergokken was.

Tegen die tijd was het ruim na vijven. Ik nam de consumptie-bon die de beveiligingsman me aanbood aan, dronk een glas wijn en deed mee aan een paar spelletjes kienen in de lounge van het casino. Ik overwoog een poosje of ik zou teruggaan naar de Strip en daar een kamer zou nemen in Harrah of de Suntower. Ik zou kunnen gaan eten en een beetje gokken en morgenochtend zou ik uitgerust naar huis kunnen rijden. Maar ik merkte dat Reno me neerslachtig maakte. Ik kwam er niet vaak, maar iedere keer dat ik er een bezoek bracht, vond ik het er minder aangenaam. Het was een in verval rakend stadje vol hoeren met harde ogen en verliezers wier enige hoop het was de grote klapper te maken die maar niet wilde komen. Het had niets van de natuurlijke schoonheid van Lake Tahoe en even-min de chique glamour van Las Vegas, en de vriendelijkheid waarop het zich vroeger liet voorstaan, was ontaard in een on-echte glimlach die nauwelijks kon verhullen dat er alleen maar meedogenloos jacht werd gemaakt op de toeristendollars.

Dus at ik alleen snel een hamburger, dronk een kopje koffie en vertrok naar de Bay Area. De rit verliep zeer moeizaam, want het verkeer op de snelweg door Sacramento was vastgelo-pen doordat er werkzaamheden aan werden verricht en op de San Francisco-Oakland Bay Bridge waren vanwege een onge-luk twee rijstroken afgesloten. Ten slotte was ik om halfeen chagrijnig en uitgeput thuisgekomen.

Maar vanochtend hadden Ralph en Allie me liefdevol snor-rend en met hun poten over mijn gezicht aaiend gewekt. Ik dacht eraan dat ik vanavond zowel George als mijn moeder zou zien en hoewel ik er bang voor was dat de avond een misluk-king zou worden, zag ik ernaar uit. Maar eerst moest ik nog van alles doen...

Ik pakte de telefoon weer op en draaide het nummer van de afdeling Moordzaken van de politie van San Francisco. Bart Wallace zat achter zijn bureau en zei dat Kirsten Lark hem al had gebeld om te zeggen dat ik bij het onderzoek naar de moord op Erickson met haar zou samenwerken. Wallace had daar geen bezwaar tegen en zei dat hij me zo veel hij kon zou helpen.

'Ik wil nu alleen dat je een paar vragen beantwoordt,' zei ik. 'Klopt het adres van Erickson in Barbary Park?'

'Ja. Ik ben er zelf naar toe gegaan en heb zijn vrouw zondag-ochtend vroeg het nieuws gebracht.'

'En zijn vrouw heet...?'

'Margot.'

'Hoe ving ze het nieuws op?'

'Slecht. Ze dacht dat haar man op zakenreis naar Japan was en doordat hij daarover tegen haar gelogen had, kwam de klap nog harder aan.'

'Heb je haar kunnen ondervragen?'

'Niet erg diepgaand. Ik was van plan terug te gaan omdat Mono County om meer informatie had gevraagd, maar nu hebben ze jou om de kastanjes uit het vuur te halen.'

Wallace klonk tevreden en omdat ik wist hoeveel gevallen een inspecteur van Moordzaken te behandelen had, kon ik begrijpen waarom. Ik bedankte hem en hing op.

Daarna liep ik de gang in en klopte op de deur van Larry Koslowski's kantoor annex woonhuis. Onze bedrijfsspecialist en gezondheidsmaniak zat achter zijn computer te werken, maar begroette me opgewekt. Ik ging zitten en wachtte tot hij klaar was met het intoetsen van zijn gegevens.

Larry's kamer maakte een aangename, jungleachtige indruk. De muren waren gevlamd groen en in de vensterbank kweekte hij het onkruid en de zaden die enthousiastelingen voor reform-voedsel van vitaal belang voor hun welzijn achten. Op een rek naast de gootsteen staan een blender, meetinstrumenten en tientallen met vreemde bladeren, pillen en poeders gevulde fles-jes en potjes. Ik vraag me vaak af of zijn nieuwe cliënten niet denken dat ze per ongeluk in het laboratorium van een krank-zinnige geleerde verzeild geraakt zijn.

Bij All Souls geven we elkaar met Kerstmis een cadeautje en een paar jaar geleden had Larry mijn naam getrokken. Ik had een grote plastic zak van hem gekregen die was gevuld met een spul dat op zaagsel leek, maar een instantuitvoering van de proteïnedrank bleek te zijn die hij bij zijn ontbijt dronk. De zak ligt nog steeds ongeopend in een keukenkastje, maar Larry, die dat niet kan weten, eist er de eer voor op dat ik de eerste schreden heb gezet op de weg naar hernieuwde gezondheid en kracht. Periodiek, omstreeks nieuwjaar of tijdens de grote vasten, voert hij in de keuken van het collectief een zuiveringsoperatie uit waarbij hij geraffineerde suiker, ingeblikte ham, koekjes, kristalbloem en hamburgerkruiden weggooit. We zouden allemaal vanwege dergelijke excessen een hekel aan hem hebben, als hij zich niet af en toe schuldbewust te buiten zou gaan aan een pizza (met zowel ansjovis als peperworst) en in de Remedy Lounge in Mission Street niet evenveel bier naar binnen zou gieten als wij allemaal.

Na een paar minuten draaide hij zich op zijn stoel naar me toe terwijl hij zijn met was opgedraaide krulsnor opstreek. 'Waar was je gisteren?' vroeg hij. 'Ted en ik wilden bij Mama Mia bestellen, maar zonder jou kregen we niet genoeg mensen bij elkaar.'

Dus Larry was weer eens gesneuveld: Mama Mia was de pizzeria waarbij het collectief bij voorkeur bestelde. 'Ik ben naar Tufa Lake geweest om Anne-Marie te helpen en ik heb nog een extra dag aan het weekend vastgeplakt.'

'O ja. Dat zei Hank nog. Een zaak?'

'Het is nu een moordzaak. Ik werk samen met het bureau van de sheriff in Mono County.'

Ik zag de uitdrukking in Larry's zachte, bruine ogen bijna onmerkbaar veranderen en dat vertelde me dat het woord 'moord' herinneringen had opgeroepen aan die avond in juli van het vorig jaar. Maar in tegenstelling tot Rae kon hij zich er onmiddellijk overheen zetten. Larry is ouder dan zij, heeft meer gezien van de onaangename kant van het leven en is niet iemand die lang bij gebeurtenissen uit het verleden blijft stilstaan.

'Ik denk dat je me kan helpen,' voegde ik eraan toe.

'Altijd. Hoe?'

'Heb je wel eens van een adviesbureau gehoord dat Interculturele Concepten heet? Het houdt kantoor in het Embarcadero Center en op het kaartje ervan staat dat het gespecialiseerd is in iets dat training voor internationale marketing heet.'

Larry's ogen vernauwden zich nadenkend. 'Ik herken de naam niet, maar ik kan je wel vertellen wat het waarschijnlijk doet. Het is een betrekkelijk nieuw specialisme dat is ontstaan om de problemen op te lossen die gepaard gaan met de groei van de internationale handel, in het bijzonder met de landen die aan de Grote Oceaan grenzen. Dit soort bedrijven leert mensen hoe ze moeten omgaan met klanten en cliënten uit andere culturen wier gewoonten en verwachtingspatronen van de onze verschillen.'

'Zo iets als etiquette van het zakendoen?'

'In zekere zin. Als je bijvoorbeeld in Japan zaken gaat doen, leren ze je hoe je de juiste geschenken voor de klant moet uitkiezen. Ze nemen je mee naar Japanse restaurants, geven je informatie over het voedsel en leren je met stokjes eten. Buitenlandse cliënten worden op dezelfde manier getraind zodat ze in Amerika probleemloos zaken kunnen doen.'

'Ik begrijp het. Het klinkt als boerenbedrog.'

Larry haalde zijn schouders op. 'Het is een legitieme dienstverlening, maar vele van de minder fatsoenlijke adviseurs maken misbruik van het feit dat het niet helemaal duidelijk is welke aspecten belangrijk zijn.'

'Goed, dan heb ik nog een vraag. Wat weet je over de vanuit Hong Kong gefinancierde bedrijven hier, in het bijzonder over de Transpacific Corporation.'

'De Transpacific. Heel weinig, behalve dat hun algemeen directeur Lionel Ong heet. Ong heeft de reputatie dat hij een van de kleurrijkste en intelligentste mannen van de financiële elite van Hong Kong is. Maar dat is alles wat ik weet. Als je meer wilt weten, kun je het beste met Marcy Cheung van de Chinees-Amerikaanse Vereniging praten.'

'Wat is dat?'

'Een belangenorganisatie voor Chinezen van overzee die zaken doen in de VS. Marcy is hun publiciteitsmanager en een goede vriendin van me. Ik zal eens kijken of ik haar kan bereiken.' Hij draaide zijn stoel terug naar het bureau, zocht een nummer op en draaide het.

Nadat hij drie keer naar Cheung had gevraagd, zei hij: 'Marcy, met Larry Koslowski. Hoe gaat het met je?... Niet slecht. Heb je dat recept voor kasha varnishkas al uitgeprobeerd?... Als vernis, hè?... Nee, dat is niet wat varnishkas betekent, maar ik denk dat je boekweitgrutten moet leren eten.... Je wilt het niet leren? Dat is dan jouw probleem. Luister, wil je me een dienst bewijzen? Onze privé-detective wil met iemand over de Transpacific Corporation praten. Heb je nog wat tijd vrij?' Hij luisterde een ogenblik en vroeg toen aan mij: 'Kun je omstreeks twee uur in haar kantoor in het financiële centrum zijn?'

'Ja.'

'Ze zal er zijn,' zei hij. 'Ze heet Sharon McCone... Nee, ze is niet ondervoed. Het is zelfs zo dat ze mijn voedingsadviezen in de wind slaat, maar ik bekeer haar nog wel. Deze vrouw is dol op mijn proteïnedrank en vandaar is het maar een kleine stap...'

10

De huizen van rode baksteen in Barbary Park lagen verspreid in een stedelijke oase die zich vier verdiepingen boven de trottoirs van het financiële centrum bevond. Onder de fraai verzorgde terreinen waren kantoren en winkels, een ondergrondse garage en een sportschool, maar ze leken ver verwijderd van de in bakken groeiende coniferen, haagdoorns en Japanse ahorns van het park. Zelfs de verkeersgeluiden die tot boven doordrongen, klonken gedempt alsof ze het verlangen naar stilte van de bewoners respecteerden.

Ik had Margot Erickson gebeld en om elf uur met haar afgesproken. Ze had mijn naam doorgegeven aan de receptie in de hal van het gebouw. Een met rozehout gelambrizeerde lift bracht me omhoog naar het park waar ik over een kiezelpad en langs een karpervijver die werd overspannen door een gewelfde stenen voetgangersbrug naar nummer 551 liep. Evenals de andere panden bestond dat waar Margot Erickson woonde uit twee verdiepingen. Het was met klimop begroeid, had boogramen en een overvloed aan dakramen. Elk van de vier wooneenheden had een eigen, met glas overdekte toegangshal.

Het geüniformeerde dienstmeisje was een Filippijnse. Ze leidde me een grote woonkamer binnen, liep toen een trap op en verdween. De ramen van de kamer keken uit op de baai en ik kon Alcatraz zien, dat eiland met zijn steile rotswanden waarboven de lege cellenblokken en de onbemande bewakerstorens verrezen. De gevangenis was niet langer in gebruik, maar desondanks was het voor ons allemaal een subtiele waarschuwing.

Ik bleef in het midden van de kamer staan en keek om me heen. Links van de ramen was een met flagstones betegeld terras dat vol stond met wit smeedijzeren meubilair en planten in aarden potten. De kamer leek met zijn crème, zachtrode en roze kleuren van suikergoed te zijn en was zo gekunsteld ingericht dat je je er niet op je gemak voelde. Behalve door een paar Aziatische kunstvoorwerpen zoals een met patina bedekte bronzen leeuw en een Imari-schaal op een gelakte standaard, werden de tafels van gebleekt teakhout door niets ontsierd. Er was nergens een boek of een tijdschrift te bekennen en ik kon zelfs geen stofzuigersporen op het ongerepte crèmekleurige tapijt ontdekken.

Mijn aandacht werd getrokken door een foto op de schoorsteenmantel van de marmeren haard en ik liep ernaar toe om hem beter te bekijken. Het was een foto van een man en een vrouw die, tegen de achtergrond van een rotsachtige zeekust, dicht bij elkaar op een stenen muur zaten. Zoals Ned Sanderman me had verteld, was Mick Erickson een knappe man geweest. Zijn voortijdig grijs geworden haar krulde ruig om zijn hoofd en ving de zonnestralen op, zijn jeugdige gezicht was diep gebruind en er liepen fijne rimpeltjes om zijn ooghoeken terwijl hij naar de vrouw glimlachte. Ze droeg een roze, kanten zonnehoed die haar haar op haar blonde pony na bedekte. Haar gezicht was aan de ronde kant; ze had kuiltjes in haar wangen en een gezonde kleur. Ze leken allebei midden dertig te zijn en, in ieder geval toen, gelukkig met hun leven. Ik bespeurde echter tekenen die erop wezen dat er moeilijke tijden waren gevolgd, want het glas was gebarsten en er zat een deuk in de zilveren lijst alsof de foto naar iets of iemand was gegooid.

Het geluid van voeten die zachtjes over het tapijt trippelden, maakte me attent op Margot Ericksons aanwezigheid. Toen ik me omdraaide, kwam ze met een gracieus uitgestoken hand op me af. Ze was kleiner dan ze op de foto leek en had een fijnere beenderstructuur. Onder haar beige, zijden jumpsuit leek haar lichaam te mager. Ik drukte haar uitgestoken hand voorzichtig, alsof ik bang was dat ik hem zou breken.

Als ze had gezien dat ik naar de foto stond te kijken, liet ze dat niet blijken. Ze gebaarde me slechts te gaan zitten, liet zich op een stoel zakken, kruiste haar slanke benen en streek met haar hand door haar kortgeknipte, door de zon streperig geworden haar. Haar gezicht was bleek onder haar bruine gelaatskleur en ze had donkere kringen onder haar grijze ogen die rood waren van het huilen. Diepe rimpels die op de foto nog niet te zien waren geweest, waren aan weerskanten van haar mond gegrift.

Ik ging op de bank zitten en zette mijn diplomatenkoffertje op de koffietafel die ervoor stond. 'Het spijt me dat ik u juist nu moet lastig vallen,' zei ik.

'Ik begrijp dat het nodig is.' Ze had de schorre stem van iemand die veel rookt. Ze pakte een sigaret uit een porseleinen doos en stak die met onvaste hand aan. Zodra ze de rook had uitgeblazen, trok ze een gezicht en drukte de sigaret uit. 'Ik ben in de afgelopen drie maanden steeds minder gaan roken tot ik nog maar op vijf sigaretten per dag zat,' zei ze. 'Maar de laatste achtenveertig uur heb ik zoveel gerookt dat ik er ziek van zou kunnen worden.'

'Dat is normaal.'

'Ja, maar het is ook zwak en het valt me van mezelf tegen. Ik heb altijd gedacht dat ik sterk was en dat ik alles wat me zou overkomen, zou kunnen verdragen. Wat ik sinds zaterdagmorgen besef, is dat ik nog nooit iets ernstigs heb hoeven verdragen.'

'Denkt u dat u het kunt opbrengen over uw echtgenoot te praten, mevrouw Erickson?'

'Dat is toch voor mijn eigen bestwil.'

Ik vond dat een vreemde formulering. 'Natuurlijk,' zei ik en ik pakte mijn bandrecorder uit mijn koffertje. Margot Erickson keek er ongerust naar en eerst dacht ik dat ze bezwaar zou maken, maar toen ik haar vroeg of ze het goedvond dat ik ons gesprek opnam, stemde ze in door alleen maar haar schouders op te halen.

Toen ik het apparaat had aangezet, zei ik: 'Ik begrijp dat sommige vragen die ik u moet stellen pijnlijk voor u kunnen zijn, dus ik zal proberen het kort te maken. Inspecteur Wallace heeft me verteld dat u niet wist dat uw echtgenoot in het gebied rondom Tufa Lake was en dat u in feite dacht dat hij in Japan verbleef.'

De uitdrukking die over haar gezicht gleed, verraste me en hoewel het heel snel gebeurde, was ik er zeker van dat het er een van opluchting was. 'Voor zover ik wist,' zei ze, 'was Mick in Tokio om een serie seminars te leiden voor een van zijn Japanse cliënten.'

'Wat voor soort seminars?'

'Hij onderrichtte leidinggevend kader in het omgaan met Amerikaanse zakenmensen. Micks bedrijf is gespecialiseerd in het geven van interculturele trainingen aan Aziaten.'

'En hoe lang was hij weg?'

'Vier dagen.'

'Hebt u in die tijd nog van hem gehoord?'

'... Nee.'

'Helemaal niet?'

'Nee.'

'Vond u dat vreemd?'

'Niet echt. Hij onderhield contact met zijn secretaresse. Connie zou eventuele boodschappen aan me doorgeven.'

'Wat bijvoorbeeld?'

'Eh... veranderingen in Micks reisschema. Dingen die hij door mij wilde laten regelen.' Haar hand dwaalde naar de sigarettendoos, maar ze trok hem op haar schoot terug. 'Eigenlijk, mevrouw McCone, waren er geen boodschappen te verwachten. Mick en ik... het ging niet goed tussen ons. We beschouwden de reis naar Japan allebei als een proefscheiding.'

'Dat begrijp ik. Mag ik vragen...'

'Nee.' Ze schudde haar hoofd en wilde duidelijk van het onderwerp afstappen. 'Het was zuiver een privé-kwestie tussen ons en had geen betrekking op... wat er met hem is gebeurd.'

'Laten we dan over Tufa Lake praten. Hebt u er enig idee van waarom uw echtgenoot daar naar toe is gegaan?'

'Nee.'

'Had hij daar vrienden of had hij om andere redenen iets in dat gebied te zoeken?'

'Nee.'

'U lijkt daarvan heel zeker te zijn.'

'Natuurlijk. Mick was mijn echtgenoot; ik zou zo iets hebben geweten.'

'Maar gedurende die vier dagen heeft meneer Erickson zijn verblijfplaats voor u verborgen gehouden. Dat is ongebruikelijk, zelfs al was er sprake van een proefscheiding. Is het niet mogelijk dat hij ook voor u verzwegen heeft dat hij contacten in Mono County had?'

'... Dat is mogelijk.'

Het zou haar verontrust moeten hebben dat ze dat moest toegeven, maar weer zag ik even een opgeluchte uitdrukking in haar ogen verschijnen. Margot Erickson maakte op mij de indruk van iemand die gewoonlijk de waarheid sprak en alleen zou liegen als daarvoor een bijzondere noodzaak was, en dan nog zou het haar niet gemakkelijk afgaan. Dat ze afwisselend verontrust en opgelucht was, had er waarschijnlijk mee te maken dat ze bang was dat ik met mijn ondervraging een bepaalde kant zou op gaan, maar ik mocht doodvallen als ik wist wat haar angst inboezemde...

Ik vroeg: 'Hoe lang bent u met meneer Erickson getrouwd geweest?'

'Zeven jaar.'

'Kende u hem daarvoor al lang?'

'Ik... wat heeft dat met zijn dood te maken?'

'Zeven jaar is betrekkelijk kort. Mensen kunnen tientallen jaren getrouwd zijn zonder erg veel over elkaars verleden te weten.'

'Ik begrijp wat u bedoelt, maar ik kende Mick al behoorlijk lang voordat we trouwden. Hij woonde met zijn vorige vrouw naast mij en mijn vorige echtgenoot in Mill Valley. Toen we scheidden en met elkaar hertrouwden, veroorzaakte dat een van die kleine buurtschandalen.' Ze lachte nerveus. 'Ik zou zeggen dat ik hem zo goed ken als je iemand anders maar kunt kennen. Dat dacht ik in ieder geval altijd.'

'Wat betreft het tweede stel legitimatiepapieren op naam van Franklin Tarbeaux dat meneer Erickson bij zich had – heeft u de naam Tarbeaux ooit eerder gehoord?'

'Nooit.' Maar haar gezicht verstrakte en ze wendde haar blik af. Ze loog en zoals ik al vermoedde, ging het haar niet gemakkelijk af.

'Weet u het zeker?'

'Natuurlijk weet ik het zeker!'

'Is uw echtgenoot in geschiedenis geïnteresseerd? Bijvoorbeeld in die van het Oude Westen?'

'Ik begrijp niet wat...'

'Frank Tarbeaux was een gokker in het grensgebied en tevens een oplichter. Kennelijk heeft uw echtgenoot bij wijze van grap een licht gewijzigde versie van die naam gebruikt.'

Nu keek ze verbaasd. Even later zei ze: 'Mick houdt wel van gokken. We gaan een paar keer per jaar naar Tahoe en in zijn studeerkamer heeft hij een verzameling boeken over de geschiedenis van het gokken. Ik denk dat hij de naam daaruit heeft.'

Ze zweeg en dacht na over wat ze zonet had gezegd. 'Het is

zo moeilijk om in de verleden tijd over hem te praten. Ik verwacht nog steeds dat hij door de deur naar binnen komt en dat ons leven weer wordt zoals het was...'

'Dat begrijp ik. En ik zal proberen het zo kort mogelijk te houden. Ik zou u graag wat namen van mensen en plaatsen willen voorleggen om te weten te komen of uw echtgenoot die misschien weleens heeft genoemd.'

'Ga uw gang.'

'Ned Sanderman.'

'Nee.'

'De Transpacific Corporation.'

'Dat is een van Micks grootste klanten.'

'Lionel Ong.'

'Natuurlijk. Lionel *is* de Transpacific.'

'Waren meneer Ong en uw echtgenoot vrienden of was hun relatie alleen zakelijk?'

'Eerder zakelijk. Ik denk dat we in de afgelopen vijf jaar hooguit drie maal een etentje bij Lionel thuis hebben gehad.'

'Heeft uw echtgenoot het ooit over Stone Valley of Promiseville gehad?'

'... Niet dat ik me kan herinneren.'

'U weet niet dat de Transpacific onlangs land in Stone Valley heeft gekocht en van plan is daar een oude goudmijn opnieuw te gaan exploiteren?'

'Ik... geloof dat ik zo iets heb gehoord.'

'En de naam Earl Hopwood? Zegt die u iets?'

Ze sloot haar ogen en schudde een moment later vermoeid haar hoofd. Ze was nu nog bleker en de donkere kringen onder haar ogen tekenden zich scherper af. Ik had medelijden met de vrouw en ik zou met mijn ondervraging zijn opgehouden als ik niet het gevoel had dat sommige van haar antwoorden niet helemaal eerlijk waren.

Ik zei: 'Nog een paar vragen, mevrouw Erickson. Hebt u ooit gehoord van de Californische Coalitie voor Milieubehoud?'

Ze opende haar ogen en knikte. 'Ik ben lid van de Sierra Club, dus ik krijg hun verzoeken om een donatie in de bus.'

'En van de Vrienden van Tufa Lake?'

'Ik heb de naam gelezen.'

'Heino Ripinsky?'

'Wat heeft dit in 's hemelsnaam... wat heeft milieubescherming hiermee te maken?'

'De milieubeschermers willen verhinderen dat de Transpacific met het mijnbouwproject begint. Beschikte uw echtgenoot over technische kennis over goudwinning?'

'Ik... ik veronderstel van wel. Hij was afgestudeerd aan de Mijnbouwschool in Colorado.'

'Maar hij heeft nooit met u over het project van de Transpacific gesproken; tenminste niet op een manier die erop duidde dat hij ermee te maken had?'

Ze boog zich vooruit, steunde met haar ellebogen op haar knieën en bedekte haar gezicht met haar handen. Door haar vingers heen zei ze: 'Ik kan het me niet herinneren. Ik... kan het me gewoon niet herinneren.'

Ik zette mijn bandrecorder uit. Genoeg is genoeg, dacht ik. 'Mevrouw Erickson, het spijt me dat ik u hieraan heb onderworpen.'

Ze schudde haar hoofd en gaf met een gebaar te kennen dat ik me niet hoefde te verontschuldigen. Toen ging ze staan en keek nerveus in de kamer van gesponnen suiker rond alsof de muren op haar af kwamen. Zonder een woord te zeggen, draaide ze zich om en rende naar de trap.

Ik voelde me wat mijn nicht Kelley een 'afschuwelijk sadistisch monster' noemt. Ik stopte de bandrecorder terug in mijn koffertje en maakte aanstalten om weg te gaan. Het Filippijnse dienstmeisje verscheen met een onbewogen gezicht in de deuropening en wachtte tot ze me kon uitlaten.

Voordat ik naar haar toe liep, liet ik mijn blik nog even door Margot Ericksons onbewoonbare woonkamer ronddwalen. Er heerste hier leegheid, steriliteit en nog iets anders... Angst? Ja, angst. De allesdoordringende aanwezigheid ervan maakte van de mooie kamer een even vreeswekkende gevangenis als die welke in de verte door de ramen zichtbaar was.

Interculturele Concepten was gevestigd in een mooi kantoor op de negende verdieping van Embarcadero Two. Net als Ericksons woonhuis was het steriel en duur ingericht, maar de receptieruimte en de kantoren waarvan ik een glimp opving, straalden een mannelijkheid uit waarvoor bewust gekozen moest zijn om de cliënten uit de door mannen gedomineerde landen aan de Grote Oceaan op hun gemak te stellen.

De bosgroene vloerbedekking, de donkere lambrizeringen en het leren meubilair leken te zeggen dat Interculturele Concepten wist wie er *echt* de teugels van de wereldhandel in handen hadden, al waren ze dan een Amerikaans bedrijf en derhalve onderhevig aan allerlei dwaze ideeën over gelijke kansen voor mannen en vrouwen.

Connie Grobe, Mick Ericksons secretaresse, completeerde het kantoor perfect. Hoewel ze er niet mannelijk uitzag, zou haar strenge kapsel en haar maatkleding beter bij een robot passen dan bij een vrouw. De modetijdschriften zeggen dat er na de jaren tachtig, waarin de kleding kracht moest uitstralen, weer ruimte voor zachtheid en vrouwelijkheid is omdat wij vrouwen ons niet langer hoeven te bewijzen – dat beweren ze althans.

Connie Grobe leek zich van hun meningen niets aan te trekken en toen ik haar door de gang naar haar kantoor volgde, dacht ik dat ze daarin misschien gelijk had. Nu er recentelijk een paar keer in hoger beroep processen met als inzet het recht op abortus en gelijke betaling verloren zijn, begon ik te vermoeden dat we opnieuw een paar dingen moesten gaan bewijzen.

Grobe had een klein kantoortje tegen een binnenmuur. Er stonden een rij archiefkasten, een bureau en twee stoelen. Er was geen raam; misschien dachten de hoge pieten bij Interculturele Concepten dat secretaressen echt robots waren die geen frisse lucht of licht nodig hadden. Toen ik op de bezoekersstoel ging zitten, voelde ik nog een restant van de woede die ik had gevoeld toen ik part-time als bewaakster bij een van de grootste beveiligingsfirma's van de stad werkte om mijn studie te kunnen bekostigen. Iedere vrijdag ging ik ernaar toe om mijn karige loon op te halen en zag dan hoe het administratieve personeel in kleine, ongeventileerde hokjes was geperst, terwijl de ruime kantoren met ramen van de bazen – die gewoonlijk in het veld werkten of met potentiële klanten uit eten waren – leeg stonden. Toen had ik besloten dat ik nooit het slachtoffer zou worden van een systeem dat zijn medewerkers misbruikte en hen net zo gemakkelijk als potloodstompjes en verbogen paperclips afdankte.

Toen ze aan de andere kant van het bureau was gaan zitten, vouwde Grobe haar handen ineen en vroeg: 'Mag ik uw legitimatie zien, mevrouw McCone?'

Ik schoof haar mijn leren mapje met mijn legitimatiebewijs toe. Ze bestudeerde het een ogeblik voordat ze het me teruggaf. 'En is er iemand bij de politie met wie ik contact kan opnemen om te verifiëren of u inderdaad bij het onderzoek naar de dood van meneer Erickson met hen samenwerkt?'

Ik slikte mijn ergernis in – tenslotte had de vrouw het recht voorzichtig te zijn – en zei: 'U kunt contact opnemen met inspecteur Wallace van de afdeling Moordzaken. Of met rechercheur Kirsten Lark van het bureau van de sheriff in Mono County.'

Ze noteerde de namen op een kladblok, maar vroeg niet om telefoonnummers. Nadat ze even naar het vel papier had gestaard, zuchtte ze, scheurde het af, verfrommelde het tot een prop en gooide die in de prullenbak. Toen ze mijn verbaasde blik zag, zei ze: 'Mick Erickson eiste van ons dat we altijd de uiterste voorzichtigheid betrachtten, mevrouw McCone. Maar Mick is dood, dus het maakt niet meer uit.'

'Waarom was hij zo voorzichtig?'

'Veel van onze cliënten zijn grote bedrijven uit de landen rondom de Grote Oceaan. Hun zakelijke transacties in de Verenigde Staten kunnen zeer ingrijpende en ernstige politieke gevolgen hebben. De positie van anderen is kwetsbaar, zoals die van een aantal van onze cliënten in Hong Kong die hun activa naar hier willen overbrengen voordat de stad in negentienzevenennegentig aan de Volksrepubliek China wordt overgedragen.'

'Is de Transpacific Corporation daar een van?'

'Niet echt. De Transpacific is een Amerikaans bedrijf. Hun algemeen directeur, meneer Lionel Ong, is hier genaturaliseerd en afgestudeerd aan de Harvard Business School.'

'Maar het bedrijf word wél vanuit Hong Kong gefinancierd.'

Ze aarzelde. 'Toen ik zei dat het niet langer nodig is uitermate voorzichtig te zijn, sloeg dat op Mick Erickson en niet op onze cliënten. Zo lang Interculturele Concepten een rechtspersoon is, ben ik verplicht hen te beschermen.'

'Daar kan ik inkomen. Kunnen we dan over de vermeende reis van meneer Erickson naar Japan praten? Zijn vrouw heeft me verteld dat hij werd geacht daar voor een belangrijke cliënt een aantal seminars te leiden.'

Connie Grobes mond verstrakte, maar waarom precies wist ik niet. 'De cliënt was Sumeri International in Osaka.'

'En de voorbereidingen voor de reis zijn door het personeel hier getroffen?'

'De voorbereidingen voor de reis, de verzending van het studiemateriaal voor de seminars en alle bijkomende zaken.'

'Heeft meneer Erickson na zijn vertrek nog contact met u opgenomen?'

'Ja, telefonisch vanuit Japan. Hij beweerde in ieder geval dat hij daar was.'

'En daarna?'

'Toen hij me belde, vertelde hij me dat hij op de diverse bedrijfslokaties van de cliënt zou zijn. Als ik contact met hem wilde opnemen, moest ik het kantoor van Sumeri hier in de stad bellen.'

'Niet hun kantoren in Osaka?'

'Nee.'

'Vond u dat niet vreemd?'

'Een beetje wel, maar Mick deed zijn zaken vaak op een onorthodoxe manier.'

'Is het nog nodig geweest dat u via het lokale kantoor van Sumeri contact met hem opnam?'

'Nee. Mick reist veel en het kantoor is zó georganiseerd dat het zonder hem goed kan functioneren. Alleen in een noodsituatie zou het nodig zijn geweest dat ik contact met hem opnam.'

En daarop had hij gerekend, dacht ik. 'Als meneer Erickson u belde wanneer hij op reis was, gebruikte hij dan meestal een creditcard?'

'Als hij op een vliegveld of een andere openbare plek was wel. Anders werden de gesprekken op zijn hotelrekening geboekt of hij belde op rekening van een cliënt.'

'Dus tenzij hij onderweg was en zijn creditcard gebruikte, kon u niet onmiddellijk nagaan waarvandaan hij belde?'

'Dat klopt.'

'Was die reis naar Japan lang van tevoren gepland?'

'Eigenlijk moest het allemaal op heel korte termijn gebeuren.' Ze beet op haar onderlip en het verdriet stond duidelijk in haar ogen te lezen. 'Ons personeel heeft heel veel overuren moeten maken om het studiemateriaal voor de seminars gereed te krijgen. Meneer Erickson heeft hier twee lezingen voor belangrijke cliënten afgezegd om de reis te kunnen maken. De wetenschap dat hij alleen bezig was de een of andere vorm van bedrog te verhullen, maakt me boos. Boos en heel erg verdrietig.'

Zijn vrouw was niet de enige die Erickson had bedrogen, dacht ik. Op de een of andere manier was de woede en het verdriet waaraan Connie Grobe uiting gaf aangrijpender dan het ingehouden verdriet en de latente angst die ik bij Margot Erickson had bespeurd.

'Mevrouw Grobe,' zei ik, 'het is bij een moordonderzoek vaak noodzakelijk zeer persoonlijke facetten van het leven van het slachtoffer onder de loep te nemen. Hebt u er moeite mee te bespreken wat u over meneer Ericksons privé-leven weet?'

Ze dacht na. 'Nee,' antwoordde ze een ogenblik later. 'Mick is dood, en het belangrijkste is erachter te komen wie hem heeft vermoord. Wat wilt u weten?'

'Margot Erickson heeft me verteld dat zij en haar echtgenoot de reis naar Japan als een proefscheiding beschouwden. Wist u dat?'

Weer verstrakte haar mond en deze keer besefte ik dat het een instinctieve reactie was op het horen van Margots naam. 'Het ligt voor de hand dat ik dat weet. Mick sliep al een maand op de bank in zijn kantoor. Ik zou denken dat dat de proefscheiding was.'

'Heeft hij hier een hele maand geslapen? Waarom heeft hij geen hotel genomen of een appartement gehuurd?'

'Ik veronderstel dat hij hoopte dat ze hun moeilijkheden zouden oplossen. En natuurlijk was er ook een financieel probleem. Dat huis in Barbary Park is waanzinnig duur. Toen Mick en Margot het kochten, was de hypotheekrente erg hoog. Ze waren van plan het opnieuw te financieren als de rente zou dalen, maar in de tussentijd kostte het hem meer dan hij zich kon permitteren.'

'Beweert u daarmee dat Mick Erickson in financiële moeilijkheden zat?'

'Niet echt. Zijn financiële toestand zou hoe dan ook snel beter worden. Dit bedrijf was oorspronkelijk gezamenlijk eigendom van Mick en zijn vorige vrouw. Na hun scheiding verhuisde ze naar het oosten om daar een soortgelijk bedrijf op te zetten en Mick moest haar uitkopen. Hij heeft haar een paar maanden geleden de laatste betaling gedaan en nadat die vaste last was weggevallen zou zijn financiële positie snel verbeterd zijn.'

'Jaja. Laten we het nog even over Ericksons huwelijk hebben. Mevrouw Erickson wilde alleen over de proefscheiding zeggen dat het een zuivere privé-kwestie was.'

Grobe knikte. 'Mick wilde ook niet meer zeggen.'

'Hebt u enig idee wat voor problemen ze hadden?'

'Misschien had het te maken met het al dan niet nemen van kinderen.'

'Waarom denkt u dat?'

'Het is maar een vermoeden. Mick en Margot zijn allebei eerder getrouwd geweest, maar ze hadden geen van beiden kinderen.'

'Wilde een van hen kinderen hebben?'

Grobes blik leek zich naar binnen te richten. 'Mick wel, denk ik,' zei ze. 'Ik ben een alleenstaande moeder en mijn zoon Jon is tien jaar. Mick had seizoenkaarten voor wedstrijden van de Giants en hij heeft Jon een paar keer meegenomen. Ze leken het echt leuk met elkaar te hebben gehad.'

'Is Margot met hen meegegaan?'

'Nee, Jon is op haar kaartje gegaan. Ze ging zelden kijken, want ze haat baseball.'

'Denkt u dat zij ervoor voelde kinderen te nemen?'

'Ik weet het niet, maar ik kan me Margot niet als moeder voostellen.'

Grobe permitteerde zich een flauw maar boosaardig glimlachje. 'Ze zou tenslotte haar maatje 36 kunnen kwijtraken.'

Ik zweeg even en overdacht haar theorie over het stuklopen van het huwelijk van de Ericksons. Ze waren midden dertig, dus het was nu of nooit als ze kinderen wilden. Als de ene partner dat graag wilde en de andere niet (ik werd een moment pijnlijk herinnerd aan de bedoelingen van mijn eigen partner) zouden daardoor ernstige problemen kunnen ontstaan.

Maar ik vroeg me af of Grobes beoordeling van Micks gevoelens daarover wel klopte. Uit een paar plezierige bezoekjes aan een baseballwedstrijd met de zoon van een werkneemster viel moeilijk te concluderen dat hij dolgraag zelf kinderen wilde hebben.

Toen ik doorvroeg om meer bijzonderheden over het echtpaar te weten te komen, werd me eigenlijk alleen maar duidelijk wat een grote hekel Connie Grobe aan Margot had. Ze kende de vrouw niet goed, had privé nooit iets met haar te maken gehad en was maar een paar keer bij haar thuis geweest om wat papieren langs te brengen. Haar gevoelens, concludeerde ik, waren slechts de niet ongewone reactie van een secretaresse die nauw met haar baas samenwerkt terwijl zijn vrouw thuis zit en zonder er iets voor te doen de vruchten van hun arbeid plukt.

Grobe was zeer verbaasd toen ze hoorde dat Micks lijk in Tufa Lake was gevonden. Ze wist niets over persoonlijke of zakelijke contacten die hij in het gebied zou kunnen hebben en kon geen enkele reden bedenken waarom hij daar naar toe zou zijn gegaan. Ze had de naam Tarbeaux nog nooit gehoord en ze beweerde dat ze niets wist over de plannen van de Transpacific Corporation om de oude mijn in Promiseville te gaan exploiteren. Ten slotte bedankte ik haar en vertrok. Het was tien over halftwee en ik had nog maar twintig minuten voordat ik op mijn afspraak bij de Chinees-Amerikaanse Vereniging moest zijn.

Ik gebruikte een paar van die minuten om Hiroshi Kamada in het lokale kantoor van Sumeri International te bellen. Hij was heel wat minder voorzichtig bij het geven van informatie dan Connie Grobe en ik leidde daaruit af dat nog niet het hele bedrijfsleven van de landen rondom de Grote Oceaan in de greep van een lichte paranoia was gekomen. Kamada zei dat Mick Erickson hem had gevraagd of hij een paar dagen boodschappen voor hem wilde aannemen.

Ik vroeg hem of Erickson hem nog had gebeld.

Nee, dat had hij niet gedaan, zei meneer Kamada. Maar er waren trouwens ook geen boodschappen voor hem gekomen.

En hoe zat het met het studiemateriaal voor de seminars dat Ericksons personeel naar het hoofdkwartier van Sumeri in Osaka had verstuurd? Waren ze daar niet verbaasd geweest toen het aankwam; er waren immers geen seminars gepland.

O nee, zei meneer Kamada. Ik begreep het verkeerd. Het studiemateriaal was voor de seminars van *volgende* maand.

Dus op die manier was Mick aan zijn excuus gekomen om te kunnen verdwijnen: het contract voor de seminars voor Sumeri bestond gewoon en hij had er alleen een te vroege datum voor opgegeven. Ik vroeg me af hoe hij dat had willen uitleggen als hij de volgende maand op de juiste datum de seminars had moeten geven.

Toen ik in de telefooncel de hoorn op de haak hing, dacht ik na over Ericksons drijfveren. De reden voor zijn reisje naar Mono County moest wel erg geheim zijn dat hij zo'n ingewikkeld plan had gemaakt om maar een paar dagen afwezig te kunnen zijn. En wat wilde hij in die paar dagen doen?

Ik wist alleen zeker dat het te maken had met de plannen van de Transpacific om de mijn opnieuw te gaan exploiteren. Misschien kon Marcy Cheung van de Chinees-Amerikaanse Vereniging enig licht werpen op het bedrijf en zijn algemeen directeur, Lionel Ong.

Als je in de buurt van de Embarcadero en het inklaringskantoor van de douane langs de meest oostelijke huizenblokken van Jackson Street loopt, lijkt het of je het oude San Francisco bent binnengestapt. Hoewel dat deel van de straat nagenoeg in de schaduw van de Transamerican Pyramid ligt – ons mooiste voorbeeld van de architectonische excessen van het eind van de twintigste eeuw – en maar een klein eindje lopen van de lawaaiige, met constructies van staal en glas volgebouwde canyons van het financiële centrum vandaan is, heerst hier rust en er staan aan weerszijden van de smalle straat bomen. De gerenoveerde bakstenen gebouwen waarvan er vele dateren van vóór de aardbeving van 1906, herbergen kleine bedrijven, antiekwinkels en showrooms van meubelen en textiel. Het kantoor van de Chinees-Amerikaanse Vereniging besloeg de hele beneden-verdieping van een van deze gebouwen en het was op de hoek van een steeg met aan het eind ervan een café met terras van het soort dat je ook in Parijs ziet.

De rust van de straat heerste ook in de receptieruimte. Het interieur was met zijn zwartgelakte meubelen, gekleurde ronde lampen en rolschilderingen typisch Chinees en zelfs de vrouw met het sluike haar achter de balie droeg een jadegroene jurk van gevlamde zijde met een mandarijnenkraag. Terwijl ze mijn komst bij Marcy Cheung aankondigde, waren haar bewegingen ongehaast en haar stem was zo zacht als het geluid van mijn voetstappen op het abrikooskleurig-met-blauwe-bloemetjes-kleed.

Toen ik echter het in drie panelen verdeelde zijden scherm achter de balie was gepasseerd, merkte ik dat de stilte verbroken was. Het was er een kakofonie van rinkelende telefoons, ratelende schrijfmachines en luide stemmen en toen ik de deur met het bordje 'Publiciteitsafdeling' opende en naar binnen ging, ontrolde zich een totale chaos aan mijn blik.

Twee bureaus waren bedolven onder bergen foto's en papieren; de laden van archiefkasten stonden open en hun inhoud stak in vreemde hoeken naar buiten; kleurendia's lagen verspreid op een lichttafel en een tekening hing voor driekwart los van een tekenbord. De muren waren bedekt met lagen posters, circulaires en roosters. Een van de roosters die de kop 'Decembernummer' droeg, was doorgehaald met een grote rode X en in het midden ervan was een grote punaise gedrukt. En op de vloer, omringd door nog meer stapels papieren en fotos's en de restanten van een lunch, zat een jonge vrouw die haar had dat tot op haar middel hing en in haar nek met een elastiekje bijeengehouden werd. Haar benen die ze als een Indiaan had gekruist waren gehuld in een spijkerbroek en haar voeten waren bloot. Ze boog zich vooorver en pakte een halve sandwich terwijl ze in de telefoon sprak. Ze hapte niet in de sandwich, maar zwaaide er alleen mee om haar woorden te onderstrepen.

'Heb *jij* problemen? Nou, ik ook. Mijn idiote assistent heeft ontslag genomen. En ik heb die proeven vandaag nodig, verdomme!'

Ik stapte om een opgeblazen plastic draak heen die een vurige banier uitademde met de tekst: 'De Chinees-Amerikaanse

Vereniging wenst U een Gelukkig Chinees Nieuwjaar!'

'Het kan me niet schelen hoeveel het je kost om ze door een koerier te laten brengen. Doe het!' Ze sloeg de hoorn met een klap op de haak en precies op dat moment viel er een stukje tomaat tussen haar sandwich uit dat van haar knie stuiterde en een streep mayonaise achterliet. 'Shit!' zei ze mistroostig en ze keek naar me omhoog.

Marcy Cheung had een rond, lichtelijk pokdalig gezicht en een afgebroken voortand. Zodra ze tegen me glimlachte sloeg ze een met inkt bevlekte hand voor haar mond en mompelde: 'Ik heb 'm twee maanden geleden bij het wildwaterkanoën gebroken en ik heb nog steeds geen geld om naar de tandarts te gaan. Je zou denken dat ik me er nu zo langzamerhand niet meer aan zou storen. Ben jij Sharon?'

'Ja. En jij bent Marcy?'

'Mm-mm. Ik zou je wel een stoel willen aanbieden, maar...' Ze gebaarde om zich heen en ik zag dat ze allemaal vol lagen met dozen, papieren en tijdschriften.

Gelukkig droeg ik een donkere broek. Ik liet me tegenover haar op de vloer zakken en lette erop dat ik niet op het plakje tomaat dat zij leek te zijn vergeten, ging zitten. 'Dat maakt niet uit.'

Ze gooide het restant van de sandwich in een afvalbak. 'Zo,' zei ze, 'Lar vertelde me dat je gezondheidsvoedsel haat.'

'Ja. Ik kan niet geloven dat je zijn recept voor boekweitgrutten echt hebt uitgeprobeerd.'

'Dat heb ik ook niet gedaan; ik heb tegen hem gelogen.'

'Ik heb zijn proteïnedrank ook nooit gedronken.'

Ze glimlachte, deze keer zonder zich om haar afgebroken tand te bekommeren, en gaf me een hand. Het klikte direct tussen ons.

De telefoon naast Cheung zoemde schril. Ze keek er boos naar, nam op en zei: 'Ik heb nu geen tijd; ik ben bezig.' Toen drukte ze de uitzetknop in en liet de hoorn naast de haak liggen. 'Dat is de enige manier waarop ik hier een beetje rust kan krijgen.'

'Je kantoor is...'

Terwijl ik naar een woord zocht waarmee ik haar niet zou beledigen, zei ze zelf: 'Een janboel.'

'En bovendien heeft je assistent ontslag genomen.'

'Ja.' Ze keek bedrukt om zich heen. 'Hij was een volslagen idioot; het was misschien de enige slimme zet van zijn leven.'

'Ik schaam me ervoor dat ik je tijd in beslag neem.'

'Dat hoeft echt niet. Als je niet was gekomen, zou ik nu nog met de drukker aan het ruziën zijn. Nog zo'n idioot. Lar zei dat je informatie wilde hebben over de Transpacific Corporation.'

'En over Lionel Ong, als je tenminste iets over hem weet.'

'Waarom?'

'Ik doe in samenwerking met de politie van San Francisco en het bureau van de sheriff in Mono County onderzoek naar een moord. Een van Ongs zakenrelaties is doodgeschoten.'

'Verdenken ze Lionel?'

'Het was niet zozeer de vraag als wel de nuchtere toon waarop ze haar stelde die me verbaasde. 'Tot nu toe niet, nee. Ik wil graag achtergrondinformatie hebben.'

'Mijn baas wil waarschijnlijk niet dat ik over een van de leden praat, maar als het een politiezaak is, zal ik wel moeten. En je vraagt het me op het juiste moment.' Ze strekte een blote voet uit en trok met haar tenen een kartonnen doos naar zich toe. Op de zijkant ervan was met een viltstift geschreven: *Feb. Interviews.*

'Dit,' zei ze terwijl ze in de doos rommelde, 'is de kopij voor het februarinummer van ons tijdschrift. We sturen het naar zakenlui, politici, bedrijfsverenigingen en verdere mogelijke belangstellenden. Dit nummer moet onze Hongkongse leden in de schijnwerpers zetten, als ik het tenminste ooit klaar krijg. Mijn assistent zou de interviews afnemen, maar hij heeft er maar twee gedaan. Op de een of andere manier moet ik er nog drie maken, waaronder die met Ong.

In ieder geval,' vervolgde ze terwijl ze een dossier uit de doos haalde en het me overhandigde, 'is dit de voorbereidende research die ik over hem heb gedaan. Als je wilt, mag je het inkijken en er fotokopieën van maken.'

'Bedankt. Maar zou je me eerst in je eigen woorden wat over hem willen vertellen.'

Cheung legde haar uitgestrekte benen over elkaar en zette haar handen achter haar rug op de grond om zich te ondersteunen. Prompt drukte ze met één hand op het vergeten plakje tomaat. Ze trok heftig haar neus op. 'O walgelijk! Ik kan niet geloven...'

Ik stak mijn hand in mijn zak en haalde er een redelijk schoon papieren zakdoekje uit.

'O bedankt. Ik ben zo'n smeerpoets. Weet je, ik heb de school voor journalistiek gedaan en de hele tijd stelde ik me voor hoe ik, gekleed in een fantastisch mantelpak, verschrikkelijk indringende vragen zou stellen bij een persconferentie van het Witte Huis. In plaats daarvan zit ik nu in een spijkerbroek op de vloer van dit sjofele kantoor met mijn handen in de glibberige tomatenbrij te dweilen.'

'Trek het je niet aan; ik heb sociologie gestudeerd in Berkeley en droomde ervan Belangrijk Onderzoek te doen dat de Mensen zou Helpen. In plaats daarvan ben ik privé-detective geworden en een keer in mijn kont geschoten.'

Cheung hield op met haar hand schoonvegen en staarde me duidelijk geïnteresseerd aan. 'Echt waar? Dat moet verschrikkelijke pijn hebben gedaan.'

'En bovendien was het heel gênant, zoals je je kunt voorstellen.'

'Toch moet je werk veel voldoening geven. Ik bedoel, in zekere zin doe je nu toch dat belangrijke onderzoek.'

Ik haalde mijn schouders op. Als ik me goed voel, heb ik de neiging te romantiseren wat ik doe en als ik me slecht voel, is de herinnering daaraan altijd lichtelijk vernederend en bedenk ik somber dat ik in een wereldoorlog slechts bij kleine schermutselingen betrokken ben die ik ook nog vaak verlies.

Cheung zei: 'Om terug te keren naar het onderwerp – om Lionel Ong te begrijpen, moet je de financiële elite van Hong Kong begrijpen. Weet je daar veel van?'

Ik schudde mijn hoofd.

'Ten eerste zijn ze op een paar patriarchen na betrekkelijk jong, op zijn hoogst vijfenveertig. En ze beheren miljarden. Ze zijn ook buitengewoon goed opgeleid. De rijke Hongkongse families sturen hun zonen en dochters naar de beste universiteiten en business schools – Harvard, Wharton, MIT, Stanford, Michigan – en geven hun dan de leiding van hun bedrijven in de VS.'

'Over wat voor bedrijven hebben we het dan?'

'Ze zitten hoofdzakelijk in het onroerend goed; ze hebben ongeveer een tiende van het centrum van San Francisco in bezit. Daarnaast hebben ze parkeergarages, hotels en kledingbedrijven. De laatste tijd neemt het aantal banken dat in Chinese handen is toe. Niet veel restaurants.' Cheung glimlachte. 'Dat is te riskant en je kunt op die manier niet genoeg geld naar de VS overbrengen. Bovendien willen die mensen niet graag aan stereotiepen beantwoorden. Het zijn de jongens die tegenwoordig echt wat in de melk te brokkelen hebben in de financiële wereld van San Francisco. Ze hebben heel goede politieke contacten en heel wat invloed bij het stadsbestuur en de wetgevende instanties van de staat. Familiebanden zijn belangrijk; dat is typisch Chinees. En ze kunnen gevaarlijke tegenstanders zijn.'

'Hoezo?'

'Heb je ooit gehoord van *De kunst van het oorlogvoeren* van Sun Tzu?'

'Nee.'

'Dat is een klassiek werk van 2500 jaar oud over militaire strategie. Bij insiders doet de grap de ronde dat de Hongkongse zakenwereld zijn tactieken erop baseert, maar niemand lacht er echt om. Laten we het erop houden dat het gewoon mensen zijn die niet graag verliezen, bij geen enkel spel.'

Ik dacht aan de kogelgaten in Mick Ericksons borst en de gewapende Chinese bewakers op het plateau boven Stone Valley.

'Hoe ver zouden ze gaan om te voorkomen dat ze zouden verliezen?'

'Dat zou van de persoon afhangen.'

'En als de persoon Lionel Ong was?'

Ze dacht na. 'Ik zou zeggen dat hij echt heel ver zou gaan.'

'Vertel me eens wat meer over hem. Ik weet dat de feiten in het dossier staan, maar ik wil ook graag je persoonlijke indruk horen.'

'Om hem te begrijpen, moet je niet alleen de Hongkongse financiële elite begrijpen, maar ook de familie Ong. Ze zijn ambitieus en meedogenloos. In hun verleden hebben ze veel ontberingen geleden en tragedies meegemaakt. Volgens mijn research' – ze gebaarde naar het dossier – 'zijn ze in de jaren dertig tijdens de Japanse bezetting uit de provincie Guangdong in Zuid-China gekomen. Ik ben niet op de hoogte van de details, maar een paar van de kinderen zijn gestorven en de moeder, Lionels grootmoeder, is tijdens de grensoversteek doodgeschoten. Toen ze eenmaal in Hong Kong waren aangekomen, liet de grootvader al zijn scrupules varen en in minder dan één generatie vergaarde de familie, bijna vanuit het niets, miljarden.'

'In welke bedrijfstak?'

'Hoofdzakelijk scheepvaart.'

'Is Lionel in Hong Kong geboren?'

'Ja.' Hij heeft op Saint Stephen's Prep School gezeten, zoals heel veel kinderen van de elite. Zijn grootvader verkoos hem boven zijn broer om de familieondernemingen te leiden. Lionel werd met slechts twee opdrachten naar Stanford en later naar de Harvard Business School gestuurd. Hij moest heel goede studieresultaten behalen en Amerikaans staatsburger worden. Meer hoefden ze hem niet te vertellen.'

'Is de hele familie nu in de VS?'

'Alleen Lionel. De rest zal waarschijnlijk in Hong Kong blijven tot ze al hun activa hebben overgebracht en de stad aan de Chinezen wordt overgedragen.'

'Waar woont Ong?'

'Hier in de stad. De meeste zakenlui van zijn kaliber wonen het liefst in de chique voorsteden – Hillsborough is het populairst – maar Lionel woont liever dicht bij het zakenhart van de stad. Hij heeft een enorm groot huis vlak bij de Sutro Tower en dat heeft hij wel nodig ook, want hij en zijn vrouw hebben hun plicht tegenover de familie gedaan door vijf kinderen te nemen. Niet dat hij zich daardoor ook maar enigszins laat afremmen; de meeste Hongkongse families blijven graag op de achtergrond, maar Lionel is een echte blitzer. Hij kleedt zich vlot, rijdt in een rode Mercedes-cabriolet en luncht in de juiste restaurants met de juiste mensen. Hij heeft een blanke vriendin die in een flat op Telegraph Hill woont die het eigendom van de Transpacific is en nog een andere vriendin in Sauselito met wie hij af en toe een weekend doorbrengt.'

'Dus hij is intelligent, uitgekookt en genotzuchtig?'

'Hij is een geld verdienende machine die draait op hebzucht en de behoefte aan onmiddellijke bevrediging. Meer wordt er niet van hem verwacht; zijn grootvader zag er de noodzaak niet van in hem te leren menselijk te zijn.'

Cheungs stem had een bittere klank gekregen. Ik kon begrijpen dat een moderne, door en door Amerikaanse vrouw van Chinese afkomst aanstoot nam aan een man als Ong.

Ik wilde meer vragen, maar de receptioniste verscheen in de deuropening met een van ergernis gefronst voorhoofd. 'Marcy,' zei ze, 'wil je *alsjeblieft* de hoorn op de haak leggen? De drukker heeft al drie keer gebeld.'

'De idioot! Ik heb hem gezegd... Ze zweeg en pakte het dossier uit mijn handen. 'Luister, als ik beloof de hoorn op de haak te leggen, wil jij dan hiervan kopieën maken?'

'Afgesproken.' De vrouw nam het dossier mee en verdween in de gang.

Cheung maakte geen aanstalten te doen wat ze had beloofd. In antwoord op mijn vragende blik zei ze: 'Pas wanneer ze je kopieën heeft gebracht.'

'Het spijt me echt dat ik zoveel van je tijd in beslag genomen heb, terwijl je tot over je oren in het werk zit.' Toen bedacht ik dat ik haar een dienst zou kunnen bewijzen waarmee ik tegelijkertijd mezelf zou helpen. 'Marcy,' zei ik, 'wat zou je ervan vinden als ik Lionel Ong ga interviewen? Ik ondervraag mensen elke dag en ik ben er goed in. Je hebt toch een vragenlijst opgesteld?'

Ze keek verrast, maar leek er wel wat voor te voelen. 'Mmmm. En zoals ik al zei, moet het gesprek opgenomen worden, dus je zou het zelfs niet hoeven uit te schrijven. Bovendien zou je het altijd beter doen dan mijn assistent, al was je nog zo'n slechte interviewster.'

'Heb je een afspraak met Ong gemaakt?'

'Morgenmiddag om vier uur bij hem thuis.'

'En, wat vind je ervan?'

'Waarom ook niet? Het zou mij in ieder geval ontlasten.'

'Heb je er bezwaar tegen dat ik er een paar eigen vragen aan toevoeg?'

'Helemaal niet. Als het informatie is die ik kan gebruiken, zal ik dat doen. Anders laat ik het gewoon weg.' Ze aarzelde. 'Nog een paar dingen; ik wil niet dat mijn baas ooit te horen krijgt dat ik zo openhartig over Ong heb gepraat of dat je iets anders bent dan een professionele interviewster die me een dienst heeft bewezen.'

'Dat is redelijk.'

'Wees in ieder geval voorzichtig. Je kunt je beter niet de vijandschap van Lionel Ong op de hals halen.'

12

Nadat ik bij de Chinees-Amerikaanse Vereniging was weggegaan, liep ik de steeg naast het gebouw door en ging op het terras van het cafeetje aan een tafel met een parasol zitten. Ik wilde
eigenlijk een pernod bij mijn gestoomde mosselen drinken – ik
was één keer in Frankrijk geweest en had aan die drank goede
herinneringen overgehouden – maar om een helder hoofd te
houden, bestelde ik maar een mineraalwater. Terwijl ik at, las
ik het dossier door dat Marcy Cheung me had gegeven. Wat er
over Lionel Ong in stond, was een mager aftreksel van wat ze
me had verteld, maar de informatie over de Transpacific Corporation hield mijn aandacht vast.

Zo leken hun recente ver- en aankopen me onverenígbaar
met hun plan om grootschalige mijnbouw te gaan bedrijven.
Het bedrijf had zich in het verleden nooit met zware industrie
beziggehouden tenzij je scheepvaart in die categorie onder-
bracht – wat ik niet deed – en terwijl het bedrijf meer van zijn
activiteiten naar de VS verplaatste, waren de meeste activa daarvan geliquideerd. De Transpacific had hier onroerend goed
aangekocht, waaronder kantoorgebouwen, parkeergarages en
hotels en het bedrijf had een klein aandeel in de nieuwste bank
die in Chinese handen was. Maar veel van zijn bezittingen in
het centrum waren enkele jaren geleden verkocht om een groot
vakantiecomplex in Carmel Valley te financieren en er waren
plannen in de maak om in Palm Desert een zelfde complex te
bouwen.

Ik vroeg me af waarom Ong en zijn partners hadden besloten
zich op zo'n totaal verschillend terrein te gaan bewegen en hoe
ze er in eerste instantie achter waren gekomen dat Stone Valley
de mogelijkheid tot goudwinning bood. Hoogstwaarschijnlijk
via Mick Erickson. Maar waar hadden ze de deskundigheid
vandaan om vast te stellen of het project haalbaar was? Er wa-

ren natuurlijk geologen aangetrokken, maar die konden alleen aanbevelingen doen; het was de verantwoordelijkheid van het management om de uiteindelijke beslissing te nemen. En waarom zouden ze nu hun belangen gaan spreiden terwijl het er juist alle schijn van had dat het bedrijf zijn activiteiten aan het concentreren was? Ik zou hierover met Larry moeten praten om te kijken wat hij ervan dacht. Als ik informatie nodig had over ontginning en exploitatie van natuurlijke hulpbronnen, kon ik George vragen of hij me in contact wilde brengen met iemand die bij het voormalige bedrijf van zijn familie werkte. Het geld van de familie Kostakos was verdiend in olie en gas.

Ten slotte richtte ik mijn aandacht op de vragenlijst voor het interview met Ong. Ze waren eenvoudig en hadden de bedoeling hem en de Transpacific zo gunstig mogelijk te laten uitkomen. Ik las ze twee keer door en markeerde een paar plaatsen waar ik mijn eigen vragen zou kunnen inlassen zonder de structuur van het interview te verbreken of hem erop attent te maken dat ik ergens anders op uit was dan op een vleiend artikel vol gratis reclame. Toen stopte ik het dossier in mijn koffertje en betaalde voor mijn lunch een bedrag waarvan ik zeker wist dat het maar iets lager was dan wat ik de parkeergarage in het Embarcadero Center zou moeten betalen.

Het was na vieren toen ik bij All Souls terug was. Ted was in bespreking met de monteur van Xerox met wie hij samen over onze veelvuldig defecte kopieermachine gebogen stond, dus ik pakte mijn boodschappen en liep naar boven. De enige die mijn onmiddellijke aandacht eiste, was die van Kirsten Lark. Ik draaide het nummer in Bridgeport en sprak met drie mensen voordat ze aan de lijn kwam.

'Ik wilde alleen even weten of je nog iets over Michael Erickson hebt ontdekt,' zei ze.

Ik vertelde haar wat ik tot dusver aan de weet was gekomen en zei ten slotte: 'Ik ben er vrij zeker van dat zijn vrouw ergens bang van is, maar wat het precies is, weet ik niet.'

'Haar echtgenoot is pas vermoord. Ik weet niet hoe het met jou zit, maar daarvan zou ik ook een beetje uit mijn doen raken.'

'Natuurlijk, maar dit is anders.'

'Misschien heeft ze reden om te vermoeden dat ze nu achter haar aan zullen komen.'

'Misschien, maar ik denk niet dat het dat is. Ik had de indruk dat ze eerder bang was voor iets dat ik zou kunnen vragen, voor iets dat tijdens het onderzoek zou kunnen uitkomen.'

'Waarom heeft ze er dan in toegestemd met je te praten?'

'Het is waarschijnlijk niet bij haar opgekomen te weigeren. Ik heb gezegd dat ik met de politie samenwerkte en ik heb het gevoel dat Margot Erickson een van die mensen is die blindelings hun medewerking aan de autoriteiten geven. Maar misschien heeft ze alleen toegestemd om uit te vinden hoeveel ik wist.'

'Denk je dat ze wist wat haar echtgenoot hier deed?'

'Ik betwijfel het. Hij heeft zijn sporen zo goed uitgewist dat zelfs zijn secretaresse dacht dat hij echt in Japan was.'

'Ze zouden allebei kunnen liegen.'

'Alles is mogelijk. Ik ga wat dit betreft alleen op mijn intuïtie af.'

Lark zuchtte. 'Soms is dat het enige waarop je af *kunt* gaan. Je zei dat hij na het eerste telefoontje voor zijn secretaresse niet meer bereikbaar was?'

'Ja.'

Ze bleef zwijgen tot ik zei: 'Kirsten?'

'Ik denk even na. Er zijn een paar dingen die ik je niet heb verteld toen je gistermorgen langskwam. Ik dacht niet dat je die hoefde te weten als je alleen maar achtergrondinformatie over het slachtoffer voor ons zou gaan verzamelen. Maar nu ik merk wat je ontdekt hebt, lijkt het me beter je ze wel te vertellen. Ten eerste zijn er blauwe plekken op Ericksons lijk aangetroffen. Het lijkt erop dat hij gevochten heeft. Ze zijn niet ontstaan ten tijde van zijn dood – daarvoor waren ze te duidelijk ontwikkeld – maar het gevecht kan eerder die dag hebben plaatsgevonden.'

'Oké. Wat verder nog?'

'De gehuurde Bronco... de vingerafdrukken waren gewist op het stuurwiel, de versnelling en de deurhendel aan de kant van de chauffeur.'

'Zaten de sleutels er nog in?'

'Ja.'

'Dus iemand heeft de auto verplaatst nadat hij het lijk heeft geloosd.'

'Daar ziet het naar uit. We hebben naar haren en kledingvezels gezocht, naar alles waarmee we achter de identiteit van degene die erin heeft gereden, zouden kunnen komen, maar we hebben alleen zand en bladeren gevonden die je overal in het gebied aantreft.'

'Zijn er nog aanwijzingen dat de auto is gebruikt om het lijk te vervoeren?'

'Niets.'

'Dus het lijk is alleen verplaatst om te verbergen waar Erickson is vermoord.'

'Waarschijnlijk. Wat we wel en niet in het voertuig hebben gevonden, is ook interessant. We hebben geen kleren, geen koffer en geen scheergerei gevonden. Omdat hij zich die dag had geschoren, moet hij spullen bij zich hebben gehad en die hebben achtergelaten op de plaats waar hij verbleef. Maar we zijn er niet in geslaagd te ontdekken waar dat was. We hebben wél een revolver in het handschoenenkastje gevonden, een Magnum .45. Er was heel kort geleden drie keer mee geschoten.'

'Hebben jullie nagetrokken wie de eigenaar van de revolver was?'

'Daar wordt aan gewerkt, maar het wapen stond in ieder geval niet op naam van Erickson geregistreerd.'

'Zaten er nog vingerafdrukken op?'

'Een paar gedeeltelijke, maar niet groot genoeg om te kunnen vaststellen van wie ze zijn. En die van de dode.'

'En niemand heeft gemeld dat hij schoten heeft gehoord?'

'Nee.'

Ik dacht een ogenblik na. 'Hij zou het wapen voor schijfschieten gebruikt kunnen hebben.'

'Misschien.' Maar Larks stem klonk twijfelend.

Ik dacht nog even na, maar ik kon niets verzinnen waardoor haar bevindingen een logisch verband zouden krijgen.

'Hoe staan we er nu voor?'

'De zaken zijn nog minder duidelijk dan eerst.'

'Misschien dat mijn interview met Lionel Ong wat nuttigs oplevert. Ik houd je op de hoogte.'

'Doe dat, McCone. En stuur me het bandje met het gesprek met Ericksons vrouw op.' Met een abruptheid die typerend voor haar was, hing Lark op.

Ik stopte de tape in een envelop, adresseerde die aan Lark en legde hem in mijn bakje uitgaande post. Er lag een briefje van Rae op mijn bureau waarin stond dat ze me wilde spreken. Ik liep naar beneden naar de omgebouwde kast onder de trap en glimlachte toen ik me mijn gedachten over de kantoren van bazen die leeg stonden terwijl het personeel in kleine hokjes zat te zwoegen, weer herinnerde. Maar ik had zelf in Rae's kast gewoond totdat Hank me de kamer boven had nagelaten toen hij met Anne-Marie was getrouwd en uit het gebouw van het collectief was verhuisd. Rae's naam stond nu redelijk hoog op de wachtlijst voor een grotere ruimte. Intussen had ze het beste van haar krappe onderkomen weten te maken. De eens vaalgele muren waren nu lichtblauw en bedekt met een collage van posters van kunsttentoonstellingen in het de Young Museum. Ze had het haveloze bureau opnieuw gevernist, een goede lamp geïnstalleerd en zelfs een ficus genomen die het goed deed doordat hij in de stralen van een ultraviolette lamp stond en vaak op de veranda werd gelucht. Ik geneerde me er een beetje voor dat zij in zo'n korte tijd iets voor elkaar gekregen had dat mij in geen jaren was gelukt.

Ze zat achter haar bureau aantekeningen op een blocnote te maken en het puntje van haar tong stak ingespannen tussen haar tanden uit terwijl ze haar best deed leesbaar te schrijven. Toen ze me zag, legde ze haar potlood met een zucht van opluchting neer. 'Ik dacht niet dat je vanmiddag zou terugkomen, dus was ik een rapport aan het maken,' zei ze. 'Maar nu kan ik het je gewoon vertellen.'

Ik wilde op de versleten fauteuil die ze van mij had geërfd, gaan zitten (zelfs die was opgeknapt met een blauw-met-witte meubelhoes), maar ze weerhield me. 'Niet doen; ik voel me een beetje claustrofobisch. Bovendien zul je wel behoefte hebben aan een glas wijn voordat je je moeder gaat afhalen.'

Ik keek op mijn horloge. 'En ik moet ook het dessert nog ophalen dat ik naar George zou meenemen. Maar ik heb nog wel wat tijd, dus laten we het maar doen.'

We liepen naar de grote ouderwetse keuken aan de achterkant van het huis waar Rae een paar glazen opduikelde terwijl ik in de overvolle koelkast een fles Chablis wist te vinden. Nadat we aan de ronde eikehouten tafel waren gaan zitten, legde ik mijn voeten op een stoel en vroeg: 'Wat wilde je in je rapport zetten?'

Rae's ronde gezicht lichtte op van triomf zoals altijd wanneer ze bij een onderzoek succes had geboekt. 'Volgens de Motorrijtuigenregistratie heeft Earl Hopwood onlangs een bekeuring gehad.'

'Geweldig! Wanneer en waar?'

'Hier in de stad, op de hoek van Clay en Sansome. Het was gisteren een maand geleden – je mag daar niet linksaf en dat had hij toch gedaan.'

De kruising van Clay en Sansone is in het financiële district dicht bij de plaats waar ik vandaag was geweest.

'Wat denk je?' vroeg Rae.

'Je hebt goed werk gedaan. Blijf proberen de dochter op te sporen. Ga bij het Bevolkingsregister kijken of je huwelijken en scheidingen van haar kunt vinden. Volgens zeggen heeft ze er drie achter de rug. Misschien heeft de universiteit een recent adres van haar – of anders de vereniging van oudstudentes.'

Rae leek lichtelijk teleurgesteld. Waarschijnlijk dacht ze dat de informatie over Hopwoods bekeuring belangrijker was dan ze was. Maar het financiële district is groot en hij zou daar een van de talrijke kantoren bezocht kunnen hebben of misschien was hij er gewoon doorheen gereden.

Nadat ze een slokje wijn had genomen, vroeg Rae: 'Heb je tijd om me over de zaak te vertellen?'

'Wel in het kort.'

Terwijl ik sprak, knikte ze af en toe en vertrok toen haar gezicht in concentratie. 'Niets klopt,' zei ze.

'Op dit moment niet.' Ik keek weer op mijn horloge en zag dat het bij vijven was. 'Als ik de cake nog wil ophalen voor ik ma afhaal, moet ik nu gaan.'

'Haal je hem bij Elena?'

'Ja. Haar dubbele chocolade caramelcake waarvoor je een moord zou doen.'

Rae rolde met haar ogen. 'Ze zal het heerlijk vinden!'

'Dat is haar geraden ook,' zei ik lichtelijk grimmig.

'Vanmorgen heb je me nog verteld dat je naar het etentje uitzag.'

'Het is een van die gebeurtenissen die steeds minder leuk lijken naarmate ze dichterbij komen. Ma's bezoek was een prettig vooruitzicht tot het aftellen begon. Nu hoop ik alleen nog maar dat ik het overleef.'

13

'Je vriend moet een berggeit zijn dat hij in een huis met zo'n hoge trap woont,' mopperde ma.

Ik negeerde haar, klemde mijn tanden op elkaar en klom hardnekkig door terwijl ik de plastic tas met de wijn en Elena's cake omklemde.

'Hoe komen oude mensen als ik bij hun appartementen? Of laten ze hier geen bejaarden toe?'

'Oude mensen die op Russian Hill wonen, blijven in vorm doordat ze zoveel trappen moeten lopen.'

'Pff,' was ma's enige commentaar.

In feite waren haar klachten over de trap die naar Georges gebouw leidde – ik wist dat hij zesendertig treden had, want ik had ze op een dag dat we een zware vracht boodschappen naar boven hadden gezeuld, geteld – de eerste die ze had geuit sinds ik haar van het Greyhound-station had gehaald. Ze was ongewoon rustig geweest terwijl ik haar naar mijn huis reed, de logeerkamer voor haar in orde maakte en haar aan Ralph en Allie voorstelde. Door dit gedrag was ik meer op mijn hoede dan wanneer ze erover zou hebben gezeurd dat ik haar vijf minuten te laat was komen afhalen.

Toen we boven aan de brede trap kwamen, bleef ma staan en overzag het voorhof. Het witte gebouw werd aan de voorkant ondersteund door een muur van gewapend beton en verrees hoog boven Green Street. Het was in mediterrane stijl opgetrokken en ademde een elegante en licht decadente sfeer die regelrecht uit de jaren twintig leek te stammen. De fontein was gebouwd van oude mozaïektegels, de bloembakken zagen eruit als urnen en over de balkons en moorse bogen hing kronkelige blauweregen. 's Avonds laat wanneer de misthoorns vóór de Golden Gate loeiden en het voorhof in mist was gehuld, verwachtte je dat er sinistere figuren in het flauwe licht van de smeedijzeren lantaarns zouden sluipen of dat je geliefden zou zien die waren verstrengeld in de gehaaste omhelzing van een verboden rendez-vous.

Ma zag echter zulke romantische dingen niet. Ze zei: 'Ik hoop dat hij op de begane grond woont.'

'Op de eerste.' Ik duwde haar zachtjes naar de privé-trap naar Georges appartement.

Mijn moeder zuchtte gekweld toen ze weer begon te klimmen. Ik wist dat haar klachten slechts een ritueel zonder enige reële basis waren. Met haar tweeënzestig jaar is ma even kwiek en gezond als ik. We hebben dezelfde lichaamsbouw – slank en van middelmatige lengte – en afgezien van de grijze strepen in haar rode haar zou iedereen die ons van achteren de trap op zag lopen ons voor zusters kunnen verslijten. Maar ma beschouwt het als een haar door God gegeven recht om te allen tijde over wat dan ook te klagen en ik veronderstel dat ze daar in zekere zin ook aanspraak op mag maken. Tenslotte heeft ze vijf lastige McCones grootgebracht, talrijke kleinkinderen verzorgd en mijn vaders talrijke eigenaardigheden meer dan veertig jaar verdragen.

George opende de deur met het blauw-met-wit gestreepte schort voor dat ik hem voor de grap afgelopen augustus voor zijn verjaardag had gegeven. Zoals altijd kreeg ik een prettig gevoel toen ik naar zijn lange, slanke lichaam en knappe, grof gesneden gezicht keek, dat nu een rode kleur had door de hitte in de keuken. Een onhandelbare lok grijzend haar hing over zijn voorhoofd. Hij omhelsde me onhandig vanwege de ovenhandschoenen die hij droeg. Hij trok ze uit voordat hij mijn moeder de hand schudde. Heerlijke geuren dreven ons uit het huis tegemoet.

'Wat is dat?' vroeg ik toen we de hal binnenstapten.

'Die stoofpot met al die kruiden, weet je wel, en met die kleine, platte broodjes die je erbovenop bruin laat worden.'

Ma leek onder de indruk. Georges huissloverige voorkomen was alleen maar show en diende ervoor ma voor zich in te nemen. De stoofpot kwam diepgevroren uit een kleine bistro in Hyde Street. Je verwarmde hem in de oven, opende dan een pak diepvriesbroodjes en liet die erbovenop bruin worden. Ik hoopte dat George eraan had gedacht de verpakking in de vuilnisstortkoker te gooien voor het geval ma besloot in de keuken te gaan rondsnuffelen.

Hij voegde eraan toe: 'Ga jij vast met je moeder in de huiskamer zitten. Ik kom er zo aan met de champagne.'

'Champagne,' zei ma. 'Huh.'

Ik wist niet zeker wat ze daarmee bedoelde, maar ik besloot
het niet te vragen en leidde haar door de gang naar de voorkant
van het appartement waar de ramen over de daken van de gebouwen tegenover het onze heen over de baai uitkeken. Ma zette haar tasje op een wandtafel en keek eens goed in de kamer
rond. Georges smaak van meubilair neigde naar modern, maar
conservatief modern. Kennelijk had ze niets aan te merken op
de zandkleurige muren en de van dikke kussens voorziene bank
en stoelen, maar ze keek wel scheef naar een chaotisch abstract
schilderij dat boven de haard hing en naar een beeldhouwwerk
van gebogen ijzerdraad dat op de koffietafel stond. Er stond
een schaal met pâté en crackers naast het beeldhouwwerk. Ma
die een afkeer heeft van lever en ons dat orgaanvlees zelfs als
kinderen nooit liet eten, ging er zo ver mogelijk vandaan zitten.

George kwam binnen met een bord met kaas, zette het neer
en liep terug naar de keuken om de champagne te halen. Ma
ging een beetje dichter bij de kaas zitten. Toen hij terugkwam,
maakte hij met veel vertoon de champagne open, schonk de
glazen in en toastte op 'de beide lieftallige dames McCone'. Ik
kromp inwendig ineen uit angst dat hij het er te dik op had gelegd, maar tot mijn verbazing bloosde ma zelfs.

Misschien zou de avond toch een succes worden.

'Hoe laat is uw vliegtuig aangekomen?' vroeg George.

'Ik ben met de bus gekomen. Ik ga de lucht niet in en steek
ook geen water over als ik het kan voorkomen.'

'Daar kan ik inkomen als je ziet hoe het tegenwoordig met de
veiligheid van de vliegtuigen is gesteld.'

'Het is ook goedkoper.' Ze keek hem streng aan. 'Ik denk
trouwens dat dat voor jou niets uitmaakt. Sharon heeft me verteld dat je heel rijk bent.'

Mijn champagne schoot me in het verkeerde keelgat en ik begon te hoesten. George kwam naar me toe en klopte me op mijn
rug met een geamuseerde twinkeling in zijn lichtbruine ogen.

'Ja,' zei hij over mijn hoofd heen, 'dat is waar. Ik wou dat ik
kon zeggen dat ik het geld zelf heb verdiend, maar ik heb het
geërfd.'

'Geld,' zei ma, 'is mooi zolang je je er niet door laat regeren.

Ik heb zelf een groot respect voor de waarde van een dollar en ik heb geprobeerd dat aan mijn kinderen door te geven.'

Ik staarde haar verbaasd aan. Het belang van geld was in ons gezin gebagatelliseerd, hoofdzakelijk omdat niemand die ook maar in de verte met de McCones te maken had, het ooit had weten te krijgen.

'Als ik jou was, zou ik me maar niet onbehaaglijk voelen door je geld,' voegde ma eraan toe. 'Tenslotte werk je. Stanford is een heel goede universiteit.'

George liep terug naar zijn stoel. 'Mijn vader heeft me de overtuiging bijgebracht dat volwassenen altijd nuttig werk moeten doen, hoe rijk ze ook zijn.'

Ma knikte en was zo mild gestemd geraakt dat ze zelfs een likje pâté op een cracker smeerde. 'Je vader had gelijk. Andy – dat is Sharons vader – en ik probeerden onze kinderen ook die houding bij te brengen. Helaas is dat bij geen van hen gelukt, behalve bij Sharon. Maar ze zijn erg onafhankelijk, heel erg zelfstandig.'

Nu viel mijn mond open. Mijn oudere broers John en Joey hebben het grootste deel van hun volwassen leven in het grote huis van mijn ouders in San Diego doorgebracht. Charlene heeft tijdens al haar zes zwangerschappen thuis gewoond. Patsy gaat nooit naar huis, maar het is haar in de loop der jaren gelukt een flinke hoeveelheid geld van onze ouders bij elkaar te bietsen. En ma heeft mijn onafhankelijkheid altijd als een teken van de een of andere ernstige persoonlijkheidsstoornis beschouwd.

George vulde het lege champagneglas van mijn moeder. Ik fronste mijn voorhoofd. Ma is nooit zo'n drinkster geweest. Ze smeerde nog een likje pâté op een cracker, schrokte hem met duidelijk genoegen naar binnen en leunde toen vertrouwelijk vaar voren.

'Ben je katholiek, George?'

'Nee, ik vrees van niet.'

Ze wachtte.

'Ik ben methodistisch opgevoed.'

'Dan geloof je tenminste ergens in.' Ma nam nog een flinke slok champagne en begon de familiegeschiedenis te herschrijven.

Valse voorstelling van zaken: Zij en Andy waren erg vroom.

Feit: Ma is al minstens tien jaar niet meer naar de mis geweest en mijn vader brengt de zondagmorgen door met prutsen in de garage onder het zingen van schuine volksliedjes.

Verkeerde voorstelling van zaken: Wij zijn als kinderen trouwe kerkgangers geweest en hebben een goede katholieke opvoeding gehad.

Feit: John en Joey hebben katholieke scholen bezocht, maar zijn eraf gestuurd omdat ze te vaak vochten en andere schanddaden begingen waarover tot op de dag van vandaag niemand wil praten. Als het witte schaap van de familie heb ik de catechismus afgemaakt, maar Charlene werd weggestuurd omdat ze onhandelbaar was en Patsy weigerde botweg om erheen te gaan.

Verkeerde voorstelling van zaken: Onze solide katholieke waarden zijn altijd een steun voor ons gebleven toen we eenmaal de wereld waren ingetrokken.

Feit: John is gescheiden. Joey leeft af en toe in zonde. Ik ben zelf niet meer naar de mis gegaan en heb niet meer gebiecht sinds de zomer waarin ik zestien werd en voor het eerst seks had. De omvang van Charlenes gezin heeft niets te maken met pauselijke voorschriften en alles met het feit dat ze nooit enige vorm van geboortenbeperking onder de knie heeft gekregen tot ze werd gesteriliseerd. En Patsy is nooit getrouwd geweest en heeft drie kinderen van drie verschillende vaders.

Nu de geschiedenis was herzien, sneed ma het onderwerp aan waarvoor ik had gevreesd. Ik vulde mijn glas bij en zette me schrap.

'Ben je onlangs gescheiden, George?'

'Ja, mevrouw.'

'Niet vanwege mijn dochter, hoop ik?'

'Eh, nee. Mijn huwelijk was al lang voorbij voordat ik Sharon leerde kennen.'

'Waren jullie uit elkaar gegroeid?'

'Ja.'

'Voelden jullie je verstikt?'

'Dat ook.'

'Jullie hebben besloten het zinkende schip te verlaten terwijl jullie nog jong waren?'

'Dat klopt.'

'Hoewel ik katholiek ben, heb ik dat altijd een verstandige

benadering gevonden. Het leven is te kort om het te verknoeien door je aan een eed te houden die je hebt afgelegd toen je op een leeftijd was waarop je van toeten noch blazen wist. Zelfs als je die eed voor Gods aangezicht hebt afgelegd.'

Plotseling wist ik wat mensen bedoelen als ze zeggen: 'Je had me zo omver kunnen blazen.' In onze familie werd er over een scheiding gerouwd alsof er een gezinslid was overleden. Het was een woord dat werd uitgesproken alsof het een besmettelijke ziekte was.

'Ik ben blij dat u dat zo ziet,' zei George. Hij wierp me een verbijsterde blik toe en ging de sla husselen.

'Een heel aardige man,' zei ma toen hij buiten gehoorsafstand was. 'Verstandig. Volwassen. En natuurlijk zijn zijn knappe uiterlijk en geld ook pluspunten.' Ze gebaarde door de gang naar de eetkamer waar de mooi gedekte tafel te zien was waarop kaarsen en bloemen stonden. 'Het bevalt me als een man die werkt toch probeert het thuis gezellig te maken.'

De hele dag had ik ervoor gebeden dat George haar goedkeuring zou kunnen wegdragen, maar nu moest ik op mijn tong bijten om haar niet te vertellen dat zijn werkster op het laatste nippertje opgeruimd en de tafel gedekt had.

Het etentje verliep geweldig. De stoofpot was heerlijk en George had er zelfs aan gedacht hem van de voor oven en magnetron geschikte verpakking, die hem verraden zou hebben, over te brengen naar een casserole. Onder het eten vertelde ik over mijn reisje naar Tufa Lake, maar ik liet het deel over de moord weg omdat ze daardoor allebei van streek geraakt zouden zijn en het was trouwens ook geen geschikt onderwerp voor onder de maaltijd. Toen vertelde George ma over zijn boek dat binnenkort zou verschijnen. Het was een zelfhulphandboek dat een gedragsmodel gebruikte dat aan diverse klassieke en moderne denkrichtingen was ontleend. Ma was sterk geboeid en ze bleef maar vragen in welke van 'die cirkeltjes waarin je mensen onderbrengt' zij zelf zat. Toen George haar vertelde dat hij vermoedde dat zij tot een groep behoorde die hij als leiders had aangeduid, leek ze tevredengesteld. Ik moest een half broodje in mijn mond stoppen om te voorkomen dat ik eruit zou flappen dat een paar van de minder wenselijke eigenschappen van die groep meedogenloosheid, hardvochtigheid en grootheidswaan waren.

Na de maaltijd dronken we koffie met cake in de huiskamer. Ma was weer een beetje stil geworden, maar ik nam aan dat dat kwam doordat ze de antwoorden op de vragen die ze had willen stellen, had gekregen. Ze verontschuldigde zich en liep door de gang naar het toilet, maar ze was zo snel terug dat ik wist dat ze zelfs niet de moeite had genomen in de slaapkamer en de badkamer rond te snuffelen om te kijken of ze mijn tandenborstel en kamerjas kon ontdekken. En toen de avond ten einde liep, stelde ze George geen gênante vragen over zijn bedoelingen ten opzichte van mij. Bij de deur kuste ze hem op de wang, zei tegen hem dat hij haar van nu af Katie mocht noemen en liep vóór me de trap af zonder ook maar één keer over haar arme, oude gewrichten te klagen. Pas toen we halverwege mijn huis waren, bedacht ik dat ik was vergeten George voor de gele roos te bedanken die hij die ochtend bij mijn kantoor had laten bezorgen.

Toen we thuiskwamen, leek ma geen zin te hebben om naar bed te gaan, dus stak ik de haard aan en vroeg haar of ze thee wilde of liever nog meer koffie.

'Heb je cognac?' vroeg ze.

Ik wist niet zeker of het wel verstandig was dat ze nog meer zou drinken, maar op de een of andere manier is het moeilijk tegen je eigen moeder te zeggen dat ze genoeg heeft, dus bracht ik haar een glas cognac en schonk voor mezelf een glaasje wijn in. Ma zat in de schommelstoel naast de haard met Allie die zich tot een bal had opgerold op haar schoot.

Ik voelde een onredelijk verlangen haar te pesten. 'Vindt u dat ik bij George moet intrekken?'

'Je zou het slechter kunnen treffen. Het is een goede man en hij heeft een heel mooi appartement.' Ze keek in mijn zelden gebruikte salon rond. 'Maar ik zou dit huis niet verkopen als ik jou was. Het moet nu flink wat waard zijn. Je hebt het goed gedaan, Sharon.'

Ik kon mijn oren niet geloven. Zei mijn moeder dit echt? Op haar lijst van dingen die niet deugden, stond samenwonen op gelijke hoogte met echtscheiding.

'Ik veronderstel dat je goedkeuring een truc is om me zover te krijgen dat ik met hem trouw,' zei ik.

Ma zuchtte en aaide de kat. 'Sharon, je klinkt als een kind van tien jaar. Het is geen truc. Ik wil je alleen zeggen dat je heel,

heel voorzichtig bent als het om trouwen gaat.'

Nu wist ik zeker dat een buitenaards wezen zich in mijn moeders lichaam had gevestigd. Jarenlang had ze mijn onge-huwde staat betreurd en iedere keer dat zich een redelijk pre-sentabele man aandiende, had ze me bijna gesmeekt met hem te trouwen. Als het nog de gewoonte zou zijn huwelijken te arran-geren, zou ze naar een koppelaar zijn gegaan zodra ze na mijn geboorte met me was thuisgekomen.

Ik vroeg: 'Hoe bedoel je voorzichtig?'

'Precies zoals ik het zeg.' Ze nam een slokje cognac en zette het glas op de tafel die naast haar stond. 'En nu we het er toch over hebben, zal ik je maar gelijk vertellen waarom ik deze pel-grimstocht langs al mijn kinderen maak. Dat doe ik om jullie het nieuws persoonlijk te vertellen, Sharon. Ik ben bij je vader weggegaan.'

Het was een van die aankondigingen die je met stomheid slaan. Ik was als verdoofd; mijn hoofd leek leeg te stromen en ik was niet meer tot denken in staat.

Na wat een eeuwigheid leek, voegde ma eraan toe: 'Ik heb al met John en Charlene gesproken en hen laten beloven dat ze er met niemand over zouden praten voordat ik het aan al mijn kinderen heb verteld. Ik verwacht van jou hetzelfde tot ik Patsy en Joey heb bezocht.'

Ten slotte hervond ik mijn spraak. 'Ma... waarom?'

Ze zweeg.

'Wat heeft hij je aangedaan?'

Ze kreeg nu een geamuseerde uitdrukking op haar gezicht. 'Andy *mij* iets aandoen?'

'Dat moet toch wel. Je gaat toch niet zonder reden weg bij een man met wie je veertig jaar getrouwd bent geweest.'

Ze zweeg weer en boog zich voorover om Ralphie te aaien die zich jaloers langs haar benen streek en gele haren op haar zwarte broekpak achterliet. Ten slotte zei ze: 'Sharon, ik heb die veertig jaar geen eigen leven gehad. Ik was Andy's vrouw, de moeder van mijn kinderen, schoonmoeder en grootmoeder.'

'Was dat niet genoeg?'

'Zou dat voor jou genoeg zijn?'

'Nee, maar jij bent... anders.'

'Je bedoelt dat ik je moeder ben en verder niets zou horen te willen. Maar dat doe ik wel, en al heel lang.'

'En je denkt dat te vinden door bij pa weg te gaan?'

'Dat weet ik niet, maar ik moet het proberen. Wat er ook uit voortkomt dat ik hem heb verlaten, zal in ieder geval anders zijn dan wanneer ik bij hem gebleven was. Ik ben tweeënzestig jaar oud. Ik wil nog iets voor mezelf voordat ik sterf.'

'Wat vindt pa van dit alles?'

'Natuurlijk is hij niet enthousiast over het idee. Maar je kunt van een man die zich vijftien jaar in de garage heeft verborgen niet verwachten dat hij vreselijk overstuur is.'

Daar zat wat in, hoewel het beslist niet zo lang was geweest als ze zei. De laatste jaren leek pa meer afwezig dan aanwezig te zijn geweest. Vaak sliep hij de hele nacht in zijn werkplaats op een stretcher die naar zijn zeggen alleen voor dutjes bestemd was. Ik dacht eraan hoe de dagen van mijn moeder eruitzagen nu haar kinderen van San Diego tot Portland verspreid langs de kust woonden. Ze zou minder te doen hebben en had maar weinig interesses omdat ze die nooit had kunnen ontwikkelen. De vrienden die ze had, kwamen als echtpaar op bezoek, maar mijn vader had steeds minder behoefte aan visite, dus bleef ze gewoon maar plichtmatig doen wat ze altijd had gedaan – schoonmaken, boodschappen doen, wassen, grote, niet gewaardeerde maaltijden bereiden en af en toe voor een kleinkind zorgen.

Maar dat overkwam andere vrouwen van haar leeftijd toch ook? Wat deden zij dan? Ze namen hobby's, volgden cursussen en werden lid van clubs. Waarom kon mijn moeder in vredesnaam niet gaan borduren in plaats van bij mijn vader weg te gaan?

Toen realiseerde ik me dat er meer achter zat dan ze me had verteld.

'Ma,' vroeg ik, 'is er...?'

Ze keek me aan en haar gelaatsuitdrukking was in het licht van de haard ondoorgrondelijk.

'Ik bedoel, heb je...?'

Ze glimlachte. Verdomme, ze genoot ervan te zien hoeveel moeite het me kostte om te vragen of ze een minnaar had!

Ten slotte liet ze zich vermurwen. 'Er is inderdaad iemand, ja. Hij neemt me mee uit, praat met me en behandelt me als een dame. Hij geeft me champagne en kookt voor me net als je vriend George voor jou doet. En natuurlijk beleven we ook plezier aan andere dingen...'

Ik hief mijn hand op met een gebaar van 'over die dingen wil ik niets weten'. 'Ma,' vroeg ik, 'wie is die man? Waar heb je hem ontmoet?'

'Hij heet Melvin Hunt. Hij is zevenenvijftig jaar.' Ze grijnsde ondeugend. 'Een jongere man en heel welgesteld. Ik heb hem in de wasserette ontmoet waar ik al drie jaar iedere week naar toe ga omdat je vader geen zin heeft mijn wasmachine te repareren en weigert de monteur te betalen.'

'Zo welgesteld kan hij nu ook niet zijn als hij naar de wasserette gaat.'

Ma wierp me een vernietigende blik toe. 'Hij is eigenaar van de hele keten van wasserettes.'

'O. Ben je van plan met die man te trouwen?'

'Nee. Maar zodra ik in San Diego terugkom, trek ik bij hem in.'

Nu begreep ik waarom ze er geen enkel bezwaar tegen had gemaakt dat ik bij George zou intrekken. Het was toch een truc geweest want ze wilde dat ik zou accepteren dat ze zou gaan samenwonen met die... hoe heette hij ook alweer. En ik begreep nu ook de andere dingen waarover ik me in de loop van de avond zo had verbaasd. Dat ze de familiegeschiedenis had herschreven, was een poging zichzelf ervan te verzekeren dat ze haar kinderen goed had opgevoed en het nu verdiende van een nieuw leven te genieten. Haar nieuwe, positieve houding tegenover geld en haar tolerantie ten opzichte van echtscheiding waren geestelijke aanpassingen om haar eigen plannen voor de toekomst te rechtvaardigen.

'Ma,' vroeg ik, 'hoe lang heb je al een relatie met die man?'

'Hij heeft een naam, Sharon. En ik heb nu een jaar een relatie met Melvin.'

'Een heel jaar. Tijdens al die telefoongesprekken, het laatste Thanksgiving-diner en mijn korte bezoek in mei had ze het bestaan van deze... persoon voor me verborgen gehouden. Voor ons allemaal. Ik stond verbijsterd op.

'Waar ga je naar toe?'

'Naar het toilet. Neem nog een glas cognac als je wilt.' Ze zou het doen ook. Ze had een luxe smaak ontwikkeld sinds ze met... hem was.

Ik haastte me door de gang en mijn huiskamer en keuken naar de badkamer. Ik sloot de deur en leunde ertegenaan.

Dit kan niet gebeuren, dacht ik. Moeders horen niet plotseling weg te lopen met mannen die ze in de wasserette hebben ontmoet. Zelfs niet als de man eigenaar van de hele keten is.

Hoe kon ze me dit aandoen?

De tranen welden in mijn ogen op. Ik probeerde ze terug te dringen, maar ze bleven komen.

Nu had ze me nog aan het huilen gebracht ook!

Deze hele kwestie was belachelijk, ongepast. Dat ze een affaire met die man had. Ze gedroeg zich gewoon niet naar haar leeftijd!

Ik mocht doodvallen als ik me door haar aan het huilen liet brengen, dacht ik.

Ik deed het licht aan, zette mijn handen aan weerskanten van de wasbak en boog me naar voren naar de spiegel. Het was een truc die ma ons had geleerd toen we nog klein waren. Door te zien hoe belachelijk je eruitziet als je huilt, houd je meestal op.

Het gezicht dat naar me terugkeek, was dat van een jankende baby. Alleen had de baby een grijze streep door haar haar die er vanaf haar tienerjaren in had gezeten. En ze had lachrimpeltjes om haar ooghoeken en er was een rimpel die ik nog nooit eerder had opgemerkt...

Hoe kon ze me dit aandoen?

Nu had ze me nog aan het huilen gebracht ook.

Ze gedroeg zich gewoon niet naar haar leeftijd!

Zij gedroeg zich niet naar haar leeftijd?

Mijn pruilmondje verdween en ik voelde dat ik in de lach zou schieten. De tot nog toe onopgemerkte rimpel in mijn voorhoofd trok glad en de tranen verdwenen.

Ik grinnikte. Ik trok mijn hoofd terug en brulde van het lachen.

De deur ging open. Ma zei: 'Ik dacht wel dat je voor de spiegel zou staan. Het werkt altijd, hè?'

14

Ik zat de volgende morgen om halfnegen achter mijn bureau. Mijn moeder sliep thuis in de logeerkamer de slaap der rechtvaardigen, al wist ik niet zeker of ze daarop wel recht had. Ik probeerde eerst mijn vader in San Diego te bereiken, maar nadat de telefoon een paar keer was overgegaan, realiseerde ik me dat hij waarschijnlijk in de garage was waar geen toestel stond. Daarna belde ik mijn broer John in Chula Vista, maar ik kreeg het antwoordapparaat van het schildersbedrijf waarvoor hij zijn appartement als kantoor gebruikt. Bij Charlene was ook niemand thuis, en ma had me verboden met mijn andere broers en zusters te praten.

Dit is belachelijk, dacht ik, midden in de grootste crisis die onze familie ooit heeft gekend, is er geen McCone te bereiken om het probleem mee te bespreken.

Nog steeds een beetje boos, dronk ik koffie en bladerde mijn bureau-agenda door. Ik had mijn eerste afspraak pas om één uur. Ik moest dan met een assistent-officier van justitie mijn getuigenverklaring bij een moordzaak die binnenkort zou voorkomen, doorpraten. Terwijl ik snel mijn dossier over de zaak doornam, verergerde mijn sombere stemming. Het was de zaak waaraan ik had gewerkt toen ik George leerde kennen en de feiten ervan waren nu even smerig en deprimerend als vele maanden geleden. Ik hoefde me niet echt op de bespreking voor te bereiden, dus ik richtte mijn aandacht snel op dringerder zaken en belde het nummer van de caravan van de Coalitie in Vernon. Er werd niet opgenomen, dus belde ik de caravan van de Vrienden van Tufa Lake die ernaast stond.

Ripinsky nam op. Hij klonk sloom en humeurig – hij was duidelijk geen ochtendmens – maar hij vrolijkte op toen ik mijn naam noemde. 'Ik hoop dat je belt om me iets positiefs te vertellen.'

'Ik bel eigenlijk alleen om een vraag te stellen.'

'Ga je gang.'

'De eerste avond dat ik bij jullie was, vertelde je dat je een *public relations*-rondleiding over het terrein van de mijn had gemaakt en met de hoofdgeoloog van de Transpacific had gesproken. Was hij medewerker of adviseur van het bedrijf?'

'Adviseur. Ik heb zijn kaartje hier ergens. Wacht even.' Er klonk een klap toen hij de hoorn neerlegde. Hij kwam ongeveer een halve minuut later weer aan de lijn. 'Ik heb het. Hij heet Alvin A. Knight. Hij woont in de Los Palmos Drive in San Francisco.' Hij las het adres en het telefoonnummer op.

'Staat er een firmanaam bij?'

'Nee. Op het kaartje staat alleen "mijnbouwgeoloog". Waarschijnlijk een eenmansbedrijf.'

'Vreemd, ik zou hebben gedacht dat de Transpacific een groot bedrijf in de arm zou nemen voor een project van deze omvang.'

'Misschien is die kerel heel goed, McCone.'

'Misschien.' Ik aarzelde. 'Hy, is alles daar in orde?'

'Behalve dat Ned nog steeds in Sacramento zit en Anne-Marie verschrikkelijk boos op hem is wel, ja.'

'Geen inbraken meer gehad of... zo iets?'

'Alles is kits. Ik heb zelfs zo weinig te doen dat ik overweeg het kantoor te sluiten en vandaag vrij te nemen.'

'Waar is Anne-Marie? Ik heb geprobeerd de caravan van de Coalitie te bellen, maar er werd niet opgenomen.'

'Ze werkt in haar bungalow aan het project waaraan ze bezig was toen ze plotseling hier naar toe moest komen.'

'Dus jullie zitten eigenlijk allebei op mij te wachten.'

'Daar komt het wel op neer.'

'Ik zal proberen snel met iets op de proppen te komen.'

'Doe dat. En houd contact.'

Ik hing op en draaide toen het nummer van Alvin A. Knight, mijnbouwgeoloog. Ik kreeg weer een antwoordapparaat en gaf mijn boodschap door. Soms haat ik de opgewekte efficiëntie van antwoordapparaten.

Ik moest nog een paar routineklusjes doen – de administratie en de correspondentie die de onzichtbare kant van het werk van een privé-detective zijn. Tegen halftwaalf had ik vijf telefoontjes afgehandeld en me door het grootste deel van het papierwerk geworsteld. Omdat de telefoongesprekken allemaal lich-telijk irritant waren geweest, keek ik geërgerd naar het lampje toen het zesde gesprek doorkwam en ik drukte op de knop van de intercom in plaats van gewoon op te nemen.

'Wie is het?' vroeg ik.

'Ook goedemorgen,' zei Ted.

'Sorry. Ik heb het maandaggezeur deze week gemist en de dinsdag ging goed, dus ik denk dat de woensdag me te pakken wil nemen.'

'Ik aanvaard je excuses. Het is George, dat zal je opfleuren.'

'Bedankt.' Ik drukte het verlichte knopje in. 'Hallo. Ben je al van ma's bezoek hersteld?'

'Waarvan zou ik moeten herstellen? Ze was heel charmant. Ze heeft me zelfs opgebeld en me voorgesteld om samen te gaan lunchen om elkaar beter te leren kennen.'

'*Wat?* Ga je ook?'

'Natuurlijk. Ik geef vandaag geen college en ik had niets om-handen.'

'Goed. Dan kun je haar misschien tot rede brengen. Weet je wat ik gisteravond nadat we thuiskwamen van haar te horen heb gekregen?' Ik vertelde hem vervolgens vrij uitvoerig over ma's plannen.

Toen ik klaar was, zweeg hij een ogenblik. 'Tja, ik begrijp dat het een schok voor je is.'

'Een schok? Het leek de grote aardbeving wel! Ze maakt een verschrikkelijke vergissing.'

'Weet je dat zeker? Uit wat je me over je ouders hebt verteld, begrijp ik dat hun huwelijk al een tijd niet veel meer voorstelde. En als ze nu al een jaar een relatie met die Melvin heeft, is het toch geen overhaaste beslissing?'

'Daar gaat het niet om, George.'

'Waar dan wel om?'

'...Ik weet het niet. Het is gewoon... Ach wat, ik wil er nu niet over praten. Waar neem je haar mee naar toe?'

'Ze liet doorschemeren dat ze nog nooit in de Top of the Mark was geweest.'

'God! Ik had haar nooit moeten vertellen dat je geld hebt.'

'Ik kan er niets beters mee doe dan het uitgeven.'

Was dit zijn manier om me te vertellen dat hij geen kind had aan wie hij zijn aanzienlijke vermogen zou kunnen nalaten? Of was ik alleen maar paranoïde?

Ik zei snel: 'Dan zal ik je nu maar laten gaan zodat je niet te laat op je grote afspraak komt.'

'Wens me succes.'

'Bij deze.'

Ik legde de hoorn op de haak, draaide met mijn stoel rond en staarde uit het erkerraam. Ondanks het zonlicht en de herfstkleuren zag het rechthoekige park voor All Souls er grauw en niet aanlokkelijk uit. De huizen aan de andere kant ervan stonden er havelozer bij dan gewoonlijk en ze leken leeg te staan. Het uitzicht vanuit mijn kantoor gaf me soms het angstaanjagende gevoel dat ik als enige in Bernal Heights was achtergebleven en dat alle anderen gevlucht waren voor een dreigend gevaar waarvan ik de waarschuwingssignalen niet had onderkend.

Hoewel ik wist dat dit waanidee slechts door de stemming van het moment werd voortgebracht, was het niet de eerste keer dat ik het had en het leek zich de laatste tijd vaker aan me op te dringen. Leed ik nog aan de posttraumatische shock ten gevolge van de gebeurtenissen van vorige zomer of van de grote aardbeving? Het leek me geen van beide waarschijnlijk, maar als het een noch het ander er de oorzaak van was, wilde ik er niet over speculeren wat...

Ik draaide terug naar het bureau en herinnerde Rae er over de intercom aan dat ik haar vandaag op een lunch zou trakteren. Haar reactie op de sensationele mededeling van mijn moeder zou beslist bevredigender zijn dan die van George en misschien zou de crisis binnen mijn familie ons helpen de afstand die tussen ons was ontstaan te overbruggen.

Een groot deel van San Francisco is gebouwd in een roosterpatroon – de *avenues* in het westelijk deel van de stad zijn daarvan een voorbeeld – maar als je de heuvels beklimt, verdwijnt iedere schijn van ordening. Hier is het belangrijkste oogmerk bij de bouw geweest de bewoners een zo goed mogelijk uitzicht te geven. De straten slingeren zich dicht langs steile afgronden en de gevaarlijke plaatsing van de huizen getuigt van de wonderen van de moderne techniek of van de menselijke dwaasheid. Je kunt in de wirwar van weggetjes en doodlopende straatjes boven op onze heuvels gemakkelijk verdwalen en dat was ook precies wat mij overkwam toen ik laat op de middag op weg was naar Lionel Ongs huis.

Toen ik de straat bereikte die aan het Sutro Forest grenst, een bos in de stad dat aan de voet van de roestkleurige futuristische communicatietoren ligt, besefte ik dat ik de verkeerde weg had genomen. Ik keerde terug en zag dat ik een blok lager Saint Germain Avenue voorbijgereden was. De *avenue* was smal en kort en eindigde in een bakstenen keermuur waarachter hoge coniferen en cipressen een panoramisch uitzicht omlijstten. De huizen aan de rechterkant waren hoog op de helling gebouwd zodat hun ramen over de daken van die van hun overburen uitkeken. De huizen aan de linkerkant – Ongs kant – waren laag en lagen verspreid over de helling.

Ongs huis was lichtgrijs en werd omringd door een hoge muur die eigenlijk een uitbreiding was van de garage. Erboven zag ik de puntige bladeren van yucca's en een deel van het huis zelf dat bestond uit een reeks hoekige uitsteeksels met kleine ramen die in de late middagzon glinsterden. Het hek was van zwaar hout met dwarsbalken en in de muur ernaast was een intercom geplaatst.

Ik drukte op de zoemer en noemde mijn naam tegen de mannenstem die antwoordde. Binnen een paar seconden zwaaide het hek open en ik stapte een gestileerde voorhof binnen die vol yucca's en citrusbomen stond. De ingang tot het huis was recht tegenover me. Toen ik ernaar toe liep, verscheen een man die in de omlijsting van de deuropening bleef staan.

Hij was slank en van middelmatige lengte en had dik, zwart haar en een koele, taxerende blik in zijn ogen. Hij nam me op terwijl ik naar hem toe liep en begon me toen op passende, beleefde wijze te begroeten, alsof er een innerlijke schakelaar was omgezet waardoor de informatie die hij had verzameld door me te observeren, werd opgeslagen en hij prettige omgangsvormen begon te vertonen.

'Mevrouw McCone.' Hij kwam met uitgestrekte hand op me af. 'Lionel Ong.'

Ik schudde hem de hand en volgde hem een kale hal met een zwartmarmeren vloer in. De sneeuwwitte muren waren zonder enige versiering en de zonnestralen die door het dakraam in het midden naar binnen vielen, maakten hun kille uitstraling niet minder. Brede schuifdeuren deelden de muur recht voor ons in tweeën, maar ze waren gesloten.

Wat kleding betreft paste Ong bij de ruimte. Hij droeg een zwarte broek van een kostuum; de strop van zijn zwarte stropdas was losgetrokken en de mouwen van zijn witte overhemd waren een paar slagen opgerold zodat een horloge met een dikke gouden kettingband zichtbaar was die te zwaar leek voor zijn tengere pols. Het zag er allemaal nonchalant uit – en bestudeerd. Ik voelde dat Ong niets zou doen, zelfs niet zijn mouwen oprollen, zonder erover te hebben nagedacht wat voor indruk het zou maken.

'Hebt u mijn huis moeilijk kunnen vinden?' vroeg hij.

'Een beetje wel,' gaf ik toe, 'ik ken dit gebied niet echt goed.'

'Er zijn niet veel mensen die het wél goed kennen; dat is een van de redenen waarom ik hier ben gaan wonen. Het is hier stil en het is goede plek om mijn kinderen groot te brengen.'

Het was zeker stil. Ik hoorde geen enkel geluid, zelfs geen geluid dat erop duidde dat er in het huis vijf kinderen woonden.

Ong leek mijn gedachten te lezen, want hij glimlachte en zei: 'Mijn gezin is in Hong Kong op bezoek bij familieleden en ik heb mijn huishoudelijke hulp in die tijd vrij gegeven. We zullen in mijn studeerkamer praten.' Hij gebaarde naar een smeedijzeren wenteltrap die naar een lager niveau leidde.

De kamer beneden had een wand van spiegelglas met een deur die uitkwam op een terras dat uitkeek op het noordelijke deel van de stad en de baai in de verte. Twee andere muren waren bedekt met ingebouwde boekenkasten die van witte stalen pijpen waren gemaakt. Nog meer van die pijpen, maar met een zigzagmotief beschilderd, ondersteunden het plafond en vormden de balustrade van het balkon van de ruimte boven ons. De studeerkamer was spaarzaam gemeubileerd met tafels van glas en chroom en lage stoelen met een zwart-met-wit gestreepte bekleding. Wat me onmiddellijk opviel, was dat er niets was dat op Ongs Chinese afkomst duidde.

Hij gebaarde me te gaan zitten en liep naar een bar met een spoelbak tegenover de glazen wand. 'Cognac?' vroeg hij.

Ik had gehoord dat rijke Chinezen verzot waren op cognac; een van de grote drankdistributeurs was onlangs begonnen een superieur merk Franse cognac op de Aziatische markt te lanceren. Maar het was een drank die ik niet op een bijna lege maag kon drinken. 'Hebt u niet iets lichters?'

Ong knikte en haalde een in ijs bewaarde Napa Valley-chardonnay uit de kleine koelkast. Ik knikte en haalde mijn bandrecorder en Cheungs dossier uit mijn koffertje. Na te hebben getoast op het succes van ons interview, gingen Ong en ik aan de slag.

Cheungs eerste vragen waren algemeen en Ong beantwoordde ze gladjes, alsof ze hem al vele malen eerder waren gesteld. Over zijn jeugd in Hong Kong zei hij: 'Ik schaam me te moeten toegeven wat een geluk ik heb gehad: we hadden bedienden en bezochten een particuliere school. Mijn broers en ik zijn door en door verwend.' Over zijn aankomst in de Verenigde Staten: 'Zodra ik San Francisco zag, wist ik dat ik me hier metterwoon wilde vestigen. De stad lijkt veel op Hong Kong, weet u. Dat is ook een op heuvels gebouwde havenstad. Maar de vrijheid die we hier genieten, oefende de grootste aantrekkingskracht op ons uit.' Over zijn opleiding aan Stanford en Harvard: 'De absolute top. Chinese families beschouwen de opleiding van hun nazaten als een investering in de toekomst van ieder van hen en ze investeren verstandig.' Over het overbrengen van het grootste deel van de activa van de familie van Hong Kong naar de vs: 'Het jaar negentienzevenennegentig hangt als een zwaard boven ons hoofd. De gebeurtenissen op het Tiananmenplein hebben bewezen dat onze angst gerechtvaardigd was.'

Slechts een van Cheungs eerste vragen ontlokte Ong een krachtige reactie en ik schrok van de intensiteit ervan. Ik vroeg: 'Wijt u het succes van uw familie aan de ontberingen die de leden ervan hebben geleden voordat ze uit China vertrokken?'

Zijn gezicht verstrakte en zijn ogen veranderden in glinsterende, zwarte stenen. Hij zei: 'Ik zou zeker zeggen dat de tegenslagen waarmee mijn familie in China en elders te kampen heeft gehad de drijvende kracht achter ons succes zijn. En ze hebben er in mijn geval zeker voor gezorgd dat ik grote ambities heb.' Toen glimlachte hij ironisch alsof hij de spot dreef met de emotie die hij had toegestaan een barstje in zijn solide façade te slaan.

Verderop in het interview verklaarde Ong waarom de Transpacific Corporation zijn activiteiten was gaan spreiden. 'Toen we de mogelijkheden nagingen om onze scheepvaartmaatschappij naar hier over te brengen, leek de haven van Oakland er niet veel voor te voelen nog een grote scheepvaartmaatschappij te huisvesten. San Francisco was hopeloos: de haven heeft altijd containervracht geweigerd en is daar ook nooit geschikt voor geweest omdat zijn ligging het onmogelijk maakt een groot spoorwegnetwerk aan te leggen. We moesten dus uit de scheepvaart stappen.'

'Dus u hebt de scheepvaartmaatschappij geliquideerd en uw kapitaal in onroerend goed geïnvesteerd?'

'Ja, en dat is een tijdje buitengewoon lucratief geweest. Maar het probleem met San Francisco is dat de kosten in die sector sterk zijn gestegen en we moesten zulke hoge prijzen berekenen dat we niet meer konden concurreren. De bedrijven gaan de stad uit en vestigen zich in gebieden als Noord-Marin en Contra Costa County. We moesten weer naar nieuwe activiteiten uitkijken; eerst werd dat het hotelwezen en ten slotte het bouwen van vakantieoorden.'

'Dus de hotels kwamen het eerst?'

'Ja. Ze zijn nog steeds winstgevend, maar het probleem met San Francisco is dat er veel hotelkamers leeg staan.'

'Hoe komt dat?'

'Wij – de plaatselijke hoteliers – hebben in de jaren tachtig te veel gebouwd. Daarna volgde de slechte publiciteit waardoor het toerisme afnam: de AIDS-epidemie, de aardbeving van '89 en de ernst van het daklozenprobleem.'

'Dus nu zit u in de bouw van vakantieoorden. In Carmel Valley en binnenkort in Palm Springs?'

Ong knikte en begon aan een enthousiaste beschrijving van de vakantieoorden en hun attracties. De golfbanen, de disco's, de restaurants van wereldklasse en de groepsactiviteiten zouden een vaste bezoeker van de Club Méditerranée in vervoering hebben gebracht, maar mij lieten ze koud. Ik gaf sterk de voorkeur aan een goed boek en een grotendeels onbevolkt strand en zelfs aan mijn zonneveranda als mijn financiën niet toelieten dat ik op vakantie ging.

'En nu,' zei ik toen hij uitgesproken was, 'gaat u uw activiteiten ook uitbreiden tot goudwinning.'

Ong fronste zijn voorhoofd bij deze vraag die ik in Cheungs vragenlijst had ingelast. Hij pakte zijn glas cognac en vroeg: 'Hoe komt u aan die informatie?'

'Ik dacht dat het algemeen bekend was.'

'Dat is niet zo. We hebben nog geen bekendheid gegeven aan

ons Gouden Heuvels-project omdat we nog niet voldoende bodemmonsters hebben genomen. Hoe bent u aan die kennis gekomen?'

Ik improviseerde. 'Een familielid van me woont in Mono County en het is daar groot nieuws dat de Promiseville-mijn weer geëxploiteerd gaat worden.'

Hij knikte en leek tevreden met mijn verklaring. 'Ik ga met het oog op dit artikel liever niet op dit onderwerp in. Zoals ik al zei, zijn we pas begonnen met het nemen van bodemmonsters. We zijn er nog niet zeker van hoeveel goud er nog in het plateau te vinden is en of het genoeg is om een volledig mijnbouwproject te rechtvaardigen.'

Maar volgens wat Lily Nickles had gezien, waren ze juist plotseling gestopt met het nemen van bodemmonsters en de geologisch adviseur van de Transpacific, Alvin A. Knight, had Ripinsky verteld dat het bedrijf verwachtte minstens vijftienduizend kilo goud uit de mijn te halen. Ik zei: 'Kunt u me dan onofficieel zeggen hoe de Transpacific erachter is gekomen dat er in Stone Valley de mogelijkheid tot goudwinning bestond?'

Ong glimlachte flauwtjes. 'We houden onze voelhorens voortdurend uitgestoken, mevrouw McCone. Als er ergens winst gemaakt kan worden, is de Transpacific ervan op de hoogte.'

'Zelfs als dat op een terrein is waarop u zich normaal gesproken nooit begeeft?'

'Zelfs dan.'

'Hoe stelt u vast of zo'n project haalbaar is?'

Hij ging staan, pakte beide glazen op en liep ermee naar de bar. In de spiegel erachter zag ik zijn gezicht; het was gespannen en zijn ogen hadden een waakzame uitdrukking. Ik moest aan Ripinsky's beschrijving van Frank Tarbeaux, de gokker, denken: ijskoud en volkomen op één ding gefixeerd.

Ong probeerde tijd te rekken en maakte de glazen schoon voordat hij ze opnieuw vulde. Toen hij ermee terugkwam, vroeg hij: 'Wilt u uw laatste vraag herhalen?'

Dat deed ik.

Hij haalde zijn schouders op alsof hij de vraag naïef of dom vond en ging toen weer zitten. 'Zoals alle bedrijven verlaten we ons op de mening van deskundigen.'

Geologen behoorden daar natuurlijk ook toe. 'En hoe zit het

met de mensen van wie u het land hebt gekocht?'

'Wat wilt u over hen weten?'

'Toen u voor het eerst met hen in contact kwam, hebben zij toen ook hun mening gegeven over het potentieel van de mijn?'

Er gleed even een geërgerde uitdrukking over Ongs gezicht. 'Natuurlijk,' zei hij overdreven geduldig. 'Tenslotte probeerden ze ons het land te verkopen. Ze hebben de waarde ervan hoe dan ook overschat.'

'Had u de indruk dat Franklin Tarbeaux en Earl Hopwood in staat waren om dat potentieel te beoordelen?'

Zijn gezicht verried weer ergernis, ditmaal vermengd met verbazing. 'Hoe bent u die namen te weten gekomen?'

'Via mijn familielid in Mono County.'

'Mm-mm.' Maar het was duidelijk dat hij me niet geloofde. Hij nam een grote slok cognac. Het was me opgevallen dat hij zijn cognac dronk alsof het bier was in plaats van eraan te nippen. In de daaropvolgende stilte leek hij een antwoord te bedenken.

Ik voegde eraan toe: 'Kende u de ware identiteit van Franklin Tarbeaux en wist u dat Mick Erickson zaterdagavond in het gebied rondom Tufa Lake is doodgeschoten?'

Hij draaide zijn hoofd langzaam naar me toe en keek me aan. Zijn blik had zich vernauwd en hij had een harde uitdrukking in zijn ogen. Hij zette zijn glas langzaam neer en het leek alsof hij iets wilde zeggen, toen de telefoon die naast zijn stoel stond begon te rinkelen. Hij griste de hoorn van de haak.

'Met Ong... Met wie?... Waar bent u?... Goed, neem Seventeenth Street en... Ja, op Glenbrook linksaf dan rijd u zo Saint Germain op.'

'U moet me even excuseren,' zei hij. 'Mijn kantoor heeft me met een koerier wat contracten laten brengen. Het lijkt erop dat ze van een andere bodedienst gebruik hebben gemaakt en de chauffeur is verdwaald. Ik moet even naar buiten om ervoor te zorgen dat hij het huis vindt.' Hij nam nog een slok cognac en liep met luide tred de wenteltrap op.

Geïrriteerd door de ongelegen onderbreking zette ik de bandrecorder uit en liep naar de glazen deur die op het terras uitkwam. Hij was niet op slot, dus stapte ik naar buiten. De wind – hier zelfs krachtig in de warme oktoberdagen die voor de grap de zomer van San Francisco worden genoemd – deed mijn haar om mijn hoofd wapperen en blies mijn rok strak om mijn dijen. De stad spreidde zich beneden me uit en de contouren ervan werden verzacht door een vage nevel.

Ik bleef een ogenblik staan kijken naar de minuscule stad waarvan de kleinste huizen nauwelijks te onderscheiden waren en de grootste niet indrukwekkender waren dan speelgoed. Degenen die naar macht verlangden, moesten geïnspireerd raken door dit uitzicht dat hun de indruk zou geven dat het mogelijk was het gebouw van de Bank of America in de palm van hun hand te nemen. Iemand als Ong die al machtig was, zou in het panorama een bevestiging van zijn macht zien.

Even later liep ik naar de muur van het terras en keek uit over de dichtbegroeide helling. Door een wirwar van coniferetakken was het rode dak van een ander huis zichtbaar. De weg die ik was opgekomen, kronkelde zich in de verte en een oude gele bestelwagen – de verwachte koerier? – ploeterde erover omhoog. Ik keek ernaar tot hij uit mijn gezichtsveld verdween en ging het huis weer binnen.

Ong was er nog steeds niet. Eerst hoorde ik boven niets; toen werd er een autoportier dichtgeslagen en het vage geluid van stemmen klonk vanaf het binnenhof.

Ik liep naar de andere kant van de kamer en begon Ongs boekenkast te bekijken. De inhoud ervan duidde op een redelijk brede belangstelling: behalve de te verwachten boeken over financiën, onroerend goed en management, had hij niet alleen een indrukwekkende verzameling werken over wereldgeschiedenis en filosofie, maar ook populaire literatuur en poëzie. Ik pakte een dun boekje van Robinson Jeffers, een van onze eigen Californische dichters, en wilde het net openen toen de stemmen op het voorhof plotseling luid opklonken. Ik zette het boek terug en liep naar de trap.

Ong zei: 'Dit is belachelijk!' De verontwaardiging in zijn stem verhulde nauwelijks een ondertoon van paniek.

De andere persoon sprak nu – zijn stem was hoger en klonk niet zo luid. Ik kon de woorden niet verstaan en niet horen of het een man of een vrouw was.

Toen ik bij de trap was gekomen, waren de stemmen stilgevallen. Terwijl ik overwoog of ik het erop zou wagen naar boven te gaan, hoorde ik dat er een portier met een klap werd dichtgeslagen. Daarna werd er nog een dichtgeslagen en ik hoorde een motor starten. Was het de koerier die vertrok?

Maar Ong kwam nog steeds niet terug naar het huis. Ik zette een voet op de onderste trede en trok hem toen terug. Ong was een man die nieuwsgierigheid vast niet op prijs zou stellen en als ik na mijn vragen over de goudwinning nog enige goodwill bij hem had, wilde ik die niet in gevaar brengen.

Maar waar was hij?

Ik keek langs de trap omhoog, maar ik zag slechts het steriele kille licht van de hal. Ik luisterde, maar ik hoorde niets behalve de wind die de bladeren van de yucca's op het voorhof deed klapperen.

Ik liep snel de wenteltrap op. De hal was leeg en de voordeur stond open. Ik haastte me over de zwarte marmeren vloer naar de deur en tuurde naar buiten. Er was niemand op het voorhof en ook stond het hek op een kier.

Toen ik over het pad begon te lopen, werd mijn aandacht getrokken door een voorwerp dat vlak bij het hek lag. Het was een dikke envelop van twintig bij dertig centimeter. Ik liep erheen en raapte hem op. Er stond een adres noch enige andere aanduiding op. De flap was los, maar de inhoud was er niet uitgehaald. Het waren papieren. Ik trok ze uit de envelop en draaide ze om. Het waren onbeschreven, gelinieerde vellen papier waarmee je een losbladig schrijfblok vult.

Vlak bij me was een terracottapot met een vetplant erin omgegooid. Kiezelstenen lagen rondgestrooid over het stenen pad en in de grond ernaast stonden voetafdrukken. Ik rende naar het hek en keek naar buiten. De straat was leeg. Geen koerier en geen bestelwagen. En geen Lionel Ong.

Ik keek om naar het huis. Nee, ik zou hem hebben gehoord als hij was teruggekomen.

Dit is belachelijk!

Ik hoorde weer de paniekerige klank in Ongs stem en bekeek opnieuw de sporen op het binnenhof die duidelijk op een worsteling duidden. Toen herinnerde ik me dat ik twee portieren had horen dichtslaan.

Was Ong er gewoon vandoor gegaan zonder het me te vertellen? Of was hij ontvoerd terwijl ik beneden in zijn studeerkamer op hem wachtte?

15

Ik maande mezelf geen overhaaste conclusies te trekken, liep terug naar het voorhof en keek nog wat rond. De sporen die op een worsteling wezen, zouden ook verklaard kunnen worden door haast en/of? onhandigheid. De envelop vol lege vellen papier die ik in mijn hand had, hoefde niet noodzakelijkerwijs met Ong te maken te hebben en zou zelfs tussen het hek door kunnen zijn geduwd voor een van zijn afwezige kinderen. En de paniekerige klank in zijn stem? Zou ik me daarin ook vergist kunnen hebben?

Nee, dacht ik, dat was onmogelijk.

Ik stak het voorhof over en liep terug naar het huis. Er heerste de diepe stilte die alleen in een leeg huis hangt. Hoewel ik zeker wist dat Ong er niet was, riep ik hem. Mijn stemgeluid weerkaatste tegen de muren van de hal.

Wat moest ik nu doen? vroeg ik me af. Het alarmnummer bellen? En wat zou ik hun moeten vertellen? Het was geen zaak voor de politie als Ong eenvoudigweg met zijn bezoeker was weggereden. En als ik zou zeggen dat ik dacht dat hij ontvoerd was, zouden ze vragen wat voor bewijs ik daarvoor had.

Een paar voetafdrukken, een omgegooide bloempot, de envelop, de paniek in Ongs stem die alleen ik had gehoord. Het was niet veel. De politie zou tegen me zeggen dat ik vierentwintig uur moest wachten en als hij dan nog niet terug was zou ik een van zijn familieleden moeten vragen hem als vermist op te geven.

Als de politie het hele verhaal te horen zou krijgen, zouden ze waarschijnlijk denken dat Ong uit vrije wil was verdwenen, misschien omdat hij genoeg had van mijn vragen of zich niet op zijn gemak voelde door de richting die het interview was uitgegaan. Weliswaar was het niet logisch dat hij een vreemde in zijn niet afgesloten huis zou achterlaten, maar het zou kunnen. En in dat geval zou ik moeilijkheden krijgen als hij terugkwam en ontdekte dat ik de politie had gebeld. Hij was het soort man dat belangstelling van officiële zijde schuwde. Het zou hem in verlegenheid brengen en een inbreuk op zijn privacy vormen; redenen waarom mensen als Ong zich tot hun advocaten wendden.

Ik liep de hal door en schoof de dubbele deuren open. Erachter was een woonkamer. Het was de kamer waarvan ik het balkon vanuit de studeerkamer had gezien. Net voorbij de deuren stond een telefoon op een laag dressoir. Ik pakte de hoorn van de haak en belde All Souls.

Hank was in gesprek, vertelde Ted me. Ik gaf hem het nummer op dat op het plaatje onder de drukknoppen stond en zei tegen hem dat hij mijn baas moest vragen of hij me terugbelde. Toen legde ik de hoorn terug en begon met een haast die uit nervositeit voortkwam in het huis rond te kijken.

Op de begane grond was alleen het woongedeelte en de salon. Ze waren duur gemeubileerd, maar bevatten evenmin iets dat erop wees dat de familie Chinees was. Een tweede wenteltrap leidde naar beneden naar een gang op een lager gelegen niveau waarop drie slaapkamers en een suite uitkwamen. Ik liep er snel doorheen naar een andere trap die me naar een lager niveau voerde dat vanaf het terras erboven niet zichtbaar was geweest. De kamers daar waren duidelijk van de kinderen en er was een recreatieruimte die vol lag met speelgoed, spelletjes en elektronische apparatuur. Omdat ik nog steeds een beetje bang was dat Ong zou terugkomen en me op een plaats in het huis zou aantreffen waar ik niet hoorde te zijn, wierp ik slechts een vluchtige blik in deze kamers voordat ik naar de studeerkamer terugkeerde.

Aan het eind van een muur was in de schaduw van het balkon een deur die ik niet eerder had opgemerkt. Terwijl ik bedacht bleef op het geluid van voetstappen of een auto, opende ik hem. Erachter was een kantoor met een computer en een rij stalen archiefkasten. Er lagen geen papieren op het bureau, maar wel een leren aktentas. Toen ik probeerde hem open te klikken, merkte ik dat hij op slot was en hetzelfde gold voor de archiefkasten. Als er een safe was, zou ik die zeker kunnen vinden, maar brandkasten kraken behoort niet tot mijn repertoire van dubieuze vaardigheden.

Ik zuchtte, luisterde nog even, ging toen op de bureaustoel

zitten en bekeek de computer. De bediening van een computer gaat me maar net iets beter af dan brandkasten kraken en Ong zou trouwens toch geen interessant materiaal hebben opgeslagen op een plaats waar het gemakkelijk toegankelijk was.

De telefoon ging. Ik schrok en stak automatisch mijn hand ernaar uit. Toen aarzelde ik, waarschijnlijk was het Hank, maar...

'Met het huis van de heer Ong,' zei ik.

'Sharon?'

'Hank. Bedankt voor je telefoontje. Ik heb juridisch advies nodig.'

'Zeg het maar.'

Ik vertelde hem wat er hier was gebeurd en vroeg toen: 'Ben ik verplicht om de politie te waarschuwen, ook al kan dat voor mezelf en All Souls nadelige gevolgen hebben?'

Hank zweeg; hij was niet iemand die een ondoordacht oordeel zou geven. Even later vroeg hij: 'Heeft Ong op geen enkele manier te kennen gegeven dat hij het interview wilde beëindigen?'

'De kant die ik met mijn vragen opging, beviel hem niet. Maar ik had wel de indruk dat hij er graag achter wilde komen waarom ik ze stelde en hoeveel ik wist. Ik denk niet dat hij het interview op dat moment vrijwillig beëindigd zou hebben.'

'En je zei dat die koerier hem heeft gebeld?'

'Ja. In ieder geval heeft iemand hem gebeld.'

Hij zweeg weer. 'Goed, twee dingen. In de eerste plaats ben je niet verplicht de politie te bellen omdat je er geen echt bewijs voor hebt dat Ong iets is overkomen. Hij zou vrijwillig vertrokken kunnen zijn, om wat voor reden ook. Je bevindt je in een grijs gebied en als je de politie waarschuwt, loop je juridisch gezien een groot risico. In de tweede plaats denk ik dat het mogelijk is dat Ong je erin geluisd heeft.'

'In welk opzicht?'

'Zijn verdwijning of ontvoering, wat het ook mag zijn, maakt op mij de indruk in scène te zijn gezet. De afwezigheid van andere mensen in het huis, het tijdstip van het telefoontje, de sporen van een worsteling – het komt allemaal een beetje te goed uit.'

Ik dacht daarover een ogenblik na. 'Maar waarom? Ong weet niet dat ik privé-detective ben; hij denkt dat ik free-lance-journaliste ben.'

'Ik bedoel niet dat hij jou persoonlijk erin heeft geluisd. Je bezoek kwam gewoon goed van pas. Het lijkt mij dat hij de indruk wilde wekken dat hij ontvoerd is en daarom had hij een getuige nodig.'

Hanks scenario klonk me verontrustend bekend in de oren. Eerst had Mick Erickson een ingewikkelde list verzonnen om te kunnen verdwijnen en nu had Ong waarschijnlijk hetzelfde gedaan. En Ericksons verdwijntruc was fataal geëindigd...

'Ja,' zei ik ten slotte, 'daarover kunnen we nog de hele dag blijven speculeren.'

'Je kunt daar maar beter weggaan. We praten er later nog wel over.'

Ik bedankte hem en legde de hoorn op de haak. Ik wilde nu heel graag aan de overweldigende stilte van Ongs verlaten huis ontsnappen. Maar toen ik het kantoor begon uit te lopen, viel mijn oog ergens op. Het was iets dat hier uit de toon viel, al was het op zichzelf niets bijzonders. Ik stopte halverwege de kamer en staarde ernaar.

Het was het enige Chinese voorwerp dat ik in het hele huis had gezien. Het was een schilderij van een landschap waarop een ruige berg was afgebeeld die boven een vlakte uittorende waarop verspreide sparren groeiden. Op de voorgrond stonden kleine tentachtige bouwsels – pagodes? – en nog kleinere figuurtjes met een strohoed op hun hoofd. Aan de rechterkant ervan stonden een paar verticale regels met fijn gepenseelde karakters, maar onderaan was er een onderschrift in Latijns schrift overheen geschilderd: *Gum San, 1852*.

Het vreemde was natuurlijk dat zo'n werk aanwezig was in een huis waarvan de bewoners vastbesloten leken alles wat hun aan hun afkomst zou kunnen herinneren, buiten de deur te houden. Maar het schilderij zelf dat duidelijk in het oog springend aan de muur tegenover me was opgehangen, stemde me ook tot nadenken. Het was niet op zijde of papier geschilderd zoals de Chinese rolschilderingen die ik in musea had gezien, maar op canvas, en dan ook nog grofgeweven canvas. Hoewel ik er weinig verstand van heb, zag zelfs ik dat het amateuristisch was en het onderschrift leek een latere toevoeging te zijn die zelfs met nog minder vakbekwaamheid was aangebracht dan de Chinese karakters. Hoewel het schilderij behoorlijk oud leek, zou ik het voor een goedkoop prul dat aan toeristen werd verkocht, hebben aangezien, als het me niet zo onwaarschijnlijk leek dat Lionel Ong iets zou inlijsten en in zijn kantoor hangen dat in Grant Avenue op straat werd verkocht.

Ik scheurde impulsief een velletje papier uit een blocnote die op het bureau lag en noteerde daarop: 'Gum San, 1852'. Toen volgde ik Hanks advies op en maakte dat ik wegkwam.

De geologisch adviseur van de Transpacific woonde relatief dicht bij Ong in de buurt. Zijn huis stond in een rustige wijk tussen Mount Davidson Park en Monterey Boulevard, vlak bij de zuidelijke stadsgrens. Ik stopte voor een telefooncel in een klein winkelcentrum op de top van Portola Hill en draaide Knights nummer. Toen ik hem aan de lijn kreeg, vertelde ik hem dat ik Ong net had gesproken en ik vroeg of ik bij hem mocht langskomen. Knight klonk weifelend, maar hij stemde toch toe en vertelde me hoe ik zijn huis kon bereiken.

De straten in dat deel van de stad zijn even steil en kronkelig als die in Ongs buurt, maar daarmee houdt de gelijkenis op. De kleine gepleisterde rijtjeshuizen zijn direct tegen de smalle trottoirs aan gebouwd, er zijn weinig bomen en groenstroken en op de plaatsen waar de bewoners uitzicht hebben, kijken ze uit op andere heuvels met rijen gelijksoortige huizen. Het is een wijk waar middenklassegezinnen wonen die met grote moeite de hoge huren in San Francisco kunnen opbrengen. Gezien de uniformiteit en de saaiheid van de woningen en de afstand waarop ze van het centrum van de stad vandaan liggen, zijn de woonkosten des te buitensporiger.

Knights huis onderscheidde zich slechts van de huizen ernaast doordat het in een vreemde tint blauw was geschilderd en doordat er een brandkraan voor stond. Ik parkeerde de auto hoog op de heuvel, zette hem stevig op de handrem en liep terug naar beneden. De geoloog – een kleine, stevig gebouwde man wiens door de zon verweerde gezicht erop duidde dat hij veel tijd in de buitenlucht doorbracht – opende onmiddellijk de deur nadat ik had gebeld en leidde me naar een klein rommelig kantoor dat eigenlijk een deel van de garage was dat hij had omgebouwd. Knight gedroeg zich vriendelijk, maar was duidelijk op zijn hoede en hij wuifde mijn excuses omdat ik hem met etenstijd had gestoord, weg. Ik ging in de versleten regisseursstoel waarnaar hij gebaarde, zitten en keek om me heen.

De muren van de overvolle ruimte waren bedekt met over elkaar heen geplakte kaarten; op het bureau, de archiefkasten en een deel van de vloer lagen stapels papieren en ingebonden rapporten. Alles was bedekt met een laagje stof. Knight sleepte een andere stoel uit een hoek en ging tegenover me zitten. 'Neem me niet kwalijk dat het zo'n rommel is,' zei hij. 'Ik ben een maand in het veld geweest. U zei dat u bij het advocatencollectief All Souls werkt?'

'Ja.' Ik had besloten me niet langer voor journaliste uit te geven omdat dat me te veel beperkingen oplegde.

'Als advocate?'

'Nee, als privé-detective.' Ik gaf hem mijn kaartje.

'Ah.' Hij bestudeerde het en door zijn frons werden zijn borstelige, grijze wenkbrauwen naar elkaar toe getrokken.

'Ik heb met meneer Ong over het Gouden Heuvels-project gesproken,' voegde ik eraan toe. 'Hij zei dat u gedetailleerdere informatie zou kunnen geven.'

'Waarom bent u geïnteresseerd in het Gouden Heuvels-project?'

'Er is daar in het weekend een man om het leven gekomen. Ik help de autoriteiten van Mono County met hun onderzoek.'

Knights ogen vernauwden zich, maar verder veranderde zijn gelaatsuitdrukking nauwelijks. 'Is er iemand om het leven gekomen? Een ongeluk op het terrein van de mijn?'

Ik schudde mijn hoofd. 'Nee, een moord. Hij is doodgeschoten.'

'Wie was het?'

'Mick Erickson.' Toen hij niets zei, voegde ik eraan toe: 'Maar misschien kende u hem als Franklin Tarbeaux.'

'Wie heeft hem doodgeschoten?'

Het was niet de reactie die ik verwachtte. Ik negeerde zijn vraag en vroeg: 'Kent u beide namen dan?'

Knight negeerde mijn vraag ook. 'Wie heeft hem doodgeschoten?' herhaalde hij.

'De zaak is nog niet opgelost.'

De zongebruinde huid om zijn ogen rimpelde en de verwarring en besluiteloosheid stonden in zijn ogen te lezen. Hij zei: 'Ik zal meneer Ong even bellen om hem te laten bevestigen dat hij u heeft gestuurd.'

'Ga uw gang.'

Knight stond op. In plaats van de telefoon op zijn bureau te gebruiken, liep hij echter naar de deur. 'Ik ben over een paar minuten terug.' Even later kraakte de trap onder zijn gewicht en daarna hoorde ik zijn voetstappen op de vloer van de kamer boven me.

Het was interessant dat hij het gevoel had dat hij Ong in mijn aanwezigheid niet kon bellen.

Ik stond op en liep naar het bureau in de hoop dat de telefoon die daar stond op het toestel boven was aangesloten. Nadat ik de hoorn van de haak had laten glijden, liet ik de afzet-knop langzaam omhoogkomen. Ik hoorde het geluid van een telefoon die herhaaldelijk overging, toen bromde Knight geërgerd en verbrak de verbinding. Ik legde de hoorn op de haak en liep terug naar mijn stoel.

Ik hoorde Knight niet over de vloer teruglopen. Ik bleef nog even luisteren, liep toen terug naar het bureau en tilde de hoorn weer van de haak. Er sprak iemand anders dan de geoloog.

'Ik zei dat ik niet wist waar hij was.'

Wie...?

'Hij moet je toch iets hebben verteld.'

'Nee. Dat had hij moeten doen, maar hij heeft het niet gedaan.'

Ik kende die stem!

'Maar ze zei dat ze hem heeft gesproken...'

'Luister, het spijt me, maar ik kan je niet helpen. Ik wou ook dat ik wist wanneer hij hier aankomt.'

Knight zuchtte diep. 'Oké, wil je hem dan vragen of hij me belt als hij daar komt opdagen?'

Ik legde de hoorn neer en liep haastig terug naar de regisseursstoel terwijl ik in gedachten de mogelijkheden aftastte. Ik zou deze laatste ontwikkeling heel goed moeten overdenken, want mijn ideeën over wat er in het Tufa Lake-gebied aan de hand was, werden er ingrijpend door veranderd. En terwijl ik dat deed, zou ik me ook eens moeten afvragen wat er was misgegaan met mijn vermogen om mensen te beoordelen.

De man met wie Knight had gesproken, was Hy Ripinsky.

16

Toen hij naar beneden was gekomen, zei Knight tegen me dat hij Lionel Ong niet had kunnen bereiken en niet over het Gouden Heuvels-project kon praten zonder Ongs fiat. Ik vroeg hem wat de relatie tussen Ong, hemzelf en Ripinsky was, maar hij raakte geïrriteerd en beweerde dat hij niet wist wie Hy was, wat ik moeilijk kon geloven omdat hij hem net aan de telefoon had gehad. Toen ik begon door te vragen over wat hij van Mick Erickson en diens gebruik van de naam Tarbeaux wist, raakte hij nog geïrriteerder en eiste dat ik vertrok. Ik zei tegen hem dat ik hem de volgende dag zou bellen als hij de kans had gehad contact met Ong op te nemen hoewel ik er zeker van was dat hij dan wel een excuus zou hebben om me niet meer te hoeven ontvangen, of hij Ong dan gesproken zou hebben of niet.

Eigenlijk was ik blij dat Knight me wegstuurde. Ik had tijd nodig om te overdenken wat ik had afgeluisterd. Nu mijn geschoktheid doordat ik Ripinsky's stem over de telefoon had gehoord, was weggeëbd, vroeg ik me af wat er in Hy's hoofd was omgegaan toen hij me die ochtend bereidwillig de naam en het telefoonnummer van de geoloog had gegeven. Had hij aangenomen dat zijn connectie met Knight zo goed verborgen was, dat ik er nooit achter zou komen? Of had hij Knight op het hart gedrukt te ontkennen dat er contacten tussen hen bestonden? In beide gevallen begaf hij zich op gevaarlijk terrein door me te vertellen hoe ik Knight kon bereiken, maar ik had het gevoel dat Ripinsky niet iemand was die voor gevaar zou terugdeinzen – niet wanneer het nodig was om zijn doel te bereiken, wat dat ook mocht zijn.

Het probleem was nu wat voor actie ik met betrekking tot Ripinsky moest ondernemen. Anne-Marie en Ned Sanderman moesten op de hoogte worden gesteld van zijn connectie met Ong en diens geoloog. Aan de andere kant was ik er niet zeker van of ik hen niet in moeilijkheden zou brengen als ik hun dat zonder bewijs zou vertellen. Anne-Marie is niet iemand die haar emoties verborgen houdt en zelfs als ze het zou proberen, zou de woede die ze jegens Ripinsky zou voelen op zijn best nauw verholen zijn. Sanderman maakte op mij ook niet de indruk een goed acteur te zijn en hij zou waarschijnlijk ook onwillekeurig laten blijken wat hij wist. Ripinsky, een man met een schimmig en gewelddadig verleden, zou voor hen beiden een duidelijke dreiging kunnen vormen als ze hem zouden confronteren met wat ze wisten. Ten slotte besloot ik maar hen tijdelijk in onwetendheid te laten over mijn verdenkingen.

De avond was gevallen tegen de tijd dat ik het winkelcentrum op de top van Portola naderde. Ik keek op mijn horloge en was verbaasd toen ik zag dat het al zeven uur was geweest. Ma, dacht ik met een schuldig gevoel. Ik stopte op de parkeerplaats om haar te bellen en te zeggen dat ik onderweg was.

Maar ik wilde ook naar Ongs huis rijden om te kijken of hij thuisgekomen was en het huis in de gaten houden. Ik voelde me rusteloos en veel te gespannen om de avond met mijn moeder door te brengen en deze laatste familiecrisis met haar te bespreken.

Bij mij thuis werd niet opgenomen. Ik belde George omdat ik dacht dat ze misschien nog bij hem zou zijn, maar ik kreeg zijn antwoordapparaat. Ten slotte belde ik All Souls in de hoop dat ze een boodschap had achtergelaten.

'Een boodschap van je moeder?' Ted klonk geamuseerd. 'Nee, maar ik verbind je wel door met je kantoor, dan kun je met haar praten.'

'Wacht eens even. Is ma in mijn kantoor?'

'Mm-mm. Zij, George, Rae en Hank. En af en toe nog een paar anderen. Ze is de hele dag met je minnaar opgetrokken – ik heb iets gehoord over kabelwagens en sorbets en Ghirardelli Square. Toen ze je niet konden vinden, heeft ze hem opgedragen haar hier te brengen. Ze wilde je nieuwe kantoor zien, zei ze, of je er nu was om het haar te laten zien of niet.'

'God. Arme George.'

'Ik zou me maar geen zorgen over hem maken. Volgens mij amuseert hij zich kostelijk. Dat doen ze trouwens allemaal. Het laatste dat ik hoorde was dat ze van plan waren eten te halen bij dat Mexicaanse restaurant waar ze die knoflookkip hebben.'

'Hoe is het met haar? Is ze kwaad op me omdat ik de hele dag weg ben geweest?'

'Ik betwijfel het. Iedereen hier vindt haar aardig en ze geniet van alle aandacht. Ze heeft familiefoto's laten zien waaronder die naaktfoto van jou toen je een lange, magere baby was en nu vermaken de anderen haar met verhalen over jou.'

Verhalen over mij? Die moest mijn moeder nu net horen. 'Mijn leven is volkomen geruïneerd,' zei ik. 'Verbind me maar door met mijn kantoor, alsjeblieft?'

Hij deed wat ik hem vroeg. Een stem antwoordde prompt: 'Met het kantoor van mevrouw McCone, met haar moeder,' en op de achtergrond klonk gelach op.

Ik sloot mijn ogen en onderdrukte een zucht. 'Ma, met mij.'

'Hallo, Mij.'

'Ma, heb je weer gedronken?'

'We hebben wat wijn gedronken, ja. Sinds wanneer ben je zo'n tut?'

Goeie vraag, dacht ik. Ik *gedroeg* me tuttig, maar het besef daarvan maakte niet dat ik me wat ontspande. 'Luister, ma,' zei ik, 'het spijt me dat ik geen aandacht aan je geschonken heb...'

'Je hoeft je niet te verontschuldigen. Ik amuseer me heel goed met je vrienden. We hebben besloten Pollo Humungo...'

'Supremo.'

'Wat?'

'Het heet El Pollo Supremo.'

'Wat maakt het uit. Als je wilt, kun je hier bij All Souls met ons meeëten.'

Maar de oplossing voor mijn probleem was me te binnen geschoten. 'Dat zou ik graag willen, ma,' zei ik onoprecht, 'maar ik ben met een zaak bezig en ik moet vanavond een surveillance doen.'

Mijn moeder antwoordde niet. Op de achtergrond hoorde ik stemmen door elkaar heen mompelen. 'Ma?'

'Hank vroeg hoeveel kippen hij moest halen. Eet je nu mee of niet?'

'Ik zei net dat ik een surveillance moet doen.'

'O.' Ma sprak van de hoorn vandaan. 'Ze eet niet mee, maar neem er toch maar een extra mee, dan kan ik sandwiches maken om morgen mee te nemen in de bus.'

O, God. Ik was vergeten dat ze morgenochtend om acht uur

naar mijn zuster Patsy in Ukiah zou vertrekken! 'Ma...'

'Maak je geen zorgen, Sharon. George heeft gezegd dat hij me naar huis zal brengen. Ga jij je gang maar.'

'Ma, wil George nog...'

'Ik moet nu ophangen, Sharon. Ik zie je thuis.' De verbinding werd verbroken en ik bleef met een zwijgende hoorn in mijn hand staan.

Geërgerd sloeg ik hem met een klap op de haak. Ik schrok van de heftigheid van mijn reactie en ik zei hardop: 'Wat is er in vredesnaam met je aan de hand?'

Een vrouw die me op het trottoir passeerde, wierp me een vreemde blik toe. Ik keek haar boos aan. Zij keek woedend terug en ik blies de aftocht naar mijn auto, bang dat ik een van die zinloze gewelddadige situaties zou uitlokken die de laatste tijd steeds vaker lijken voor te komen. Misschien was dat mijn probleem – de krankzinnigheid waarover ik in de kranten had gelezen, begon een negatieve invloed op me uit te oefenen.

Of misschien komt het gewoon doordat je zonder het te merken een humeurige vrouw van middelbare leeftijd begint te worden, opperde dat altijd alerte stemmetje in mijn hoofd.

'Kop dicht,' zei ik terug en ik reed naar Ongs buurt.

Saint Germain Avenue was gehuld in duisternis en slechts hier en daar scheen er een zacht licht achter de gesloten gordijnen. Achter de bakstenen keermuur aan het eind van de straat waren de contouren van de in de wind zwiepende takken van de cipressen zichtbaar in het zwakke schijnsel van de verspreide lichten op het vlakke land langs de baai en in de heuvels van East Bay. Het huis van Ong tekende zich als een zwart veelhoekig silhouet tegen de avondhemel af.

Ik reed helemaal tot aan het eind van de straat, stopte dicht bij de muur en zette de lichten uit. Een paar minuten bestudeerde ik de omliggende huizen om te kijken of ik geen bewegende gordijnen of gedaanten achter de ramen zag. Ik zag niets. De huizen tegenover dat van Ong waren zo hoog op de heuvel gebouwd dat de bewoners ervan niet veel aandacht besteedden aan passerende of geparkeerde auto's en de meeste andere waren aan de straatkant ommuurd en hadden ramen aan de achterkant waar het uitzicht beter was.

Nadat ik me ervan had verzekerd dat mijn komst niet was

opgemerkt, glipte ik de auto uit en liep door het halfduister naar het hek van Ongs huis.

Toen ik vanmiddag was vertrokken, had ik een stukje papier in de kier tussen het hek en de muur gestopt zodat ik het zou weten als er iemand naar binnen was gegaan. Het papiertje was er nog. Een rood lampje onder het slot gaf aan dat het alarmsysteem ingeschakeld was – ik nam aan dat dat automatisch op een van tevoren vastgesteld tijdstip gebeurde – en er brandden op diverse plaatsen veiligheidsschijnwerpers.

Het was koud geworden en er stond een krachtige wind die door de bladeren van de yucca's in het voorhof ruiste. Ik trok mijn colbertje dichter om me heen en liep terug naar mijn auto. Daarvandaan kon ik het huis goed zien; het maanlicht verzilverde het dak van het huis en weerkaatste glinsterend van de dakramen. Ik vermoedde dat ik lang zou moeten wachten en ik maakte het me zo gemakkelijk mogelijk. De grote plastic beker met koffie en de inmiddels platgedrukte sandwich die ik in een supermarkt in het kleine winkelcentrum had gekocht, zouden beslist geen gastronomische genoegens bieden, maar ik was er zeker van dat ik er in de loop van de avond veel meer waardering voor zou krijgen dan ze verdienden. Ik probeerde een poosje naar de radio te luisteren, maar dat werd door storingen bijna onmogelijk gemaakt. Het zou wel iets te maken hebben met de nabijheid van de Sutro Tower, dacht ik. Mijn benen verkrampten, maar ik kon niet uitstappen en in zo'n stille buurt een beetje gaan rondwandelen. Ik kon zelfs niet zoveel koffie drinken als ik zou willen, want de kans was dan groot dat ik gehurkt in de bosjes zou zitten op het moment dat er iets interessants gebeurde.

Ik probeerde een tijdje de feiten van mijn zaak te overdenken, maar ten slotte dwaalden mijn gedachten af en mijn geest vormde nog slechts beelden. Ik zag het spiegelgladde oppervlak van Tufa Lake zoals ik dat bij mijn aankomst daar had gezien, de alkalivlakte en de kraters van de vuurbergen die zich naar het zuiden uitstrekten. De verbrijzelde bazaltrotsblokken van Stone Valley en de ruïnes van een vernietigde beschaving in Promiseville. Het nachtmerrieachtige tufsteenwoud.

En er waren ook andere beelden die alledaagser waren, maar toch op de een of andere manier indringender. De huisbakken lelijkheid van de bungalows van Willow Grove Lodge. Zelda's bierreclames en zijn knoestige vurehouten interieur gezien door een nevel van rook. Hy Ripinsky's gezellige huiskamer: z'n boekenkasten vol boeken met hun kleurige omslagen, die de stenen haard flankeerden. En Hy zelf met zijn haviksneus en zijn ruige donkerblonde haar dat over de kraag van zijn sjofele suède jasje krulde; zijn slungelige lichaam dat altijd paraat leek te zijn om in actie te komen...

God, wat had ik me in hem vergist. Ik had hem als mijn bondgenoot beschouwd, als iemand die zich inzette voor de zaak van de milieubescherming, maar desondanks de levenshouding en de hardheid had – noem het maar cynisme – om een realistische kijk op de wereld om hem heen te bewaren. En nu had ik ontdekt dat hij die façade gebruikte om te verhullen dat hij betrokken was bij... bij *wat*?

Maar misschien was ik te voorbarig, dacht ik. Misschien was Hy toch nergens bij betrokken. Ik haalde me snel voor de geest wat ik van zijn gesprek met Knight had gehoord. Mijn verlangen hem te geloven was tegen dat bewijsmateriaal niet opgewassen. En het werd ondersteund door andere dingen: zijn schimmige verleden, zijn extreme zwijgzaamheid waar het hemzelf betrof, zijn onverklaarde antipathie tegen Ned Sanderman.

Ik ging de feiten nogmaals na en probeerde te bedenken waarom Mick Erickson naar Tufa Lake was gegaan, waarom zowel Ripinsky als Knight verwachtte dat Ong daar zou arriveren. Terwijl ik nadacht, werd ik me ervan bewust hoe sterk mijn verdriet om Ripinsky's verraad was terwijl daar toch niet echt reden voor was. Ik kende hem nauwelijks drie dagen; we hadden samen gebrainstormd, informatie uitgewisseld, een paar biertjes met elkaar gedronken en met elkaar gedanst. Waarom...?

Omdat je hem vertrouwde. Je hebt niet alleen bier met hem gedronken en met hem gedanst; je hebt hem in vertrouwen genomen. Je hebt de man iets verteld dat je nog nooit iemand hebt verteld – zelfs niet aan George.

Dat was de oorzaak van mijn verdriet. Ik had gedacht dat ik een verwante geest had herkend en ik had hem een deel van mezelf gegeven waarvan ik niet had verwacht dat ik er ooit afstand van zou doen. Ik had moeten merken dat Ripinsky me in ruil daarvoor niets van zichzelf had gegeven.

Ik zag beweging in de straat vlak bij het hek van Ongs huis.

Ik ging rechtop zitten en leunde voorover om door de voorruit te kijken. Een gedaante liep met door de wind opbollende kleding langs de grijze muur van het huis, bleef voor het hek staan – waarschijnlijk om te bellen – en wachtte. Ik spande me in om meer details te kunnen waarnemen, maar ik kwam niet verder dan dat deze figuur een loshangende jas en een soort pet droeg. Ik kon niet met enige nauwkeurigheid schatten hoe lang deze persoon was, maar het was geen lang iemand. Ik kon zelfs niet zeggen of het een man of een vrouw, een Aziaat of een blanke was. Een moment later wendde hij of zij zich van het hek af en liep over het trottoir naar de dubbele garagedeuren en probeerde ze zonder succes te openen. Het was niet iemand die zomaar even langs kwam of een colporteur, maar iemand die heel graag het huis in wilde. Misschien iemand die de familie Ong goed kende.

Ik zag dat hij of zij zich omdraaide en de straat door liep naar de kruising met Glenbrook. Toen de gedaante uit het zicht was verdwenen, startte ik en reed langzaam zonder lichten naar de hoek. Een stukje lager op de heuvel was een auto geparkeerd. Het was een van die mooi gestroomlijnde Miata's die ik de laatste tijd vaak op de weg had gezien. De gedaante stapte net in.

Waarom had deze persoon de auto zo ver weg geparkeerd, vroeg ik me af. Waarom was hij of zij niet rechtstreeks naar het huis gereden?

Ik stopte onder de overhangende takken van een acacia en dook ineen toen de Miata een U-bocht maakte waarbij het licht van zijn koplampen mijn auto bescheen. Toen de auto bij de eerste bocht in Glenbrook even uit het zicht verdween, deed ik mijn lichten aan en volgde hem.

De Miata zette er een flink vaartje in en reed doelbewust door de doolhof van kronkelige straten naar Upper Market waar hij naar het centrum afsloeg. Bij Castro glipte hij door het stoplicht terwijl het nog net oranje was, maar ik haalde hem bij Sixteenth Street weer in. Soms direct achter elkaar en soms met een paar auto's tussen ons in reden we door tot aan Market Street. Ik probeerde zo dichtbij te komen dat ik zou kunnen zien wie er achter het stuur zat, maar ik moest me steeds laten terugvallen om te voorkomen dat ik opgemerkt zou worden.

Ten slotte sloeg de auto aan het eind van een blok de bocht

om en reed over Kearny Street door het uitgestorven financiële district. De straat begon naar Telegraph Hill te stijgen. Bij de toegangsweg tot de heuvel die zich aan de voet van Coit Tower door het park kronkelde, sloeg de Miata af.

Verbaasd minderde ik vaart en stopte aan de kant van de weg. Ik wist dat de weg eindigde bij de parkeerplaats en het uitkijkpunt over het landschap bij de toren. Op die plek wemelt het overdag van de huurauto's, touringcars en T-shirt- en souvenirverkopers, maar 's avonds is het er bijna uitgestorven. Dank zij het heldere weer zouden er misschien een paar mensen zijn die het uitzicht bewonderden plus de onvermijdelijke paartjes die er hadden afgesproken, maar ik kon me niet voorstellen waarom de persoon in de Miata erheen was gegaan.

Tenzij hij of zij me natuurlijk in de smiezen had gekregen en een confrontatie wilde forceren. Ik zou hier kunnen wachten, want dit was de enige terugweg en als de auto terugkwam, zou ik hem weer kunnen volgen. Of ik zou kunnen gaan kijken wie er achter het stuur van de auto zat en proberen uit te vinden wat hij of zij wilde.

Ik zette de auto in zijn eerste versnelling en reed de weg weer op.

Op de top van de heuvel verhief de gecanneleerde witte zuil van de toren zich glinsterend tegen de achtergrond van de hemel, een pijpachtig monument voor de dappere brandweerlieden van San Francisco. De weg eindigde bij een halfronde parkeerplaats waar verscheidene donkere auto's met hun neus naar de uitgestrekte, glinsterende stad gericht stonden.

De Miata was er niet bij.

'Onmogelijk,' zei ik hardop. De auto was me niet gepasseerd, er was geen enkele andere zijweg en er was hier boven geen enkele plaats waar de auto verborgen kon worden.

Toen dacht ik aan de oprijlanen die zich heuvelafwaarts vanaf de weg achter me naar de garages van de dure huizen en flatgebouwen slingerden die half verscholen tussen de dichte vegetatie van de helling lagen. De Miata kon een van deze smalle toegangswegen zijn opgereden, hebben gewacht tot ik gepasseerd was en vervolgens zijn vertrokken. Of misschien woonde de persoon die ik had gevolgd in deze buurt.

Ik parkeerde mijn auto en stapte uit. De wind woei hier even krachtig als op de heuvel waar Ong woonde en voerde de gemengde geur van cipressen, eucalyptus- en laurierbomen aan. Ik sloot mijn auto af, knoopte mijn colbertje dicht en haalde een kleine zaklantaarn uit mijn tas. Ik richtte de lichtstraal ervan naar de grond terwijl ik naar een smalle bakstenen trap liep die naar beneden, naar een bosje coniferen leidde.

Van vorige bezoeken – meestal in gezelschap van mensen van buiten de stad die een uitstapje naar San Francisco maakten – wist ik dat de trap in een zigzagpatroon de heuvel afdaalde en naar paden en plankieren leidde die langs de woningen lagen. Uiteindelijk kwam de trap uit op een van de straten beneden – Montgomery? Greenwich? Ik wist niet zeker welke van de twee.

Ik volgde de lichtstraal de trap af en hield me stevig aan de ijzeren leuning vast terwijl ik wenste dat de schoenen met lage hakken die ik droeg beter voor dit trappenlopen geschikt waren. De geur van laurierbomen was hier sterker en een klein dier schoot tussen de klimop door de helling op. Tussen de bomen door zag ik iets naar beneden een rij van drie meergezinshuizen. In de fel verlichte daktuin van een ervan was een feest aan de gang en het geluid van gelach en muziek dreef mijn kant op.

Onder aan dat deel van de trap vertakte zich een pad; de ene arm liep naar een andere trap die langs een rustiek huisje leidde, de andere naar een plankenpad dat tussen de flats en de met klimop begroeide helling door liep. De verlichte ingangen van de flats lagen aan de kant van het pad. Ik bleef staan en bestudeerde ze.

Terwijl ik daar stond, hoorde ik het geluid van voetstappen dat vanaf de andere kant van het pad kwam. Het was een snel, hol klinkend getik van hoge hakken. Ik dook weg achter een door de wind kromgegroeide cipres. Het geluid van de voetstappen bleef dichterbij komen, hield toen op.

Ik tuurde voorzichtig tussen de takken door. Een vrouw die dezelfde kleding droeg als de figuur die ik voor Ongs huis had gezien, stond voor de ingang van het middelste gebouw. Haar rug was naar me toegekeerd en ze drukte een keer of vier boos op een van de bellen.

De vrouw bleef bijna een minuut voor de deur staan wachten terwijl ze met haar vingers ongeduldig op de deurpost trommelde. Toen stampte ze met haar voet op de grond en voelde in haar zakken en haar tas alsof ze haar sleutels zocht. Toen ze die niet vond, stapte ze verder naar achteren op het plankenpad en keek speurend omhoog naar de bovenste ramen. Ze waren allemaal donker. Ze liep snel naar de hoek van het gebouw, leunde over de tot aan haar middel reikende leuning en controleerde de ramen aan de zijkant. Die waren ook donker en na een paar seconden richtte ze zich op en draaide zich mijn kant uit. Haar gezicht was in het licht van het nachtlampje duidelijk te zien.

Margot Erickson.

Mijn aanvankelijke verbazing ging over in geschoktheid toen ik zag dat haar gezicht gezwollen was en vol blauwe plekken zat. De rechterkant ervan was helemaal gekneusd en door de zwellingen zat het oog bijna dicht. Ik moest zonder het te merken tegen de takken hebben geduwd, want ze draaide haar hoofd met een ruk naar mijn schuilplaats om toen ze begonnen te ritselen.

'Mevrouw Erickson,' zei ik en ik begon naar haar toe te lopen.

Haar hand schoot omhoog naar haar wang en ze probeerde vergeefs haar kwetsuren te verbergen. Ze sperde haar goede oog open waardoor haar gezicht in een grotesk masker veranderde. Zelfs in het flauwe licht zag ik angst die ik gisteren alleen maar bij haar had vermoed, volledig oplaaien.

'Het is in orde,' zei ik, terwijl ik mijn beide handen naar haar uitstak. 'Ik doe u niets.'

Ze deinsde terug en drukte zich plat tegen de leuning.

Ik liep naar haar toe. Voor ik weer iets kon zeggen, wierp ze zich plotseling naar voren en gooide me bijna omver.

Ik richtte me op en pakte haar bij haar elleboog. Ze probeerde zich uit mijn greep te wringen en krabde met haar nagels over de rug van mijn hand waardoor ik haar moest loslaten. Ze sloeg me met de vlakke hand zo hard op mijn linkerwang dat ik achteruit wankelde tot ik tegen de leuning botste. Toen ik mijn evenwicht had hervonden, rende ze al naar de trap.

Ik ging achter haar aan terwijl ik haar naam riep. Ze bleef staan en viel me weer aan. Ze schopte naar mijn benen en raakte mijn scheenbeen waardoor ik op de trap die langs het huisje liep, achterover dreigde te vallen.

Ik greep de ijzeren leuning vast en draaide me om, maar ik kon mijn evenwicht niet hervinden en viel naar voren. Ik strekte mijn handen uit, maar er was niets om me aan vast te grijpen. Mijn knieën en scheenbenen schuurden over de ruwe treden en ik sloeg met mijn hoofd tegen de keermuur ernaast.

Terwijl ik de trap af buitelde tot ik dwars op de treden bekneld kwam te zitten, hoorde ik Margot Erickson op het plankenpad wegrennen. De pijn schoot in schokgolven door mijn lichaam. Ik klemde mijn tanden op elkaar om het niet uit te schreeuwen en ik proefde bloed.

Ik bleef een poosje schuin naar beneden op de treden liggen. Vreemd genoeg was er om me heen niets veranderd: het feestje op het dak ging door; de tv in het huisje bromde en boven mijn hoofd riep een vogel. Toen hoorde ik het gepiep van banden. Iemand reed vanuit een garage onder een van deze gebouwen een oprit op. Margot Erickson.

Waarom was ze niet via de binnendeur in de garage naar boven, naar het appartement, gegaan? Waarom zou ze helemaal over het plankenpad naar de voordeur zijn gelopen? De sleutels... het leek erop dat ze haar sleutels was vergeten. Ze had de garagedeur vanuit haar auto met haar afstansbediener automatisch kunnen openen, maar zonder sleutels kon ze het eigenlijke gebouw niet binnenkomen.

En van wie waren die sleutels? Van haar? Van een vriend? Van wie was dat appartement?

Ik dacht dat ik het wist.

Na een poosje kwam ik tot een zittende houding omhoog en begon langzaam mijn armen en benen te bewegen om te controleren of ik niets had gebroken. Alles leek intact te zijn. Ik bewoog mijn ledematen weer en betastte toen de oppervlakkiger verwondingen die ik had opgelopen: een buil op mijn voorhoofd doordat ik tegen de muur was geknald, een dikke linkerwang door de klap die ze me had gegeven, een pijnlijk scheenbeen en schrammen op mijn knieën en benen waar mijn panty in flarden omheen hing. Opengeschaafde handpalmen. Pijn in mijn tanden en kaak. Een wondje in mijn mond dat nog steeds bloedde. Een hoofdpijn die ieder moment tot volle wasdom kon komen.

Rotwijf, dacht ik woedend. Hoe haalde ze het in haar hoofd me dit aan te doen, terwijl ik alleen met haar wilde praten?

Ze is bang, doodsbang.

Waarvoor?

Je bedoelt voor wie? Wie heeft haar in elkaar geslagen?

Die vraag kon ik niet beantwoorden.

Ten slotte kwam ik moeizaam overeind en sleepte me de trap op terwijl ik me stevig aan de leuning vasthield. Ik vond mijn tas terug op de plaats waar ik hem had laten vallen. Toen liep ik wankel over het plankenpad naar de ingang van het middelste gebouw.

De naambordjes naast de drie drukbellen waren allemaal blanco en de ramen van alle verdiepingen waren nog steeds onverlicht. Ik overwoog een ogenblik toch op de bellen te drukken, maar zag er maar van af. Er was niemand thuis, het zou verspilde moeite zijn. Ik zou kunnen proberen bij de buren informatie in te winnen, maar zoals ik er nu uitzag, zou ik hen alleen maar bang maken.

Bovendien had ik het voor vanavond wel gezien. Ik noteerde het adres van het gebouw en sleepte mijn pijnlijke lichaam de heuvel op naar mijn auto.

17

Ma zat in de schommelstoel in mijn salon toen ik thuiskwam. De haard brandde en zowel Ralphie als Allie lag op haar schoot. Toen ze zag hoe ik eraan toe was, kwam ze half overeind en liet de katten op de vloer vallen. Allie miauwde verontwaardigd.

Ik zei: 'Alles is in orde met me, ma.'

'Zo zie je er niet uit.'

'Het is in ieder geval niets ernstigs. Ik moet me even opknappen en een telefoontje plegen; daarna zal ik u vertellen wat er is gebeurd.'

Ze knikte sceptisch en ging weer zitten. De katten sprongen onmiddellijk weer op haar schoot en kropen tegen haar aan, zich er instinctief van bewust dat er iets mis was.

Ik liep naar mijn slaapkamer en trok onderweg mijn geruïneerde kleding uit. God zij dank, dacht ik, was het een jasje van een oud Pendleton-mantelpakje waarvan ik volkomen genoeg had. Nadat ik alles op de grond had gegooid, trok ik mijn witte badstoffen kamerjas aan en ging op het bed zitten om Rae bij All Souls te bellen.

'Hé,' zei ze met stem die enigszins aangeschoten klonk, 'we hebben het heel gezellig gehad met je moeder.'

'Een andere keer, Rae. Ik kan niet lang praten. Wil je nu direct iets voor me doen?'

'Natuurlijk.'

'Kijk eens in het adressentelefoonboek wie er in de appartementen op dit adres wonen.' Ik gaf haar de straat en de huisnummers van het gebouw op Telegraph Hill op.

Ze liep naar de bibliotheek waar de reservetelefoonboeken worden bewaard en kwam een minuut later terug. 'Shar, ze staan er niet in.'

Er was daar zeker geen telefoonaansluiting. Vreemd, het gebouw had er niet onbewoond uitgezien. Misschien hadden ze een geheim nummer. 'Oké,' zei ik, 'dan zul je morgenochtend vroeg naar het stadhuis moeten gaan om uit te zoeken wie de eigenaar van het gebouw is.'

'Doe ik. Ik was toch al van plan om naar het bevolkingsregister te gaan om te kijken of ik iets over Peggy Hopwood aan de weet kan komen.'

'Goed. Ik moet ma om acht uur bij het busstation afzetten. Daarna ben ik waarschijnlijk op kantoor. Mocht ik daar niet zijn, probeer me dan zodra je iets weet hier te bereiken.'

Rae zei dat ze dat zou doen, ik hing op en verzorgde mijn wonden zo goed mogelijk. Toen vulde ik een ijszak om op mijn gezwollen wang te leggen, schonk een glas zware rode wijn voor mezelf in en liep terug naar de salon.

Ma nam me zorgvuldig op toen ik in mijn lievelingsfauteuil ging zitten. 'En?' zei ze.

Ik vertelde haar een halve waarheid. 'Dit is me niet door iemand aangedaan. Ik ben gevallen.'

'En?'

'Dat is het.'

'Sharon, je vertelt me niets.'

Ik zuchtte en dacht: wat kan het me ook schelen en vertelde haar vervolgens uitvoerig over mijn onderzoek. Toen ik klaar was, bleef ma een minuut lang zwijgen.

Ten slotte zei ze: 'Ik vraag me af waarom die arme vrouw zo bang van je was.'

'Nou, iemand heeft haar flink in elkaar geslagen.'

'Dat is niet voldoende. Volgens wat je me hebt verteld, had die vrouw geen reden om te denken dat je haar kwaad zou willen doen. Als je haar morgen gaat bezoeken, zal ze misschien gekalmeerd zijn en kan ze erover praten.'

Ik wachtte. Toen ze niet verder sprak, zei ik: 'Dat is alles? U gaat me niet de les lezen en me vertellen dat ik een leuke, veilige baan moet nemen?'

'Nee. Ik wil niet zeggen dat ik er gelukkig mee ben dat je altijd in gevaarlijke situaties verzeild raakt, maar je luistert toch niet naar me. Je blijft toch doen wat je zelf wilt, met of zonder mijn goedkeuring.'

'Wat een ommezwaai.'

Ze haalde haar schouders op. 'Ik heb besloten je volwassen

te laten worden.' Ze zweeg even en voegde eraan toe: 'Eens zul je mij die kans ook moeten geven, weet je.'

'Wat bedoelt u daar nu mee?'

'Ik weet dat je niet gelukkig bent met de scheiding – en met Melvin. Het spijt me dat je er zo over denkt, maar het is mijn leven en net als jij wil ik het op mijn manier leiden – met of zonder jouw toestemming.

Ze had natuurlijk gelijk; het was tijd om haar vrij te laten. Kuikens zijn niet de enige vogels die het nest verlaten. De moedervogel doet dat ook en ten slotte valt het nest uiteen en wordt meegevoerd op de wind. Maar als dat met het nest van mijn eigen familie gebeurde, betekende dat, dat ik zelf een permanenter nest zou moeten bouwen of zou moeten toegeven dat ik daartoe niet in staat of bereid was.

'Ma,' zei ik, 'wat vindt u echt van George?'

Ze leek helemaal niet verbaasd door mijn vraag die een beetje uit de lucht kwam vallen. 'Ik heb je al gezegd dat ik hem heel graag mag.'

'Maar u hebt me ook verteld dat ik voorzichtig moest zijn als ik zou gaan trouwen. Dat was toch niet alleen omdat u pa hebt verlaten en vanwege uw toekomstplannen met Melvin?'

Ze zuchtte en maakte Ralphies halsbandje vast waarvan het uiteinde uit de gesp was geschoten. 'Niet helemaal.'

'Wat is het dan?'

'George is een simpele man, Sharon. Mischien te simpel voor jou.'

'Simpel! Ma, de man is professor aan Stanford! Hij heeft een baanbrekend boek geschreven...'

'Ik heb niet gezegd dat hij niet intelligent is. Maar denk eens na over zijn boek. De man heeft de menselijke persoonlijkheid in categorieën ondergebracht en in kleine cirkeltjes gestopt. Daarna heeft hij ze verdeeld in ziek en gezond en geprobeerd de mensen met een zieke persoonlijkheid te vertellen hoe ze beter kunnen worden.'

Het was een tamelijk kernachtige beschrijving van het boek waarover George haar de vorige avond onder het eten had verteld, maar nu ik het mijn moeder in haar ongecompliceerde bewoordingen hoorde vertellen, klonk het allemaal een beetje dwaas. Ik begon zijn boek haastig te verdedigen.

'Wat is daar verkeerd aan? Het zou heel goed zijn als er veel minder pathologische persoonlijkheden waren.'

'Natuurlijk, maar de wereld zit nu eenmaal niet zo in elkaar als George denkt. Mensen passen niet in kleine cirkeltjes. Niet iedereen zal gezond kunnen worden... en zelfs niet iedereen wil dat.'

'... Dat weet ik ook wel.'

'Maar George niet.'

'Dan is hij een optimist.'

'Ja, hij is een optimist. En hij wil gelukkig worden.'

'En u denkt niet dat ik hem gelukkig kan maken?'

'Sharon, zet nu je stekels niet direct op. Ik weet niet of je dat kan of niet, maar ik denk dat hij jou uiteindelijk ongelukkig zal maken. Jij past beslist *niet* in een van zijn cirkeltjes.'

'Probeer je te zeggen dat ik emotioneel labiel ben?'

Ma schudde geamuseerd haar hoofd. 'Behalve dat je net zo vlug aangebrand bent als je vader, ben je volkomen gezond. Maar je hebt ook een andere kant aan je karakter; je hebt iets... wilds dat zich niet laat temmen. Die kant van je zal je nooit toestaan een comfortabel bestaan in een van die cirkeltjes te leiden, zelfs niet samen met de man van wie je houdt.'

Ik kon geen woord uitbrengen. Ik was niet alleen geschokt door wat ze zei, maar ook door het feit dat ik voor het eerst in mijn leven een zinvol, volwassen gesprek met mijn moeder voerde. Een moment later vroeg ik: 'Hoe weet u dat allemaal over mij?'

'Ik heb je niet voor niets je hele leven geobserveerd. Het was geen grapje toen ik zei dat je op je vader leek. Wat denk je dat hij daar in de garage anders heeft gedaan dan toegeven aan de donkere kant van zijn persoonlijkheid?'

Ik knikte en dacht aan pa; aan hoe zijn gebruikelijke vrolijkheid plotseling kon omslaan in een diepe depressie en aan zijn dwangmatige behoefte aan alleenzijn. En ik dacht aan de onverstandige confidentie die ik Hy Ripinsky had gedaan. Ik had hem de kant van mezelf getoond waarvan ik het bestaan tegenover George alleen had laten doorschemeren. Ik dacht aan de moeite die ik deed om alles behalve de meest routinematige en amusante aspecten van mijn werk voor mijn geliefde verborgen te houden om hem te beschermen.

'Vindt u dan dat ik een eind aan onze relatie moet maken?' vroeg ik een moment later.

'Niet per se. Maar je moet langzaam en voorzichtig aan doen.'

Ralphie kreunde, klom van ma's schoot en liep naar de hoek bij de bank die, in ieder geval deze week, zijn slaapplaats was. Allie ging rechtop zitten en schudde verbijsterd haar kop waarbij de belletjes aan haar halsbandje rinkelden. Ma keek op haar horloge en stond met het bundeltje bont in haar armen op. 'Ik moet maar 's gaan slapen,' zei ze. 'Het is een lange busrit naar Ukiah en ik verwacht dat ik last met Patsy zal krijgen. Hoewel ze er maar een beetje op los heeft geleefd, is je zuster nog een grotere tut dan jij.' Maar haar glimlach haalde het venijn uit de opmerking en ze streelde mijn wang toen ze langs me liep.

Toen ze bij de deur kwam, zei ik: 'Ma!'

'Ja?'

'Ik heb besloten u volwassen te laten worden.'

'Bedankt, Sharon. Heel erg bedankt.'

Ik legde de ijszak op de rand van de haard en liep naar de schommelstoel terwijl ik mijn wijnglas met beide handen omvatte en in de flakkerende vlammen staarde. Hoewel wat ma had gezegd me had verrast, besefte ik dat ik het vanaf het begin had geweten, maar had geweigerd het te herkennen en het diep in mijn onderbewustzijn had weggedrukt. Ik zou haar waarschuwing ter harte nemen en het kalm aan doen – niet omdat het mijn moeder was die me had gewaarschuwd, maar omdat ik op diverse manieren al was begonnen mezelf te waarschuwen.

Maar verdomme-nog-aan-toe, waarom vertelden zoveel mensen me de laatse tijd dingen die ik niet wilde horen?

18

Ik was de volgende morgen in een slecht humeur, dus nadat ik ma naar de bus had gebracht, ging ik naar huis om op de informatie te wachten die Rae me zou doorbellen. Het huis leek vreemd leeg. Ralphie en Allie merkten het ook op; ze slopen door hun kattedeurtje naar binnen en naar buiten en trippelden af en toe de gang in om in de logeerkamer te gaan kijken. Ten slotte ging ik het bed afhalen met het idee dat je het beste wat lichaamsbeweging kunt nemen en je omgeving in zijn normale toestand kunt terugbrengen om er overheen te komen dat je iemand mist, maar het eindigde ermee dat ik in de spiegel boven het bureau naar mezelf stond te staren.

De klap die Margot Erickson me had gegeven, had een blauwe plek op mijn linkerwang achtergelaten en er zat een paarsachtige bult op mijn voorhoofd. Mijn onderlip was gebarsten en lichtelijk gezwollen. Onder mijn spijkerbroek had ik nog een verzameling blauwe plekken, sneeën en schrammen. Mijn spieren deden pijn, vooral die van mijn onderrug en ik moest mijn lichaam stijf houden als ik me bewoog.

Ik zuchtte en zag al voor me dat ik de hele dag vragen zou moeten beantwoorden of ontwijken over wat er met me was gebeurd.

En waarom was het trouwens gebeurd? Ma dacht dat het pak slaag dat Margot had gehad, haar gewelddadige aanval op mij niet voldoende verklaarde en in zekere zin was ik het daarmee eens. Ze had uit angst gehandeld en die angst was er ook al geweest voordat ze geslagen was. Maar haar aanval had ook woede in zich gehad. Ze had me weloverwogen en fel geslagen en geschopt en sommige van mijn verwondingen waren identiek aan de hare. Het leek alsof ze had geprobeerd mij betaald te zetten wat haar was aangedaan.

Door wie? En waarom?

Ik wendde me van de spiegel af, haalde de lakens af en gooide ze in de stortkoker die uitkwam op het wasgedeelte van de garage. Daarna liep ik de badkamer binnen waar het licht directer was en deed extra make-up op in de hoop daarmee de ergste verwondingen aan mijn gezicht te maskeren, maar het enige effect was dat ze er nog akeliger uitzagen. Ten slotte waste ik mijn gezicht en maakte me op zoals ik gewoonlijk deed.

Teruggekomen in de keuken duwde ik met mijn voet de katten naar buiten, schonk een kop koffie in en bracht alle drie de delen van het telefoonboek van de stad naar de tafel. Geologen werden in de Gele Gids onder het hoofd Beroepsorganisaties niet vermeld, maar in de sectie van de Witte Gids voor de staat Californië vond ik een nummer voor de Registratieraad voor Geologen en Geofysici.

Ik belde het nummer, vertelde dat mijn bedrijf overwoog Alvin. A. Knight als adviseur aan te trekken en vroeg of ze informatie over hem konden geven. De man die had opgenomen zei dat degene die me daarbij kon helpen er pas vanmiddag zou zijn. Kon ze me misschien terugbellen? Ik gaf hem het nummer van All Souls.

Daarna belde ik Ongs huis en zoals ik al verwachtte, werd er niet opgenomen. Ik belde de Transpacific Corporation en werd met zijn secretaresse doorverbonden. Ze zei dat Ong nog niet binnen was. Toen ik haar vertelde dat ik journaliste was en aan een gedeeltelijk voltooid interview met Ong voor de Chinees-Amerikaanse Vereniging werkte en hem dringend moest spreken, deed ze nogal vaag over het tijdstip waarop hij op kantoor zou zijn. Ik dacht een ondertoon van verwarring en gespannenheid in de stem van de vrouw te horen.

Ten slotte belde ik het appartement van Erickson in Barbary Park. Ik kreeg het antwoordapparaat en een mannenstem vertelde me dat Mick en Margot op het ogenblik afwezig waren, maar dat ze me zo snel mogelijk zouden terugbellen.

Ik hing voor de pieptoon op in de zekerheid dat Margot me niet zou terugbellen, maar de stem, die van Mick moest zijn, bleef in mijn hoofd hangen. Een ogenblik later ging ik met mijn koffie de zonneveranda op en liep daar doelloos heen en weer terwijl ik de verwarde rozestruiken bekeek die ernaast groeiden. Hun late bloei was bijna voorbij en de bloemen die ze nog hadden waren onvolgroeid en verschrompeld. Opnieuw hoorde ik Mick Erickson 'afwezig' en 'zo spoedig mogelijk' zeggen.

Voorgoed afwezig, dacht ik, en wat mogelijk had geleken toen hij het bandje opnam, was nu voor altijd onmogelijk geworden. Misschien zou mijn eigen opgenomen stem me eens overleven en tegen mijn vrienden en familieleden spreken als vanuit het graf...

Het was onverstandig lang bij dat soort gedachten stil te staan, zelfs in het heldere licht van de ochtendzon. Ik ging terug naar binnen en keek ongeduldig op de keukenklok. Tien uur zeventien. Waarom had Rae in godsnaam nog niet gebeld? Ze had gezegd dat ze naar het stadhuis zou gaan en eerst zou uitzoeken wie de eigenaar van het gebouw op Telegraph Hill was.

Mijn koffertje en de bandrecorder met het bandje van het interview met Ong lagen nog in de auto. Ik liep naar beneden naar de garage, haalde ze uit de auto, ging terug naar boven en speelde het bandje af. Er stond niets op dat echt betrekking had op mijn onderzoek; ik was nog maar net aan de vragen die ik had toegevoegd, toegekomen toen de telefoon was gegaan. Daarna nam ik mijn aantekeningen over de zaak door die ik zonder enig systeem in het kleine losbladige aantekenboekje had gekrabbeld dat ik altijd in mijn tas heb. Feiten, indrukken, veronderstellingen, theorieën. Bij sommige zette ik een sterretje of onderstreepte ze en andere kruiste ik door. Maar ik deed dit alleen maar om me bezig te houden. Wat ik echt wilde, was dat Rae me belde.

Na nog een kwartier belde ik All Souls omdat ik dacht dat ze misschien was vergeten dat ik tegen haar had gezegd dat ze me hier moest bellen als ik niet op kantoor was. Er was geen boodschap van haar, maar wel twee andere: Mary Cheung vroeg hoe het met het interview was gegaan en Kirsten Lark uit Mono County informeerde of ik al opschoot met de zaak.

'Hank wil ook met je praten over...' Ted zweeg. Ik hoorde hem door de boodschappennotities bladeren. 'Over die kwestie die je gistermiddag laat met hem hebt besproken. Hij neemt nu een getuigenverklaring op en is omstreeks twaalf uur weer te bereiken.'

'Zeg maar tegen hem dat ik nog terugbel.'

Ik verbrak de verbinding en belde de Chinees-Amerikaanse Vereniging. Cheungs lijn was in gesprek. De receptioniste hield me onder de knop en zei een paar minuten later tegen me dat

Cheung nog steeds in gesprek was.

'Weet u zeker dat ze de hoorn er niet naast heeft gelegd?'

Ze zuchtte. 'Ik heb daar een poosje geleden wel gevloek gehoord.'

'Wilt u het even voor me controleren? Ik moet haar dringend spreken.'

'Een ogenblikje, alstublieft.'

Ongeveer een halve minuut later, zei Cheungs stem: 'Sharon... het spijt me. Die idioot van een drukker... maar dat zal je niet interesseren. Hoe ging het met Ong?'

'Hij heeft het interview afgebroken, maar ik denk dat ik wel zoveel heb dat je het interview kunt plaatsen.'

'Heb jij ook de informatie gekregen die je nodig had?'

'Niet helemaal. Luister, ben je daar omstreeks het middaguur? Ik wil je graag het bandje brengen en je nog een paar vragen stellen.'

'Zoals het er nu uitziet, zal ik hier waarschijnlijk de rest van mijn leven zijn. Kun je een paar sandwiches meenemen en omstreeks halfeen komen? Er staat hier nog Tsing Tsao-bier in de koelkast dat over is van een van onze recepties.'

'Dat doe ik. Tot straks.'

De vraag was nu wat ik met Kirsten Larks telefoontje moest doen. Ik wilde niet echt met haar praten voordat ik een duidelijker beeld had van wat er aan de hand was. Ik wilde weten wat er met Lionel Ong was gebeurd; waarom Alvin Knight niet met me wilde praten zonder Ongs toestemming, wat Ripinsky's relatie met de beide mannen was, waarom hij en Knight hadden aangenomen dat Ong uiteindelijk in Mono County zou verschijnen en wie Margot Erickson in elkaar geslagen had.

Ik besloot Larks boodschap voorlopig te negeren.

Toen Rae belde, was het bijna halftwaalf. Ik had inmiddels de keukengootsteen geschrobd en de groentela van de koelkast schoongemaakt wat ik een walgelijk karweitje vind. 'Wat heb je voor me?' vroeg ik voordat ze een babbeltje zou gaan maken.

'Het gebouw op Telegraph Hill is het eigendom van de Transpacific Corporation.'

Zo iets had ik al vermoed en het klopte met wat Cheung me had verteld – dat Ong er in een appartement op Telegraph Hill dat bedrijfseigendom was een blanke maîtresse op na hield. Maar dat het Margot Erickson zou zijn, de vrouw van een zakenrelatie? De vrouw die naar mijn oordeel iemand was die in principe de waarheid sprak, de vrouw die had beweerd dat zij en haar echtgenoot Ong niet goed kenden en in de laatste vijf jaar maar een paar keer een etentje bij hem thuis hadden gehad? Met mijn vermogen om mensen te beoordelen, leek het echt bergafwaarts te gaan.

'Shar?'

'Bedankt, Rae. Ben je nog iets over Hopwoods dochter aan de weet gekomen?'

'Ik ben nu op weg naar het bevolkingsregister.'

'Nu pas? Hoe komt het dat je daar zo laat mee bent?'

Er viel een stilte. Toen zei ze een beetje aarzelend. 'Ik heb me vanmorgen verslapen. Ik heb het gisteravond nogal laat gemaakt om je moeder aangenaam bezig te houden terwijl jij god mag weten waar uithing en het is niet gemakkelijk haar bij te benen. Ze kan veel beter tegen drank dan ik.'

'Ik heb je toch niet gevraagd haar bezig te houden? En ook niet om zoveel te drinken dat je er een kater aan overhoudt. En dat "god mag weten waar" was een surveillance.'

Er viel weer een lange stilte. 'Ik vond het niet erg om haar bezig te houden, Shar. We hebben plezier gehad. Van het leven genieten, noemen ze dat. Misschien zou jij dat ook eens moeten proberen.' Toen hing ze op.

Ik knipperde verbaasd met mijn ogen en bleef met de hoorn nog tegen mijn oor gedrukt zitten. Zelfs in tijden dat het slecht tussen ons ging, had Rae nooit zo tegen me gesproken, laat staan dat ze gewoon midden in een gesprek ophing. Onze relatie was volledig stukgelopen, zowel persoonlijk als professioneel, en ik wist niet wat ik eraan zou moeten doen.

De kiestoon doorboorde mijn trommelvlies en ik legde de hoorn neer. Het was nodig om de atmosfeer tussen mij en mijn assistente te zuiveren en ik wist dat het snel moest gebeuren. Maar eerst had ik nog een paar andere dingen te doen.

Ik reed eerst naar Ongs huis dat er nog steeds verlaten en stil bij stond. In Barbary Park liet de beveiligingsman in de hal me niet langs. Toen ik Ericksons huis belde, nam het Filippijnse dienstmeisje op en ze vertelde dat haar werkgeefster de stad uit was gegaan. Ik betwijfelde dat want er had in de ochtendkrant een aankondiging gestaan van een herdenkingsdienst die morgenmiddag voor Mick zou worden gehouden. Ik liet een boodschap voor Margot achter waarin ik haar vroeg me te bellen zodra ze terug zou zijn en reed toen door naar Telegraph Hill. Ik belde bij alle drie de appartementen in het gebouw van de Transpacific aan, maar er werd niet opengedaan.

Ik kwam een half uur te laat bij de Chinees-Amerikaanse Vereniging aan, maar ik had wél twee sandwiches met pastrami en kaas, twee enorme zure bommen en een bakje aardappelsalade bij me. Cheung zat over de lichttafel gebogen en bestudeerde een serie kleurendia's. Haar mond viel open toen ze de verwondingen aan mijn gezicht zag.

'Niet Ong,' zei ik snel. 'Ik heb een aanvaring gehad met een onwillige getuige.'

Ze hoorde aan de klank van mijn stem dat ik er verder niets over wilde zeggen en was zo tactisch geen verdere vragen te stellen. Nadat ze enthousiast in de zak met onze lunch had gerommeld, ging ze de beloofde biertjes halen, en, evenals de vorige keer, installeerden we ons op de vloer. Ik had me die ochtend zo ellendig gevoeld, dat ik zeker wist dat ik de hele dag niets naar binnen zou kunnen krijgen, maar nu had ik, zoals gewoonlijk, weer een geweldige eetlust.

Ik verwachtte dat Cheung het bandje met het interview zou afdraaien, maar ze gooide het alleen maar op haar bureau en viel aan op haar sandwich. Toen ik vroeg of ze het bandje niet wilde afluisteren, maakte ze een wegwuivend gebaar. 'Wat er ook op staat, ik zal het gebruiken. Het is die klootzak zijn eigen schuld dat het interview voortijdig is beëindigd.' Ik speelde met mijn zure bom en vroeg me af in hoeverre ik Cheung kon vertrouwen. Ze nam me op met de indringende blik van een echte journaliste; ze voelde intuïtief aan dat er iets was, maar bedwong haar nieuwsgierigheid. Even later besloot ik haar in vertrouwen te nemen; tenslotte had ze mij voldoende vertrouwd om me toe te staan iets te doen waardoor ze ernstige moeilijkheden met haar werkgever had kunnen krijgen. Ik zei: 'Het klopt niet helemaal dat Ong het interview heeft afgebroken en ik weet niet zeker of hij het wel vrijwillig heeft gedaan.'

Ze trok met een mond vol pastrami haar wenkbrauwen op.

Nadat ik haar geheimhouding had laten zweren, vertelde ik haar wat er in Ongs huis was gebeurd.

'Hoogst merkwaardig,' zei ze toen ik klaar was met mijn verhaal. 'Wat denk je dat er met hem gebeurd is?'

'Ik weet niet wat ik ervan moet denken. Mijn baas heeft de theorie dat ik erin geluisd ben – dat Ong bij zijn geënsceneerde verdwijning een getuige wilde hebben. Maar iemand anders die bij de zaak betrokken is – het slachtoffer van de moord – heeft ook gearrangeerd dat hij plotseling kon verdwijnen en dat wordt me een beetje te toevallig.'

'Misschien is hij dan toch ontvoerd.'

'Misschien. Maar waarom is er dan geen losgeld gevraagd?'

'Je weet niet of dat al niet is gebeurd. Het is niet iets dat de politie of de FBI in een persconferentie bekendmaken.'

'Dat is waar. Ik wou dat ik erachter kon komen.'

'Laat me eens kijken of ik je kan helpen.' Cheung pakte het telefoonsnoer en trok het toestel dat onder het bureau stond naar zich toe. 'Ik ken Lionels secretaresse tamelijk goed. Ik zal haar bellen en zeggen dat ik hem wil spreken om nog even wat feiten uit het interview te checken. Zelfs als ze me niets vertelt, kan ik misschien aanvoelen of er iets niet in de haak is. Ze draaide het nummer, vroeg naar meneer Ong en wachtte. 'Raar,' zei ze, 'Lynn gaat bijna nooit uit lunchen, maar ze verbinden me door met de boodschappencentrale.'

'Laat een boodschap achter om te kijken of ze terugbelt.'

Ze deed wat ik vroeg en ging toen verder met haar lunch. 'Wat ben je nu van plan?' vroeg ze. 'Ga je de politie waarschuwen?'

'Als er een losgeld is gevraagd en de autoriteiten zijn ingeschakeld, zal ik hun moeten vertellen wat ik weet. Maar mijn baas heeft me geadviseerd me er anders buiten te houden. Hij is bang dat er een proces tegen mij en het collectief zal worden aangespannen als blijkt dat ik het bij het verkeerde eind heb gehad.'

'Advocaten. Ze zouden allemaal doodgeschoten moeten worden.'

'Soms ben ik het met je eens – en toch zijn de meeste van mijn vrienden advocaten.'

'Goed, sommige hebben een menselijke kant en die bij All Souls zijn de beste van allemaal. Neem Koslowski nou – hij probeert de wereld te redden met zijn proteïnedrank.'

'Ja, en misschien zal hij ons uiteindelijk allemaal vergiftigen.'

Ik nam het laatste hapje van mijn zure bom, haalde mijn sandwich van elkaar en at alleen de kaas en de pastrami op. 'Marcy, ik moet meer over Lionel Ong weten. Je zei een paar dagen geleden dat hij een paar maîtressen had, een in Sauselito en een op Telegraph Hill. Weet je iets meer over hen?'

'Niet veel. Over die vrouw in Sauselito heb ik alleen geruchten gehoord. Ze zouden graag samen gaan zeilen en hij zou een boot voor haar hebben gekocht. Over de andere zou ik misschien iets te weten kunnen komen; ik heb een vriend die in het appartement is geweest en haar heeft ontmoet.'

'Zou je dat willen doen? Ik wil een adres hebben, een naam. Desnoods alleen een beschrijving van haar.'

'Natuurlijk.' Ze keek op haar horloge. 'Hij is nu niet in zijn kantoor; hij is een van die kerels die, als ze niet met de burgemeester uit lunchen zijn, opvallend aan het tafeltje naast het zijne gaan zitten om de man eraan te herinneren dat hij bij hen in het krijt staat. Maar ik krijg hem later op de dag wel te pakken en dan bel ik je.'

'Bedankt.' Ik liet de sandwich voor wat hij was en wikkelde de verpakking om het restant heen. 'Het verbaast me hoe hecht de Chinese gemeenschap is; je lijkt iedereen te kennen.'

Ze haalde haar schouders op. 'Er bestaat een grote onderlinge afhankelijkheid die zijn wortels heeft in de uitgebreide familie waarop we ons traditioneel hebben verlaten. En we hadden ook weinig keus; onze mensen hebben in dit land heel wat rottigheid meegemaakt. Herinner je je de Uitsluitingswet van 1882? De "heidense Chinezen" zijn de enige etnische groep die ooit specifiek de toegang tot de VS is geweigerd.'

'Die herinner ik me. Maar denk je niet dat al die discriminatie er in zekere zin mede voor heeft gezorgd dat jullie je etnische identiteit hebben behouden? Neem mij nu bijvoorbeeld: ik ben voor zeven achtste Schots-Iers en voor een achtste Shoshone en ik identificeer me met geen van beide groepen.'

'En wat dan nog? Wil je een van die idiote liberalen zijn die zelfs door de Indianen niet gepruimd worden en die met een hoofdtooi op overal campagne voeren voor de rechten van autochtone Amerikanen?'

Ik vertrok mijn gezicht. 'Nee.'

'Goed, want dan zou je gewoon een aanstellerige trut zijn en ik zou je niet eens willen kennen.'

Ik glimlachte en nam een slokje bier.

Cheung nam de laatste hap van haar sandwich en ruimde de rommel die we rondom ons op de vloer hadden gemaakt op. Ik wilde haar mijn kaartje geven en terwijl ik in mijn tas rommelde en bedacht dat ik mijn privé-nummer op de achterkant ervan moest schrijven, zag ik het stukje papier waarop ik de woorden die ik van het schilderij dat in Lionel Ongs huis hing, had overgeschreven.

'Tussen haakjes,' zei ik terwijl ik het haar toestak, 'kun jij me vertellen wat dit betekent?'

Ze keek er even naar. 'Gum San. Het is een algemeen bekende term die ruwweg vertaald "Land van de Gouden Heuvels" betekent.'

Gouden Heuvels. Zowel Ong als Alvin Knight hadden het mijnbouwproject in Stone Valley het Gouden Heuvels-project genoemd. 'Waar ligt het?'

'Er wordt heel Californië mee bedoeld. De Chinezen die hier ongeveer halverwege de negentiende eeuw in de goudvelden zijn komen werken, hebben er die naam aan gegeven. Waar ben je die naam tegengekomen?'

Ik beschreef het schilderij dat bij Ong thuis aan de muur hing.

Ze knikte. 'Ik heb wel meer van die schilderijen gezien. Een paar jaar geleden hebben we een tentoonstelling georganiseerd van Chinese kunstwerken die met de trek naar de goudvelden te maken hadden. De schilderijen leken op onze typische rolschilderingen, behalve dat de meeste kunstenaars... eigenlijk geen kunstenaars waren. En ze moesten het doen met de materialen die ze tot hun beschikking hadden. Het schilderij dat Ong heeft, was waarschijnlijk op canvas geschilderd dat uit een tent was gesneden.'

Ik herinnerde me de tentachtige bouwsels op de voorgrond van het schilderij die ik voor pagodes had aangezien. 'Dus het was in feite een schilderij van een van de kampen op de goudvelden. Waar zou Ong het vandaan hebben? Zijn ze te koop in galerieën of antiekwinkels?'

'Nee, er zijn er niet veel overgebleven. Het is waarschijnlijk een erfstuk. Toen we de tentoonstelling waarover ik het had, organiseerden, heeft Lionel er een behoorlijk bedrag in gestoken. Hij zei dat hij de aandacht van het publiek wilde vestigen op de ontberingen die onze mensen in de goudvelden hebben geleden en op de discriminatie waaraan ze hebben blootgestaan, omdat de broer van zijn grootvader in de jaren vijftig van de vorige eeuw in de buurt van Weaverville is omgekomen bij een gevecht tussen rivaliserende tongs van Chinese mijnwerkers. Het is mogelijk dat de broer het schilderij gemaakt en naar China gestuurd heeft, zoals mensen tegenwoordig foto's of ansichtkaarten sturen.'

'Dat had ik niet achter Ong gezocht. Als je ziet hoe hij zich gedraagt en hoe zijn huis eruitziet, zou je zweren dat hij zijn best heeft gedaan zich van zijn afkomst te distantiëren. Aan de andere kant leeft het sterk bij hem dat zijn familie zulke ontberingen heeft geleden – hij schrijft hun succes daaraan toe.'

'Zoals de meesten van ons, is Lionel in verwarring over zijn etnische identiteit.'

'Toch heeft hij daar op een bepaalde manier een sterk besef van. Dat hij het mijnbouwproject naar Gum San het Gouden Heuvels-project heeft genoemd, duidt erop dat hij zich sterk bewust is van zijn afkomst. Het project betekent kennelijk veel voor hem. Misschien wel zoveel dat hij zich door niets zal laten weerhouden er een succes van te maken.'

Cheung knikte, duidelijk verontrust door het idee, en ging verder met het opruimen van de vloer. Aan de blik die ze op de met dia's bedekte lichttafel wierp, zag ik dat ze graag weer aan het werk wilde, dus krabbelde ik mijn privé-nummer op mijn kaartje en zei tegen haar dat ze me thuis altijd kon bellen als ik niet bij All Souls te bereiken was. Ze antwoordde dat ze contact met me zou opnemen zodra ze Ongs secretaresse of de vriend die in het appartement van Transpacific op bezoek was geweest, had gesproken.

Toen ik door de ontvangsruimte liep, bleef ik voor een van de zeer gestileerde rolschilderingen staan. Er was eenzelfde tafereel op afgebeeld als op het schilderij in Ongs huis – een berg die boven een met verspreide coniferen begroeid veld uittorende – maar zelfs ik kon zien dat het door een geoefender hand was geschilderd. Toch maakte dit schilderij minder indruk op me dan dat van Ong. Er ontbrak iets aan dat Ongs schilderij, ondanks de primitieve techniek van de maker, wél had.

Hartstocht? Ja, hartstocht. Maar er was nog iets meer. Woede? Ja, woede.

19

Toen ik een minuut of veertig later bij All Souls aankwam, zat Ted achter zijn bureau in de eens zo monumentale hal van het Victoriaanse pand terwijl zijn lange, slanke vingers over het toetsenbord van zijn IBM-computer dansten. Ik glimlachte en dacht voor de zoveelste keer dat hij er met zijn fijne gelaatstrekken en keurig onderhouden zwarte sikje uitzag alsof hij achter een vleugelpiano een concert zou horen te componeren in plaats van op zijn computer juridische documenten uit te tikken. Zonder op te kijken of een verkeerde toets aan te slaan, zei hij: 'Er ligt één boodschap in je vakje en Hank heeft me gevraagd je te zeggen dat hij weg moest en zal proberen later contact met je op te nemen.'

Ik pakte het roze velletje papier. Een zekere mevrouw Ryder van de Registratieraad voor Geologen en Geofysici had teruggebeld. 'Is Rae er?'

Ted schudde zijn hoofd.

'En ze heeft niet gebeld?'

'Nee.'

'Verdomme! Wat heeft ze in vredesnaam?'

Ted draaide zich op zijn draaistoel om en keek naar me op. Hij verbleekte. 'Jezus, wat is er met jou gebeurd?'

Ik betastte voorzichtig de bult op mijn voorhoofd. 'Ik ben lelijk gevallen. Ik was een getuige aan het volgen op Telegraph Hill – waar die trap van de parkeerplaats van de Coit Tower naar beneden loopt, weet je wel? – en ik heb een duikeling gemaakt.' Dat was alles wat ik aan hem kwijt wilde.

Ted leek lichtelijk teleurgesteld. Er werkte bij het collectief niemand die zo graag roddels verzamelde en doorvertelde als Ted en ze konden hem niet dramatisch genoeg zijn. Begerig naar spectaculairder nieuws vroeg hij: 'Wat heeft Rae nu weer gedaan?'

'De hoorn op de haak gegooid toen we aan het bellen waren om maar iets te noemen.'

'Wat heb je haar dan geflikt?'

'Waarom ga je er altijd van uit dat het mijn schuld is?'

Hij haalde zijn schouders op en zijn mondhoeken gingen geamuseerd omhoog. 'Rae is heel gemakkelijk. Er moet heel wat gebeuren voordat zij de hoorn op de haak gooit als ze met iemand belt – en zeker als jij dat bent. Je bent haar idool, weet je dat?'

'Je bedoelt dat ik haar idool *was* tot vorige zomer alles misging.'

'Na de schietpartij?'

'Ja, de zaken liggen nu anders tussen ons. Ze heeft nooit iets gezegd, maar ik lees het in haar ogen en ik hoor het aan de toon waarop ze soms tegen me praat.' *En aan die van jou ook.*

Ted knikte en bestudeerde me terwijl hij zijn sikje streelde. Het leek alsof hij mijn onuitgesproken woorden had gehoord want een ogenblik later zei hij: 'Tja, dat was voor ons allemaal een slechte periode – om uiteenlopende redenen.' Hij had in die week zijn oudste en dierbaarste vriend verloren die aan AIDS was overleden. 'Maar de rest van ons is er overheen gekomen.'

'Rae niet?'

'Nee.' Zijn blik keerde zich een ogenblik naar binnen alsof hij zijn ware gevoelens onderzocht om te controleren of hij zich echt over het incident heen gezet had. 'Het is niet zo dat Rae vindt dat je als mens niet deugt. Ze is gewoon bang.'

'Van *mij*?'

'Dat bedoel ik niet.'

'Wat dan wel?'

'Waarom vraag je het niet aan haar?'

'Zou ze het me dan vertellen?'

'Ik betwijfel of ze beseft dat ze bang is. Maar als jij er met haar over praat, zou ze misschien gedwongen worden onder ogen te zien wat zich in haar binnenste afspeelt.'

Ik schudde in verwarring mijn hoofd. 'Soms kun je zo verdomd... *duisterachtig* zijn!'

'Is dat een woord?'

'Dat weet ik niet. Zoek het maar op.' Ik liep naar boven naar mijn kantoor met het velletje papier met de boodschap in mijn hand.

De gele roos in de vaas op mijn bureau was verwelkt en bruin geworden en bloemblaadjes bedekten een hoek van mijn vloei-blad. Toen ik ze in de prullenbak veegde, herinnerde ik mezelf eraan dat ik George moest bellen zodra hij van Stanford terug was. Toen ging ik zitten en belde het nummer in Sacramento dat op het memoblaadje stond.

Mevrouw Ryder was degene die het archief van de Registra-tieraad bijhield en ze had Alvin A. Knights dossier al gelicht. Meneer Knight, vertelde ze me, stond al sinds 1973 als geoloog geregistreerd. In de daaropvolgende jaren was er maar één klacht tegen hem ingediend en die was later ingetrokken.

'Waarop had die klacht betrekking?' vroeg ik.

'Het spijt me. Aangezien hij is ingetrokken, mag ik niet in bijzonderheden treden.'

Waarom begint ze er dan over, vroeg ik me af. 'Is er nog een andere instantie of beroepsvereniging die me meer over meneer Knights antecedenten kan vertellen?'

'Probeert u het eens bij de Amerikaanse Vereniging van Ad-viserende Geologen en Mineralogen in Berkeley,' zei ze en ze gaf me het telefoonnummer op.

Ik belde Berkeley en sprak met een zekere meneer Hay. Niet gehinderd door de beperkingen van de staatsbureaucratie, had hij een heleboel over Alvin Knight te zeggen.

'Meneer Knight heeft vijf jaar geleden zijn lidmaatschap van onze organisatie opgezegd, nadat hij was verzocht vanwege on-ethisch gedrag voor onze raad te verschijnen. Hij zou de resul-taten van een onderzoek naar de aanwezigheid van mineralen op een concessie waarvoor een patentaanvraag bij het Bureau voor Landbeheer liep, hebben vervalst.'

Ik pakte het dossier over goudwinning dat Anne-Marie voor me had samengesteld uit een van mijn stapelbakken. 'Het aan-vragen van een patent bij het Bureau voor Landbeheer komt in feite neer op het kopen van het land, nietwaar? Het eigendoms-recht gaat van de overheid over naar de aanvrager voor een symbolisch bedrag per hectare zonder dat er voorwaarden aan zijn verbonden?'

'In essentie klopt dat. De Algemene Rekenkamer heeft aan-bevolen dat de mijnwet wordt veranderd zodat de concessie-houders alleen wordt toegestaan de rechten op de mineralen die zich in de grond bevinden, te kopen, en niet het land zelf. Dat

was een reactie op een aantal incidenten waarbij mensen goedkoop land kochten en het daarna niet voor mijnbouw gebruikten – een goede manier om tegen lage prijzen waardevolle
grond in handen te krijgen. Maar tot dusver is er van het voorstel niets terechtgekomen.'

'En wat zijn de vereisten om patent te krijgen?'

'Het belangrijkste is dat de aanvrager aantoont dat er een
waardevol mineraal in de grond is gevonden en dat de concessie
is onderzocht door een mineraloog die door het Bureau voor
Landbeheer wordt aangewezen.'

'En Knight was daartoe bevoegd?'

'Ja. Helaas was er enige twijfel aan de geldigheid van zijn onderzoek. Er is bij een toezichthoudende instantie een klacht ingediend door een bezorgde milieugroep die vreesde dat meneer
Knight meewerkte aan een samenzwering om het land in bezit
te krijgen voor andere doelen dan mijnbouw. De klacht werd
later ingetrokken, maar we achtten het toch noodzakelijk hem
op te roepen om voor de raad te verschijnen om de zaak toe te
lichten.' Meneer Hays stem had een opgewekte ondertoon gekregen. Ik vermoedde dat hij Knight niet had gemogen – of misschien was hij het type dat zich in het ongeluk van anderen ver-
heugde.

Maar door wat hij me vertelde begon er een idee in mijn
hoofd te ontkiemen. Ik vroeg: 'Dus voor zover u weet, staat
meneer Knight nog steeds op de lijst van onderzoekers van het
Bureau voor Landbeheer?'

'Ik zie geen reden waarom dat niet het geval zou zijn.'

'Maar niettemin heeft hij zijn lidmaatschap van uw organisatie opgezegd in plaats van voor de raad te verschijnen.'

'Ja. Meneer Knight is niet iemand die goed op autoriteit re-
ageert.'

Omdat meneer Hays zelfvoldane toontje me niet beviel en ik
zelf ook ongevoelig ben voor autoriteit, ging mijn sympathie
naar de geoloog uit. Maar mijn sympathie was niet zo groot dat
ik erdoor werd weerhouden mijn dossier zorgvuldig te gaan bestuderen zodra ik de hoorn op de haak had gelegd. Ik was in het
bijzonder geïnteresseerd in twee kranteartikelen die waren getiteld 'Bosbeheer Waarschuwt dat Voormalig Federaal Land niet
voor Mijnbouw wordt Gebruikt' en 'Goudzoeker Kocht Land
voor Schijntje'.

Tegen drieën belde ik Knight en ik legde de hoorn op de haak zodra de geoloog had opgenomen. Toen vertrok ik om hem een bezoekje te brengen.

Alvin Knight was niet blij toen hij me voor de deur zag staan, maar hij was van zijn stuk gebracht doordat ik er zo gehavend uitzag en voordat hij me kon tegenhouden, stapte ik het huis binnen. Hij staarde me stomverbaasd aan en zei: Mevrouw McCone, wat...'

'We moeten praten. Zullen we naar uw kantoor gaan?'

'Ik heb het erg druk...'

Ik liep langs hem heen naar de ruimte aan de achterkant van de garage. 'Ik betwijfel of u het te druk hebt om te horen wat ik te zeggen heb.'

Knight bleef staan waar hij stond, met zijn hand op de knop van de open deur. Ik bleef aan de andere kant van de hal staan en keek hem met opgetrokken wenkbrauwen ongeduldig aan. Hij fronste zijn voorhoofd, stak zijn lippen vooruit en bolde zijn wangen zodat hij op een karikatuur van een bulldog leek. Een ogenblik later haalde hij met een korte beweging zijn schouders op en sloot de deur. Ik liep door naar zijn kantoortje.

De halfdonkere ruimte zag er hetzelfde uit als de vorige avond; er was geen vel papier verplaatst en de stoflaag was nog volkomen ongerept. Waar Knight het ook druk mee had, werk was het in ieder geval niet. Hij kwam achter me binnen en na een korte aarzeling gebaarde hij naar de regisseursstoel voordat hij zelf ging zitten. Ik bleef staan.

'Meneer Knight,' zei ik, 'u staat op de lijst van goedgekeurde mineralogen van het Bureau voor Landbeheer, nietwaar?'

Hij knikte – vermoeid, vond ik. 'En vijf jaar geleden is er een klacht tegen u ingediend door een milieuorganisatie omdat ze vermoedden dat u de resultaten van een onderzoek ten behoeve van de patentaanvraag voor een goudwinningsconcessie bij het Bureau voor Landbeheer had vervalst?'

'Die klacht was volkomen ongegrond en is later ingetrokken – met verontschuldigingen van de betreffende organisatie.'

'Welke groep heeft de klacht ingediend?'

'De Californische Coalitie voor Milieubehoud.'

'En waar was de concessie?'

'In Lassen County.'

'Niet in Mono County?'

Hij schudde zijn hoofd en het was nu duidelijk te zien dat hij vermoeid was.

'En is er ten slotte patent op de concessie verstrekt?'

'Ja. Zoals ik al zei, de klacht was volledig ongegrond.'

'Maar toen de Amerikaanse Vereniging van Adviserende Geologen en Mineralogen u vroeg voor hun raad te verschijnen om de zaak toe te lichten, hebt u uw lidmaatschap opgezegd.'

'Het was een belediging! Het is trouwens toch een organisatie die nooit iets voor haar leden doet.'

'Mm-mm. En sindsdien hebt u uw werkzaamheden voor patentaanvragers bij het Bureau voor Landbeheer voortgezet?'

'Natuurlijk. Waar leidt dit allemaal toe?'

Ik ging op de hoek van zijn bureau zitten en legde mijn koffertje naast me op een stapel papieren. 'Ik ben erin geïnteresseerd hoe een patent wordt verkregen. Kan de aanvrager zelf een onderzoeker van de lijst van het Bureau voor Landbeheer kiezen?'

'Ja.'

'En wat voor criteria hanteert een particulier of een bedrijf bij het maken van een keuze?'

'Soms is het gewoon een kwestie van nabijheid – woont de onderzoeker in de streek? Of het gaat erom dat hij in een bepaalde periode beschikbaar is. In andere gevallen kent men de onderzoeker of zijn werk.'

'Of zijn reputatie?'

'Dat kan natuurlijk ook.'

Ik opende mijn koffertje en haalde het dossier over goudwinning te voorschijn. Knight keek achterdochtig toe terwijl ik bladerde in de kopieën van de patentaanvrage voor de driehonderd hectare land die Mick Erickson onder de naam Franklin Tarbeaux aan de Transpacific Corporation had verkocht. Ik liet hem de laatste bladzijde van het verslag van het onderzoek naar de aanwezigheid van mineralen zien en vroeg: 'Is dit uw handtekening, meneer Knight?'

Hij keek er even naar en knikte.

'Toen Mick Erickson – of zoals hij in deze documenten heet, Franklin Tarbeaux – u uitkoos om onderzoek te doen op zijn concessie in Mono County, wat voor criteria heeft hij toen gehanteerd?'

'Ik begrijp niet...'

'Heeft hij u gekozen omdat u in de buurt woonde? Omdat u in de juiste periode beschikbaar was? Had u al eerder voor hem gewerkt?'

Hij gaf geen antwoord.

'Of was het om uw reputatie? Uw reputatie van iemand die een verkeerde voorstelling van het potentieel van een concessie zou geven om gemakkelijker patent te kunnen krijgen?'

Knight balde zijn dikke handen tot vuisten. Ik spande mijn spieren, maar hij legde zijn vuisten alleen op zijn dijen en staarde erop neer. Ik ontspande me in de zekerheid dat ik op het juiste spoor zat; iemand die onschuldig was, zou hebben geprotesteerd of me de deur hebben gewezen, maar Knight deed geen van beide.

'Hebt u Erickson gevraagd waarom hij op de aanvrage een valse naam gebruikte?'

'Het... het had ermee te maken dat hij het mijnbouwbedrijf gescheiden wilde houden van zijn adviesbureau.'

'En u geloofde dat?'

Hij haalde zijn schouders op.

'Of misschien kon het u niet schelen. Het gebruiken van een valse naam is niets vergeleken bij het vervalsen van de resultaten van het onderzoek naar de aanwezigheid van mineralen. Heeft Erickson er later voor gezorgd dat u de baan van hoofdgeoloog bij het Gouden Heuvels-project kreeg?'

'... Ja.'

'En u hebt daar tot een paar weken geleden bodemmonsters genomen – of net gedaan alsof u daarmee bezig was?'

'Ja.'

'Bedoelt u dat u monsters hebt genomen of net gedaan hebt alsof?'

'Oké, ik heb net gedaan alsof.'

'Omdat er in de concessie die Erickson aan de Transpacific heeft verkocht weinig of geen goud zit. En de mijn op het land dat ze van Earl Hopwood hebben gekocht is ook nagenoeg uitgeput.'

Knight keek eindelijk op. Zijn gezicht was uitgezakt van verslagenheid en zijn ogen waren dof van angst.

Ik vervolgde: 'De Transpacific kon, juridisch gezien, met het land van Hopwood doen wat ze wilde omdat het van een particulier was gekocht, maar er ontstond wél een pr-probleem door. En als de driehonderd hectare land die aan het Bureau voor Landbeheer had toebehoord voor een andere bestemming dan mijnbouw zou worden gebruikt, zou het bedrijf er nog een groter probleem bij krijgen omdat de overheid dat niet over haar kant zou laten gaan. Maar als het land van een particulier zou worden gekocht...

De niet bestaande tussenpersoon, Frank Tarbeaux, was de perfecte oplossing. Hij zou de Transpacific het land verkopen en vervolgens verdwijnen. Als dan later uit de bodemmonsters zou blijken dat het bedrijf door Tarbeaux was bedrogen, zou het de sympathie aan zijn kant hebben. Wie zou het hun kwalijk kunnen nemen dat ze dit stuk land waarin ze flink wat kapitaal hadden geïnvesteerd, zodanig zouden exploiteren dat ze hun geld zouden terugverdienen?'

'Wat denkt u dat ze er in zo'n godverlaten oord mee zouden kunnen doen?' vroeg Knight.

'Kom nou, Knight. U bent er geweest. U hebt het meer, de vulkanische kraters en de spookstad gezien. Als ze een luxe vakantieverblijf met een landingsbaan op dat plateau bouwen, zijn ze na een paar seizoenen uit de rode cijfers. En dat is het terrein waarop de Transpacific zich is gaan toeleggen – het exploiteren van luxe vakantieoorden.'

Knight zuchtte diep.

Ik concludeerde uit zijn reactie dat hij het had opgegeven onschuld voor te wenden en ik maakte er gretig gebruik van: 'Ze moeten u voor uw hulp bij hun plannen een flink sommetje hebben betaald,' zei ik. 'In tegenstelling tot Mick Erickson moest u uw ware naam onder deze documenten zetten. Als de zaak uitkomt, zult u nooit meer werk krijgen. U zou zelfs strafrechtelijk vervolgd kunnen worden.'

'U kunt hiervan niets bewijzen. U kunt me niets maken.'

'Ik ben er niet in geïnteresseerd u het leven zuur te maken. Ik wil alleen de waarheid weten en dan laat ik u met rust. Hebben ze u genoeg betaald om hier te vertrekken en stil te gaan leven?'

Hij knikte bijna onmerkbaar.

'Waarom bent u dan nog hier?'

'Omdat het grootste deel van het geld pas in januari wordt uitbetaald. Ze hebben me beloofd dat ze hun plannen geheim zullen houden tot ik hier ver uit de buurt ben.'

'En heb ik gelijk wat hun plannen betreft?'

Stilte.

'Ik hoop voor u dat ze u flink betalen. De arme Earl Hopwood is het niet zo goed gegaan: niet alleen heeft hij niet de reële marktwaarde voor het land van zijn familie gekregen, maar zijn droom dat de mijn weer geëxploiteerd zal worden, is ook vervlogen. En de mensen in dat deel van Mono County zijn niet veel beter af: Promiseville zal geruïneerd worden en het ecosysteem van Tufa Lake zal er zeker onder lijden.

Natuurlijk,' voegde ik eraan toe, 'hebben Lionel Ong en de Transpacific een goudmijn in handen gekregen, maar dan in een andere betekenis van het woord. En Mick Erickson heeft waarschijnlijk een hoog vindersloon gekregen – voordat ze hem hebben vermoord.'

Knight huiverde.

'Hoeveel hebben ze Ripinsky gegeven?' vroeg ik.

'Dat weet ik niet...'

'En waar is Ong? Is hij al in Mono County aangekomen? Hebt u al iets van hem gehoord?'

Hij schudde zijn hoofd.

'Waarom gaat hij naar Mono County?'

Geen antwoord.

'Knight...'

Hij schudde weer zijn hoofd en stond op waarbij hij zich moeizaam van de stoelleuningen omhoogdrukte. Daarvoor had zijn brede, hoekige lichaam krachtig geleken, maar nu leek hij zwak en fragiel. Hij zei: 'U hebt gezegd dat u de waarheid wilde weten en me dan met rust zou laten. Die weet u nu. Ga nu maar weg.'

'U hebt me nog niet alles verteld...'

'Ik heb u verteld wat ik weet. U hebt één minuut om te vertrekken, daarna bel ik de politie.'

'Daardoor zou u in een moeilijke positie komen.'

'Dat geldt voor u ook.'

Daarin had hij gelijk, maar ik deed er toch de volle minuut over om te vertrekken.

20

De telefooncel boven op Portola Hill was bezet toen ik daar aankwam en het amuseerde me dat ik een bezitterig gevoel van ergernis in me voelde opkomen. Toen de cel vrijkwam, belde ik snel Ted om te vragen of er nog boodschappen voor me waren. Er waren er twee; een van George en een van Marcy Cheung.

George zei dat hij om zeven uur bij mij thuis zou zijn. Hoe diep ik ook nadacht, ik kon me niet herinneren wat voor plannen we hadden gemaakt, dus belde ik hem op om het te vragen. Door de verdrietige toon waarop hij me vertelde dat we kaartjes hadden voor een toneelvoorstelling in het ACT, realiseerde ik me hoe ik hem de laatste tijd had verwaarloosd. Mijn minnaar verdiende beter dan dat ik onze afspraken vergat en dat hij de hele dag in zijn eentje mijn moeder moest escorteren. Ik verontschuldigde me – waarschijnlijk uitgebreider dan nodig was – en beloofde hem in gedachten dat ik voortaan beter mijn best zou doen.

Maar toen ik het nummer van de Chinees-Amerikaanse Vereniging draaide, bedacht ik dat dit voor George een voorproefje was van hoe ik me gedroeg als ik aan een ingewikkelde zaak werkte. Hoewel hij had geleerd er genoegen mee te nemen dat ik lange en onregelmatige uren maakte waardoor ik me soms niet aan onze afspraken kon houden – net zoals ík had geleerd me aan te passen aan de wisselende tijden waarop hij college gaf en aan zijn boek werkte – zou hij het misschien toch moeilijk krijgen met de gefixeerde, dwangmatige vrouw die ik werd als ik me in een zaak had vastgebeten.

Cheung had voor de verandering de hoorn niet naast de haak gelegd. 'Lionels secretaresse heeft teruggebeld,' zei ze zodra ik mijn naam had genoemd, 'en ze heeft me verteld dat ze bij de Transpacific in paniek beginnen te raken.'

'Is er een losgeld gevraagd?'

'Er is niets dat daarop wijst, maar ze kunnen Ong nergens bereiken. Hij heeft een belangrijke lunchafspraak en een paar vergaderingen gemist en nu is er een onvoorziene ontwikkeling bij een aandelenemissie op de beurs van Tokio waarover alleen hij een definitieve beslissing kan nemen.'

'Dat klinkt niet alsof hij zijn verdwijning heeft geënsceneerd.'

'Nee. Ik heb ook mijn vriend gesproken die de vrouw heeft ontmoet die Ongs maîtresse zou zijn. Hij betwijfelt of ze Ongs vriendin is. Zo gedroeg ze zich niet, zei hij, zelfs al had ze haar eigen sleutel van het appartement en nam ze een stapel post door die daar lag. Maar er sprongen geen vonken tussen hen over; er was niets dat hem de indruk gaf dat ze echt een relatie hadden.'

'Hoe heet ze?'

'Ong stelde haar voor als Margot. Ze is klein, slank, blond en een jaar of vijfendertig. Knap, maar niet het type waarmee Ong gewoonlijk wordt gezien. Het appartement is het penthouse op het adres dat je noemde. Mijn vriend had de indruk dat het gedoe met die zogenaamde maîtresse een façade is.'

'Waarvoor?'

'Ong behoort tot het kringetje van machtige mannen in de stad. Iedereen weet dat de dienst hier eerder wordt uitgemaakt door vriendjes die elkaar de bal toespelen dan door het gemeentebestuur. Aangezien ze elkaar hoofdzakelijk in het geheim de bal toespelen, zou Ong dat pand best eens kunnen gebruiken om de zaken te doen die hij niet thuis of op kantoor wil afhandelen.'

Het was een aannemelijke verklaring. 'Nog iets?'

'Dat is alles.'

'Bedankt, Marcy. Je hebt een etentje van me te goed.'

'Zolang het maar geen gezondheidsvoedsel is.'

De rauwe rode kleur van de nieuwe bakstenen huizen in Barbary Park werd verzacht door de namiddagzon. Een zacht briesje dat vanaf de baai landinwaarts woei, beroerde de bladeren van de in bakken groeiende haagdoorns en Japanse ahorns. Ik stak de gewelfde stenen brug over de karpervijver over en volgde het pad naar nummer 551.

Toen ik vanuit de hal naar boven belde, nam het Filippijnse

dienstmeisje weer op en ze vertelde me dat mevrouw Erickson de stad uit was. Ik vermoedde sterk dat Margot zich in haar huis van suikergoed had opgesloten, dus ik liep terug naar het Embarcadero Center, ging met de lift naar de verdieping waarop de promenade uitkwam die het centrum met het appartementencomplex verbond en bleef daar rondhangen. Een man in een kostuum liep de promenade af en stak een plastic sleutelkaart in een box naast het hek. Het zwaaide open en sloot zich langzaam achter hem.

Ik ging op de rand van een grote betonnen bak met goudsbloemen zitten en keek toe terwijl twee andere mensen op dezelfde wijze naar binnen gingen. Toen er een vrouw aankwam, ging ik vlak achter haar lopen en deed net alsof ik in mijn tas naar mijn eigen sleutelkaart zocht. De vrouw liep het hek door en leek me nauwelijks op te merken. Ik glipte erdoorheen toen het terug begon te zwaaien.

Ik stapte de toegangshal van nummer 551 binnen. Het zonlicht viel schuin door het glazen dak ervan naar binnen waardoor er de atmosfeer van een broeikas heerste. De tropische planten die daar in bakken groeiden, hadden pas water gekregen en ik rook de geur van vochtige aarde. Ik drukte een aantal keren op de bel, maar er werd niet gereageerd. Het dienstmeisje zou naar huis gegaan kunnen zijn nadat ik vanuit de lobby had gebeld of ze negeerde het bellen in opdracht van haar werkgeefster.

Ik liep terug naar buiten, overdacht de mogelijkheden en volgde toen het pad naar de lift. Toen hij kwam, drukte ik op de knop voor de garage.

De garage was witgeschilderd en had tl-verlichting. Het gepiep van banden echode door de ruimte terwijl de auto's van een lager niveau naar boven reden. Ik keek op mijn horloge terwijl ik het servicevak passeerde. Het was net vijf uur, de tijd waarop de kantoren en parkeerplaatsen van het financiële district leeg beginnen te stromen. Ik wachtte bij het kantoortje waar een man met de bediende stond te ruziën over de verhoging van zijn maandelijkse huur. De parkeerbelasting van de gemeente ging sneller omhoog dan zijn pik, klaagde hij. De bediende – een jongen met vuilblond haar die niet meer dan een jaar van de middelbare school af kon zijn – fronste zijn voorhoofd en keek nadrukkelijk in mijn richting. De man volgde zijn blik, maar de aanwezigheid van een vrouw was voor hem alleen maar een reden om zijn klacht te herhalen. Nadat hij zijn rekening had betaald, stapte hij in een Cadillac met een metaal-groene kleur waardoor hij voor mij bewees dat zijn smakeloos-heid zich ook uitstrekte over de keuze van zijn vervoermiddel.

Ik liet de jongeman mijn legitimatiebewijs zien en vroeg hem of hij mevrouw Margot Erickson kende. Hij knikte en zei dat het heel treurig was van haar echtgenoot. Ze was een aardige dame en dan had ze tot overmaat van ramp ook nog een onge-luk gekregen nadat haar man op die manier was omgekomen.

'Wat voor ongeluk?'

'Goh, u had haar eens moeten zien. Haar gezicht zat hele-maal in de vernieling. Toen ik haar vroeg wat er was gebeurd, zei ze dat ze in een taxi had gezeten die een aanrijding had ge-had.' Hij zweeg en keek me onderzoekend aan. 'Is u ook zo iets overkomen?'

'Zo iets. Wanneer heb je mevrouw Erickson voor het laatst gezien?'

Hij werd nu onzeker. 'Ik denk niet dat ik over de bewoners hoor te praten.'

Ik onderzoek de moord op haar echtgenoot in samenwer-king met het bureau van de sheriff in Mono County. Als je dat wilt checken, kun je inspecteur Bert Wallace van de politie van San Francisco bellen.'

'Nee, dan is het wel goed.' Hij leek het nog vervelender te vinden met een politieman te moeten praten dan met mij.

'Staat de auto van mevrouw Erickson in de garage?'

'Nee.'

'Wanneer heb je haar voor het laatst gezien?'

'Vanochtend toen ze voor het onderhoud van de Miata be-taalde. Ze belde heel vroeg en wilde dat we de auto in orde maakten voor een lange rit.'

'Zei ze waar ze naar toe ging?'

'Tegen mij niet. Misschien tegen Ken.' Hij gebaarde naar een zwaargebouwde man van middelbare leeftijd in een monteurs-overall die tegen een van de benzinepompen in het servicevak geleund stond.

Ik bedankte hem en liep naar Ken toe. Ik liet hem mijn legiti-matiebewijs zien en vertelde hem hetzelfde als de bediende. Ken maakte er niet zo'n punt van over de bewoners te praten: uit zijn lusteloze manier van spreken en zijn ineengezakte houding leidde ik af dat het hem gewoonweg te veel moeite zou hebben gekost terughoudend te zijn. Ja, zei hij, hij had vanochtend de Miata nagekeken.

'Heeft mevrouw Erickson gezegd waar ze naar toe ging?'

'Ja, naar huis.'

'Waar is dat?'

Hij haalde zijn schouders op. 'Ze zei alleen dat ze een paar dagen naar huis moest. En toen vertrok ze zonder me een fooi te geven. Kunt u zich dat voorstellen? Ik werk me een breuk om die auto zelfs nog vóór ik koffie heb gedronken, klaar te krijgen en dan geeft ze me niet eens een fooi.'

'Weet u zeker dat ze niet heeft gezegd...'

Een auto kwam de oprit op en reed het servicevak binnen. Ken slaakte een gekwelde zucht toen de auto bij het bordje 'Volledige Onderhoudsbeurt' stopte. Terwijl hij zich van de pomp afduwde, zei hij met een hoopvolle blik in zijn ogen: 'Ze zei alleen dat ze naar huis ging.'

Ik draaide me om en liep weg zonder hem een fooi te geven of te bedanken.

Toen ik bij All Souls terugkwam, zat Ted niet meer achter zijn bureau, maar er lag een boodschap in mijn vakje waarin stond dat ik Anne-Marie in de caravan van de Coalitie moest bellen. Ik liep de gang door naar Rae's kantoor, maar het was donker en leeg. Boven in mijn eigen kantoor haalde ik de map met de patentaanvragen voor het stuk land in Stone Valley uit mijn koffertje. Daar stond zwart op wit datgene in waaraan ik eerder geen betekenis had toegekend. Het adres van Franklin Tarbeaux was hetzelfde als dat van het appartement van de Transpacific op Telegraph Hill. Dat gaf me een aardig idee van wat Margot Erickson daar te zoeken had gehad.

Vervolgens belde ik Mono County. Anne-Maries stem antwoordde nadat de telefoon één keer was overgegaan. 'Wat is er voor nieuws?' vroeg ik.

'Ik belde juist om jou dat te vragen.'

'Nou, ik heb iets ontdekt dat je misschien kan helpen te verhinderen dat de Transpacific het plateau gaat ontginnen, maar ik zou het je liever niet over de telefoon vertellen.'

'Wanneer kom je terug?'

Ik keek op toen Ted de kamer binnenkwam en een vel papier op mijn bureau liet glijden. 'Wat is dit?' vroeg ik.

'Wat?' vroeg Anne-Marie.

'Ik heb het tegen Ted.'

Ted zei: 'Het is een boodschap van Rae. Als je er geen wijs uit kunt worden, moet je mij maar vragen wat er staat.'

'Shar? Ben je er nog?'

'Ja.' Ik begon Teds gekrabbel door te lezen.

'Ik vroeg wanneer je terugkwam. Als je iets belangrijks hebt gevonden, moeten we ernaar handelen. Bovendien is de boel hier in de soep gelopen en ik zou wel wat hulp...'

'Wacht even.' Ik las de laatste regel op het vel papier en las toen de hele boodschap nog een keer nauwkeuriger door.

Peggy = roepnaam voor Margaret Hopwood (uit de administratie van de Universiteit van Berkeley) Margaret H. trouwde met James L. Hill, SF, 7/71

MH scheidde van JLH, 10/74

MH trouwde met Robert Krause, SF, 12/75

MH scheidde van RK, Marin, 5/83

MH trouwde met Michael M. Erickson, Marin, 6/83

'Shar? Dit gaat je geld kosten.'

'Eén minuutje nog?'

Margot – een chique variant van Margaret. Het soort naam dat Earl Hopwoods ambitieuze en vaak getrouwde dochter zou aanspreken.

'Hy zegt dat hij vindt dat je vanavond met het vliegtuig hier naar toe moet komen. Hij komt je dan op het vliegveld van Reno afhalen.'

Margot had de onderhoudsmonteur van de garage van Barbary Park verteld dat ze een paar dagen naar huis ging.

'Zei je vanavond naar Reno *vliegen*?'

'Ja, dat is sneller. Je mag Hy's landrover lenen zolang je hier bent.'

Ted draaide zich om en liep de deur uit.

Ik aarzelde en overdacht wat ze me had voorgesteld. Met het oog op de verdenkingen die ik tegen hem koesterde, lokte het idee samen met Hy Ripinsky over de eenzame bergachtige route tussen Reno en Vernon te rijden me niet aan. Maar er was geen reden te veronderstellen dat hij van mijn verdenkingen op de hoogte was en het was mogelijk dat hij tijdens de rit zo weinig op zijn hoede zou zijn dat ik iets van hem te weten zou kunnen komen.

'Ted zoekt nu de vertrektijden op,' zei ik tegen Anne-Marie. 'Wat is er daar mis?'

'O.' Ze blies snel haar adem uit en ik had haar nog nooit een geluid horen maken dat zo klaaglijk klonk. 'Ik kan het je maar beter vertellen als je hier bent.'

Ik vroeg me af of haar onwil om erover te praten eraan te wijten was dat Ripinsky bij haar in de caravan was. Zou zij ook haar verdenkingen hebben?

Ted kwam weer binnen. 'Je bent geboekt voor de AirCal-vlucht van acht uur tien vanaf San Francisco Oakland. Hij legde een velletje papier voor me neer waarop het vluchtnummer en de aankomsttijd stonden.

Ik gaf Anne-Marie de informatie door en zei haar dat ik haar in het bungalowpark zou zien.

'Ik neem aan dat ik tot nader order op de katten moet passen?' vroeg Ted.

'Als je het niet erg vindt.'

'Erg! Ha! Het betekent dat ik een paar videobanden die ik heb gehuurd op jouw videorecorder kan afspelen zonder door de telefoon of een van je geachte collega's te worden gestoord.'

Ik keek hem na toen hij mijn kantoor uit liep en dacht erover dat ik en wij allemaal altijd zo op Ted rekenden. We kwamen nooit op de gedachte dat hij wel eens echt vrij zou willen zijn als het vijf uur was geweest. We vonden het heel gewoon dat we hem, ongeacht het tijdstip van de dag of de avond, onze boodschappen lieten doorgeven, vliegtuigreserveringen lieten maken, in naslagwerken dingen voor ons lieten opzoeken of zoekgeraakte voorwerpen lieten opsporen. Ik dacht zelden over zijn privé-leven na, al was het me wel opgevallen dat hij geen intieme relaties meer was aangegaan sinds de dood van zijn vriend Harry hem wat betreft de gevaren van AIDS met zijn neus op de feiten had gedrukt. Ted had op mij nooit de indruk gemaakt dat hij eenzaam of overbelast was, maar nu besefte ik dat hij dat allebei was en dat stemde me treurig. Ik zou voortaan meer rekening met hem moeten houden, evenals met George.

George! Ik draaide snel zijn nummer, een beetje bang voor

zijn reactie nu ik onze afspraak zo kort van tevoren nog afzeg-de. De lijn was bezet. 'Verdomme!' Ik sloeg de hoorn met een klap op de haak, pakte hem toen onmiddellijk weer op en belde Bert Wallace.

Voordat hij kon vragen of ik al met mijn onderzoek op-schoot, zei ik: 'Ik wil gebruik maken van je aanbod me met de zaak-Erickson te helpen.'

'Oké.' Wallace klonk alsof hij op zijn hoede was, maar hij was altijd een buitengewoon behoedzame man geweest.

Ik gaf hem snel een lijst met namen op waaronder die van Ri-pinsky met het verzoek die na te trekken bij het *National Crime Information Center* en het *Criminal Justice Information System* van de staat. Wallace beloofde er onmiddellijk aan te zullen beginnen. Ik bedankte hem en zei dat ik hem de volgende dag weer zou bellen. Toen ik ophing, stond Rae in de deurope-ning.

'Hé, goed werk met Peggy Hopwood,' zei ik. Ik besloot het incident tijdens ons telefoongesprek van de vorige dag nu maar niet ter sprake te brengen. 'Je moet vandaag het hele bevol-kingsregister hebben afgestroopt.'

Ze antwoordde niet. Haar blauwe ogen waren strak op mijn bont en blauwe gezicht gericht en ze verbleekte waardoor haar sproeten plotseling scherper tegen haar huid afstaken.

Ze zei: 'Niet weer!'

'Wat?' Ik wierp een blik over mijn bureau en begon de papie-ren en de mappen te verzamelen die ik wilde meenemen.

'Je moest jezelf eens in de spiegel zien!'

'Bedankt. Ik heb al in de spiegel gekeken en één keer was ge-noeg.'

'Maak je daar grapjes over?' Ze kwam mijn kantoor binnen en bleef midden op mijn oosterse tapijt met haar handen op haar heupen en met haar kleine kin vooruitgestoken staan.

Ik was niet in de stemming om nog een preek aan te horen dus ik antwoordde haar op luchtige toon: 'Als ik er geen grap-jes over zou maken, zou ik gaan janken en wat heeft dat nu voor zin?' Ik stond op en begon mijn koffertje in te pakken.

Rae bleef me een paar seconden aanstaren en vroeg toen: 'Wat is er gebeurd?'

Ik bracht haar op de hoogte van de ontwikkelingen in het onderzoek, maar toen ik bij het deel van mijn verhaal kwam waarin Margot Erickson me had aangevallen, begon ze geagiteerd te raken. Ze begon over het geometrische patroon van het tapijt heen en weer te lopen, spreidde toen haar armen en riep: 'Je kunt dat soort dingen niet blijven doen.'

'Wat voor dingen? Een surveillance doen? Iemand volgen? Boven aan een trap net doen alsof ik twee linkervoeten heb?'

'Zie je wel? Je maakt al weer grapjes? Dit is niet grappig, Sharon.'

Ik deed mijn koffertje dicht en leunde er met mijn handen op. 'Rae, als je de humor ervan niet kunt...'

'Humor?' Ze hield op met ijsberen en draaide zich met haar armen over haar borst gevouwen naar me toe terwijl ze haar ellebogen met haar handen omvatte. Er stond verontwaardiging in haar ogen te lezen, maar een andere emotie werd er maar gedeeltelijk door verhuld. Verbaasd realiseerde ik me dat Ted gelijk had. Rae was bang – en ik wist waarvan.

Ik zei: 'Dit is vorige zomer begonnen, hè? Je hebt toen een andere kant van me gezien, en daar ben je bang van geworden.'

'*Bang geworden?*' Ze maakte een geringschattend blazend geluid, maar doordat ze haar blik snel afwendde, wist ik dat ik tot de kern van het probleem was doorgedrongen.

'Ja, precies. Je bent bang dat je net zo zult worden als ik als je dit werk blijft doen.'

Ze zweeg en staarde op haar gevouwen armen neer.

'Dat is de oorzaak van al dat gepreek en gevit,' zei ik. 'Je weet niet hoe je met een zeer gerechtvaardigde angst moet omgaan, dus heb je dat gevoel omgezet in een op mij gerichte woede.'

Ik verwachtte dat ze het zou ontkennen, maar er gleed een opgeluchte uitdrukking over haar gezicht. 'Een gerechtvaardigde angst?'

'Volkomen. Als je jarenlang een baan hebt waarin je belangrijkste taak is in een beerput van menselijk gedrag te roeren, ligt het voor de hand dat je gedesillusioneerd raakt en boos wordt. Hoe je met die gevoelens omgaat, hangt af van het soort persoon dat je bent.'

'En jij denkt dat je er goed mee omgaat?'

'Dat heb ik niet gezegd. Ik kan er alleen op mijn eigen manier mee omgaan.'

'Vorige zomer heb je bijna iemand gedood.'

'Maar ik heb het niet gedaan.' Hy Ripinsky mocht dan een leugenaar en een bedrieger zijn, maar hij had me geholpen de waarheid onder ogen te zien. Ik had het niet gedaan, hoe graag ik het ook had gewild. Ik had niet iemand van het leven beroofd en dat was het enige dat telde.

Rae zei: 'Maar daarvoor leek je altijd zo kalm, zo beheerst.'

'Dat is alleen de buitenkant.' Ik zweeg en dacht aan de dingen die mijn moeder de vorige avond tegen me had gezegd. 'Weet je, ik heb altijd beweerd dat de ongewenste eigenschappen die ik heb ontwikkeld – cynisme, boosheid, of wat ook – het gevolg waren van de dingen die ik tijdens mijn werk heb gezien en gedaan. Maar ik ben er nu niet helemaal zeker meer van of dat wel echt waar is. Misschien veranderen we bij het ouder worden niet zozeer door onze ervaringen, maar worden we er eerder door gemaakt tot wie en wat we zijn.'

'En wat betekent dat dan? Dat je diep van binnen alleen maar een woedende, oude cynicus bent?'

'Ik hoop van niet, maar eerlijk gezegd weet ik het niet.'

'Vind je niet dat je nu zo langzamerhand wel zou moeten weten wie en wat je bent?'

'O Rae.' Het drong zich plotseling aan me op hoe jong ze was. 'Niemand van ons weet dat ooit. We komen er in de loop van ons leven alleen steeds dichterbij en iedere keer dat we het zeker denken te weten, verandert alles weer.'

'Dat is niet erg geruststellend.'

'Sorry, meid – meer heb ik je niet te bieden.'

Rae bleef een terneergeslagen uitdrukking op haar gezicht houden terwijl ze erover nadacht. Pas toen ik mijn koffertje optilde en om het bureau heen liep, begon ze weer te spreken. 'Eh, Shar... het spijt me dat ik de hoorn op de haak heb gegooid.'

'Dat is wel goed – ik begrijp het.'

'Waar ga je trouwens zo haastig naar toe? Je hebt me nog niet alles over de zaak verteld.'

Maar daarvoor was nu geen tijd meer. Bovendien zat het me toch nog niet helemaal lekker dat ze de telefoon op de haak had gegooid. Aangezien Rae graag snoefde over haar speurderskwaliteiten, besloot ik haar iets te doen te geven.

'Ik ga naar de vuurbergen,' antwoordde ik.

III
De vuurberg

21

Het was koud in Reno. Toen de eerste vlaag koude lucht me be-reikte, was ik dankbaar dat ik mijn suède jasje had verruild voor een wollen jopper. Toen ik de trap van het vliegtuig af-daalde, zag ik Hy Ripinsky die beneden op het platform met een van de leden van het grondpersoneel stond te praten. Hij had zich ook warm aangekleed en droeg een leren pilotenjack met een kraag van schaapsvacht en de hand die hij groetend op-hief was in een handschoen gestoken.

Toen ik uit de rij passagiers stapte en naar hem toe ging, sloeg de man met wie hij had staan praten hem op de rug en liep weg. Hy pakte mijn weekendtas uit mijn hand en bestudeerde mijn gezicht. 'Ben je in een vechtpartij in een café verzeild ge-raakt, McCone?'

'Ik kan alleen mijn onhandigheid maar de schuld geven.'

Hij keek ongelovig, maar vroeg slechts: 'Prettige vlucht ge-had?'

'Prima.' In feite had ik me bijna de hele vlucht zorgen ge-maakt. Eerst over Georges reactie toen ik hem had verteld dat ik me niet aan onze afspraak om naar de toneelvoorstelling te gaan, kon houden en daarna over deze ontmoeting met Hy. Ik was vooral bang dat iets in mijn stem of mijn gedrag zou verra-den dat ik hem ervan verdacht met Lionel Ong en zijn geoloog onder één hoedje te spelen, maar de mogelijkheid bestond ook dat Alvin Knight hem had gewaarschuwd. Als dat het geval was, kon ik niet voorspellen wat hij zou doen.

Maar Ripinsky leek zich op zijn gemak te voelen en was dui-delijk blij me te zien. Hij legde een hand op mijn schouder en leidde me van de terminal vandaan. 'Hé,' zei ik, 'waar ga je naar toe?'

'Een vriend van me geeft ons een lift naar General Aviation.' Hij gebaarde naar een onderhoudsvoertuig dat een paar meter verder op ons wachtte. Zijn oranje lichten flikkerden en de rook uit zijn uitlaat walmde wit de koude lucht in.

'Waarom?'

Hij bleef staan en keek me met gefronste wenkbrauwen aan. 'Heeft Anne-Marie je niet verteld dat we naar het meer vliegen.'

'Ze heeft gezegd dat je me zou komen afhalen, meer niet.'

'Dat klopt ook – met mijn vliegtuig.' Onder zijn hangsnor gingen zijn mondhoeken geamuseerd omhoog.

De eerste keer dat we over hem hadden gesproken, had Anne-Marie me verteld dat Hy zijn eigen vliegtuig had, maar het was me ontschoten. Nu zag het ernaar uit dat ik 's nachts over Nevada zou moeten vliegen met een man die ik voor geen cent vertrouwde. Ik fronste mijn voorhoofd en vroeg me af of ik er onderuit zou kunnen komen door voor te wenden dat ik niet in kleine vliegtuigen durfde te vliegen.

Hy zei: 'Je bent vast niet bang. Anne-Marie heeft me verteld dat je een tijdje terug een paar vlieglessen hebt genomen.'

Dat was een paar jaar geleden geweest toen ik verliefd was op een vlieginstructeur bij het Alameda Naval Air Station die me gratis lessen had gegeven. Er kwam een eind aan de lessen toen hij bevel kreeg naar Pensacola te vertrekken en ik me realiseerde hoe duur het zou zijn voor eigen rekening door te gaan. Nu vervloekte ik Anne-Maries goede geheugen. 'Ik heb er genoeg genomen om te weten hoe gevaarlijk vliegen boven bergen is,' zei ik. 'Vooral in het donker.'

'Je hoeft je geen zorgen te maken – ik ben een ouwe rot in het vak.' Hij duwde me zachtjes naar de wachtende truck. 'Ik vlieg al sinds ik groot genoeg was om bij het bedieningspaneel te kunnen. Mijn vader was gewasbesproeier en hij heeft me heel goed lesgegeven – tenminste tot hij in een paar hoogspanningskabels ten zuiden van Fresno vast kwam te zitten.'

'Bedankt voor die bemoedigende informatie.'

Hy haalde zijn schouders op. 'Vergeleken met het besproeien van gewassen is het vliegen over bergen een fluitje van een cent.'

Toen we bij de truck kwamen, stelde Hy me voor aan zijn vriend, die Dan heette, en we persten ons naast hem in de cabine. Terwijl we snel naar een hangar voor kleine vliegtuigen reden, praatten ze over Dans nieuwe vriendin, een caissière bij Bally. Ik sloot me af voor hun gesprek en probeerde vast te stellen hoeveel gevaar de situatie inhield.

Anne-Marie zou Hy inmiddels wel hebben verteld dat ik misschien een manier had gevonden om te voorkomen dat het Gouden Heuvels-project van de Transpacific zou doorgaan. Door zijn eigen betrokkenheid zou dat een persoonlijke bedreiging voor hem kunnen vormen. Maar hoe sterk was die bedreiging en hoe ver zou hij gaan om me tegen te houden?

Als ik van het ergste uitging, zou hij me zelfs kunnen doden. Hij zou me echter niet zo maar uit het vliegtuig kunnen gooien en zeggen dat ik nooit in Reno was aangekomen. Mijn naam stond op de passagierslijst van de vliegtuigmaatschappij en mensen als Dan hadden ons hier samen gezien. Om mijn dood op een ongeluk te laten lijken, zou hij het vliegtuig moeten laten neerstorten en daarbij ook zichzelf verwonden. Dat maakte het risico dat ik liep aanmerkelijk kleiner.

Natuurlijk bestond de mogelijkheid dat hij zou proberen me te intimideren als we eenmaal in de lucht waren. Hoewel dat vooruitzicht me niet aanlokte, zou het niet de eerste keer zijn dat iemand probeerde me door dreiging met geweld onder druk te zetten en ik was er zeker van dat ik de beproeving zou kunnen doorstaan. Maar op de een of andere manier betwijfelde ik dat een van de beide scenario's werkelijkheid zou worden; er was niets in Ripinsky's houding dat erop duidde dat er, wat hem betrof, in onze relatie enige verandering was gekomen. Toen de truck naast een verlicht kantoor aan het eind van de hangar tot stilstand kwam, nam ik mijn besluit: verknoei je onderzoek niet, maar ontspan je en probeer van de vliegtocht te genieten.

We stapten uit de truck en bedankten Dan voor de lift. Hij salueerde quasi-militair en reed weg. Hy zei: 'Wacht hier,' en liep het kantoor binnen. Een minuut later kwam hij terug. 'Klaar – kom mee.'

Om de hele hangar heen stonden kleine vliegtuigen die met kettingen aan het platform waren vastgebonden. Er stond een krachtige, koude wind en terwijl Hy me tussen de vliegtuigen door leidde, deinden hun vleugels piepend op en neer. Voor ons uit zagen we de schitterende lichten van Reno; achter ons brulden de motoren van een straalvliegtuig terwijl het landde. We liepen om een Cessna met ruimte voor zes passagiers heen en Hy strekte zijn arm uit.

Het gestroomlijnde vliegtuig waarop hij wees, leek een stuk

speelgoed in vergelijking met de Cessna. Het was wit, had hoge vleugels en een staartdeel dat schuin naar de grond afhelde. Over de zijkant liep een dubbele blauwe streep waartussen het identificatienummer, 77289, stond, en op de staart was het blauwe silhouet van een meeuw in vlucht afgebeeld – het symbool van de Vrienden van Tufa Lake.

'Wat vind je van mijn schat?' vroeg Hy.

'Wat is het?'

'Een Citabria Decathlon.' Zijn stem had een nauw verholen klank van trots.

Ik had ervaren piloten afgunstig over de Citabria horen praten. Het was een met stof overtrokken eendekker voor speciale doeleinden die in beperkte aantallen was gefabriceerd. 'Het is geschikt voor stuntvliegen, hè?'

'Mm-mm.'

'Ik ben onder de indruk.'

Hij dook onder de vleugel, opende de deur en gooide mijn weekendtas in het achtercompartiment. 'Maak je maar niet druk – we maken vanavond geen loopings of rolbewegingen. Het vliegtuig heeft 180 pk – dat is heel veel – maar de altitude waarop we moeten vliegen – tussen de drieëneenhalf- en vierduizend meter – is ongeveer de maximale hoogte die het vliegtuig aan kan.'

Ik slikte.

Hy draaide zich om, trok zijn handschoenen uit en staarde me aandachtig aan. 'O Jezus, McCone,' zei hij, 'er blijft nog voldoende kracht over om de benedenwaartse trek op te vangen. Stap nou maar in.'

Ik liep naar voren en hij hielp me met instappen. De stoelen stonden achter elkaar en de cabine was niet veel breder dan mijn bureaustoel bij All Souls. Ik zei: 'Het lijkt wel een lucifersdoosje met vleugels.'

'Maar wel meer gestroomlijnd.' Hij frunnikte aan de veiligheidsriem en deed me die om. De knuppel stak achter de pilotenstoel uit, recht tussen mijn gebogen knieën. 'Kom daar niet aan,' zei Hy.

'Dat weet ik.'

Hij haakte een koptelefoon van de wand en schoof die over mijn oren. 'Als je met me wilt praten, moet je je mond heel dicht bij de microfoon houden.'

'Hy...'

'Rustig maar; ik heb deze vlucht talloze keren gemaakt.' Hij ging achteruit door de deur naar buiten en grijnsde tegen me. 'Luister McCone, dit vliegtuig is van zo'n klasse dat Bellanca, de fabrikant, weigerde er een aan Lindbergh te verkopen voor zijn vlucht over de Atlantische Oceaan. Hij was bang dat het af-breuk zou doen aan het prestige van de fabriek omdat Lind-bergh maar een onervaren piloot was die post heen en weer vloog tussen Saint Louis en Chicago.'

'Wat heeft Lindbergh te maken met...'

'Zoals ik al zei, de Decathlon is de top van de Citabria-serie. Behalve dat het een groter vermogen heeft, is de onderkant van de vleugels sterker gewelfd zodat het beter op zijn kop kan vlie-gen.'

'Op zijn kop,' zei ik bedrukt.

'Vanavond niet; dat beloof ik je.' Hij knipoogde en wendde zich van me af.

Ik keek naar hem terwijl hij zich met zijn lange, magere ge-stalte vooroverboog om de ketting van de rechtervleugel los te maken, de benzine en de olie te controleren en voor het vlieg-tuig langsliep en zijn geoefende handen over de propeller liet glijden. Ripinsky mocht er dan niet achter zijn wat ik in San Francisco over hem had ontdekt, maar hij had de vinger gelegd op iets dat kenmerkend voor me was – ik doe me graag dapper-der voor dan ik ben. Als ik niet door de veiligheidsriem en de draden van de koptelefoon op mijn plaats zou zijn gehouden, zou ik uit het vliegtuig zijn gestapt om hem met een flinke schop betaald te zetten dat hij er zo'n duidelijk plezier in had me op stang te jagen.

Toen hij zich in de pilotenstoel had geïnstalleerd, keek hij me aan terwijl hij zijn hand uitstak naar een instrumentenpaneel rechts van hem. 'Klaar?'

'Ja,' zei ik koel terwijl ik zo onverschillig mogelijk door het doorzichtige dak boven hem naar de hemel omhoogstaarde.

Hij haalde een paar schakelaars over.

Ik maakte een schrikbeweging.

Hij grijnsde boosaardig en richtte zijn aandacht op het be-dieningspaneel.

Met het idee dat het soms beter is te negeren wat je nerveus maakt, concentreerde ik me sterker op de zwarte hemel. Hy startte de motor die onmiddellijk afsloeg. Hij probeerde het weer en de motor sloeg weer af. De derde poging had hetzelfde resultaat.

Ik greep de rugleuning van zijn stoel vast en staarde nu recht voor me uit.

'Ontspan je, McCone,' zei zijn stem door de koptelefoon. 'Op deze hoogte is de lucht ijl dus het kost een beetje moeite haar aan de praat te krijgen.'

Ik liet zijn stoel los en vouwde mijn handen tussen mijn knieën ineen waarbij ik erop lette de knuppel niet aan te raken.

De motor sloeg aan en kwam ronkend tot leven; de propeller begon steeds sneller te draaien en tekende zich als een wazige, zilverkleurige cirkel in de duisternis af.

Ik keek op en probeerde iets te bedenken waarop ik me kon concentreren om mijn aandacht van de startprocedure af te leiden. George? O God, George...

Ik had vergeefs geprobeerd hem vanuit mijn huis te bereiken en pas een paar minuten voordat ik op San Francisco Oakland aan boord van mijn vliegtuig stapte, wist ik hem aan de lijn te krijgen. Hoewel hij teleurgesteld was doordat ik verhinderd was met hem mee te gaan, reageerde hij met de voor hem kenmerkende sportiviteit.

'Ik kan niet zeggen dat je me er niet voor hebt gewaarschuwd dat je werk nog al eens onvoorspelbare eisen stelt,' had hij gezegd.

Het was onredelijk van me, maar ik was lichtelijk geïrriteerd door zijn kalme, begrijpende houding. 'Ik zou woedend zijn als je mij zo iets flikte.'

'Dat komt doordat jij het Onconventionele Type bent.' Het was het cirkeltje waarin ik de laatste tijd volgens hem het best paste. (Ik vervloekte inwendig mijn moeder omdat ze Georges persoonlijkheidscategorieën die naam 'cirkeltjes' had gegeven. Ik zou er nooit meer aan kunnen denken zonder ze ook zo te noemen.) Extreme emotionele gevoeligheid, onverschilligheid ten aanzien van maatschappelijke mores en een neiging tot depressiviteit behoorden tot de meer ongunstige karaktertrekken van mijn groep.

'Nee,' had ik gezegd terwijl ik probeerde mijn toon luchtig te houden, 'je bent alleen maar aardig omdat je iets van de Helper in je hebt.' De Helpers waren de sukkels van zijn indeling.

Normaal zou George hebben gelachen, maar hij was goed in het oppikken van nuances in de klank van mijn stem. 'Sharon, wat is er mis?'

Ik had geaarzeld terwijl ik met mijn ene oor probeerde de eerste oproep om aan boord te gaan, op te vangen. Mijn ergernis was onlogisch en ongefundeerd en ik wist zeker dat ze zou zijn verdwenen voordat ik hem weer zou zien. 'Ik ben alleen een beetje van slag omdat ik heb moeten afzeggen,' zei ik ten slotte.

Maar het moest niet overtuigend hebben geklonken. 'We moeten praten als je terugkomt,' zei hij.

'Ja, dat is goed,' stemde ik in.

Ik merkte nu dat de herinnering aan het gesprek me zo verontrustte dat ik er niet verder aan wilde denken. Terwijl Hy in de radio van de Citabria sprak, richtte ik mijn gedachten op mijn onderzoek.

Begin bij Mick Erickson. Hij had van zijn ex-collega Ned Sanderman gehoord over de mogelijkheden tot goudwinning in Stone Valley. Omdat hij afgestudeerd was aan de Mijnbouwschool van Colorado, zou hij hebben geweten dat het aanvragen van patent een manier was om federaal land in bezit te krijgen. Wacht even – aangezien zijn schoonvader eigenaar was van de ongebruikte mijn in Promiseville, had Erickson de informatie over Stone Valley ook van hem kunnen hebben.

'Reno Vluchtleiding, dit is Citabria zeven-zeven-twee-acht-negen...'

Oké, misschien had zijn gesprek met Sanderman alleen Ericksons geheugen opgefrist en hem aan het denken gezet over het land in Stone Valley dat hij misschien in bezit zou kunnen krijgen. Sanderman zou hem zelfs zonder het te weten Alvin Knights naam gegeven kunnen hebben door hem te vertellen dat de Coalitie een aanklacht tegen de geoloog had ingediend omdat ze hem ervan verdachten dat hij de resultaten van een onderzoek naar de aanwezigheid van mineralen had vervalst.

'Twee-acht-negen, radiofrequentie is nul-een-drie-vijf...'

Erickson wist waarschijnlijk dat Ong op zoek was naar grote stukken land op aantrekkelijke lokaties om er vakantieoorden voor de Transpacific van te maken... Dus ging hij naar Ong toe en legde hem zijn idee voor om het gebied in Stone Valley in handen te krijgen. Uiteraard verlangde hij daarvoor een vindersloon. Hij – of misschien Margot – haalde zijn schoonvader over zijn grond aan de Transpacific te verkopen en riep Alvin Knights hulp in om de aangrenzende driehonderd hectare in bezit te krijgen.

'Vluchtleiding, dit is twee-acht-negen met bestemming Tufa Lake...'

Alles was volgens plan verlopen. Het eigendomsrecht van het land van het Bureau voor Landbeheer was naar de niet bestaande Tarbeaux gegaan en de Transpacific had het op zijn beurt van hem gekocht. Knight had zijn rol van geoloog gespeeld, gedaan alsof hij bodemmonsters nam en daarna de mijn gesloten. Ik vermoedde dat de Transpacific van plan was de wintermaanden te wachten en daarna bekend te maken dat ze door Tarbeaux die, gelukkig voor hen, vermist was, waren bedrogen. Vervolgens zouden ze hun plannen voor het Gouden Heuvelsproject onthullen. Hun pr-mensen zouden vervolgens het pad effenen en daarbij ongetwijfeld hoog opgeven van de nieuwe welvaart die eerst de bouw van het vakantieoord en later de banen in de dienstverlening Mono County zouden brengen.

'Vluchtleiding, dit is twee-acht-negen. Verzoek om toestemming te vertrekken.'

'Twee-acht-negen, taxi naar startbaan vierendertig rechts.'

Het kleine vliegtuig kwam langzaam in beweging. Ik zag de andere kleine vliegtuigen voorbij glijden en nadat we waren gekeerd, zag ik op de startbaan die evenwijdig aan de onze liep een straalvliegtuig taxiën. Zelfs vanaf deze afstand maakte de grootte ervan dat ik me kwetsbaar voelde. Ik vouwde mijn handen strakker ineen en richtte mijn aandacht weer op de zaak.

Oké, dacht ik, alles verliep volgens plan. Maar toen had Erickson een geheim reisje naar Tufa Lake gemaakt – zo geheim dat hij alles in het werk had gesteld om het voor iedereen verborgen te houden, zelfs voor zijn vrouw. Een paar dagen later werd hij doodgeschoten en in het meer gedumpt. Hopwood was al min of meer verdwenen en nu was Lionel Ong ook onvindbaar. En gisteren had iemand Margot Erickson mishandeld en zij was nu ook op weg naar Tufa Lake.

Het zou een hele drukte worden als Lionel Ong ook in de streek zou opduiken, zoals Ripinsky en Knight leken te verwachten. Als Hopwood boven water zou komen en Knight zou besluiten naar Tufa Lake te reizen, zou het een reünie van voormalige samenzweerders worden.

'Reno Verkeerstoren, dit is twee-acht-negen. Gereed op vier-endertig rechts.'

'Oké, twee-acht-negen. U kunt vertrekken. U hebt de wind mee.'

Hy liet de motor sneller draaien en het vliegtuigje zwoegde en trilde. Ik begroef mijn nagels in mijn handpalmen. Het vliegtuig schoot met een ruk vooruit en begon snel de startbaan af te rijden waarbij het gehobbel van de wielen in mijn ruggegraat doortrilde. Ik sloot mijn ogen en voelde de dreun toen de wielen van de grond kwamen. Het vliegtuig helde nog scherper; ik werd in mijn stoel naar achteren geworpen en plantte mijn voeten steviger op de vloer. We stegen in een steile hoek en het leek wel alsof we een paar kilometer bleven stijgen voordat we iets horizontaler kwamen te liggen. Ik opende mijn ogen.

Hy liet het vliegtuig overhellen en ik zag glinsterende neon-lichten die de heuvels en het vlakke land aan mijn rechterkant bespikkelden. 'Hé, McCone,' zei zijn stem in mijn oor, 'ben je daar nog?'

Ik draaide me opzij en drukte mijn neus tegen het raampje. 'Ik ben er nog.'

'Mooi, hè?'

'Zeker.' Het vliegtuig kwam in een turbulentie terecht en werd heen en weer geschud. Mijn maag kwam in opstand, maar ik hield mijn neus tegen de ruit gedrukt en zag Reno klei-ner worden. Van de volgende opwaartse luchtstroom had ik geen last en ik raakte opgewonden. Het was het oude, nog half vertrouwde, opgewonden gevoel los van de aarde te zijn. En het was meer dan dat; het was alsof de banden met het heden, het verleden en zelfs de toekomst waren doorgesneden.

God, ik was vergeten hoe heerlijk ik vliegen vond!

Hy zei: 'Zoals we nu vliegen, kun je, als je goed kijkt, Lake Tahoe zien. Recht vooruit zie je Carson City en daarvandaan volgen we gewoon de snelweg naar huis.'

'Bedoel je de 395?'

'Mm-mm. Behalve een paar kleine steden ligt er niet veel tus-sen Carson City en Bridgeport. De snelweg is een goed oriënta-tiepunt, dus waarom zouden we er geen gebruik van maken?'

'Ik leunde achterover en genoot van de snelheid waarmee we ons voortbewogen.'

'Zo,' zei Hy, 'wil je me vertellen wat je in San Francisco hebt ontdekt? Anne-Marie schijnt te denken dat we het probleem geklaard hebben.'

'... Ik zou het liever met jullie allebei tegelijk bespreken.'

'Wat je wilt.'

We vlogen een tijdje zwijgend door. Ik hield op met over de zaak te denken en zag de lichten van Carson City verschijnen en weer langzaam achter ons verdwijnen. Toen was er alleen nog duisternis onder ons die af en toe werd onderbroken door het flauwe licht van een paar bakens. Af en toe werd het vliegtuig door een opwaartse luchtstroom gebeukt. Bij de eerste zoog ik mijn adem in en Hy zei: 'Hé, dat is niets.' En daarna, zoals hij zou hebben gezegd, was het een fluitje van een cent. Toen we, op het moment dat de lichten van Bridgeport verschenen, door een bijzonder sterke luchtstroom werden getroffen, lachte ik en Hy reageerde erop met een gegrinnik dat een klank van aangename verrassing had.

'Ga je weer vlieglessen nemen?'

'Dat kan ik maar beter niet doen – het is duur. Daarom ben ik er ook mee gestopt.'

'Ach wat. Ik heb een vriend die vlieginstructeur is en flink bij me in het krijt staat. Ik zou je door hem gratis lessen kunnen laten geven.'

'Maar dan zou *ik* bij jou in het krijt staan.'

Hij lachte.

Ik werd bevangen door melancholie. Het luchtige gepraat was amusant, maar ik wist dat ik geen vlieglessen zou krijgen. En ik zou in de toekomst ook geen luchthartige gesprekken met Ripinsky meer voeren. Als ik eenmaal met dit onderzoek klaar was...

Hy zei: 'Tussen haakjes, vond je die roos mooi die ik je heb gestuurd?'

'... Heb *jij* me die gestuurd.' Ik was stomverbaasd.

'Mm-mm. Ik wed dat je dacht dat hij van je vriend was.'

Het was maar goed dat ik steeds was vergeten George ervoor te bedanken, vooral omdat hij op het ogenblik teleurgesteld in me was. 'Inderdaad. Hoe wist je dat ik een vriend heb?'

'Dat heeft Anne-Marie me verteld. Zo te horen is hij een intelligente vent.'

'Dat klopt. Waarom heb je me de bloem gestuurd?'

'Jezus, McCone, waarom stuurt een man een vrouw een roos?'

234

Ik antwoordde niet, maar toen Bridgeport in het duister was verdwenen, vroeg ik: 'Waarom een gele?'

'Je bent niet traditioneel genoeg voor rood, niet sentimenteel genoeg voor roze en beslist geen maagd meer, dus wit was uitgesloten.'

'In ieder geval bedankt. Geel is mijn lievelingskleur.'

'Dat vermoedde ik al zo'n beetje.'

Daarna zwegen we een poosje. Ik staarde met verwarde gedachten en gevoelens naar zijn achterhoofd. Toen stak hij zijn hand naar achteren, raakte mijn knie aan en gebaarde naar links.

Tufa Lake strekte zich naar het zuiden uit en de lichten van de stad vormden een snoer langs de linkeroever van het meer. Ik herkende Zelda's uithangbord aan het uiteinde van de landtong en het vuurrode schijnsel ervan leek zich als bloed over het water te verspreiden. De landingsbaan van de airstrip tekende zich, afgebakend door een snoer van gele lichten, in het westen af. En in de verte lag de alkalivlakte wit glanzend in het maanlicht terwijl de zwarte kegels van de vuurbergen er dreigend uit oprezen.

Het vliegtuig dook voorover en begon aan zijn steile daling. Hy zei: 'Tufa Toren, dubbel zeven-twee-acht-negen komt eraan.'

22

Toen we bij Hy's boerderij aankwamen, haalde hij mijn tas uit de achterbak van zijn Morgan en zette hem naast de landrover. 'Weet je zeker dat je niet even mee naar binnen wilt om warm te worden?' vroeg hij.

Ik schudde mijn hoofd. 'Het is al laat; Anne-Marie zal zich zorgen maken.'

'Zoals je wilt.' Hij morrelde aan zijn sleutelketting en hield me een van de sleutels voor. 'Er zit nog een reservesleutel in een van die magnetische boxen onder de linker achterbumper. Het kentekenbewijs en de verzekeringskaart liggen in het hand-schoenenkastje. Behandel 'm met zachtheid als je 'm morgen-ochtend start. Hij houdt net zomin van vroeg opstaan als ik.'

'Bedankt. En bedankt voor het vliegtochtje.'

'Graag gedaan. Morgen praten we over wat je hebt ontdekt.'

Zonder hem te antwoorden, gooide ik mijn tas op de stoel van de landrover en stapte in. De motor sloeg onmiddellijk aan en ik zette de auto in de versnelling en keerde. Terwijl ik weg-reed, keek ik in de achteruitkijkspiegel. Hy stond nog steeds op dezelfde plaats met een melancholieke uitdrukking op zijn ge-zicht.

Toen ik op de weg was gekomen, sloeg ik rechtsaf naar Ver-non, maar nadat ik de eerste bocht had genomen, maakte ik een U-bocht en parkeerde in de berm naast de schapenkooi. De maan hing als een verlichte schijf boven de bomen en zijn kille schijnsel gaf het kale landschap een matte glans. De schapen stonden op een kluitje en met hun wollen vacht leken ze op sneeuwhopen. De prikkeldraadafrastering tekende zich tegen de bleke weide af alsof ze in ijs was gegrift.

De groene cijfers van de digitale klok op het dashboard ga-ven aan dat het na elven was. Ik leunde achterover en wachtte – vijf, tien, vijftien minuten. Toen startte ik opnieuw en reed snel naar Stone Valley. Toen ik Ripinsky's huis passeerde, zag ik dat de ramen donker waren en de Morgan stond nog op de plek waar hij hem had geparkeerd. Toch bleef ik op mijn hoede en keek voortdurend in de achteruitkijkspiegel tot ik er zeker van was dat hij de landrover niet had gezien en me niet was gevolgd.

Toen ik op de top van de heuvel boven de ruïnes van Promiseville kwam, ging ik langzamer rijden en speurde de vallei af. Er brandden geen lichten op het plateau en in de stad. In het ijzige maanlicht wekten de gebroken en verbrijzelde heuvels gedachten op aan de gewelddadige, zelfvernietigende krachten van de aarde. Het verwrongen skelet van de oude ertsmolen dat half over de zijkant van het plateau hing en de ingezakte ruïnes in de vallei getuigden ervan wat die krachten de mensen hadden aangedaan die hadden geprobeerd ze te temmen.

De stilte en de leegte van het landschap dreigden me te overweldigen. Ik greep het stuurwiel vast en gaf gas. Ik reed de vallei in en verdrong de gedachten aan zinloosheid en sterfelijkheid die in me opkwamen en hield mijn blik vóór me op de weg gericht toen ik het kerkhof passeerde.

De landrover had geen moeite met het oneffen pad langs de stroom. Ik bleef langzaam rijden en schakelde over op de parkeerlichten toen ik de kleine, smalle canyon naderde. Een klein stukje ervoor stopte ik en ging te voet verder.

Voordat ik Hopwoods cabine zag, hoorde ik het geruis van de watervallen. Het maanlicht danste over het kolkende water van de stroom en verlichtte mijn pad. De rotsachtige canyon versmalde zich en toen zag ik het ruwe vurehouten bouwsel onder de uitstekende punt van de klif. Er stond geen bestelwagen of Miata voor en er brandde geen licht achter de ramen.

Waar was Margot Erickson dan?

Ik bleef een meter of zes van het huisje vandaan staan en tuurde zoekend in het halfduister. Evenals zaterdagmiddag kreeg ik het gevoel dat er iets mis was, alleen was het nu sterker. Ik liep naar de deur van het huisje en bonsde erop. Zoals ik verwachtte, werd er niet gereageerd. Toen liep ik eromheen en keek of ik iets kon vinden dat ik de vorige keer over het hoofd had gezien. Achter het huisje bleef ik aarzelend staan en probeerde goed te praten wat ik wilde doen.

De situatie was veranderd sinds ik hier de eerste keer was geweest. Mick Erickson was vermoord en de mogelijkheid bestond dat de moordenaar ook achter Hopwood aan was gegaan. Margot was vanochtend vroeg uit San Francisco vertrokken en ze zou nu hier moeten zijn. Ze was al mishandeld en zou ook in gevaar kunnen zijn. Technisch gezien zou ik mijn vermoedens aan het bureau van de sheriff hebben moeten rapporteren, maar het was ver rijden naar een telefoon. Bovendien werkte ik met hen samen.

Ik vond een metalen ton tussen de verzameling afval onder de uitstekende rotspunt en sleepte die tot voor een van de ramen. Ik keerde hem om, klom erop en probeerde naar binnen te kijken, maar de vuile witte gordijnen belemmerden mijn zicht. Ik probeerde het raam omhoog te duwen, maar het slot gaf niet mee.

Ik klom naar beneden en zocht tussen de berg rommel tot ik een pikhouweel met een gebroken steel vond. Ik liep ermee terug, hief hem met beide handen boven mijn hoofd en verbrijzelde het glas. Nadat ik de puntigste stukken uit de sponning had getrokken, schoof ik het gordijn opzij. Achter het raam lag de keuken. Ik haalde het raam van het slot, schoof het raam omhoog, hees mezelf op de vensterbank en liet me op de planken vloer zakken.

Ik had mijn tasje in de landrover achtergelaten, maar eraan gedacht mijn kleine zaklantaarn mee te nemen. Ik haalde hem uit mijn zak en scheen met de zwakke lichtstraal om me heen. De keuken was nog primitiever dan die van Lily Nickles en het was duidelijk dat Hopwood zich aan het huishouden niet veel gelegen liet liggen. Vuile borden en een pot vol met een al lang geleden aangekoekte substantie stonden op een tafel naast de propaangasbrander en ernaast lag een donkergekleurd en pluizig beschimmeld brood waarvan de plastic verpakking door knaagdieren was aangevreten.

Een deur leidde naar een tweede ruimte. Door de deuropening zag ik net zo'n ouderwetse, goed gestoffeerde bank staan als we bij All Souls hebben. Ik liep naar binnen en zag een houtkachel en een schommelstoel. Een van de bijzettafeltjes was omvergegooid en er lag een verbrijzelde olielamp op de vloer. Ernaast lag een verfrommeld lappenkleedje dat was bedekt met donkere vlekken.

Ik ging naast het kleedje op mijn hurken zitten en richtte de lichtstraal van de zaklantaarn erop. De vlekken waren bruin en opgedroogd en het leek erop dat het kleedje was gebruikt om de vloer schoon te vegen. Ik bekeek de planken wat beter en zag dat er vlekken op zaten en dat er in de kieren ertussen een bruine stof gekoekt zat. De beige bank was voor een deel bedekt met een fijn patroon van spatten.

Bloed, dacht ik. Oud bloed. Maar hoe oud?

Ik draaide me om en richtte de lichtstraal op de spatten op de bank. De geringe doorsnee van de spatten duidde erop dat ze uit een wond waren gespoten die was toegebracht door een voorwerp dat een middelmatige tot hoge snelheid had gehad. Het zou dus een hamer, een bijl of een revolverkogel kunnen zijn geweest. Hoewel de spatten waren vervormd doordat het bloed door de stof was geabsorbeerd, leken ze de bank enigszins schuin te hebben geraakt.

Goed, dacht ik, terwijl ik opstond. Iemand had ongeveer hier voor de bank gestaan toen hij of zij neergeslagen of neergeschoten was. Daarna was het slachtoffer deze kant uit gevallen en had de lamp en het tafeltje omgegooid. Maar wie? En wanneer? En door wie? En waarom? Dat waren vragen die ik niet zou kunnen beantwoorden, al zou ik het patroon van spatten nog zo lang bestuderen. Ik zou het bureau van de sheriff moeten bellen zodat een team van het gerechtelijk laboratorium het huisje grondig zou kunnen onderzoeken, maar nu ik er toch was...

Snel begon ik de rest van het huisje te doorzoeken waarbij ik erop lette niets te verplaatsen of eventuele vingerafdrukken weg te vegen. Het was een simpel karweitje – er was maar één andere kamer – en terwijl ik ermee bezig was, kon ik me uit allerlei kleinigheden langzamerhand een beeld vormen van het eenzame leven dat hier was geleid en misschien was geëindigd.

Op het bureau in de kleine slaapkamer stond één ingelijste foto. Het was er een van een jonge Margot Erickson die haar donkerblonde haar in een wijd uitstaand kapsel droeg en wier schouders waren bedekt met het soort zwartfluwelen stola die meisjes in die tijd graag om hadden op foto's die werden gemaakt nadat ze voor hun eindexamen waren geslaagd. Mooie Peggy, zoals ze haar volgens Ripinsky hadden genoemd, glimlachte in de camera, maar in de welving van haar lippen was een spanning die – in ieder geval vanuit het perspectief van iemand die haar levensgeschiedenis enigszins kende – een bijna wanhopig verlangen suggereerde om zich van haar klittende vader los te maken en het stadje, dat haar benauwde, te ontvluchten. Ik vroeg me af of Margot op dit moment het gevoel had dat de jaren daarna de offers die ze had moeten brengen waard waren geweest.

De bureauladen bevatten alleen kleding. Een groot deel ervan was ongedragen en enkele kledingstukken zaten nog in dozen van zulke dure zaken in San Francisco als Bullock en Jones – het waren onnutte en ongewenste cadeaus van een dochter die probeerde haar schuldgevoel, omdat ze haar vader had verlaten, te sussen. In de kast hingen de dingen die Hopwood echt droeg – kleding van spijkerstof en kaki en een kleine verzameling goedkope polyester sportkleren die geschikt waren om in de casino's van Nevada te dragen. Het enige boek was een bijbel die open en op zijn buik op het nachttafeltje naast de metalen bedstee lag.

Ik pakte de bijbel op en zag dat Hopwood in de Openbaring van Johannes had gelezen. Een zin boven aan de rechterbladzijde trok mijn aandacht. *En de duivel die hen verleidde, werd geworpen in den poel des vuurs en sulfurs, alwaar het beest en de valse profeet zijn; en zij zullen gepijnigd worden dag en nacht in alle eeuwigheid.*

Prettige lectuur voor in bed, dacht ik terwijl ik het versleten boek neerlegde. Ik had de aantrekkingskracht van de religies die hel en verdoemenis predikten nooit begrepen. Het leven is al moeilijk genoeg zonder dat het spook van verdoemenis iedere keer dat we van het een of andere strenge, vast omlijnde geloof afwijken, boven ons verrijst. Misschien kwam het doordat ik mezelf nooit had beschouwd als een van de rechtschapenen voor wie de rode loper voor de poort van de heilige stad die de Heilige Johannes voor ogen stond, zou worden uitgerold, maar ik was er zeker van dat ik opgewektere leesstof dan dit apocalyptische geraaskal zou hebben gekozen als ik zo'n eenzaam leven in Stone Valley zou hebben geleid.

Ik nam nog snel een kijkje in de woonkamer en de keuken, sloot het raam en vertrok. Ik zou naar Vernon rijden en het bureau van de sheriff ervan in kennis stellen dat ik de bloedspatten had gevonden. Ik moest maar hopen dat ze mijn redenen om in het huisje in te breken zouden accepteren.

Er was een verlichte telefooncel voor het benzinestation dat Hopwood vroeger had gedreven, dus ik stopte om hiervandaan te bellen in plaats van eerst helemaal naar het bungalowpark te rijden. Kristen Lark had geen dienst en toen ik naar haar partner, Dwight Gifford, vroeg, kreeg ik te horen dat hij met vakantie was. Degene die de telefoon had opgenomen, wilde me Larks privé-nummer niet geven, maar nadat ik een beetje had aangedrongen, noteerde hij mijn nummer en zei dat hij haar zou opbellen. Als ze me wilde spreken, zou ze dan wel terugbellen.

Ik duwde de deur van de telefooncel open zodat het licht zou uitgaan en wachtte in het donker. Vernon was nu zo'n beetje uitgestorven hoewel Zelda's reclamebord tegen de achtergrond van de donkere lucht nog een rode gloed verspreidde. Ik herinnerde me dat het vanuit de lucht leek of het neonlicht bloedvlekken over het meer verspreidde en ik dacht weer aan de maar al te echte bloedspatten in het huisje in Stone Valley. Ik schrok toen de telefoon rinkelde.

Lark zei: 'McCone, waar ben je? Dit is toch een nummer in Vernon?'

'Dat klopt.' Ik vertelde haar dat ik naar Vernon was gevlogen en wat ik in het huisje in de vallei had gevonden.

Lark zweeg een ogenblik. 'Waarom ben je daar naar toe gegaan?' vroeg ze ten slotte.

'Dat is een ingewikkeld verhaal. Ik zou het je liever niet over de telefoon vertellen.'

'Mm-mm. En die vermeende bloedvlekken – die heb je in de woonkamer gevonden, zei je?'

'Ja. En ja, ik heb daar ingebroken. De situatie leek me ernstig genoeg om dat te rechtvaardigen.'

'Hmmm.'

Ik wachtte. Toen Lark niets meer zei, vroeg ik: 'Wat gaat er nu gebeuren?'

'Ik denk na. Ik ben gewekt door het telefoontje vanuit het bureau. Ik heb zonder Dwight de ene dienst na de andere gedraaid – de rotzak zit in Idaho – en ik sliep heel lekker.'

'Sorry.'

'Het hoort nu eenmaal bij het werk. Het lijkt me het beste dat er een team van het laboratorium naar toe gaat als het licht is. Ik moet een huiszoekingsbevel hebben, maar dat is geen probleem want er is voldoende grond voor en rechter Simms is altijd om negen uur in de raadkamer van het gerechtshof. Kun je me om, laten we zeggen, twaalf uur bij het huis in de vallei treffen?'

'Natuurlijk.'

'Dan zie ik je daar. McCone?'

'Ja.'

'Zorg dat je zelf ook wat slaap krijgt.'

De maan was ondergegaan tegen de tijd dat ik bij het bungalowpark arriveerde. Het wilgenbosje was in totale duisternis gehuld en de bomen verhieven zich als reusachtige, zwarte paraplu's boven de bungalows op de helling. Ik parkeerde de landrover naast Anne-Maries auto en richtte de lichtstraal van mijn zaklantaarn op de grond terwijl ik de helling afdaalde.

Er brandde geen enkel licht in de bungalow. Ik haalde de sleutel die Hy me op verzoek van Anne-Marie had gegeven uit de zak van mijn spijkerbroek, opende de deur en stapte naar binnen. Toen ik de lelijke plafondlamp aandeed, zag ik op het middelste kussen van de sofa een geel vel papier liggen dat door de fles cognac op zijn plaats werd gehouden. Op het briefje stond: 'Wek me'.

Dat zal niet meevallen, dacht ik. Anne-Marie sliep altijd erg vast. Ze had me weleens verteld dat ze zelfs als kind nooit vrolijk uit bed was gesprongen. Toen ze rechten studeerde, had ze zich eraan gewend waar en wanneer het maar uitkwam even een oogje dicht te doen – in de collegezaal voordat het college begon, in bussen en zelfs wanneer ze in een rij moest wachten. Ter voorbereiding van dit klusje, liep ik naar de keuken en zette koffie in de kleine elektrische percolator. Toen ging ik haar kamer binnen en begon aan haar te schudden.

Het duurde vijf volle minuten voordat ik haar zover had dat ze met een kop koffie in haar hand rechtop in een stoel in de huiskamer zat en er gingen er nog twee voorbij voordat haar de verwondingen aan mijn gezicht opvielen. Ze maakte geschrokken geluiden, maar ze werden op een komische manier gesmoord door de slaap. Ik vertelde wat er de laatste paar dagen was gebeurd terwijl de cafeïne haar werk bij haar deed.

Tegen de tijd dat ik mijn verhaal had verteld, was ze helemaal wakker. Ze stelde me een paar vragen over het onderzoek naar de aanwezigheid van mineralen dat Alvin Knight had vervalst, liep toen naar de tafel van de eethoek en rommelde tussen de papieren die daar waren uitgespreid. 'Ik geloof echt dat je hebt gevonden wat we nodig hebben om dat project tegen te houden,' zei ze. 'Ik zal deze patentaanvragen doornemen en daarna contact opnemen met het Bureau voor Landbeheer om te vragen welke stappen we moeten nemen. We zullen misschien een aanklacht moeten indienen...' Toen zakte haar gezicht af. 'O shit!'

'Wat?'

'Dat was ik vergeten.' Ze legde het dossier neer en liep terug naar de bank terwijl de ceintuur van haar wollen kamerjas achter haar aan sleepte. 'Ik zou hier morgen weggaan.'

'Maar je komt dan toch door Sacramento. Kun je dan niet bij het Bureau voor Landbeheer langsgaan?'

'Ja, maar ik heb alleen tijd om wat schone kleren op te pikken. De Coalitie heeft me in Humboldt County nodig – er wordt daar geprotesteerd tegen het kappen van bomen en sommige van de groepen gaan te ver. We moeten hen op de juridische consequenties van hun acties wijzen.'

'Wanneer heb je dit te horen gekregen?'

'Gistermiddag, toen Ned eindelijk uit Sacramento terugkwam. Het was zijn beslissing om me hier te laten ophouden en me naar Humboldt te sturen. Hij lijkt te denken dat hij de situatie in Stone Valley verder zelf wel kan oplossen.'

'Kan hij dat?'

Ze haalde haar schouders op.

'Is hij nu hier? Kunnen we hem niet overhalen je niet naar Humboldt te sturen nu we deze nieuwe informatie in handen hebben?'

'Ik betwijfel het. Bovendien kunnen we hem beter niet in zijn schoonheidsslaapje storen als we iets van hem willen.'

'Je klinkt alsof je boos op hem bent.'

'En terecht. Hij is het grootste deel van de week in Sacramento geweest en de helft van de tijd kon ik hem niet eens telefonisch bereiken. En dan komt hij hier eindelijk terug en begint me bevelen te geven alsof we in het leger zitten.'

'Heeft Ripinsky hem op zijn donder gegeven omdat hij Mick Erickson heeft verteld over de mogelijkheden tot goudwinning in Stone Valley?'

'Nee. Ik denk dat hij tot de conclusie is gekomen dat er al voldoende tweedracht was.'

'Of misschien heeft hij andere dingen aan zijn hoofd.' Ik vertelde haar snel over het telefoongesprek dat ik in het huis van Alvin Knight had afgeluisterd.

Anne-Maries ogen vernauwden zich nadenkend. Even later schudde ze haar hoofd. 'Ik kan me niet voorstellen dat Hy met de Transpacific onder één hoedje speelt.'

'Hoe verklaar je dan dat Knight hem belde om te vragen waar Ong was?'

'Dat kan ik niet.'

'Maar je wilt toch niet geloven dat Hy met hen samenzweert.'

'Nee. Ik weet wat voor soort man hij is.'

'Dat dacht ik ook te weten. Maar wat weten we *echt* van hem? Dat er een lange schimmige periode is geweest waarin hij buiten Vernon heeft gewoond en dat hij is teruggekomen met een hoop geld. De mensen hier beweren dat hij bij de CIA heeft gezeten, maar ik denk dat dat alleen maar een romantisch idee is. Bij de CIA verdien je niet zoveel. Dus waar heeft hij dan dat geld vandaan?'

'Dat weet ik niet.'

'Ik heb contact opgenomen met iemand van de afdeling Moordzaken van de politie in San Francisco en hem gevraagd Ripinsky's antecedenten na te trekken. Hij zei dat hij het zo snel mogelijk zou doen, dus ik krijg het misschien morgen te horen. Dan zullen we misschien meer weten. Intussen kunnen we hem beter niet laten merken wat ik heb ontdekt.'

'Dat geldt alleen voor jou. Ik moet morgenochtend die dossiers aan Ned overdragen – ze gebaarde naar de tafel – en dan vertrek ik.'

'In zekere zin is dat misschien zo slecht nog niet. Ik kan Ned duidelijk maken dat hij niet met Hy moet discussiëren en hem zoveel mogelijk moet mijden.'

'En wat ga je dan doen?'

'Dat beslis ik wel nadat ik Kirsten Lark in Hopwoods huis heb gesproken.'

'Shar, het probleem kan ontstaan dat de Coalitie je na vandaag niet meer wil betalen. Ned is er altijd tegen gekant geweest er een privé-detective van buitenaf bij te halen en nu hij de leiding heeft...'

'Ik blijf in ieder geval. Het is bijna weekend.'

Ze stond op en trok haar kamerjas strak dicht tegen de kou in de kamer. 'Verdomme, ik vind het vreselijk dat ik weg moet nu er schot in de zaak begint te komen! En het idee dat de Coalitie me zo maar van hot naar haar denkt te kunnen sturen, staat me ook heel erg tegen.'

'Misschien dat je achter Neds rug om bij je tussenstop in Sacramento met iemand daar kunt praten. Bovendien zul je niet zo lang in Humboldt County hoeven te blijven; daarna kun je naar het hoofdkwartier teruggaan en de zaak bij het Bureau voor Landbeheer aankaarten.'

De gedachte leek haar op te vrolijken. 'Misschien,' zei ze en ze gaapte.

'Waarom ga je niet terug naar bed?' stelde ik voor. 'Je hebt morgen een lange rit voor de boeg.'

'Dat moest ik maar doen. En jij?'

'Ik heb de laatste paar dagen niet veel geslapen, maar ik ben helemaal niet moe. Ik neem even een drankje; misschien ontspan ik daardoor.'

Ze knikte en ging terug naar haar kamer. Ik twijfelde er niet aan dat ze binnen een paar minuten weer zou slapen.

Ik schonk een glas cognac in en nipte eraan, maar de armoedige huiskamer begon me te deprimeren. De gelijkenis met de kamer in Hopwoods huis was te groot en ik moest steeds denken aan wat er daar gebeurd zou kunnen zijn. Ten slotte liep ik met mijn glas naar de veranda en ging op de trap zitten.

Het was nu al na tweeën. Er was een krachtige wind opgestoken die de dorre bladeren van de bomen liet ritselen en hun takken over elkaar deed schuren. Ik dacht aan de regel van Mark Twain over Mono Lake in het zuiden die Hy had geciteerd, maar die evenzeer op dit gebied van toepassing was. 'Woest, somber, grimmig... die gedachten wekt aan onvruchtbaarheid en dood.'

Misschien had Twain toch gelijk gehad.

23

Toen ik eenmaal sliep, haalde ik de schade natuurlijk dubbel en dwars in, met als gevolg dat ik een halfuur te laat voor mijn afspraak met Lark vertrok. Toen ik door Stone Valley scheurde, bespeurde ik een merkwaardig tafereel op de oever van de stroom. Ik remde, zwenkte naar rechts en reed ernaar toe om het beter te kunnen zien.

Bayard, de uitgebluste hippy, en een vrouw met een reusachtige bos geklit, donker haar zaten met hun hoofd dicht bij elkaar gehurkt bij de rand van het water, terwijl ze met de een of andere machine aan het klungelen waren. Drie ondervoede kinderen waren in de buurt lusteloos aan het spelen. Ik keek rond of ik het jachtgeweer ergens zag liggen en toen ik het niet kon ontdekken, stapte ik uit en liep naar hen toe. Mijn eerste indruk was juist geweest; de machine leek op Nickles' hydraulische concentrator. Ik betwijfelde dat ze hem aan iemand zou uitlenen en zeker niet aan zo'n onhandig iemand als Bayard.

Toen ik naderbij kwam, draaide de vrouw zich naar me om. Haar magere gezicht was gebruind, maar had een ongezonde geelachtige ondertoon. Haar ogen lichtten nieuwsgierig op en ze porde Bayard in zijn ribben. Hij keek naar me op zonder dat er een blik van herkenning in zijn ogen verscheen.

'Hé, Bayard,' zei ik, 'ken je me nog – de vriendin van Lily Nickles?'

Hij knikte langzaam.

'Heeft ze je die geleend?' Ik gebaarde naar de concentrator.

De vrouw gaf antwoord. 'Ze heeft hem samen met ander goudzoekersgereedschap aan ons verkocht. En nu is dat kloteding kapot.'

'Verkocht? Wanneer?'

'Gisteravond voordat ze vertrok.'

'Waar naar toe?'

De vrouw haalde haar schouders op.

Bayard staarde boos naar de concentrator. Die teef heeft me al het geld dat we van mijn invalidenuitkering hebben gespaard afhandig gemaakt en nu is het ding kapot.' Hij klonk niet bovenmatig boos, dacht ik, waarschijnlijk overkwam het paar dit soort rampen regelmatig. Hij bonsde op het apparaat en probeerde het te starten en de motor sputterde zwakjes.

'Bayard,' zei ik, 'ik denk dat je er benzine in moet gooien.'

'Benzine?'

'Ja, het apparaat klinkt alsof het droog staat.'

'Benzine,' zei hij alsof hij een goddelijke ingeving had gekregen. Zonder nog een woord te zeggen, stond hij op en liep langs de slingerende stroom in de richting van hun hut.

De vrouw keek hem na met een ondoorgrondelijke uitdrukking in haar ogen. 'Bay is niet al te slim,' zei ze een ogenblik later. 'Ik wist wat er mis was, maar hij houdt er niet van als zijn vrouw hem vertelt wat hij moet doen. Het is wat anders als jij het doet.'

'Heeft Lily niet gezegd waar ze naar toe ging?'

'Nee. Maar ze is voorgoed weggegaan, anders zou ze haar gereedschap niet hebben verkocht. En die jeep van haar was volgestouwd met al haar andere spullen.'

'Wat voor indruk maakte ze? Gelukkig? Droevig? Bang?'

De vrouw dacht na terwijl ze op de binnenkant van haar onderlip beet. 'O, ik zou zeggen dat ze bang was.'

'Waarvan?'

'Dat weet ik niet. Het is normaal dat je hier bang bent.' Ze wierp een blik op de gebroken granieten rotspieken die boven ons uittorenden. 'Ik ben hier de hele tijd bang.'

Ik wist daarop niets te zeggen, dus bedankte ik haar maar en liep terug naar de landrover. In plaats van mijn weg naar Hopwoods huis te vervolgen, draaide ik de heuvel op en reed naar Nickles' huis. Een berg rommel die er eerder niet was geweest, lag onder aan de pas gerepareerde trap. Ik liep naar het huis en riep Nickles' naam. Ik kreeg geen antwoord. Toen ik de trap op liep, zag ik dat de schommelstoel en het goudzoekersgereedschap van de veranda verdwenen waren. Binnen trof ik alleen nog meer rommel en het meubilair dat door de vorige bewoners was achtergelaten aan. In de droge gootsteen stond één blikje bier. Nickles was inderdaad vertrokken.

Waarom? vroeg ik me af. Afgelopen zondag had ze me nog verteld dat ze wilde proberen het nog één seizoen in Stone Valley vol te houden. Hoewel ze had toegegeven dat ze bang was voor wat er op het plateau gebeurde, was ze zelfs nadat ze Mick Ericksons lijk had gevonden niet echt uit het veld geslagen geweest. Wat was er in die tussentijd gebeurd dat haar had weggejaagd?

Ik haastte me terug naar de landrover en reed naar Hopwoods huis.

De deur stond open en ik hoorde binnen stemmen. Lark stond met een van de mannen van het team van het laboratorium naast het busje van het bureau van de sheriff te overleggen. Ze draaide zich om en keek me boos aan.

'Jezus, McCone,' zei ze, 'ik heb tegen je gezegd dat je moest zorgen dat je een beetje slaap kreeg, maar dit is belachelijk.'

'Sorry dat ik te laat ben, maar ik ben onderweg gestopt om met Bayard te praten omdat ik zag dat hij Lily's hydraulische concentrator had en ze bleek uit de vallei te zijn vertrokken.'

'Wauw... je bent gestopt om met *wie* te praten? En hij had Lily's *wat*?'

'Ik moet je nog van heel veel op de hoogte brengen.'

'Dat weet ik.' Ze wendde zich naar de technicus van het laboratorium. 'Heb je dat allemaal begrepen?'

Hij knikte.

'Goed. Als je me nodig hebt, ben ik hier.' Tegen mij zei ze: 'Je hebt zeker geen bier in die auto.'

'Eh, nee.'

'Ik heb toevallig een *six-pack* bij me.' Toen ik verbaasd keek, zei ze: 'Technisch gezien heb ik geen dienst en er is hier niemand die erover zal klagen. En het bureau vindt het niet erg als de rechercheurs hun boodschappen in dienstwagens vervoeren.'

We liepen naar de patrouillewagen en ze pakte het *six-pack* eruit. Daarna gingen we op de rotsstenen aan de rand van het water zitten. Het was nu warm, maar een vreemde, hoge bewolking maakte de zon waterig en bleek. Ik keek omhoog naar de lucht.

Lark zei: 'Dat krijgen we altijd wanneer het tegen de winter loopt. Over een paar weken begint het al te sneeuwen en met de Kerst ligt die zo hoog dat een heleboel wegen nagenoeg onbegaanbaar zijn, met inbegrip van die door de vallei, behalve dan voor skimotoren.'

'Wat doen de mensen dan?'

'Ze overwinteren of gaan naar de stad. In die tijd moeten we echt werken voor ons geld. De mensen worden ongedurig doordat ze opgesloten zitten en vliegen elkaar in de haren. We moeten een eind maken aan een heleboel kroeggevechten en familieruzies. De eerste moord die ik ooit te behandelen kreeg, was gepleegd door een vrouw die de schedel van haar echtgenoot had ingeslagen met een ijzeren koekepan. Ze had er niet eens eerst de eieren uitgehaald.'

'Hoe ben je bij de politie gekomen?'

'Mijn vader was jaren geleden county-sheriff en mijn broer werkt ook bij de politie. Het is gewoon nooit bij me opgekomen iets anders te gaan doen. En hoe zit het met jou?'

'Ik ben tot privé-detective opgeleid bij een van de grote beveiligingsfirma's in San Francisco, hoofdzakelijk omdat ik geen andere baan kon krijgen toen ik afgestudeerd was. Tegen de tijd dat ik mijn vergunning had, wist ik dat er niets anders was dat ik liever zou doen.'

'Vreemd hoe mensen in een bepaald beroep terechtkomen. Laat maar eens horen wat je hebt ontdekt.'

Ik vertelde haar in het kort wat er was gebeurd sinds ik afgelopen maandag bij haar op kantoor was geweest. Lark maakte aantekeningen in een notitieboekje dat ze uit de zak van haar blouse had gehaald en onderbrak me af en toe met vragen. Toen ik klaar was, fronste ze haar voorhoofd en trok aan een van zweet doordrenkte haarlok.

'Ik kan niet zeggen dat het me spijt dat er op het plateau geen goud zal worden gewonnen. En als het waar is wat je zegt over die trucs die ze met het BvL hebben uitgehaald, zal er ook geen vakantieoord komen. Maar wat de rest betreft...'

'De rest is een echte warboel. Ik wou dat ik Nickles voor haar vertrek had kunnen spreken. Ik zou graag willen weten wat haar zo bang heeft gemaakt dat ze is weggegaan. Kun je een arrestatiebevel voor haar laten uitvaardigen?'

'Natuurlijk. Maar het zou een stuk schelen als ik wist waar ze naar toe is gegaan.'

'Afgelopen zondag heeft ze me verteld dat ze naar Nevada zou terugkeren als ze uit de vallei zou weggaan. Ik vermoed dat ze dat ook heeft gedaan.'

'Goed, dan zal ik de autoriteiten daar verzoeken haar vast te houden. Ze is een belangrijke getuige en had niet mogen vertrekken zonder contact met ons op te nemen.'

Ik strekte mijn benen en leunde op mijn gestrekte armen achterover.

De stijfheid ten gevolge van mijn val op Telegraph Hill was grotendeels verdwenen en mijn gezicht had er die ochtend in de spiegel een stuk beter uitgezien. 'Wat heb je binnen gevonden?' vroeg ik terwijl ik naar het huis knikte.

'Precies wat je zei dat we zouden vinden. Ik zal pas meer weten als ik het rapport van het lab heb gekregen, maar ik vermoed dat zal blijken dat de vlekken dezelfde bloedgroep zullen hebben als die van Erickson.'

'Of van Hopwood. Of van iemand anders, iemand aan wie we nog niet eens hebben gedacht.'

'Je hebt gelijk. Ik probeer alleen weer mijn werk gemakkelijker te maken.'

'En je moet ook in gedachten houden dat Hopwood en Erickson familie van elkaar waren.'

'Alleen aangetrouwd en je zei dat hun huwelijk al flink naar de knoppen was. Bovendien heb ik je verteld over de vrouw met de koekepan vol eieren. Dat was zuiver een privé-kwestie.'

Een privé-kwestie. De woorden wekten een vage herinnering op.

'In ieder geval,' voegde ze eraan toe, 'zal ik arrestatiebevelen uitvaardigen voor Hopwood en zijn dochter.'

Een privé-kwestie. Het was de verklaring die Margot Erickson me had gegeven voor de proefscheiding van haar echtgenoot – dezelfde verklaring die Mick zijn secretaresse, Connie Grobe, had gegeven. Grobe had aangenomen dat het al dan niet nemen van kinderen het probleem was, omdat ze daarvoor vage aanwijzingen meende te hebben. Maar als die privé-kwestie tussen Margot en Mick Erickson nu eens met haar vader te maken zou hebben...

'McCone? Zit je een beetje te dagdromen?'

'Zo iets. Hoe snel denk je dat je de resultaten van het laboratorium binnen zult hebben?'

'Niet snel genoeg, want het is vrijdagmiddag. Ik vrees dat het volgende week zal worden.'

'Verdomme.'

'Een van de technici van het lab kwam het huis uit en wenkte

Lark. Terwijl ze overeind krabbelde, zei ze: 'Ga nog niet weg.' Ik bleef op de oever zitten, dronk mijn biertje op en vroeg me af wat voor conflict met Margots vader zo'n verwijdering in het huwelijk van de Ericksons teweeg had kunnen brengen. Toen Lark vijf minuten later het huis uit stapte, gebaarde ze heftig naar me.

'Kijk eens wat we hier hebben.' Ze hield een plastic potje waarin bewijsmateriaal wordt bewaard, omhoog.

Toen ik dichterbij kwam, zag ik dat het een kogel bevatte.

'Die zat in de muur achter de bank,' zei ze, 'en er was een vaag spoor van verstoven bloed omheen. Omdat de kogel er betrekkelijk goed uitziet – dat vurehout is heel zacht – zou ik zeggen dat hij door een vlezig deel van het lichaam van het slachtoffer is gegaan.'

'Dat betekent dat het slachtoffer alleen maar gewond is.'

'Of gedood door een tweede kogel die in het lichaam is blijven steken.'

'Kun je iets zeggen over de baan van de kogel?'

'Die is interessant. Uit het patroon van bloedspatten op de bank en de hoek waarin de kogel in de muur terechtgekomen is, leid ik af dat degene die geschoten heeft, zich dicht bij de vloer bevond. Dat wijst erop dat degene die heeft geschoten eerst met het slachtoffer gevochten heeft en tegen de grond is geslagen.'

'Zelfverdediging?'

'Zou kunnen.'

'Van welk kaliber is de kogel?'

'Ziet eruit als een .44.'

'Hetzelfde kaliber als de Magnum die je in het handschoenenkastje van Ericksons Bronco hebt gevonden – het wapen dat afgevuurd was.'

'Mm-mm. En we weten nog steeds niet op wiens naam het geregistreerd staat.' Lark keek peinzend en zei toen: 'Een krachtig wapen – veel te krachtig om ergens anders voor te gebruiken dan het doden van mensen. Er zijn er hier in de buurt heel veel van in omloop. Een heleboel macho klootzakken denken dat ze ze nodig hebben, maar het is gewoon oerstom om zo'n revolver binnen handbereik te hebben. Het bewijs daarvoor is daar binnen.' Ze gebaarde met haar hoofd naar het huis.

Ik knikte instemmend. 'Ik denk dat we nu wel kunnen uitsluiten dat Erickson in het huis is vermoord.'

'Ja. We hebben hier te maken met een tweede slachtoffer. Net nu ik dacht dat mijn werk gemakkelijker werd.' Lark keek boos naar het potje met de kogel. 'Het enige dat ik nu kan doen, is teruggaan naar Bridgeport en de mensen van het lab op hun kop zitten tot ik in ieder geval een onofficieel rapport van hen krijg – weekend of geen weekend. Waar kan ik jou bereiken?'

'In Willow Grove Lodge. In ieder geval tot en met zondag.'

Ze stak haar duim naar me omhoog en liep terug het huisje in.

Ik reed over wat vroeger de hoofdstraat van de stad was toen ik Ripinsky's Morgan aan het eind ervan zag staan. Het leek erop dat hij op me wachtte. Toen ik naast hem stopte, leunde hij uit het raampje en zei: 'Ik zag je aankomen en ik besloot mijn vering maar te sparen.'

'Het verbaast me dat je met die auto in dit gebied rijdt.'

'Hij is sterker dan je denkt. Bovendien dient een auto om erin te rijden. Wat heb je er anders aan? Wat doen de mensen van de sheriff daar? Ik zag hen deze kant uitgaan toen ik vanmorgen de stad binnenreed. Nog meer narigheid?'

'Niet echt.' Gezien de efficiëntie van het lokale roddelcircuit zou hij zeker te horen krijgen dat het team van het lab het huisje uitkamde. 'Ze onderzoeken Hopwoods huis. Er zitten wat bloedvlekken in de woonkamer die de indruk wekken dat iemand daar het slachtoffer van een misdaad is geworden.'

Ripinsky fronste zijn voorhoofd. 'Jezus, ik hoop het niet. Ik was niet dol op die ouwe, maar ik heb altijd een soort verwantschap met hem gevoeld.'

'Hoezo?'

Hij maakte een wegwerpend gebaar. 'Het is niet iets dat ik gemakkelijk kan uitleggen. Waar ga jij nu naar toe?'

'Terug naar de stad, denk ik.'

'Laat me je bij mij thuis op een lunch trakteren. Je kunt me dan op de hoogte brengen van de resultaten van je onderzoek in San Francisco, want het ziet er niet naar uit dat we met zijn allen bij elkaar kunnen gaan zitten.'

'Waarom niet?'

'Anne-Marie kan nu ieder moment naar Humboldt County vertrekken. Toen ik in de stad aankwam, waren zij en Ned in de

252

caravan van de Coalitie nog snel wat zaken aan het doornemen. De spanning was duidelijk om te snijden, dus ben ik er maar vandoor gegaan. Wat is er trouwens aan de hand? Ben ik plotseling persona non grata geworden?'

'Ik denk dat er spanning was tussen Anne-Marie en Ned. Ze is er niet blij mee dat hij heeft besloten dat hij haar hier wel kon missen.'

Ripinsky knikte, maar leek niet overtuigd en ik begreep waarom hij dat niet was. Waarschijnlijk had Anne-Marie Sanderman deelgenoot van mijn verdenkingen tegen Hy gemaakt en, zoals ik had verwacht, hadden ze dat geen van beiden goed verborgen kunnen houden.

'Wat vind je ervan?' vroeg Hy. 'Kunnen we praten?'

Ik kon hem niet langer afschepen, maar ik had wat tijd nodig om te beslissen welke feiten ik hem zou geven. Als ik ze zorgvuldig koos, zouden ze misschien een veelzeggende reactie losmaken zonder dat ze erg veel zouden onthullen. Ik zocht naar een manier om tijd te rekken.

'Oké,' zei ik, 'maar eerst wil ik dat je me een plezier doet. Wil je me dat museumpje van Hopwood laten zien?'

'Natuurlijk. Ik wil er zelf ook wel een kijkje nemen. Laten we daar in de stalhouderij parkeren. Op die manier zullen de auto's niet in ovens veranderen.'

Ik volgde de Morgan door de stoffige straat naar een gebouw met wijd openstaande voordeuren. Er was binnen te midden van een grote hoeveelheid verroeste wagenwielen, rommel en een oude kar net genoeg ruimte voor onze auto's. Toen we weer buiten kwamen, ging Ripinsky me voor over het houten trottoir dat vol openingen zat. Om te voorkomen dat hij over mijn onderzoek zou beginnen, stelde ik hem allerlei vragen over gebouwen die me interesseerden en hij antwoordde enthousiast.

'Dat was de school en achter dat onbebouwde stukje grond was de begrafenisonderneming. Er staan binnen nog lege kisten te wachten.'

'En daar – dat gebouw dat helemaal alleen staat? Waarom staat dat zo apart?'

'Het is bedrieglijk zoals de stad er nu uitziet. Voor de brand stonden de gebouwen tegen elkaar aan. God mag weten waarom sommige in vlammen zijn opgegaan en andere gespaard zijn gebleven. Dat daar had zeker moeten verbranden, want het was de beruchtste hoerenkast.'

'Hadden ze er veel?'

'Een flink aantal, evenals bars en gokhuizen. Promiseville was nooit zo'n zedeloze stad geweest als Bodie, de spookstad in de buurt van Mono Lake waarvan de staat een park heeft gemaakt. Maar in zijn glorietijd waren er twintig bars, talloze dames van lichte zeden en een paar behoorlijk desperate figuren.'

Hij bleef staan, draaide zich om en keek de hele straat door. 'De Vrienden proberen ervoor te zorgen dat heel Promiseville de status van historisch monument krijgt. We zouden het niet opknappen of restaureren, maar er zou overheidsgeld beschikbaar zijn om de stad in haar huidige staat te houden. Als je iets hebt ontdekt waarmee we die rotzakken van het plateau kunnen weghouden, zouden we misschien een kans hebben. Maar als ze eenmaal met de mijnbouw beginnen...

'Misschien klinkt het als geldverspilling,' voegde hij er even later aan toe, 'om dit soort oude ruïnes te redden terwijl er mensen honger lijden en dakloos zijn. Maar hoe moeten toekomstige generaties anders weten hoe het vroeger was? Hoe moeten we weten wie *wij* zijn als we niet iets weten van de generaties die ons zijn voorgegaan?'

Ik begreep zijn tegenstrijdige gevoelens goed. Er waren zoveel doelen om na te streven: het voeden van de hongerigen, het redden van bedreigde diersoorten, de bestrijding van de drugshandel, het subsidiëren van kunst, het vinden van een remedie voor talloze ziekten, de bestrijding van analfabetisme en werkloosheid, het redden van het milieu, het bewaren van het verleden...

De lijst was eindeloos, en de voorvechters van elk ideaal eisten allemaal dat de zaak waar zij voor streden op de eerste plaats zou komen. En in een land waar zogenaamd overvloed heerste, was er niet genoeg geld om hen allemaal te steunen. Soms stelde ik me het land voor als een slagveld waarop legers goedbedoelende maar slechts één doel nastrevende soldaten elkaar bestreden en elkaar uiteindelijk zouden vernietigen. En de hele tijd keken de mensen die echt het grote geld en de macht in handen hadden – en alleen maar in geld en macht geïnteresseerd waren – geamuseerd toe.

Ik volgde Ripinsky over het plankenpad en vroeg me af hoe een man die zo gepassioneerd over het redden van Promiseville sprak de stad verkocht zou kunnen hebben. Zou ik het dan toch bij het verkeerde eind hebben, zoals Anne-Marie beweerde.

Het gebouw dat we ten slotte bereikten was de winkel die me was opgevallen toen ik hier de eerste keer was geweest. Het had een hoge valse voorgevel en grote stoffige ramen die op de straat uitkeken. De buitendeur hing los in zijn scharnieren en de binnendeur schuurde over de verborgen planken toen Hy hem openduwde. 'Na jou,' zei hij.

De winkel van de opgehangen Chinees bestond uit één sombere spelonkachtige ruimte. Boven ons hoofd was de winkel in duisternis gehuld en oude omvangrijke vormen lagen in de schaduwen op de loer. De lucht was muf en de hitte die in de ruimte werd vastgehouden, was intens. Ik bleef in de deuropening staan tot mijn ogen aan het zwakke licht dat door de met een laagje stof bedekte ramen naar binnen filterde, waren gewend.

Voor me lag een doolhof waarvan de gangen en de zijpaden tussen lukraak verspreide bergen... dingen door leidden. Toen ik de doolhof binnenstapte, zag ik dat de bergen in duidelijke lagen waren opgebouwd. Onderop lagen de grote dingen: meubels, mijnbouwmachines, houten kisten en tonnen. Daar bovenop waren voorwerpen gestapeld die uit de huizen kwamen: kleding, gereedschappen, lantaarns, flessen, aardewerk en blikken. Alles was bedekt met een dikke laag stof.

'Mijn God,' zei ik, 'hoe kan Hopwood dit een museum noemen?'

Achter me liet Ripinsky een verbaasd gekreun horen.

Ik perste me in een van de paden langs een op zijn kant staande piano die was gehuld in door de motten aangevreten bonten kledingstukken. De glasachtige ogen van een vossekopboa staarden me aan. Het pad was smal en bochtig en ik keek omhoog uit angst dat een stapel bruin geworden kranten die boven op een klerenkast balanceerde op me zou vallen. Na ongeveer een meter liep het pad dood tegen een houten gestreepte paal die je voor kapperszaken ziet staan.

Ik keerde terug en sloeg rechtsaf waarbij ik erop lette dat ik niet op een rij speelgoedtreinsporen trapte die zich onder een bureau uit kronkelde. Een gebarsten houten Indianenbeeld met een afgebroken neus versperde me de weg.

'Het is geen museum,' zei ik, 'het is het nest van een hamster – een krankzinnige hamster.'

Ripinsky antwoordde niet.

Ik sloeg nog een paar hoeken om en kwam ten slotte bij de voorkant van de winkel naast een ijzeren kookfornuis uit dat volgestapeld was met boeken en vergeelde papieren. Ripinsky stond in de deuropening geleund met zijn gezicht in de schaduw. Ik zag er niet veel meer van dan de contouren en de glinstering van zijn ogen. Het vreemde, witte middaglicht van de hooggelegen woestijn schemerde achter hem en veranderde zijn donkerblonde krullen in een dof halo. Hij bewoog zich niet en zei niets. Hij keek alleen maar naar me. Plotseling werd ik me bewust van de rust die in dit mausoleum van het verleden heerste en ik werd opnieuw getroffen door de diepe stilte die in de vallei hing.

Mijn mond werd droog en ik liet mijn tong over mijn lippen glijden en stapte achteruit tot mijn handen tegen de rand van het fornuis gedrukt werden. Een vreemd beeld flitste door mijn geest. Ik zag Ripinsky en mezelf in het waterige, bleke zonlicht door de verlaten straat lopen, ijl als figuren op een overbelichte foto. Terwijl we liepen verdwenen eerst de stad en toen wijzelf in het niets.

Ripinsky bleef naar me kijken.

Ik slikte, maar mijn keel was zo droog dat ik er bijna door moest kokhalzen.

Ripinsky bleef naar me kijken.

Hij duwde zich van de deurpost af, liet de deur achter zich dichtvallen en kwam met soepele, ongehaaste passen op me af. Mijn vingers verkrampten om de rand van het fornuis.

Ripinsky pakte mijn gezicht tussen zijn handen en hief het schuin naar het zijne omhoog. Zijn vingers voelden ruw aan op mijn gezicht en zijn ogen waaromheen de rimpeltjes strak stonden, keken diep in de mijne. Ik hield mijn adem in en wachtte.

Een ogenblik later vernauwde zijn blik zich. Hij wreef met zijn duim over de blauwe plek op mijn wang en liet toen zijn handen langs zijn lichaam vallen. Toen hij zich van me afwendde, zei hij: 'Onze tijd is nog niet gekomen, McCone.'

Ik stak mijn handen naar hem uit, maar mijn vingers grepen in het luchtledige. 'Wat?'

'Je hebt me wel verstaan.'

Ik draaide me blindelings om en botste tegen een kapstok aan die vol hing met kleren die met een dikke laag stof waren bedekt. Ik drong me er niezend tussendoor. Terwijl ik in mijn zakken naar een zakdoekje zocht, bleef ik naar de achtermuur lopen om de afstand tussen ons zo groot mogelijk te maken.

'McCone,' zei hij, 'is alles in orde met je?'

Ik nieste weer en snoot mijn neus. 'Ja.' Ik keek op naar de muur vóór me, naar de gescheurde en bruin geworden kaarten die er hingen. Het leken doorsneden van een mijn te zijn en ernaast hing een nieuw wit vel waarop een soortgelijke doorsnede was getekend. Het leek alsof iemand was begonnen de originelen te kopiëren en het toen had opgegeven. Had Hopwood souvenirs gemaakt om in zijn 'museum' te verkopen?

'Hy,' zei ik, 'kom hier eens naar kijken.'

Hij kwam naast me staan – dicht bij me, maar zonder me aan te raken. 'Het is de oude mijn,' zei hij een ogenblik later. 'Hier is de hoofdschacht met de diverse zijgangen. Hopwood moet ze hier hebben tentoongesteld voordat het met dit zogenaamde museum helemaal uit de hand liep.'

Ik draaide me om en overzag de chaotische ruimte. 'Wat heeft hem in vredesnaam bezield?'

Hy haalde zijn schouders op. 'Hij dacht waarschijnlijk dat hij al deze rommel voor het nageslacht bewaarde, maar de rotzooi is hem boven het hoofd gegroeid.'

Ik herinnerde me de foto van de oude man die hij me had gegeven en haalde me de intens brandende ogen voor de geest. Toen keek ik naar Hy op en zag in zijn ogen hetzelfde intense vuur branden – het was nu getemperd, maar het smeulde nog steeds.

Ik zei: 'Laten we maken dat we hier wegkomen.'

24

Ik zei tegen Ripinsky dat ik een paar telefoongesprekken moest voeren en stelde voor dat we elkaar om halfvijf bij Zelda zouden treffen om wat te drinken. Hij was niet blij met deze afspraak, maar ik maakte hem duidelijk dat hij geen keus had. Daarna vertrok ik naar Vernon.

Ik wilde contact opnemen met Bert Wallace van de politie van San Francisco om te vragen of hij al informatie had binnengekregen over de personen die ik hem had laten natrekken. Het probleem was waar ik zou moeten bellen. Ik zou naar de caravan van de Coalitie kunnen gaan, maar Ripinsky zou daar kunnen opduiken voordat ik klaar was. De telefooncel voor het benzinestation was lawaaiig en ongeschikt om aantekeningen te maken. Ten slotte besloot ik Rose Wittingtons nieuwsgierigheid te trotseren en naar het bungalowpark te rijden om bij haar thuis te bellen.

Anne-Maries auto was weg en omdat ik hem ook niet bij de caravans had gezien, nam ik aan dat ze al vertrokken was. Roses Chevy die gewoonlijk bij haar voor de deur stond, was er wel en Rose was bezig het kleine grasveld tussen haar huis en de snelweg aan te harken. Ik zette de landrover naast haar auto en liep naar haar toe.

Tot mijn verbazing leek Rose helemaal niet blij toen ze zag dat ik nog steeds haar gast was. Ze begroette me met een frons en haar toon was voor haar doen ongewoon kortaf. 'Waarom blijf je nog nu Anne-Marie is vertrokken?'

'Ik wilde het weekend hier doorbrengen, als een soort minivakantie.'

'Huh,' was haar enige reactie terwijl ze weer begon te harken.

'Mag ik even telefoneren?' vroeg ik. 'Ik bel uiteraard met mijn creditcard.'

'Eerlijk gezegd heb ik dat liever niet. De mensen hebben misbruik van mijn goedheid gemaakt en ik heb besloten de gasten voortaan niet meer toe te staan van de telefoon gebruik te maken.'

'Ik hoop dat Anne-Marie en Ned hun rekening niet hebben laten oplopen.'

'Ik heb het niet over hen. Ik heb het over de gasten in het algemeen.'

Er waren waarschijnlijk al wekenlang geen andere gasten geweest, maar ik attendeerde haar daar niet op. 'Ik kan begrijpen waarom je die regel hebt aangenomen. Ik rijd wel naar de stad om te bellen.' Toen ik half op weg naar de landrover was, bleef ik echter staan omdat ik me herinnerde dat ik haar iets wilde vragen. 'Rose, als iemand dringend medische verzorging nodig zou hebben voor een... verwonding, waar zou hij dan naar toe moeten?'

'Heb je pijn?' Ze staarde bezorgd naar mijn gezicht.

'Eh, ja. Die schram op mijn voorhoofd voelt aan alsof hij geïnfecteerd is.'

'Met dat soort dingen moet je voorzichtig zijn. Er is geen kliniek of ziekenhuis in de stad en maar één dokter – Gene Mahoney. Hij houdt praktijk aan huis in D Street, twee deuren voorbij de katholieke kerk. Het is een geel huis met een groen ijzeren hek en er staat een bord. Je kunt het niet missen.'

Ik bedankte haar en stapte in de landrover. Toen ze verder ging met harken, zag ze er een beetje schuldig uit alsof ze er spijt van had dat ze had geweigerd me de telefoon te laten gebruiken nu ik haar had verteld dat ik een dokter nodig had.

D Street kwam tegenover de Swiftly Market uit op de grote verkeersweg. De witte kerk aan het eind ervan die ik vorige vrijdag al had opgemerkt, werd omspoeld door een zee van goudkleurige bladeren die van de espen op de hellingen van de heuvels erachter waren gevallen. De bomen waren nu bijna kaal en hun takken leken op de knokige armen van een skelet. Ik realiseerde me met verbazing dat de herfst hier bijna ten einde was en de tintelende frisheid in de lucht bevestigde Larks verwachting dat er spoedig sneeuw zou vallen.

Een bord op een ijzeren paal die voor het gele huis stond, wees de patiënten de weg. Ik opende het hek en liep over een zijpad naar de ingang van de praktijk. Toen ik naar binnen stapte,

klonk er een zoemer achter het gesloten raam van een receptiekantoortje. De wachtkamer was leeg op een hobbelpaard met
een rafelige staart na dat er kennelijk stond ter vermaak van
jonge patiëntjes. Even later werd het matglazen raam opzijge-
schoven en een man met dunner wordend grijs haar keek me
aan. 'Kan ik u helpen, mevrouw?'

'Ik zou dokter Mahoney graag spreken.'

'Ik ben Mahoney. Wat kan ik voor u doen.'

Ik liep naar het raam en liet hem mijn legitimatiebewijs zien.
Zijn gezicht verstrakte en zijn lichte ogen kregen een behoedzame, wetende uitdrukking. 'Waar gaat het om?'

'Earl Hopwood.'

'Ah.'

'Waar kunnen we praten?'

'Wacht even, dan kom ik bij u.'

Het raam werd dichtgeschoven en even later kwam Gene
Mahoney door de deur ernaast naar buiten.

Hij had zijn witte jas uitgedaan en bleek een kleurig geruit
sportoverhemd te dragen. Het hing als een zak om hem heen,
evenals zijn donkere broek, en hij bewoog zich alsof hij aan
chronische pijn leed. 'Gaat u alstublieft zitten, mevrouw
McCone,' zei hij en hij gebaarde naar een haveloze, groene imi-
tatieleren bank.

Ik ging zitten en Mahoney nam plaats op de stoel naast het
hobbelpaard en begon onmiddellijk aan de verfomfaaide, van
garen gemaakte manen te frunniken. 'Ik veronderstel dat ik er
dankbaar voor moet zijn dat u privé-detective bent en niet bij
het bureau van de sheriff werkt,' zei hij.

'Dus u hebt Earl Hopwood voor een schotwond behandeld?'

Hij knikte.

'Ik had verwacht dat u dat niet zo gemakkelijk zou toegeven.'

Hij maakte een krachteloos gebaar. 'Over het algemeen ben
ik iemand die zich aan de wet houd. In de loop van de veertig
jaar dat ik mijn praktijk uitoefen, heb ik een paar dingen gedaan die als onethisch of onwettig beschouwd zouden kunnen
worden, hoewel ik daarover zelf anders dacht. Ik heb twee keer
abortus gepleegd toen dat nog wettelijk verboden was. In beide
gevallen was het duidelijk dat de vrouwen na een verkrachting
zwanger waren geworden. Verder heb ik nog wat schotwonden

behandeld zonder dat bij de autoriteiten aan te geven omdat ik het idee had dat hun inmenging meer kwaad dan goed gedaan zou hebben.'

'En in het geval van Earl Hopwood...?'

'Een beoordelingsfout. Ik zal niet proberen me ervoor te verontschuldigen. Ik wil alleen zeggen dat ik oud ben en dat mijn gezondheid te wensen overlaat.'

'Waarom was het een beoordelingsfout?'

'Omdat Earl buitengewoon opgewonden was en me niet wilde vertellen wat er was gebeurd. Zijn grootste zorg was dat hij zijn eigen revolver was kwijtgeraakt. Ik had moeten eisen dat hij me de bijzonderheden vertelde.'

'Hoe is hij zijn revolver kwijtgeraakt?'

'Dat weet ik niet.'

'En u hebt er geen idee van wie er op hem heeft geschoten?'

'Nee, maar ik veronderstel dat het zijn schoonzoon was.'

'Waarom?'

Mahoney leek verbaasd door deze vraag. 'Nou, hij is vermoord. Ik neem aan dat Earl wraak heeft genomen.'

'Is het in Vernon algemeen bekend dat Mick Erickson Peggy Hopwoods echtgenoot was?'

'O nee. Toen ik voor het eerst over de moord hoorde, had ik er geen idee van wie de man in het meer was. Maar Peggy – Margot noemt ze zich nu – is hier gisteravond geweest en heeft het me verteld.'

'Is Margot Erickson hier geweest? Waarom?'

'De arme vrouw was over haar toeren; dat is niet meer dan normaal. Ze had haar echtgenoot verloren en ik vermoed dat ze wist dat haar vader hem had vermoord. Toen is ze naar Vernon gekomen om haar vader te zoeken, maar ze kon hem niet vinden. En tot overmaat van ramp was ze ernstig mishandeld. Een vrouw als Peggy... ik denk dat daarvoor niemand haar ooit een haar heeft gekrenkt. Ze wilde dat ik haar iets gaf om te kunnen slapen. Gezien haar emotionele toestand, leek het me onverstandig een recept voor haar uit te schrijven, maar ik heb haar een dosis Seconal voor één nacht meegegeven.'

'Heeft ze u verteld wie haar had geslagen?'

Mahoney schudde zijn hoofd.

'En waar ze logeerde?'

'In Willow Grove Lodge natuurlijk. Verder is er in deze tijd van het jaar niets open en Rose Wittington is een tijdje als een moeder voor haar geweest. Je kunt niet van haar verwachten dat ze in zo'n krot zou gaan logeren als haar vader in Stone Valley voor zichzelf heeft gebouwd.'

Dus daarom had Rose me niet binnen willen laten om te bellen. Margot Erickson had waarschijnlijk geïnformeerd of er nog andere gasten waren en toen ze mijn naam had gehoord, had ze Rose gevraagd haar aanwezigheid geheim te houden. Maar waarom had ik Margots Miata niet gezien? Ik stelde me Roses huis voor en herinnerde me dat er helemaal links een kleine garage was.

'Dokter Mahoney, wanneer is Earl Hopwood precies bij u gekomen om zich te laten behandelen?' vroeg ik.

'Zaterdagochtend om een uur of tien.'

'Was het een verse wond?'

'Hij had hem kort daarvoor opgelopen.'

'En hij heeft u geen enkele aanwijzing gegeven over waar hij naar toe wilde of wat hij ging doen?'

'Nee. Hij klaagde er alleen over dat hij zijn revolver was kwijtgeraakt, maar verder zei hij nauwelijks iets tegen me.'

'Hebt u hem daarna nog gezien?'

'Nee. Zaterdagavond begon ik me zorgen over hem te maken, dus ben ik naar Stone Valley gereden om te kijken hoe het met hem was. Zijn huis was op slot.'

'In wat voor toestand was hij toen hij hier wegging?'

'Redelijk goed. Earl is een taaie, ouwe rakker.'

Ik zweeg en probeerde deze nieuwe feiten bij de feiten die ik al kende te laten aansluiten.

Mahoney voegde eraan toe: 'Ik vermoed dat u dit aan de sheriff zult moeten rapporteren. Ik kan u in gemoede niet vragen dat niet te doen.' Zijn lichte ogen kregen een bezorgde uitdrukking toen hij zich voorstelde wat voor problemen hij zou krijgen.

Ik dacht aan een andere toegewijde en ouderwetse arts die ik had gekend: de man die me ter wereld had helpen brengen. Toen ik jong was en niet wist wie ik om hulp moest vragen, had hij eerlijk met me gepraat, een recept voor de pil voor me uitgeschreven en gezegd dat mijn ouders er niets van hoefden te weten. En toen mijn broer John een motorongeluk had gehad terwijl mijn ouders de stad uit waren, was hij bij hem op bezoek gegaan en had in het ziekenhuis de hele nacht aan zijn bed gezeten. Er zijn nog steeds een paar van die zeldzame huisartsen over – hoewel niet zoveel als we er nodig hebben – die hun vak uitoefenen om hun patiënten te helpen en niet om zoveel mogelijk geld te verdienen. Ik wilde er niet verantwoordelijk voor zijn dat hun aantal met één verminderd zou worden.

Dus zei ik: 'Ik denk niet dat het nodig zal zijn dat ik contact met de sheriff opneem.'

Ik mocht van Mahoney de telefoon op de receptiebalie gebruiken en ik kreeg Bert Wallace net voor hij uit het Paleis van Justitie wilde vertrekken, te pakken. Hij mopperde een beetje tot ik hem eraan herinnerde dat ik een last van zijn schouders had genomen door met het bureau van de sheriff in Mono County samen te werken aan het onderzoek naar de moord op Erickson. Daarna zocht hij blijmoedig de informatie op over de mensen die ik hem had laten natrekken.

'Natuurlijk heb ik nog niets van het NCIC gehoord,' zei hij. 'Van de FBI kun je niet verwachten dat ze er vaart achter zetten. CJIS had niets over Hopwood, de Ericksons en Lionel Ong. Maar omdat zij alleen informatie over misdrijven in Californië verzamelen, zouden ze in een andere staat iets gedaan kunnen hebben. Ripinsky daarentegen, heeft een lang strafblad dat in het begin van de jaren zeventig begint. 'Zal ik bij het begin beginnen?'

'Graag.'

'Een veroordeling in Bridgeport in 1971. De aanklacht' – Wallace grinnikte – 'was dat hij een lasso om een straatlantaarn gegooid had en die vervolgens had omgetrokken.'

'*Wat?*'

'Technisch gezien was het openbare dronkenschap en vernieling. Hij heeft dertig dagen in de gevangenis gezeten en moest de kosten van het terugzetten van de lantaarnpaal betalen.'

'Goeie God. En daarna?'

'Niets tot halverwege de jaren tachtig. Dan volgt er een reeks arrestaties en veroordelingen van de Los Angeles County tot Siskyou die allemaal te maken hebben met protesten tegen milieuverontreiniging. Wil je de bijzonderheden horen?'

'Niet als er tussen '71 en toen niets is gebeurd. Hoe zit het met Nickles?'

'Twee veroordelingen wegens tippelen in Sacramento in '84. Lang niet zo interessant als Ripinsky. Maar Sanderman – degene die je bij nader inzien aan je lijstje hebt toegevoegd – is een fout mannetje.'

Ik ging rechtop zitten en pakte mijn blocnote. 'Ga verder.'

'In 1983 veroordeeld voor industriële spionage. Hij had van zijn werkgever in Silicone Valley computerontwerpen gestolen en die aan een concurrerend bedrijf verkocht. Heeft in een van die open gevangenissen gezeten waar ze hun golfclubs mee naar toe kunnen nemen.'

'In het geval van Sanderman was het waarschijnlijk een personal computer.'

'Hè?'

'Laat maar. Is dat alles?'

'Nee. Toen hij in afwachting van zijn hoger beroep op borgtocht vrij was, heeft zijn vrouw echtscheiding aangevraagd en Sanderman ging met een revolver achter haar aan. Hij heeft haar niet neergeschoten, maar haar wel zwaar mishandeld. Ze heeft een aanklacht ingediend, maar hem later ingetrokken – waarschijnlijk in ruil voor een gunstiger alimentatieregeling.'

'Verder nog iets?'

'Dat is alles. Wil je me een nummer geven waar ik je kan bereiken wanneer de NCIC de informatie doorgeeft?'

Ik betwijfelde of het informatiecentrum van de FBI dat zou doen voor het weekend voorbij was. 'Bel All Souls maar. Als ik er niet ben, vraag ik mijn boodschappen op.'

Nadat ik Bart had bedankt en de telefoon op de haak had gelegd, staarde ik naar de kale crèmekleurige muur van het receptiekantoortje en dacht aan het verzonnen levensverhaal dat Ned Sanderman me had voorgeschoteld – ons allemaal had voorgeschoteld. Geen wonder dat hij zoveel over zichzelf praatte; door een grote hoeveelheid onware en onbelangrijke bijzonderheden rond te strooien, kon hij de belastende feiten verhullen. En misschien had hij goede reden ze te verhullen. Zou een man die zijn werkgever had verraden ook de milieubeweging kunnen verraden? Zou een man die zijn van hem vervreemde echtgenote zwaar had mishandeld ook een andere vrouw kunnen mishandelen?

Mahoney was ergens achter een gesloten deur in zijn praktijk. Ik riep: 'Bedankt voor het telefoneren' en keerde terug naar het bungalowpark.

Rose Wittingtons Chevy stond niet op zijn gebruikelijke parkeerplaats. Haar huisdeur was op slot en niemand deed open toen ik erop bonsde. Ik liep naar de garage en probeerde vergeefs er binnen te komen. Er zaten geen ramen in, dus ik kon niet zien of Margots Miata binnen stond. Daarna liep ik om het huis heen en haastte me de heuvel af naar Sandermans bungalow. De deur stond open en ik zag zijn sleutel op de koffietafel in de woonkamer liggen. Ik liep even snel de andere kamer binnen en wist toen zeker dat hij was vertrokken.

Dat was ook niet verrassend, dacht ik. De Coalitie had er geen behoefte meer aan dat er iemand ter plaatse was. Sanderman zou de zaak met het Bureau voor Landbeheer in Sacramento kunnen afhandelen. Toch was het vreemd dat Anne-Marie niet van zijn plannen om Vernon te verlaten op de hoogte was geweest em dat hij het Ripinsky niet had verteld.

Er was misschien een klein kansje dat hij in de caravan was, dus reed ik naar de stad. Toen ik bij het kantoorterrein aankwam, zag ik dat de banier met de Californische papaver van de caravan gehaald was en ik constateerde dat de deur op slot was. De banier had er nog wel gehangen toen ik er eerder langsgekomen was; kennelijk was Sanderman hier minder dan een uur geleden vertrokken.

Toen ik op het trapje van de caravan stond, zag ik Ripinsky's Morgan langskomen en de parkeerplaats van Zelda op rijden. Ik keek op mijn horloge en zag dat het bijna halfvijf was. De mensen stroomden het restaurant binnen en Vernon maakte zich op voor het weekend. Geschrokken realiseerde ik me dat ik al zeven volle dagen met de zaak bezig was.

Zeven dagen was lang genoeg, verdomme. Het werd tijd om de waarheid van de leugens te scheiden en Ripinsky was de juiste man om mee te beginnen.

25

Ik liet de landrover naast de verlaten caravan achter en liep over de snelweg naar Zelda. Ripinsky zat in de lounge aan dezelfde tafel als waaraan Anne-Marie vorige vrijdag op me had zitten wachten. Ik baande me met mijn ellebogen een weg door de drukte om de bar en liep naar hem toe.

Hij glimlachte, stond op en schoof een stoel voor me bij. Ik begroette hem kortaf. Toen hij wat wilde zeggen, kwam er een serveerster aan met twee glazen bier. Toen ze weg was, zei hij: 'Slechte middag gehad?'

'Waarom vraag je dat?'

'Omdat je hier twee lelijke rimpeltjes hebt zitten.' Hij raakte met zijn vinger de brug van mijn neus aan.

Ik trok mijn hoofd met een ruk terug en keek nog bozer. 'Let er maar niet op. Ik wil nu voor de verandering eens een eerlijk gesprek met je hebben.'

Hij fronste zijn voorhoofd, nam een slokje bier en wachtte.

'Wat is de relatie tussen jou, Alvin Knight en Lionel Ong?'

'Relatie? Ong is algemeen directeur van de Transpacific. Knight... dat is toch hun geoloog.'

'Ik hoef jou niet te vertellen wie hij is.'

'Ik was het even vergeten. Waarom vraag je wat de relatie tussen hem en mij is?'

'Geen gelul, Hy.'

'McCone, ik weet niet waarover je het hebt. Ik heb die kerel één keer ontmoet toen ik op het terrein van de mijn een rondleiding kreeg van een pr-man van de Transpacific. Daarna heb ik hem nooit meer gezien en nooit meer iets van hem gehoord.'

'Je hebt hem woensdag om ongeveer halfzeven over de telefoon gesproken. Ik weet dat omdat ik bij Knight thuis was en het gesprek op een ander toestel heb afgeluisterd. Knight zocht Ong. Jij zei dat je niet wist waar hij was, maar dat je hem zou laten terugbellen als hij hier zou verschijnen.'

'McCone, heb je misschien iets gerookt dat bij de wet verboden is?'

Ik leunde naar voren over de tafel en moest me inspannen om mijn stem niet te verheffen. 'Probeer hier geen geintje van te maken. Waarom heeft Knight je gebeld?'

Hij zag hoe serieus ik het meende en keek me een paar seconden met half dichtgeknepen ogen aan. 'Woensdag om halfzeven,' zei hij, 'was ik in de caravan van de Coalitie.' Toen gleed er een begrijpende uitdrukking over zijn gezicht. 'Dat is Al dus.'

Ik wachtte met opgetrokken wenkbrauwen.

'Ik weet niet wat Lionel Ong hiermee te maken heeft, maar het volgende is gebeurd. Ik was daar de hele middag geweest om telefoontjes voor Ned aan te nemen die niet de moeite had genomen iemand te vertellen waar hij was of wat hij aan het doen was. Anne-Marie was net langsgekomen om te vragen of ik zin had een hapje te gaan eten en zij nam de telefoon aan. Het was weer voor Ned. Ze zei dat ze hem in het weekend had gesproken en dacht dat hij snel zou terugkomen, maar dat ik misschien iets meer zou weten en toen gaf ze me de hoorn in mijn hand. Die man – Al – was echt hardnekkig. Hij zei dat het dringend was, maar ik kon hem niet meer vertellen dan Anne-Marie. Hij vroeg me of ik Ned wilde laten terugbellen en ik zei dat ik dat zou doen.

Ik haalde me het deel van het gesprek dat ik had afgeluisterd voor de geest: *Hij moet je toch iets hebben verteld... Nee, dat had hij moeten doen, maar hij heeft het niet gedaan... Maar ze zei dat ze hem had gesproken... Luister, het spijt me, maar ik kan je niet helpen. Ik wou ook dat ik wist waar hij was.*

Het gesprek zou in beide scenario's passen, maar ik moest toegeven dat de versie van Ripinsky veel overtuigender was en bovendien zou Anne-Marie zijn verhaal kunnen bevestigen.

Hy keek naar me. Een ogenblik later gebaarde hij naar de serveerster. 'Drink je dat nog op of niet?' vroeg hij op het glas bier vóór me wijzend.

Ik schudde verward mijn hoofd en probeerde mijn ideeën over de zaak aan te passen aan wat hij me zonet had verteld.

'Wil je misschien iets anders?'

'Een witte wijn, alsjeblieft.'

'Komt voor mekaar.' Hij schoof het onaageroerde glas bier

naar zijn kant van de tafel en bestelde de wijn.

Ik keerde mijn gezicht af van zijn onderzoekende blik en staarde door het raam over het meer uit. De schemering viel in en lange vingers van schaduw strekten zich over het water uit. Vogels zetten koers naar de grauw wordende tufsteentorens.

God wist dat dit niet de eerste keer was dat ik een ongerechtvaardigde conclusie had getrokken over een hoofdrolspeler in een zaak, maar deze keer was mijn conclusie wel bijzonder overhaast en een beetje paranoïde geweest. Het leek wel of ik Hy had *willen* verdenken, alsof ik in feite had gehoopt dat ik zou kunnen bewijzen dat hij schuldig was aan gekonkel met de Transpacific. Waarom?

Om een buffer op te werpen tussen mezelf en deze man tot wie ik me sterk aangetrokken voelde? Om iemand uit mijn leven te verwijderen met wie ik me op een zeer fundamentele manier verbonden voelde? Hy begreep mijn duistere kant die ik aan George nooit had durven onthullen. Hij begreep die en oordeelde er niet over. Hij accepteerde mijn gewelddadige neigingen en gevaarlijke impulsen omdat er in zijn verleden een tijd was geweest waarin hij daaraan ook ten prooi was gevallen.

Het was angstaanjagend die verwantschap met hem te voelen. Mijn pas verworven en comfortabele status-quo zou erdoor verstoord en zelfs voor altijd vernietigd kunnen worden.

Toen de serveerster het glas wijn voor me neerzette, wendde ik me weer naar Hy. Ik wist dat ik een verontruste uitdrukking in mijn ogen had en kennelijk vertelde die hem meer over wat ik dacht dan ik hem vrijwillig zou hebben verteld. Hij legde zijn hand over de mijne en zei: 'Het is in orde, McCone.'

'Nee, het is niet in orde.'

'Maak je er geen zorgen over. We beginnen opnieuw, vanaf dit moment. Afgesproken?'

'Afgesproken.' Ik hief mijn glas en we dronken zwijgend.

'Goed,' zei ik terwijl ik het glas neerzette. 'Knight probeerde contact met Ong op te nemen. Dat lukte niet omdat Ong verdwenen was, dus belde hij Ned. Dat betekent dat Ned betrokken is...'

'Wacht even.' Hij haalde zijn hand van de mijne af en hief hem omhoog. 'Is Ong verdwenen?'

'Ja, hij is ontvoerd of... o.' Ik zweeg en raakte weer in verwarring. 'Ik heb je hierover nog niets verteld.'

'Nee, je hebt me goed weten af te schepen en nu begrijp ik waarom.'

'Hy, het...'

'Als je je nog één keer verontschuldigt, geef ik je nooit meer een tweede kans.'

'Een kans waarop?'

Hij keek me alleen langdurig en met een doordringende blik die op vele mogelijkheden zinspeelde, aan.

Er gleed een aangename huivering over mijn ruggegraat en ik zei: 'Dan zal ik die verontschuldiging maar laten schieten en je hierover alles vertellen.'

Toen ik uitgesproken was, bestelde Hy nog twee drankjes. Zijn ogen waren halfgeloken en zijn blik was naar binnen gericht. 'Laat me hier eens even over nadenken, McCone. Hij dacht nog steeds na toen de drankjes werden gebracht. Toen de serveerster was vertrokken, zei hij: 'Ik heb vanaf het moment dat hij hier aankwam mijn verdenkingen tegen Sanderman gehad. Niets specifieks, maar het leek alsof hij met zijn hoofd niet bij zijn werk was en hij was er nooit. Hij reisde altijd maar op en neer naar Sacramento en was over het algemeen onbereikbaar. En de dag voordat jij hier aankwam – donderdag – toen ik nog een laatste keer probeerde Earl Hopwood te vinden, zag ik Neds auto op de toegangsweg naar het terrein van de mijn, waar hij niets te zoeken had. Toen ik hem vroeg wat hij daar had gedaan, zei hij dat ik me moest vergissen. Maar hij was toch verdomd zenuwachtig.' Hij zweeg. 'Hoe zit het nu met Lionel Ong? Is er verder nog iets gebeurd? Is een losgeld gevraagd?'

'Ik heb het nieuws gevolgd en er is niets openbaar gemaakt. Een poosje geleden heb ik een inspecteur van de politie van San Francisco gesproken die ik had gevraagd een paar mensen voor me na te trekken. Ong hoorde daar ook bij en ik weet zeker dat hij anders gereageerd zou hebben als er iets over een ontvoering bekend was geworden.'

'Niet wanneer de FBI erbij zou zijn gehaald in plaats van de politie.'

'Ik ken iemand die een bron in Ongs kantoor heeft.' Ik keek op mijn horloge. Halfzes, maar zo'n overbelaste werkneemster als Marcy Cheung zou nog aan het werk kunnen zijn. 'Ik zal proberen haar te bellen.'

Er was een telefoon naast de toiletten. Ik draaide het nummer van de Chinees-Amerikaanse Vereniging en was niet verbaasd toen ik Marcy zelf aan de lijn kreeg.

'Hallo,' zei ze, 'ik hoopte al dat je mijn boodschap zou krijgen.'

Verdomme, ik was de hele dag vergeten All Souls te bellen!

'Wat is er voor nieuws?'

'Ik heb weer met mijn vriendin Lynn, Lionel Ongs secretaresse, gesproken. Er is geen losgeld gevraagd, maar Ong is nog steeds niet boven water en in het hoofdkwartier van de Transpacific zijn ze in paniek geraakt. Zijn vrouw komt terug uit Hong Kong en de directie komt bijeen om te besluiten of ze naar de politie zullen gaan.'

'Waarom moeten ze daarover in godsnaam vergaderen? De man wordt al twee dagen vermist.'

'Dat heeft iets te maken met een grote uitgifte van aandelen van de Transpacific in Tokio. Als uitlekt dat Ong verdwenen is, zal het lijken of het bedrijf in moeilijkheden zit waardoor de aandelenprijs zal kelderen. Bovendien moet iemand 72 uur vermist zijn, voordat ze een onderzoek openen.'

'Gezien Ongs invloed in de stad weet ik zeker dat de politie onmiddellijk een onderzoek zou instellen als de familie daarop aandringt. Laat je het me weten als je meer hoort?'

'Natuurlijk. Waar kan ik je bereiken?'

Ik dacht na, haalde toen mijn aantekenboekje te voorschijn en gaf haar zowel Hy's nummer als dat van de caravan van de Vrienden op. Nadat ik had opgehangen, belde ik All Souls om te vragen of er boodschappen waren, maar die van Cheung bleek de enige te zijn. Ted vertelde me dat hij op het punt stond om naar mijn huis te gaan om Ralph en Allie te eten te geven en dat ik hem vijf dollar schuldig was voor een medicijn tegen haarballen. Ik noteerde het op de laatste bladzijde van mijn aantekenboekje waarop ik de boekhouding bijhoud van de kleine bedragen die ik van vrienden heb geleend. Daarna ging ik terug naar de lounge.

Hy had zijn stoel naar het meer toe gedraaid en zijn voeten op de richel onder het raam gelegd. Het water had nu een purperen kleur gekregen en de ondergaande zon brandde op het wateroppervlak. De zwarte weerspiegelingen van de tufsteentorens leken helemaal tot op de bodem van het meer door te dringen. Ongevraagd kwam de regel in me op die ik in de bijbel die Hopwood naast zijn bed had liggen, had gelezen. 'En de duivel, die hen verleidde, werd geworpen in den poel des vuurs en sulfers...'

Toen ik ging zitten, draaide Hy zijn stoel terug naar de tafel en ik vertelde hem snel Cheungs nieuws. Hij knikte peinzend en dronk zijn glas bier leeg. 'Die situatie is ons dus uit handen genomen.'

'Ja, en we kunnen Sanderman op geen enkele manier bereiken voordat hij in Sacramento aankomt – als hij daar tenminste naar toe is.' Ik nam een slokje wijn en dacht aan de troubleshooter van de Coalitie.

'Hy, heb je Ned nauwkeurig in de gaten gehouden?'

'Mm-mm. Zoals ik al zei, wantrouwde ik hem al vanaf het begin.'

'Laten we eens doornemen wat je je herinnert van wat hij de afgelopen week heeft gedaan. We zullen met vrijdagmorgen beginnen.'

'Hij is met Anne-Marie naar Lee Vining gegaan om met de mensen van het Mono Lake-comité te praten. Hij heeft een pizza laten bezorgen in de caravan – ik geloof dat hij daarop leeft – en daarna hebben we vergaderd. Zaterdag...' Hij haalde zijn schouders op. 'Toen heb ik hem pas 's avonds in jouw bungalow gezien nadat Anne-Marie hem uit zijn bed had gehaald om over de moord te praten.'

Ik haalde me voor de geest hoe Sanderman de bungalow binnenkwam, zó onder de douche vandaan. 'Oké, de volgende morgen heb ik hem daar op de steiger gesproken en hij heeft me verteld waar hij Erickson van kende. Dat verhaal, plus allerlei persoonlijke dingen die hij me vertelde, was grotendeels gelogen.'

'En zondagmiddag heeft hij zijn computer ingepakt en is hij naar Sacramento gegaan omdat hij een paar *files* wilde inkijken.'

'Wanneer is hij teruggekomen?'

'Gistermiddag pas.'

'En hij is de hele tijd in Sacramento gebleven?'

Hy fronste zijn wenkbrauwen. 'Dat dachten we. Anne-Marie heeft hem maandag en dinsdag een paar keer telefonisch gesproken, maar woensdag kon niemand hem bereiken. Hij kan toen overal zijn geweest.'

Overal, dacht ik. Dus ook in San Francisco waar hij Margot Erickson had kunnen mishandelen of Lionel Ong ontvoeren. Maar wat voor motief zou Sanderman daarvoor gehad kunnen hebben?

'Denk eens terug aan zaterdag,' zei ik tegen Hy. 'Je bent 's morgens naar de stad gegaan en we hebben elkaar in de caravan gesproken. Wat heb je gedaan nadat ik was vertrokken?'

'Ik ben naar het vliegveld gegaan om wat onderhoudswerk aan de Citabria te doen. Ik heb een paar biertjes gedronken met de man die daar de baas is en ben toen teruggegaan naar de stad om boodschappen te doen. Ik liep Anne-Marie en een van de Vrienden tegen het lijf voor de Swifty-supermarkt. Ze gingen naar Bridgeport om te eten en ze hadden Rose Wittington meegenomen zodat ze haar bijbelstudiegroep kon bijwonen. Anne-Marie vroeg me waar jij was en ik zei dat ik het niet wist. Toen nodigde ze me uit om mee te gaan, maar ik had geen zin in de rit. Ik ben naar huis gegaan en jij kwam daar een paar uur later aan.

'Dus toen was het ongeveer...'

'Vier uur, zo iets.'

'Weet je zeker dat Ned niet met hen is meegegaan?'

'God nee. Hij is er niet in geïnteresseerd met de mensen hier om te gaan. Hij voelt zich waarschijnlijk boven hen verheven.'

'Hij voelt zich trouwens boven alle mensen verheven. Hij heeft me verteld dat hij zijn eigen gezelschap prefereert.' Ik zweeg en liep in gedachten het tijdschema dat we hadden gereconstrueerd na.

'Hy, wil je een paar dingen voor me doen?'

'Natuurlijk – wat?'

'Vraag eens in de stad na of iemand Earl Hopwood heeft gezien nadat hij zaterdagmorgen uit de praktijk van dokter Mahoney is vertrokken. En ga daarna naar de caravan en wacht daar op me. Mijn contactpersoon in San Francisco heeft beloofd me daar te bellen als ze nog iets over Ong hoort.'

'En waar ben je als ik je nodig mocht hebben?'

'In het bungalowpark. Ik wil iets controleren en daarna ga ik een praatje met Margot Erickson maken.'

26

Roses auto stond weer voor het huis en er brandde licht achter de ramen van de openbare ruimte. Ik zette de landrover onder een wilg en liep de heuvel af alsof ik naar mijn bungalow ging. Toen ik de beschutting van het bosje bereikte, stak ik over naar de bungalow waarin Sanderman had gelogeerd.

De deur stond nog steeds open en de sleutel lag nog op de koffietafel. Omdat Rose de bungalow nog niet had afgesloten, nam ik aan dat ze nog niet wist dat Ned voorgoed was vertrokken. Ik sloot alle gordijnen, deed de lichten aan en begon de kamers te doorzoeken.

Het stof lag in de ene slaapkamer zo dik dat ik betwijfelde of Sanderman er ooit een voet binnen had gezet. In de badkamer lagen een heleboel vochtige handdoeken en in de wasbak lag een eenzaam aspirientje dat aan het oplossen was. In de grotere slaapkamer was het beddegoed verkreukt en de hangertjes in de kast waren leeg. In de prullenbak zat alleen een menu van de afhaalpizzeria naast de Swifty-supermarkt.

In de woonkamer had Sanderman nog minder sporen van zijn verblijf achtergelaten. Op een bijzettafeltje lag een zwartgeblakerde lamp en naast de houtkist lag een stapel kranten. Ik tuurde in de dikbuikige kachel, maar die leek nooit te zijn gebruikt. Ik tilde de kussens van de bank en de stoel op, maar er was zelfs nog geen munt achter gegleden. Ten slotte ging ik de keuken binnen. Ik was er zeker van dat ik daar niets zou vinden. Sanderman had zijn afkeer daarvan niet onder stoelen of banken gestoken. 'Ik zou daar nog geen water willen koken; God mag weten wat voor bacteriën er op de loer liggen.'

De keuken zag er beslist niet onhygiënisch uit. Rose Wittington ging prat op haar bungalows. Er waren nergens schonere te huur, had ze me verteld toen ik hier aankwam. Maar de keuken deed wél pijn aan je ogen. Dezelfde afschuwelijke oranje tegels als in mijn bungalow domineerden de ruimte en de glanzende turkooise kleur waarin de kasten waren geschilderd vloekte er hevig mee, evenals met de gifgroene vloer en muren. Ik schudde mijn hoofd terwijl ik rondkeek.

Er viel me iets vreemds aan de keuken op dat niets met het interieur te maken had, maar ik kon het aanvankelijk niet benoemen. Toen realiseerde ik me dat de koelkast en een metalen kast een klein stukje waren verplaatst. Ik liep erheen en zag dat het verschuiven ervan krassen op het linoleum had achtergelaten. Ik trok de kast een stukje verder van de muur vandaan, maar zag er niets achter liggen. Ik haalde mijn zaklantaarn uit mijn tas en tuurde achter de koelkast. Weer niets. Toen begon ik de hele kamer te onderzoeken. De muren en de vloer waren kraakhelder maar een deel ervan naast de deur van de woonkamer zag er nog schoner uit, alsof het kort geleden schoongeboend was. Rose zou dat niet hebben gedaan – dat soort werk behoorde niet bij de service.

Evenals in mijn bungalow was de deur een klapdeur die tegen de keukenmuur opengezet kon worden. Ik duwde hem dicht en keek naar het deel van de vloer en de plint dat nu zichtbaar werd. Een bruinachtige substantie was in de kier tussen het linoleum en de plint gesijpeld en daar opgedroogd en vastgekoekt, net als het bloed tussen de vloerplanken in de woonkamer van Earl Hopwood.

Bij huishoudelijk werk wordt altijd wel iets over het hoofd gezien vooral als er snel een weerzinwekkend karweitje moet worden opgeknapt. Iemand had hier zorgvuldig bloed van het linoleum en de muur verwijderd, maar er geen rekening mee gehouden dat de vloer afliep waardoor het in de kier voor de plint was gevloeid.

Ik stond snel op en keek in de kamer rond. Neem nu eens aan dat degene die had gebloed, was neergeschoten, dacht ik. Waar zou de schutter dan hebben gestaan? Bij de gootsteen of bij de koelkast. In ieder geval aan het eind van het aanrecht. Wat had de schutter...?

Nee, Ned Sanderman. Wie anders? En het slachtoffer? Mick Erickson.

Goed dan, wat had Ned in de keuken gedaan? Misschien een drankje gepakt voor een bezoeker. En waar was de revolver geweest? Hij had het wapen bij zich gedragen of het had ergens in de keuken gelegen. Hoe dan ook, hij had daar ergens gestaan.

Ik bleef staan waar ik stond en bekeek nauwkeurig de andere kant van de keuken. Toen liep ik erheen en hurkte om het uiteinde van het aanrecht beter te kunnen zien. In een van de tegels zat ter hoogte van het middel een barst. Er zaten weliswaar op veel plaatsen scheuren en barsten in de tegels, maar die zaten er al zo lang dat ze grijs waren geworden. Deze barst was wit – nieuw.

Ik kwam overeind en strekte mijn arm uit alsof ik een revolver op iemand richtte. Sanderman was niet langer dan ik en hij zou de revolver op ongeveer dezelfde hoogte hebben gehouden.

Het klopt, dacht ik. Hij is hier naar binnen gegaan en Erickson kwam achter hem aan. Sanderman haalde de revolver te voorschijn, draaide zich om en vuurde. Maar hij had zich niet schrap gezet om de terugstoot op te vangen. Zijn hand schoot opzij... zó... de revolver raakte de tegel en sloeg er een barst in.

Maar waarom had hij de koelkast en de metalen kast verschoven? Dat had hij niet hoeven te doen om het bloed te verwijderen. En als hij zo zorgvuldig te werk was gegaan, had hij toch zeker ook het aangekoekte bloed achter de klapdeur moeten opmerken. Waarom zou hij anders de moeite hebben genomen...

Toen herinnerde ik me dat Mick Erickson door twee kogels uit een automatisch .22-pistool was getroffen. Automatische pistolen stoten de hulzen van de afgeschoten kogels uit. Als Sanderman nu eens niet had gezien waar een van de twee hulzen terechtgekomen was en ernaar had moeten zoeken?

Ik leunde tegen het aanrecht en dacht na. De patholoog-anatoom had vastgesteld dat Erickson zaterdagavond om ongeveer zeven uur was overleden. Het bungalowpark lag tamelijk geïsoleerd en omdat Rose en Anne-Marie in Bridgeport waren, had niemand de schoten gehoord. Het zou Sanderman enige tijd hebben gekost om zich van het lijk te ontdoen, zelfs als hij het alleen maar naar het meer had gesleept en het erin geduwd. Daarna had hij Ericksons Bronco in de buurt van Zelda op de snelweg moeten parkeren, de vingerafdrukken die hij in de auto had achtergelaten moeten wegvegen en naar hier moeten teruglopen. Zelfs als hij daarmee pas om halfnegen of negen uur klaar was geweest, zou hij nog twee of drie uur over hebben gehad voordat Anne-Marie hem om middernacht kwam halen –

meer dan genoeg tijd om het bloed op te dweilen en ander bewijsmateriaal te vernietigen.

Toch had Sanderman er de tijd voor genomen te douchen, nadat Anne-Marie hem had gevraagd naar onze bungalow te komen, en toen hij bij ons binnenkwam, zag hij er buitengewoon wakker uit voor iemand die zogenaamd zo vast had geslapen. Wakker en een beetje opgewonden. Waarom?

Ik dacht weer aan de hulzen van de verbruikte kogels. Er moesten er minstens twee zijn. Iemand die naar een huls zocht, zou alles verplaatsen wat niet vastzat. Het zoeken zou hem extra tijd hebben gekost en als hij de huls niet had gevonden, moest die er nog steeds zijn.

Ik begon te zoeken; eerst op de voor de hand liggende plaatsen en daarna op minder waarschijnlijke plekken. Er was niets in de vale, katoenen gordijnen blijven hangen. Op de afvoer van de gootsteen zat een roostertje met zulke fijne mazen dat er niet meer dan een broodkruimel doorheen gespoeld zou kunnen worden. De vetvanger onder de branders van de oven was leeg. In de laden zat alleen keukengerei en in de kastjes stonden slechts de allernoodzakelijkste spullen. Ik kantelde de metalen kast en scheen er met mijn zaklantaarn onder om te kijken of er een rand was waarop de huls zou kunnen zijn gestuiterd. Ik keek in de oven en in de koelkast. Op het aanrecht stond alleen net zo'n klein elektrisch koffiezetapparaat als in mijn bungalow.

Ik bekeek het koffiezetapparaat wat beter en zag dat het plastic kapje ontbrak dat gewoonlijk de opening bedekt waar het water in wordt gegoten. Het apparaat kon niet erg goed hebben gewerkt; veel van het water zou als stoom vervlogen zijn.

Sanderman zou het trouwens nooit hebben gebruikt, dacht ik toen. Hij wist waarschijnlijk niet eens hoe het werkte omdat hij nooit koffie of thee dronk. Waarom zou deze kleine opening hem zijn opgevallen?

Ik trok het apparaat naar me toe, kantelde het een beetje en tuurde in de ruimte voor het water. Op de bodem ervan lag een staalgrijze huls en ik wist zeker dat het een .22-huls was.

'Mooi zo,' zei ik zacht.

Zonder de huls eruit te halen, schoof ik het koffiezetapparaat terug op zijn plaats, deed het keukenlicht uit en liep snel naar de badkamer. De meeste handdoeken die daar hingen waren vochtig door normaal gebruik, maar drie grote die over de rail van het douchegordijn hingen, waren stijf opgedroogd alsof er een schoonmaakmiddel in was getrokken. Onder de wasbak vond ik een bijna lege, grote flacon Formule 409.

Hij had waarschijnlijk gedacht dat het schoonmaakmiddel alle bloedsporen zou vernietigen, maar ik wist wel beter. In een gerechtelijk laboratorium zouden ze zonder moeite voor de dag gehaald worden.

Ik wist dat ik geen tijd meer te verliezen had. Ik deed de andere lichten in de bungalow uit, sloot de deur af en rende de heuvel op naar het huis van Rose.

Rose Wittington wilde me niet binnenlaten. Ze stond achter de gesloten deur en zei kalm tegen me dat ik morgen moest terugkomen.

Ik schreeuwde dat ik niet zou weggaan. Dat ik de sheriff moest bellen. Dat ik wist dat Margot binnen was en dat ze het maar met de autoriteiten moest uitzoeken als ze niet met mij wilde praten. Toen schopte ik tegen de deur.

De grendel werd teruggeschoven en Rose stond voor me. Haar gewoonlijk vriendelijke gezicht had nu een strenge, afkeurende uitdrukking en ze zei: 'Schreeuw niet zo, jongedame; ze kunnen je helemaal in Nevada horen. En bevuil mijn deur niet met die schoenen.'

Ik keek haar boos aan en stapte naar binnen.

Margot Erickson zat, gehuld in een blauwfluwelen kaftan waarin haar kleine lichaam bijna verdween, ineengedoken op een van de banken voor de grote tv. De blauwe plekken op haar gezicht staken scherp af tegen haar doodsbleke huid. Ik verwachtte dat ze ervandoor zou gaan, maar ze leek niet meer tot vluchten in staat. Ze staarde me zwijgend aan.

'Ik kan geen tijd verdoen met je te vertellen wat er is gebeurd,' zei ik tegen haar. 'Luister alleen naar wat ik door de telefoon zeg.' Ik liep naar de telefoon en draaide het nummer van het bureau van de sheriff in Bridgeport.

Lark had nog steeds dienst. Ze begon me iets te vertellen over het rapport van het laboratorium over het huis van Hopwood, maar ik onderbrak haar. 'Kirsten, ik heb ontdekt wie Mick Erickson heeft vermoord. Hoe snel kun je bij Willow Grove Lodge zijn?'

Margot wilde van de bank opstaan, maar ik gebaarde haar te blijven zitten. Lark zei: 'Ik vrees dat dat wel een poosje zal duren. Er heeft een grote kettingbotsing plaatsgevonden op de 395. Al onze mensen zijn erheen gestuurd en ik betwijfel trouwens of ik er door kan. Vertel me maar wat je weet.'

Ik vertelde haar wat ik in Sandermans bungalow had gevonden en zag de schrik die op Margots gezicht te lezen stond, plaatsmaken voor verwarring. 'Hij is hier tussen drie en vier weggegaan,' zei ik ten slotte. 'Het is mogelijk dat hij naar zijn huis in Sacramento is gereden, maar ik zou er niet op durven wedden.'

'Ik zal een arrestatiebevel voor hem uitvaardigen. Weet je wat het kenteken van zijn auto is?'

Ik vroeg het aan Rose en ze las het op uit haar gastenboek.

'Oké, ik ga direct aan de slag,' zei Lark. 'Kan er niemand binnenkomen in de bungalow waar het misdrijf heeft plaatsgevonden?'

'De deur is op slot en ik heb de sleutel.'

'Ik ben er zo snel mogelijk.'

Ik legde de hoorn op de haak en liep naar Margot toe. Ze had haar blote voeten op de sofa gelegd en haar armen beschermend om haar knieën geslagen. Een ogenblik later liet ze haar tong over haar droge lippen glijden en vroeg: 'Is Mick echt in een van de bungalows vermoord?'

Ik knikte.

'En die... Ned Sanderman... wie is dat?'

'Ken je hem niet?'

'Nee.'

Ik ging naast haar zitten. 'Iemand van de Coalitie voor Milieubehoud. Hij was met Mick en Lionel Ong betrokken bij het Gouden Heuvels-project. Waarschijnlijk is hij degene die bedacht heeft hoe ze het land aan de oostkant van het plateau in handen konden krijgen.'

Ze drukte haar gezicht tegen haar opgetrokken knieën. 'Dat vervloekte project. Het heeft alles kapotgemaakt.'

'Margot, ik weet dat Earl Hopwood je vader is en dat jij op de een of andere manier aan het project hebt meegewerkt. Wil je me vertellen hoe dat allemaal is gegaan – vanaf het begin.'

Ze keek weer op. De tranen liepen over haar wangen en de natte glans ervan maakte op de een of andere manier dat haar verwondingen nog ernstiger leken. Rose drukte een paar papieren zakdoekjes in haar hand, liep toen zwijgend naar een fauteuil en ging met een waakzame en bezorgde uitdrukking in haar ogen op het puntje van de stoel zitten.

Margot zei: 'Goed, maar ik wil eerst mijn verontschuldigingen aanbieden voor wat ik je een paar dagen geleden heb aangedaan. Ik was in paniek en besefte niet...'

'Die zijn geaccepteerd. Vertel me nu over het Gouden Heuvels-project.'

'Het is allemaal jaren geleden begonnen, in de tijd toen Mick nog probeerde het pa naar zijn zin te maken. Pa's hele leven draaide alleen nog maar om Stone Valley en die mijn. Hij was ervan overtuigd dat Promiseville weer zou worden wat het eens was geweest als hij iemand zover zou kunnen krijgen de mijn te heropenen. Natuurlijk was dat om meer dan één reden onmogelijk, maar om hem een plezier te doen, nam Mick wat bodemmonsters en daaruit bleek dat de mijn uitgeput was. Hij vertelde pa de resultaten echter niet, omdat die hem toch niet geloofd zou hebben.'

'Wanneer zijn hij en Ong op het idee gekomen er een vakantieoord van te maken?'

'Vakantieoord?' vroeg Rose.

Ik negeerde haar en concentreerde me op Margot.

'Dat weet ik niet.' Ze begon een zakdoekje om haar vingers te draaien. 'Een paar jaar geleden met Kerstmis stelde Mick pa voor het land te verkopen. Hij zei dat hij een rijke cliënt had die zijn geld naar de vs wilde overbrengen om het in de mijnbouw te investeren. Pa was in de wolken, maar ik geloofde Mick niet. Bovendien ben ik zelf ook nogal milieubewust en ik wist wat de toepassing van moderne mijnbouwmethoden voor het gebied zou betekenen. Maar toen ik probeerde dat te berde te brengen, zei Mick tegen me... dat ik me met mijn eigen zaken moest bemoeien.'

Rose snoof minachtend.

'Wat gebeurde er toen?'

Margot legde de zakdoekjes neer en pakte haar sigaretten die naast een volle asbak op het bijzettafeltje lagen. Ze stak er een op, vertrok haar gezicht en antwoordde: 'Ik weet het niet; ik besloot me erbuiten te houden. Wat zou ik tegen een bedrijf als de Transpacific kunnen beginnen? Bovendien kon ik het niet over mijn hart verkrijgen pa's laatste droom te vernietigen. Daar kwam nog bij dat het met Mick niet goed ging; hij was verschrikkelijk overwerkt en hij moest binnen korte tijd zijn exvrouw de laatste termijn voor haar aandeel in zijn zaak betalen. Hij had zo al genoeg stress.'

En die laatste betaling, dacht ik, gaf Mick, behalve simpele hebzucht, een reden er zijn best voor te doen dat het Gouden Heuvels-project zou doorgaan.

'Ten slotte,' vervolgde Margot, 'besefte Mick dat ik hem niet zou tegenwerken, dus vroeg hij me hem te helpen. Hij had van zijn ex-vrouw uitstel van betaling gekregen en probeerde met al zijn energie het bedrijf tot een succes te maken. Ik had het gevoel dat ik niet kon weigeren.'

'Hoe heb je hem geholpen?'

'Met de administratieve zaken. Hij vertelde me dat ze hadden besloten meer land op het plateau te kopen om te ontginnen. Een man die Franklin Tarbeaux heette, had een concessie op de oostelijke kant en hij stemde erin toe patent op het land aan te vragen en het land tegen een goede prijs aan de Transpacific te verkopen. Dat vertelde Mick me tenminste. Ik stelde met advies van de geoloog de aanvraag op en behandelde alle post van Tarbeaux.

'De post werd bezorgd bij dat appartement van de Transpacific op Telegraph Hill?'

'Ja. Lionel heeft het huis gekocht om zakenrelaties die op bezoek komen onder te brengen en geheime vergaderingen te houden.' Ze keek schuldbewust opzij omdat ze zich herinnerde wat er voor dat gebouw tussen ons was gebeurd en ze drukte haar sigaret uit. 'Ik had een sleutel van het penthouse en haalde er de post op. Er kwam alleen post die met het Bureau voor Landbeheer te maken had.'

Maar doordat ze zo vaak en om onbekende redenen in het appartement aanwezig was, was het gerucht de ronde gaan doen dat Ong daar een maîtresse had zitten. 'Wanneer heb je ontdekt dat Tarbeaux niet bestond?'

'Daar ben ik pas achter gekomen toen je me over die naam vroeg en me vertelde dat Mick een tweede stel legitimatiepapieren bij zich droeg toen hij werd doodgeschoten. Toen begon ik door te krijgen dat hij tegen me had gelogen.'

'En wanneer ontdekte je vader dat er een vakantieooord van

het plateau gemaakt zou worden in plaats van een mijnbouw-gebied?'

'Ongeveer een maand geleden. Hij was zo enthousiast over het nieuwe mijnbouwproject dat hij steeds bij het plateau rond-hing. Volgens Mick vond iedereen hem daar een lastpak.' Ze zweeg en leek naar haar eigen woorden te luisteren. 'Mijn va-ders dromen waren hem afgenomen, al wist hij dat toen nog niet, en het enige dat mijn echtgenoot over hem te zeggen had, was dat hij een lastpak was.' Ze kreeg een sombere, naar bin-nen gekeerde blik in haar ogen. Ik wist wat ze daar zag: de on-gevoelige man die Mick was geweest – of misschien was gewor-den – en de schijnvertoning die hij van hun huwelijk had ge-maakt.

Margot zuchtte en pakte nog een sigaret. Rose maakte een protesterend geluidje, maar zei niets.

Ik zei: 'Je was aan het vertellen hoe je vader erachter was ge-komen dat...'

'Pa had niet echt veel verstand van mijnbouw, maar hij wist er genoeg van om te beseffen dat er op het plateau iets niet in de haak was. Hij wist het vertrouwen van een van de personeelsle-den te winnen en kreeg van hem te horen wat de echte plannen van de Transpacific waren. Toen kwam hij naar de stad en eiste dat Mick het project zou stopzetten. Mick heeft pa het huis uit gegooid. Dat was voor mij de druppel die de emmer deed over-lopen. Ik heb drie echtgenoten gehad, maar ik heb maar één va-der. Toen heb ik *Mick* het huis uit gegooid en tegen hem gezegd dat hij niet terug hoefde te komen voordat hij had gedaan wat pa hem had gevraagd. Uiteraard,' voegde ze er zacht aan toe, 'heeft hij dat nooit gedaan.'

'Je vader begon moeilijkheden te maken op het terrein van de mijn, hè?'

'Ja. Ze hebben er een hek omheen gemaakt en bewakers neergezet, maar daarmee hielden ze hem niet tegen.' Ze glim-lachte wrang. 'Pa kende het plateau als zijn broekzak. Er zijn allerlei ingangen tot het plateau – tunnels, schachten – waarvan de mensen van de Transpacific geen notie hadden, laat staan dat ze die konden blokkeren.'

Ik herinnerde me de oude kaarten en de half voltooide nieu-we kaart aan de muur in Hopwoods 'museum'. Op de laatste was waarschijnlijk aangegeven welke tunnels nog bestonden.

'Wat hebben ze toen gedaan?'

'Ik denk dat Mick hierheen is gekomen om te proberen pa tot rede te brengen. Dat vermoeden kreeg ik zodra me werd verteld dat hij bij Tufa Lake was doodgeschoten. Waarom zou hij anders zoveel moeite hebben gedaan om de indruk te wekken dat hij in Japan was? Hij wist dat ik me ermee zou bemoeien als ik erachter zou komen wat hij van plan was.'

En ze had gedacht dat haar vader haar echtgenoot had gedood. Dat verklaarde de bijna tastbare angst die ze dinsdagmorgen bij haar huis had uitgestraald. 'Weet je zeker dat hij je vader heeft opgezocht?'

'O ja.' Ze vertrok haar gezicht alsof ze pijn had. 'Woensdag heb ik daarover zekerheid gekregen.'

'Wat is er toen gebeurd?'

Ze wendde haar gezicht af.

'Je vader dook weer in de stad op, hè?'

Ze liet haar kin zakken bij wijze van bevestiging.

'Heeft híj je geslagen?'

Margot reageerde niet, maar Rose maakte een vreemd geluid dat tegelijkertijd verbazing en ongeloof uitdrukte.

Even later zei Margot: 'Hij kwam die middag naar de stad. Een paar dagen daarvoor was hij beschoten en had een vleeswond opgelopen. Hij vertelde me dat Mick zaterdagmorgen naar zijn huis was gekomen en hem had bedreigd. Pa had zijn revolver getrokken om hem bang te maken, maar Mick had hem het wapen afgepakt en ermee op hem geschoten. Daarna was Mick gevlucht.'

'Heb je hem gevraagd of hij Mick uit wraak heeft doodgeschoten?'

'Hoe vraag je je eigen vader zo iets?' Toen ik niet antwoordde, vervolgde ze: 'Hij heeft me trouwens de kans niet gegeven het te vragen. Hij wilde het telefoonnummer en het privé-adres van Lionel Ong van me hebben. Ik weigerde, uit angst dat hij iets verschrikkelijks zou doen...'

Toen ze niet verder sprak, zei ik: 'En toen heeft hij je geslagen om je ertoe te dwingen.'

Haar 'ja' werd bijna fluisterend uitgesproken.

Rose kreunde medelevend en wilde naar haar toe komen, maar Margot gebaarde haar te blijven waar ze was. Ze drukte haar niet helemaal opgerookte sigaret uit en voegde eraan toe:

'Pa gaf zowel mij als Mick de schuld van wat er was gebeurd. Hij zei dat ik met de rest tegen hem had samengezworen. Ik zal nooit vergeten hoe hij naar me keek... de haat...'

'Margot,' vroeg ik, 'heb je geprobeerd Ong te waarschuwen voordat je die avond naar zijn huis en het appartement bent gegaan?'

'Nee. Eerst voelde ik me... Het was alsof ik verlamd was. Deze man die mij dat had aangedaan, was niet de vader die ik mijn hele leven had gekend. Mick was dood en nu was de rest van mijn wereld... Ik bleef gewoon thuis en keek hoe het donker werd. Toen kwam ik tot mezelf en probeerde Lionel te bellen. Toen ik hem niet kon bereiken, ging ik hem zoeken en toen...' Ze keek weer schuldig.

Ik vroeg: 'Wat voor indruk maakte je vader die middag, afgezien van die voor hem ongebruikelijke gewelddadigheid? Was hij bij zijn volle verstand en had hij zichzelf onder controle?'

Rose zei: 'Is een goede christen bij zijn volle verstand als hij zijn eigen dochter slaat?'

Weer negeerde ik haar en ik bleef Margot aankijken.

Ze dacht na. 'Hij functioneerde wel, als je daarmee bedoelt dat hij zich zo kon gedragen dat hij geen aandacht zou trekken. Hij sprak normaal en zo. En de schotwond leek geen nadelige gevolgen voor hem te hebben gehad; hij was alleen een beetje stijf. Maar zoals hij tekeerging... Hij raaskalde en kraamde die bijbelse onzin uit.' Ze keek verontschuldigend naar Rose. 'Dat is de enige manier waarop ik het kan beschrijven.'

'Is je vader altijd religieus geweest?'

'Nee, pas de laatste paar jaar.'

Rose zei: 'Een paar jaar geleden ben ik begonnen hem te interesseren voor mijn bijbelstudiegroep. Ik denk dat hij in het begin alleen de Grote Intellectueel wilde uithangen en ons "Bijbelfanaten", zoals hij ons graag noemde, voor gek wilde zetten. Maar uiteindelijk heeft hij het licht gezien.'

Ik vroeg Margot: 'Herinner je je nog dingen die hij tegen je heeft gezegd?'

'O...' Ze streek haar haar van haar voorhoofd naar achteren en liet haar hand boven op haar hoofd rusten. 'Hij zei iets over een aardbeving. En over bloed. Ik kan het niet zeggen zoals hij, maar het was iets over de maan en de zee die in bloed veranderden en over de zon die zwart werd en een brandende berg.'

'Nog iets anders?'

'Toen hij vertrok... Dit deel staat me vaag voor de geest omdat ik pijn had en in shock was. Hij zei zo iets als: "Ze zullen op dezelfde dag sterven als Christus, op de vijfde dag." Zegt je dat iets?'

Ik keek Rose aan. 'Hopwood heeft pas in de Openbaring gelezen, als dat je op weg helpt.'

Ze stond op, liep naar de secretaire in de hal en kwam terug met een bijbel. Toen ze ging zitten en door het laatste boek ervan begon te bladeren, slaakte Margot een zucht en liet haar hand langs haar zij vallen. Haar ogen waren halfgesloten en haar gezicht was uitgezakt alsof ze bij het vertellen over haar laatste gewelddadige ontmoeting met haar vader haar laatste krachten had opgebruikt.

Na een paar minuten keek Rose op en haar gezicht gloeide van opwinding over haar ontdekking. 'Openbaring zes, vers twaalf,' zei ze: ' *"Er werd een grote aardbeving, en de zon werd zwart als een haren zak, en de maan werd als bloed."* '

Ik wachtte. Rose keek teleurgesteld door mijn reactie en begon opnieuw te bladeren terwijl haar lippen geluidloos bewogen.

Ik stond op en begon rusteloos in de kamer rond te lopen. Wat ze had voorgelezen, zei me geen moer, maar Hopwoods geraaskal moest verband houden met zijn latere daden – met wat hij van plan was met Lionel Ong te doen.

'Luister hier eens naar,' zei Rose. 'Openbaring acht, vers acht: *"En er werd iets als een grote berg, van vuur brandende, in de zee geworpen; en het derde deel van de zee is bloed geworden."* '

'Wat wil dat zeggen?' Ik keek Margot aan om te zien of het voor haar misschien iets betekende, maar haar ogen waren nu helemaal gesloten. 'Hoe zit het met dat gedoe over de vijfde dag?' vroeg ik Rose.

Ze wierp me een blik toe die zei dat ik een heidense opvoeding gehad moest hebben. ' *"Ze zullen op dezelfde dag sterven als Christus stierf, op de vijfde dag,"* ' citeerde ze Hopwood. 'Christus stierf op Goede Vrijdag. God schiep de wereld in zes dagen en op de zevende dag rustte hij – op zondag.'

'Op vrijdag. Vandaag.' Ik dacht aan de rest van de zin: '*Zul-*

len ze sterven' en aan de passage uit de Openbaring die ik in Hopwoods bijbel had gelezen: *En de duivel, die hen verleidde.*

Toen dacht ik na over Hopwood, een man die ik nooit had gezien, maar op een bepaalde manier intiem kende: een eenzame man die zich onlangs in bijbeltektsen over vernietiging en verlossing had gestort. Een man die één allesoverheersende passie had gehad en was bedrogen, een man wiens passie hem was afgenomen.

En ik dacht: *Een grote berg... van vuur brandende... op de vijfde dag...*

27

Ik reed direct naar de caravan van de Vrienden en legde Hy mijn vermoedens voor. Aanvankelijk herhaalde hij zijn eerdere beschuldiging dat ik hasj had gerookt, maar toen ik hem herinnerde aan de kaarten in Hopwoods 'museum' en het stuk van de dynamietkist dat ik op de afvalhoop had gevonden, werd hij ernstig en zweeg.

Ten slotte zei hij: 'In zekere zin klopt dat met iets dat ik heb bedacht toen ik vanavond in de stad naar de ouwe baas informeerde. Hij is er de hele tijd geweest; we hebben alleen op de verkeerde plaatsen gezocht.'

'Hoezo?'

'Denk eens na, McCone. Voordat je hier kwam, heb ik zijn huis gecontroleerd en de mensen in Stone Valley gevraagd of ze hem hadden gezien. Daarna heb ik de conclusie getrokken dat hij weg was. Jij hebt hetzelfde gedaan en nadat je Lily Nickles hebt gesproken, heb je aangenomen dat hij de staatsgrens over was gegaan om de bloemetjes buiten te zetten en te gokken. Zelfs nadat je ontdekte dat hij niet in Reno was gesignaleerd en dat hij door Rose en die ouwe hippy hier in de buurt is gezien, hebben we ons aan het idee vastgehouden dat hij ergens anders was dan hier in de streek. Maar vanavond ben ik erachter gekomen dat hij regelmatig de Swifty-supermarkt bezocht en bij het benzinestation getankt heeft.'

'Wanneer?'

'Hij is de afgelopen maand drie keer in de Swifty-supermarkt geweest, wat zo'n beetje normaal voor hem is. Bij het benzinestation is hij zelfs afgelopen vrijdag nog geweest en hij informeerde daar naar een vrouw in een rode sportwagen die van het kantoorterrein af was gekomen en de weg had gevraagd naar het tufsteenwoud.'

'Dus het was Hopwood die me daar bespied heeft?'

'Ik denk het. Hij wilde weten wat je de pompbediende had gevraagd en waar je naar toe ging en daarna is hij je gevolgd.'

'Ik vraag me af waarom.'

'Je was hier een vreemde en je had pas met mij gesproken. Ik denk dat hij ons allemaal goed in de gaten hield – in het begin omdat we tegen de mijnbouw op het plateau gekant waren en later omdat hij wist dat Sanderman bij het Gouden Heuvels-project betrokken was. Dat moet hem flink in verwarring hebben gebracht.' Toen hij Neds naam noemde, bedacht ik dat ik hem nog niet had verteld dat Sanderman Erickson had vermoord. Maar daarvoor was nu geen tijd en bovendien was er iets met Sandermans motief dat me dwarszat – iets waarover ik eerst zelf helderheid wilde krijgen.

Ik zei: 'Hopwood moet ook degene zijn geweest die in jouw huis, de caravans en de bungalows heeft ingebroken en naar All Souls heeft gebeld om uit te vinden wie ik was.'

Hy knikte.

'Het is moeilijk te geloven dat hij de stad in en uit kon glippen terwijl dat maar door zo weinig mensen werd opgemerkt?'

'Niet echt als je erover nadenkt. Het doet me denken aan die goudforellen die we hier in de rivieren hebben. Als je in het langzaam stromende water kijkt waar je ze verwacht, zie je ze waarschijnlijk, maar als ze snel tussen de met mos bedekte stenen door zwemmen, is de kans groot dat je ze mist.'

'Maar waar heeft Hopwood geslapen? Niet in zijn huis. En niet ergens waar het opviel, anders zouden de mensen in de vallei hem wel hebben gezien.'

'Earl kent ieder hoekje en gaatje van de vallei en hij is gewend aan slapen in de openlucht. De vrouw van de Swifty-supermarkt zei dat hij de laatste tijd een hoop kampeerbenodigdheden heeft gekocht.'

Ik dacht aan wat Margot over haar vader had gezegd en ik herhaalde het. 'Hij kent dat plateau ook van binnen en van buiten.'

'Dat geloof ik graag.'

'Natuurlijk bewijst niets van dit alles mijn theorie.'

'Er is nog meer. Terwijl ik op je wachtte, heb ik over Hopwood en wat je op zijn afvalhoop hebt gevonden, nagedacht. Ik heb een paar telefoontjes gepleegd en ik had succes bij een zaak in mijnbouwartikelen in Lee Vining. Hij was daar de afgelopen maand een paar keer binnen geweest. Eerst kocht hij alleen maar nieuwe pikhouwelen en spaden, maar daarna ook schorren en hout die je zou gebruiken om tunnels te stutten. Del, de man die de zaak drijft, vond het nogal vreemd omdat Earl nog nooit ondergronds naar goud had gezocht. Nog maar een paar weken geleden informeerde hij naar dynamiet. Hij vroeg Del of deze iemand wist die hem aan dynamiet kon helpen zonder dat hij door de hele ambtelijke molen zou hoeven te gaan.

'Heeft Del hem naar iemand toe gestuurd?'

'Hij zei dat hij dat "misschien had gedaan".'

'Mm-mm. En ik durf te wedden dat de kist die ik heb gevonden niet de enige was die hij heeft gekocht.'

'Waarschijnlijk niet.'

'Wat doen we nu?'

'Ermee naar de sheriff gaan?' Hy's stem klonk niet al te enthousiast.

Ik schudde mijn hoofd. 'Er is een grote kettingbotsing op de 395 geweest. Alle mensen van de sheriff zijn erheen gestuurd en er kan niemand door. En als jij mijn theorie niet eens wilde geloven, dan geloven ze me op het bureau van de sheriff helemaal niet. Ze hebben meer nodig dan wat ik te bieden heb om naar het plateau uit te kunnen rukken.'

'Dan moet je zien dat je meer in handen krijgt.'

'Ik? En jij dan?'

'Ik wist niet dat ik ook mocht meedoen.'

'En ik ken je goed genoeg om te weten dat ik je er niet buiten kan houden.'

Onderweg naar de vallei gingen we bij Hy's huis langs om een paar dingen op te halen die we nodig hadden. Terwijl hij binnen was, keek ik op de klok op het dashboard van de landrover. Het was bijna acht uur; er was niet veel van de vijfde dag meer over.

Het gevaar van deze missie werd me nu duidelijk. Mijn interpretatie van Hopwoods geraaskal was op zijn best wankel en het idee van de vijfde dag was het zwakste deel ervan, maar wie wist wat hij had gepland en voor wanneer? Ik kon begrijpen waarom Hy de vallei in wilde gaan om de zaak te onderzoeken. Dit was zijn thuis; hij hield ervan en had belang bij wat er hier gebeurde. Maar ik daarentegen...

Hy kwam het huis uit en legde een touw en een paar grote zaklantaarns in de landrover. 'Kun je met een .38 omgaan?'

Het was het kaliber van mijn eigen revolver. Ik knikte en pakte de Colt aan die hij me door het raampje aanreikte.

Hy bestudeerde mijn gezicht. 'Heb je bedenkingen?'

'Een beetje wel.'

'Dit is jouw strijd niet, McCone.'

Ik haalde mijn schouders op. 'In sommige opzichten niet, maar in een ander opzicht wel.'

Hij knikte. 'Laten we dan gaan. We moeten de Morgan ook maar meenemen. We zullen ze misschien allebei nodig hebben.'

'Inderdaad. We kunnen ze in de stalhouderij achterlaten en langs Hopwoods museum gaan om naar die kaarten te kijken. Ik zie je daar.' Ik startte de landrover.

Het was weer een koude avond; de maan stond hoog aan de hemel en het landschap had dezelfde kristalheldere scherpte. Ik reed over de kronkelige, hobbelige weg naar de heuveltop boven de vallei. Evenals de vorige avond waren er beneden geen lichten te zien en slechts het zwakke licht van de veiligheidsbakens markeerde de afrastering van harmonikagaas boven op het plateau. Maar ik was me nu sterk bewust van de aanwezigheid van andere mensen in het duister: Bayard en zijn gezin, de andere goudzoekers in hun huizen op de bodem van de vallei en de bewakers van de Transpacific in hun caravans boven op het plateau. En een onevenwichtige man met dodelijke plannen die een doodsbange gijzelaar bij zich had.

De maan verspreidde zoveel licht dat ik op mijn parkeerlichten verder kon rijden en ik zag in mijn achteruitkijkspiegel dat Hy hetzelfde deed. We freewheelden de helling af naar de stad en reden door de hoofdstraat naar de stalhouderij. Maar toen we daar aankwamen, zagen we dat er binnen al een voertuig stond dat met zijn neus naar de straat was gericht. Het was de oude bestelwagen van Hopwood die Bayard had beschreven. Een bestelwagen die in dezelfde gele kleur was geschilderd als de auto die ik voor een wagen van de koeriersdienst had aangezien toen die woensdagavond de heuvel naar Ongs huis op zwoegde.

Ik blokkeerde de staldeur met mijn landrover en Hy stopte achter me. We liepen behoedzaam op de bestelwagen af met onze hand aan onze revolver. Ik raakte de motorkap aan: koud.

Hy opende het portier aan de chauffeurskant en scheen met zijn zaklantaarn naar binnen. Ik tuurde langs hem.

De bestelwagen bevatte de gebruikelijke rommel die je aantreft in auto's van chauffeurs die niet al te netjes zijn. Stukjes papier, gescheurde kaarten en in elkaar geknepen blikjes. Achterin lagen een verkreukelde grijze deken en een paar stukken stevig touw.

Hy en ik wisselden een blik. Ik liep om het voertuig heen, opende het portier en leunde voorover om beter naar binnen te kunnen kijken. Een tot een prop verfrommelde doek lag vóór de stoel op de grond. Ik hurkte en rook eraan; de geur was vaag medicinaal. Ik opende het handschoenenkastje met een papieren zakdoekje tussen mijn vingers. Erin stond een flesje met chloroform.

Ik zei: 'We kunnen maar beter niets aanraken.' Mijn stem klonk heel luid en op de balken boven ons bewoog een vogel zich bij wijze van protest.

Hy antwoordde niet. Toen ik me oprichtte, zag ik dat hij over de stoel aan de chauffeurskant heen gebogen stond en naar iets staarde dat was blijven haken in een groef vlak bij de ruimte voor het achterwiel. Ik liep naar de achterkant van de auto om beter te kunnen kijken.

Het was een stel zware, gouden schakels die van een ketting afgebroken leken te zijn. Ik had onlangs ergens zo'n massieve gouden ketting gezien. Natuurlijk – de band van het horloge dat Ong had gedragen toen ik hem had geïnterviewd.

'Daar is ons bewijs,' zei ik. 'Ze zijn van Ongs horlogeband. De stukken touw, de deken, die schakels – en er ligt voorin een lap op de vloer en er staat chloroform in het handschoenenkastje. Hopwood heeft hem ontvoerd.'

'Zei je niet dat hij zich misschien heeft voorgedaan als koerier die contracten uit Ongs kantoor kwam brengen?'

'Ja.'

'Dan is hier nog meer bewijs.'

Ik liep om de auto heen en keek naar de plek die hij aanwees. In een zak van het portier aan de chauffeurskant zat een pet waarop de woorden 'Super Koeriersdienst' waren gestikt. 'Dus Ong dacht echt dat Hopwood koerier was,' zei ik. 'Hij moet een revolver hebben getrokken toen hij eenmaal het hek door was, want ik hoorde Ong uitroepen: "Dit is belachelijk…"'

Daarna is hij met hem naar de bestelwagen gelopen en heeft hem met chloroform bedwelmd.'

'Jezus.' Hij stapte van het portier vandaan. 'Ik wou dat de bestelwagen hier eerder had gestaan.'

'Ik vraag me af waar hij hem gelaten heeft.'

'Dat weet je bij zo'n maniak nooit.'

'We moesten maar eens naar die kaarten gaan kijken.'

Onze voetstappen echoden als revolverschoten toen we over het doorbuigende plankentrottoir begonnen te lopen. We stapten allebei snel opzij de zachte aarde van de middenweg op. Zwijgend naderden we de valse gevel van de winkel van de opgehangen Chinees. Toen ik de deur opende, sloeg de in de ruimte opgesloten hitte me tegemoet en ik staarde in de duisternis. Ik pakte de zaklantaarn aan die Hy me aanreikte, knipte hem aan en liet de lichtstraal door de ruimte dansen.

Hopwoods rommelige aan het verleden gewijde tempel had er overdag al bizar uitgezien, maar het duister gaf er iets surrealistisch aan. De op zijn kant staande piano die met bonten kledingstukken was behangen, leek op een groot beest met tientallen donzige klauwen en glazige ogen. De schaduw van een reus verspreidde zich over de achtermuur; mijn adem stokte tot ik me realiseerde dat het de schaduw van het houten beeld van de Indiaan was. Ik werd me bewust van geluiden: het gekras van de klauwen van knaagdieren die over de vloer renden en een geruis toen het briesje door de open deur naar binnen woei. Hy stond als aan de grond genageld achter me. Toen ik naar hem omkeek, zag ik dat zijn ogen fel schitterden in het licht van de zaklantaarn en zijn gezicht stond strak. Ik vroeg me af hoe hij het tafereel vóór ons, gezien vanuit zijn unieke perspectief, zou waarnemen.

Ik trok zijn aandacht en gebaarde naar het pad aan de andere kant. Hij glimlachte even wrang tegen me en volgde me. De kaarten van het plateau hingen nog precies zo aan de muur als de vorige keer. Ik trok de nieuwste tekening eraf en Hy deed hetzelfde met de bruin geworden en gescheurde oude kaarten. We spreidden ze op de vloer uit en bogen ons er met onze zaklantaarns in onze hand overheen.

'Dit is de hoofdschacht,' fluisterde hij en volgde hem met zijn wijsvinger. 'Ik heb gehoord dat hij al tientallen jaren afgesloten is. Deze galerij – dat is mijnwerkersjargon voor een horizontale tunnel – en deze zijn ook al lang weg.'

'Welke kant van het plateau zien we hier?'

'Voor zover ik kan zien, staat de hele mijn op deze kaart. Wacht – deze is beter. Hij trok een tweede tekening over de eerste heen. 'Deze galerij hier en deze twee staan ook op die nieuwere tekening die jij daar hebt.'

'Ik kan nog steeds niet... Is dit de ertsmolen?'

'Ja.'

'Nu zie ik het. Dan ligt deze tunnel' – ik liet mijn vinger er op Hopwoods nieuwe kaart langs lopen – 'vlak bij de toegangsweg.'

'Die is waarschijnlijk ingestort door het nivelleren van de weg.'

'En deze, plus die kleinere...'

'De kleine is wat ze een dwarssteengang noemen. Hij staat in een rechte hoek op de galerij en leidt naar de plaats waar de ertsader zich bevindt.'

'Oké, deze galerij en deze dwarssteengang liggen aan de noordkant van het plateau. Eventuele openingen die Hopwood gegraven zou hebben om er van buitenaf bij te komen, zouden ruim uit het zicht van de bewakers zijn.'

'Dus daar heeft hij zich waarschijnlijk toegang verschaft.'

'Als hij eenmaal binnen is, waar zou hij dan heen gaan?'

Hy haalde zijn schouders op. 'Het plateau heeft vroeger vol galerijen en dwarssteengangen gezeten zoals je op deze oude kaarten kunt zien en het valt niet te zeggen welke er nog intact zijn. Bovendien zijn er honderden winplaatsen – uitgravingen die zich boven of onder de galerij uitstrekken tot waar de ertsafzettingen zich bevonden. Hij zou zich daar overal verscholen kunnen hebben.'

'Hoe moeten we hem dan vinden?'

'Met meer geluk dan wijsheid, McCone. Met meer geluk dan wijsheid.'

We waren pas bij Lily Nickle's verlaten huis op de helling gekomen toen ik het vage gevoel van verontrusting dat ik al had gehad sinds we de winkel van de Chinees hadden verlaten, plotseling wist te benoemen. Ik gebaarde naar Hy en we gingen op de veranda staan.

Ik zei: 'Ik maak me zorgen om die mensen op het plateau.'

'De bewakers van de Transpacific?'

'Ja. Dat zijn minstens drie levens die...'

'De rotzakken wisten waaraan ze begonnen.'

'O ja?'

'... Goed, dit konden ze natuurlijk niet weten.'

'Hy, als er iets misgaat, als die onzin over de vijfde dag ten slotte niet zo onzinnig zou blijken te zijn...'

'Dat is ons probleem niet. Bovendien hebben we geen tijd...'

'Hoe denk je dat je je zult voelen als hun iets ernstigs overkomt, terwijl je weet dat je hen had kunnen redden?'

Zijn ogen schitterden woedend in het maanlicht toen hij zijn blik op me richtte. 'Komt dit uit de mond van iemand die heeft toegegeven dat ze twee mensen heeft willen afknallen?'

'Ik had een goede reden. Bovendien is het belangrijkste dat ik het niet heb gedaan, dat heb je zelf tegen me gezegd.'

Hij zweeg een moment en zei toen: 'Vooruit dan maar. We zullen hen daar weghalen. Kom mee.' Hij begon naar de trap te lopen.

'Ga jij maar.'

'Wat?'

'Ik denk dat ze naar jou alleen beter zullen luisteren dan naar ons tweeën. Als ze over communicatiemiddelen beschikken, kun je de autoriteiten ervan in kennis stellen dat Ong hier vastgehouden wordt. Als ze die niet hebben, moet je een van hen naar de stad laten gaan om het te doen.'

'En wat ga jij in die tussentijd doen?'

'Ik ga proberen de ingang van die tunnel te vinden. Je haalt me wel in...'

'Nee, McCone.'

'Ja, Ripinsky.'

We staarden elkaar woedend aan.

Hy zei: 'Niet twee keer in mijn leven.'

'Wat?'

'Je bent net zo'n vervloekt, koppig, irritant vrouwspersoon als wijlen mijn echtgenote en een man verdient het niet dat soort ellende twee keer in zijn leven mee te maken.' Hij gooide geërgerd zijn armen in de lucht. 'Jij wint – ik zal hen waarschuwen en je later inhalen. Maar ik waarschuw je. Als je het verknalt en omkomt, is het een dubbel verlies voor je.'

'Waarom?'

'Omdat je er dan nooit achter zult komen hoe fijn we het samen zouden kunnen hebben, McCone.'

Zonder me de kans te geven hem te antwoorden, liep hij de verandatrap af en verdween in de richting van de toegangsweg.

28

Toen ik Hy niet meer kon zien, liep ik ook de verandatrap af, maar ik bleef staan toen ik zag dat het maanlicht mijn lichtbruine jopper een nog lichtere kleur gaf. Eronder droeg ik een bourgognerode trui die donker genoeg was om niet op te vallen, maar te dun om de kou te weren.

Ik legde de zaklantaarn en het touw die ik bij me had neer en liep Nickles' huis in om te kijken of ze misschien kleding had achtergelaten die ik in plaats van de jopper zou kunnen dragen. De kamers waren nagenoeg leeggehaald, maar aan een haak achter de keukendeur had ze een dik, zwart wollen overhemd laten hangen dat ik voor mijn jopper verruilde.

Ik had Hy's .38 in de diepe zak van de jopper gestopt, maar de zakken van het overhemd waren er te klein voor. Omdat ik allebei mijn handen vrij moest hebben, stopte ik het wapen aan de rechterkant achter mijn riem. Ik kon het daar gemakkelijk pakken, maar het zat zo ver naar achteren dat ik er niet in mijn bewegingen door belemmerd zou worden. Ik was niet helemaal tevreden met deze oplossing, maar iets beters kon ik niet verzinnen. Daarna liep ik naar buiten, hing het touw om mijn schouders, pakte de lantaarn op en begon naar de noordkant van het plateau te lopen.

Onderweg begon ik me steeds minder op mijn gemak te voelen. De overweldigende stilte, de door manestralen doorboorde duisternis en het kale landschap dat weinig dekking bood werkten allemaal in mijn nadeel. Het werd er allemaal nog minder rooskleurig op als je bovendien in aanmerking nam dat ik het terrein niet kende en er weinig idee van had waar de ingang van de tunnel zich kon bevinden, dat er een gestoorde man in de buurt was die een gijzelaar en een flinke hoeveelheid dynamiet bij zich had en dat het onzeker was hoe de bewakers op Hy's komst zouden reageren. Ik besloot er maar niet over na te denken en me op de praktische zaken te concentreren die van onmiddellijk belang waren.

Let erop waar je je voeten neerzet. Wees bedacht op gedaanten in de schaduw. Gebruik al je zintuigen en je intuïtie.

Ik kwam aan het eind van het verwrongen ijzeren geraamte van de ertsmolen. Ik liep eromheen en begon te klimmen.

Al was ik nog zo geconcentreerd, ik kon toch niet voorkomen dat ik werd bevangen door verontrustende emoties: eerst door een gevoel van heimwee, een verlangen naar vertrouwde plaatsen en mensen. Daarna werd ik overweldigd door mijn verlangen naar George en het aangename leven dat we samen hadden. De laatste woorden die ik tegen hem had gezegd, bleven door mijn hoofd spelen: We zullen praten. Als ik dit nu eens niet zou overleven en dat gesprek zou nooit plaatsvinden? Hoe zou hij dan de scherven van zijn leven, dat minder dan een jaar geleden ook al flink aan diggelen had gelegen, weer aan elkaar kunnen lijmen?

Mijn verlangen ging over in schuldgevoel, niet alleen tegenover mijn minnaar, maar ook tegenover de anderen van wie ik hield. Daarna veranderde mijn schuldgevoel in angst. Het is niet meer dan normaal dat je bang bent, hield ik mezelf voor.

Maar ik werd me bewust van andere gevoelens die net onder de oppervlakte lagen en bij lange na niet zo acceptabel waren. Eerst manifesteerden ze zich als fysieke gewaarwordingen: mijn huid tintelde, ik rook zwakke geuren duidelijker, zachte geluiden werden versterkt en mijn gezichtsvermogen werd scherper. Daarna voelde ik hoe de opwinding bezit van me nam en het was een gevoel dat sterker en aangenamer was dan welke drug ook kan geven. Het was bijna alsof ik euforisch was.

Ik besfte nu dat ik door gevaar pas volledig tot leven kwam. Het trotseren van gevaar en het overwinnen van mijn angst gaven mij een reden om door te gaan in weerwil van een toenemend gevoel van zinloosheid. Dat was de echte waarheid die ik voor George en de anderen, die het als een schandelijke verslaving beschouwd zouden hebben, verborgen had gehouden. En Hy had dat intuïtief aangevoeld en geaccepteerd.

Ik verdrong deze gedachten en putte uit het euforische gevoel de energie voor mijn klimtocht naar het plateau.

De avond was zo stil dat ik vanuit de keet van de bewakers stemmen kon horen. Ik kon niet horen wat er werd gezegd, maar het waren schreeuwende stemmen. Zou dat betekenen dat Hy hen had overreed hun post te verlaten? Of schreeuwden ze tegen hem dat hij moest maken dat hij wegkwam?

Na een paar minuten werden de stemmen zwakker. Ik keek op en toen bleek dat ik de veiligheidsbakens niet langer kon zien, wist ik dat ik de noordkant had bereikt. Het plateau werd hier begrensd door een veld dat was bedekt met keistenen die groter en puntiger afgebroken waren dan de stenen die langs de stroom lagen. De granieten ondergrond was glad afgesleten. Ik bescheen de grond met mijn lantaarn, zag waar een pad was en begon dat te volgen.

Het klom gestaag omhoog, maakte daarna een lus naar het oosten en hield toen op. Ik keerde op mijn schreden terug en zocht naar sporen in het stof. Er waren er een paar, maar ze waren door mijn eigen voeten gemaakt. Toen zag ik andere voetsporen die over de mijne heen liepen.

Ik richtte de lichtstraal van mijn zaklantaarn omhoog op de helling. Ik zag niets dan de steile granieten wand en een berg naar beneden gekomen stenen. Er was nergens een opening te bekennen.

Ik liep er een stukje naar toe en bekeek de ligging van de stenen. Op de een of andere manier leek de berg kunstmatig tot stand te zijn gekomen.

Ik liep nog verder naar voren, nam de zaklantaarn in mijn linkerhand en trok de Colt achter mijn riem vandaan. Ik liep behoedzaam om de stenen heen. De hoop liep niet helemaal door tot aan de wand; erachter was een ruimte van ongeveer een halve meter en daarachter was een kartelig A-vormig gat van bijna een meter hoog.

Ik knipte snel de zaklantaarn uit en glipte de ruimte achter de hoop stenen binnen. Ik luisterde, maar hoorde niets. Ik hurkte en tuurde het gat in. Totale duisternis. Ik tastte over de grond tot ik een steentje had gevonden dat ik door de opening naar binnen gooide. Het ketste lawaaiig af van wat stenen wanden en een vloer moesten zijn. Ik wachtte tot het geluid weggestorven was.

Ten slotte knipte ik de zaklantaarn weer aan en scheen ermee in de opening. Ik zag een lage, smalle tunnel. De kerven in het steen waren nieuw en ruw. De tunnel liep bijna tweeëneenhalve meter door en kwam daarna uit op een grotere ruimte waar het licht van de lantaarn uitwaaierde over nog meer steen.

Ik beet op mijn lip, richtte me op en dacht na. Hy zou die mannen nu wel van het plateau hebben gehaald – als ze tenminste bereid waren geweest te vertrekken. Hoe lang zou het duren voordat hij me had ingehaald?

Lang, en misschien zou het helemaal niet gebeuren.

'Verdomme,' fluisterde ik.

Ik heb weinig fobieën. Vroeger was ik bang van vogels, maar van die angst ben ik afgekomen en ik durf nu zelfs het vogelhuis in de dierentuin binnen te gaan. Spinnen, hoge plaatsen, open ruimten – het maakt me allemaal niets uit. Sluit me in een kast op en ik weet me urenlang te amuseren. Maar de gedachte door een nauwe ruimte, zoals deze tunnel, te moeten kruipen, kan ik niet verdragen.

Dat is dan jammer, hield ik mezelf voor. Want je hebt hier een tunnel waar je doorheen zult moeten kruipen.

Ik stopte de revolver terug achter mijn riem en duwde het wapen verder naar achteren zodat er geen druk op zou komen. Ik liep terug om de berg stenen heen en legde een paar stenen zo neer dat Hy zou kunnen zien dat ik hier was. Daarna ging ik op handen en knieën zitten, schoof de zaklantaarn in de opening, haalde diep adem en wrong me naar binnen.

De tunnel liep schuin naar beneden. Ik kroop centimeter voor centimeter naar voren, terwijl ik de lantaarn voor me uit schoof en probeerde niet aan de wanden te denken die me benauwend omsloten. Een paar keer bleef het touw haken en ik rukte het los. De laatste halve meter helde de tunnel zo sterk dat ik bijna de grotere ruimte binnen viel. De zaklantaarn rolde van me vandaan en zijn lichtstraal danste grillig over de gegroefde, uitgeholde steenwanden. Ik stond op, pakte mijn lantaarn en scheen ermee in het rond.

De tunnel die ik had bereikt, was ruim twee meter hoog en bijna even breed. De wanden ervan werden onderbroken door diepe uitgravingen – winplaatsen had Hy ze genoemd – die lieten zien waar het erts uit de ader was gewonnen. De bodem was door de tijd en de voetstappen van de mijnwerkers glad afgesleten en weerkaatste het licht alsof hij nat was. Tweehonderd meter voor me uit maakte de tunnel een bocht en verdween in de duisternis.

Ik trok het touw van mijn schouders en legde er aan het ene

uiteinde een lus in die ik om een uitstekende punt onder aan de verste uitgraving bevestigde. Toen wikkelde ik de rest van het touw om mijn arm en ging dicht bij de wand staan. Ik knipte de zaklantaarn uit en liep op de tast verder terwijl ik het touw om mijn arm afwikkelde. Toen ik bij de plaats kwam waar de wand een bocht maakte, bleef ik staan en luisterde.

Ik hoorde geen enkel geluid. Er heerste een diepe stilte die zich tot de kern van de aarde moest uitstrekken.

Maar ik ving toch iets op... Nee, het was slechts mijn eigen ademhaling. Ik hield mijn adem in, werd me plotseling bewust van het kloppen van mijn hart en begon toen de bocht om te lopen. Ik bleef weer staan omdat ik dacht een beweging te bespeuren. Toen hoorde ik een zucht.

Het geluid kwam van rechts vóór me. Ik wikkelde het touw wat verder af en liep voorzichtig verder. De bodem helde naar beneden en werd toen weer vlak. Ik hoorde geen nieuwe zucht.

Ik wilde de zaklantaarn gebruiken, maar ik was bang voor degene die in het duister op de loer zou kunnen liggen. De duisternis was een handicap voor me, maar bood me ook bescherming. Ik bleef doorlopen en realiseerde me dat mijn touw bijna op was. Ik was mijn gevoel voor afstand kwijt en de tijd was rekbaar geworden. De werkelijkheid bestond alleen nog in mijn herinnering.

Ik deed een sluipende stap en nog een. Ik had nog een paar meter touw over. Ik deed nog een stap met mijn hand op de ijskoude rotswand. Als het touw op was, zou ik de zaklantaarn moeten aanknippen om hier in de duistere ingewanden van het plateau niet te verdwalen...

Mijn voet stootte tegen iets zachts aan. Ik hoorde weer een geluid: ditmaal was het onmiskenbaar een gekreun van protest.

Ik knipte de zaklantaarn aan. Lionel Ong lag, gewikkeld in grijze dekens, voor mijn voeten.

Eerst dacht ik dat hij half bewusteloos was, maar toen ik me vooroverboog om dat te controleren, schoten zijn ogen, die glazig waren van angst, open. Ik trok de dekens weg en zag dat hij in de foetuspositie was vastgebonden, met zijn handen vastgesnoerd aan zijn enkels. Er was een vuile prop in zijn mond geperst en gestold bloed koekte om zijn lippen. Hij bewoog zijn hoofd met een ruk in mijn richting en ik hoorde zijn nekwervels kraken door de plotselinge spanning van zijn nekspieren.

Ik had eerder mijn Zwitserse legermes uit mijn tas gepakt en in de zak van mijn spijkerbroek gestopt. Ik haalde het te voorschijn en sneed Ongs boeien door. Hij bleef roerloos liggen terwijl ik de knoop in de mondprop doorsneed en zelfs nadat ik de prop uit zijn mond had getrokken bewoog hij zich niet.

Ik gebaarde hem stil te zijn en hielp hem overeind tot een zittende houding. Hij begon zijn vingers te buigen en te strekken. Ik hield de zaklantaarn omhoog en begon de ruimte om ons heen te onderzoeken. Het leek een dwarssteengang te zijn tussen de galerij waardoor ik hier naar toe was gekomen en een andere die er evenwijdig aan liep. Op een richel in de muur stond één enkele kaars in een primitieve metalen houder en het kaarsvet was in veelkleurige stroompjes op het steen eronder gedropen en daar gestold. Verder was de ruimte op Ong en zijn cocon van dekens na leeg.

Ong zat nu zijn polsen en enkels te masseren. Hij bewoog zijn mond terwijl hij zijn tong over zijn gebarsten, bloedende lippen liet glijden. Ik hurkte vlak bij hem en bracht mijn mond tot dicht bij zijn oor. 'Wat is hij van plan?'

Ongs stem bracht een schor geluid voort. Hij schudde zijn hoofd en vertrok zijn gezicht terwijl hij probeerde speeksel te vormen. Het duurde een minuut voordat hij kon spreken. 'De boel opblazen. Er zijn hier beneden ladingen springstof. Boven ook.'

'Waar is hij?'

'Hij is ze aan het controleren. Daarna wil hij me er dichterbij brengen.'

Mijn huid prikte en ik richtte me op. 'We moeten hier vandaan.'

'Ik kan niet lopen. Mijn benen zijn gevoelloos.'

'Dat kun je wel. Ik help je.'

Ik greep hem onder zijn armen en trok hem overeind, maar hij liet zich tegen me aan zakken.

'Je moet meewerken,' zei ik.

Hij knikte en klemde zijn tanden op elkaar terwijl hij probeerde zijn ene voet voor de andere te zetten.

Ik hoorde geluid in de evenwijdige galerij. Het was het geluid van voetstappen en er werd geen moeite gedaan het te verhullen.

Ong kromp in elkaar. 'Daar heb je 'm!'

Ik begon hem naar de galerij waardoor ik was binnengekomen te slepen. Hij slingerde opzij en we botsten allebei tegen de muur.

Terwijl ik Ong van me af duwde, zag ik dat zich een lichtschijnsel in de andere galerij verspreidde en er verscheen een man in de ingang ervan.

Hij vertoonde slechts een oppervlakkige gelijkenis met de foto van Earl Hopwood. Zijn grijze haar hing in een ruige bos om zijn hoofd; het vlees van zijn nek hing in halskwabben als van een kalkoen naar beneden en de rimpels in zijn gezicht leken op de groeven in het rotssteen om ons heen. De ogen leken wel op die op de foto. Ze waren zwart en brandend en er lichtten kleine vlekjes in op met kleuren die tot een onbekend spectrum leken te behoren. Kleuren uit een andere wereld waar de zee en de hemel bloed werden en de zon zwart als een haren zak.

Ik duwde Ong van me vandaan en wilde mijn Colt pakken, maar toen mijn vingers de kolf aanraakten, zag ik dat Hopwood zijn wapen op ons had gericht. Ik liet mijn hand langs mijn zij vallen.

Een paar seconden bewoog niemand van ons zich. Toen keek Hopwood van mij naar Ong en zei: 'De hoer en de bedrieger.'

'Meneer Hopwood.' Mijn stem klonk zwak en blikkerig. 'Ik kom net van uw dochter vandaan. Margot wacht op u in Willow Grove Lodge. Ze wil u spreken.'

'Ik heb geen dochter die Margot heet.'

'Peggy dan.'

'Margaret, net als haar moeder.'

'Ja, Margaret. Ze wacht. Gaat u met me mee?'

Het leek of Hopwood zijn revolver wilde laten zakken. Ik keek naar Ong en zag dat hij gehurkt op de grond zat. Zou hij nog iets kunnen doen?

Hopwood richtte zijn revolver weer recht op ons. 'Ze zal hier te zijner tijd komen. Om van de zonde van haar bedrog te worden gereinigd. Alle dingen zullen nieuw gemaakt worden.'

Jezus, dacht ik, hij is echt helemaal geflipt. Er valt niet meer met hem te praten.

Ik keek weer naar Ong. Hij was dieper voorovergezakt en had zijn armen om zijn middel geslagen. Van die kant was geen hulp te verwachten.

Ik voelde de geruststellende druk van de Colt tegen mijn rechterheup. Ik vroeg: 'Hoe zullen alle dingen nieuw gemaakt worden?' en ik bracht mijn handen achter mijn rug als een aandachtige leerling op de zondagsschool.

Hopwood kreeg een verwarde uitdrukking in zijn krankzinnige ogen en weer leek het of hij zijn revolver wilde laten zakken.

Ik berekende de afstand die ik zou moeten springen om het wapen te pakken te krijgen.

Maar hij bracht het wapen weer in de aanslag. 'Eerst moeten de berg en de stenen vallen.'

Mijn vingers raakten de kolf van de Colt aan.

'*En de ster die Alsem wordt genoemd.*'

Ik begon het wapen achter mijn riem vandaan te trekken.

'*Vele mensen zijn gestorven van de wateren, want zij waren bitter geworden.*'

De cilinder van de revolver bleef achter mijn broekband haken en ik kon hem niet lostrekken zonder dat het zou opvallen.

Ik haalde mijn schouders op en maakte van de beweging gebruik om het wapen los te trekken en zei: 'De wateren van Tufa Lake zijn altijd bitter geweest.'

'Zwijg, grote hoer.'

Ik hield de Colt achter mijn rug gereed en wachtte op het juiste moment. Ik hield Hopwood in de gaten die op zijn beurt mij in de gaten hield terwijl zijn vreemde ogen in hun merkwaardige kleuren oplichtten...

Toen besloot Ong alsnog dapper te zijn. Hij sprong op en stortte zich met zijn handen naar de revolver uitgestrekt op Hopwood. Ik bracht de Colt omhoog en zag een verblindende lichtflits. Stukjes steen hagelden op mijn huid. Terwijl ik naar de grond dook, bleef het geluid van het schot weergalmen.

Ong lag ook op de grond. Ik rolde me om, greep de Colt met beide handen vast en vuurde een schot op Hopwood af zonder zorgvuldig te mikken. Ik miste en Hopwood draaide zich om en rende de galerij achter hem in. Ik hoorde het geluid van zijn voetstappen terwijl hij dieper de aarde in naar zijn springladingen rende.

Ong duwde zich van de grond omhoog; hij was niet getroffen. Ik greep zijn arm vast en sleepte hem naar de evenwijdige galerij. Hij struikelde en ik trok harder aan hem.

'Kom mee, verdomme! Hij gaat de springladingen...'

Ong hervond zijn evenwicht en rende met me mee.

Ik had de zaklantaarn in de dwarssteengang laten liggen en toen ik mijn touw zocht, kon ik het niet vinden. Ong liep nu wankelend en met piepende ademhaling in het donker voor me uit. Ik volgde hem maar struikelde en viel op één knie. Ik kwam overeind en rende verder tot ik in het donker tegen de wand botste. Ik werd teruggekaatst en knalde tegen zijn rug aan. Hij viel. Ik trok hem overeind en sleepte hem weer mee.

Voor me uit zag ik een lichtpuntje en ik hoorde stemmen. Het lichtpuntje werd groter: de ingang van de toegangstunnel. Er waren buiten mensen die ons kwamen helpen.

Ik duwde Ong de kleine opening in. Hij stribbelde tegen, dus duwde ik harder. Ong wurmde zich de tunnel in en blokkeerde een ogenblik het licht. Ik hurkte en dook achter hem aan naar binnen. De stenen wand schuurde langs mijn huid. Ong stak zijn been naar achteren en zijn voet schampte mijn voorhoofd. Toen kreeg ik frisse lucht in mijn neusgaten en ik hoorde Hy's stem boven die van de anderen uit klinken: 'Rustig aan, rustig aan.'

Ik greep een arm vast. 'Het dynamiet kan ieder ogenblik ontploffen!'

'Jezus!' De arm was van Hy. Hij trok me overeind en greep mijn hand vast. 'Kom mee!'

Ik rende struikelend en hijgend met hem mee. Om ons heen hoorde ik het geluid van andere rennende voetstappen en ik zag gedaanten die zich in het duister vaag aftekenden. Ik ademde moeizaam en kreeg steken in mijn zij. De lichtstralen van zaklantaarns weerkaatsten op het verbrokkelde graniet, stenen rolden kletterend weg en een mannenstem vloekte luid.

Ik struikelde weer. Ik moest Hy's hand loslaten en viel languit voorover. Hij ving me met een duik op en we rolden samen van de helling. We kwamen tot stilstand op harde, vlakke grond. Vlakbij hoorde ik het geluid van kabbelend water.

Ik bleef naar adem happend liggen en Hy boog zich over me heen. Tussen zijn hijgende ademhalingen door zei hij: 'Je had verdomme bijna een dubbel verlies geleden, McCone.'

Ik keek naar hem op. Zijn gelaatsuitdrukking was grimmig en zijn krullen hingen wild over zijn van het zweet glinsterende voorhoofd. Ik ging rechtop zitten en sloeg met mijn voorhoofd tegen zijn kin.

Hij trok zijn hoofd terug. Ik zag dat we onder aan de helling waren, vlak bij de stroom. Het plateau torende boven ons uit en de veiligheidslichten verspreidden een helder schijnsel.

'Hopwood,' zei ik. 'Hij is daarbinnen. We moeten hem tegenhouden!'

'We kunnen niets doen. We zullen hem de boel moeten laten opblazen.'

Ik probeerde overeind te komen. Hy trok me naar de grond.

Ik zei: 'We kunnen...'

'Geen sprake van...'

'Ik kan...'

'Als je teruggaat, blijkt je doodsverlangen nog sterker te zijn dan dat van mij.'

Ik keek in zijn ogen en toen naar het plateau.

Doodsverlangen.

Het kan vele vormen aannemen: de spuit of de fles; bergbeklimmen in de tijd dat er lawines zijn; het spelen van kansspelen wanneer je weet dat de kansen tegen je zijn of wilde autoritten in het duister. Om wat voor redenen ook had Hy's persoonlijke hel waarvan zijn overleden vrouw hem had gered waarschijnlijk met een doodsverlangen te maken gehad. Evenals mijn eigen verslaving aan gevaar...

Het kan vele vormen aannemen, maar deze viel erbuiten. 'Nee,' zei ik, 'zo sterk is het bij geen van ons beiden.'

Ik wendde mijn blik van het plateau af en liet me door hem overeind helpen. Ik zag dat Ong, ondersteund door twee andere Aziaten, een paar meter van ons vandaan stond.

Ik hoop dat hij jullie hiervoor een vette bonus geeft, arme stakkers, dacht ik.

We liepen met ons uitgeputte, aangeslagen groepje langzaam de helling af en volgden de stroom naar de stad waar zoveel dromen waren vervlogen. Toen we het eerste gebouw bereikten, hoorde ik boven ons een helikopter. Ik keek ernaar omhoog en keek toen Hy aan.

'Gestuurd door het bureau van de sheriff,' zei hij. 'De bewakers hebben boven een van Hopwoods ladingen dynamiet gevonden en radiocontact met Bridgeport opgenomen voordat ze de boel hebben ontruimd.'

De helikopter bleef heen en weer schietend en af en toe dalend boven ons hoofd rondcirkelen terwijl de piloot een plaats zocht waar hij kon landen. Toen hoorde ik een zacht gerommel diep in de aarde en ik voelde de grond trillen als bij het begin van een aardbeving. Het gerommel werd luider en het trillen krachtiger.

Toen hoorde ik een serie hevige, maar gedempte knallen.

Ik draaide mijn hoofd met een ruk om naar het plateau en zag nog net de explosie van vuur. Toen werden de maan en de hemel als bloed.

29

Hy en ik arriveerden in Bridgeport in een helikopter van de Verkeerspolitie. De helikopters van de districtspolitie waren gebruikt om het personeel van de Transpacific, Lionel Ong – die zichzelf tot de grote redder had uitgeroepen hoewel zijn heldhaftige optreden ons bijna allebei het leven had gekost – en Bayard en zijn gezin wier hut door vallende as vlam had gevat, te evacueren.

Tegen de tijd dat we de vallei verlieten, was de vuurzee boven op het plateau bijna uitgebrand en vliegtuigen verspreidden in de hoofdstraat van Promiseville een brandvertragend middel op plaatsen die door het vuur nog niet waren bereikt.

Er waren verscheidene gebouwen verloren gegaan. Hun kurkdroge hout maakte ze tot een perfecte prooi voor de door de wind opgejaagde vonken. Ook Nickles' huis was (samen met mijn jopper) in vlammen opgegaan. Terwijl we toekeken hoe de huizen snel uitbrandden en instortten, zag ik een uitdrukking van verdriet op Hy's gezicht, maar toen ik iets tegen hem zei, wendde hij zich af en deed alsof het hem allemaal koud liet.

De bemanningen van de reddingshelikopters hadden niet veel meer te doen dan verhinderen dat het vuur om zich heen zou grijpen. Behalve Bayard en zijn gezin hadden de goudzoekers uit de vallei zich verspreid. De bemanningen zouden natuurlijk proberen Hopwoods lijk te vinden, maar ik betwijfelde of er ook maar iets van hem was overgebleven. Zelfs vanaf de bodem van de vallei hadden we kunnen horen hoe hevig de explosie diep binnen in het plateau was. Het was onvoorstelbaar dat de zwakke oude mijngangen die er waren overgebleven niet ingestort zouden zijn. In zekere zin zou het plateau een geschikte begraafplaats zijn voor de man voor wie het een symbool van Armageddon was geworden.

Lark kwam ons bij de deur van het bureau van de sheriff tegemoet. Ze was gespannen en bruiste van nerveuze energie. Het eerste wat ze tegen me zei, was: 'Jezus, Sharon, wat zie je eruit.'

'Dank je.'

Haar sproetige gezicht bloosde. 'Zo bedoelde ik het niet. Het damestoilet is daar in de gang. We zitten in de eerste verhoorkamer.'

Ik liep de gang in, maakte gebruik van het toilet en waste mijn handen en mijn gezicht. Er zaten verse schrammen op mijn voorhoofd en jukbeenderen en mijn haar zat in de war en was geklit. Ik had nog steeds Nickles' wollen overhemd aan, maar het was bedekt met vuil en de ene mouw was bij de schouder half afgescheurd.

Ik had mijn tas uit de landrover gered voordat we uit Promiseville werden geëvacueerd. Ik haalde mijn haarborstel eruit en ging aan de slag. Nadat ik mijn lange haar zoveel mogelijk had gefatsoeneerd, bond ik het in mijn nek samen met een elastiekje dat ik op de balie had gevonden. Toen leunde ik voorover om de nieuwe verwondingen aan mijn gezicht te bestuderen, maar de ruimte leek plotseling te kantelen. Ik greep de rand van de wasbak steviger vast en wachtte tot alles weer in de juiste stand zou komen. Toen dat gebeurde, zag ik dat mijn gezicht de kleur van koude, gestremde havermoutpap had gekregen.

Ik liet de wasbak vollopen met koud water en bespatte mijn gezicht en mijn polsen tot ik me beter voelde. Je hoeft nog maar even door te zetten, dacht ik, en dan kun je naar huis gaan en hoef je nooit meer in dit verschrikkelijke oord terug te komen.

Hy en Kirsten zaten in de verhoorkamer koffie te drinken. Hij had zich ook opgeknapt; zijn wilde krullen waren gladgekamd en er glinsterde een druppel water op zijn kin. Ik kreeg een kop koffie, maar schoof die onmiddellijk weer opzij omdat mijn lege maag erdoor in opstand kwam.

Lark nam van ons beiden verklaringen op de band op, zette toen de bandrecorder uit, kantelde haar stoel naar achteren en leunde peinzend achterover. 'Dat klopt met wat Lily Nickles in Washoe County heeft verteld,' zei ze.

'Hebben ze Lily in Nevada opgepakt?' vroeg ik.

Kristen knikte. 'In Reno. Je had gelijk dat ze de benen had genomen omdat ze iets had gezien. Ze had gezien dat Hopwood een kist dynamiet de helling op sleepte naar die tunnel die hij naar de oude mijn had gegraven. Het lijkt erop dat ze weer nieuwsgierig is geworden en is gaan rondneuzen en toen heeft ze hem ontdekt. Ze vermoedde dat er iets ernstigs zou gaan gebeuren, dus is ze 'm gesmeerd.'

'Dat is maar goed ook,' zei ik. 'Haar huis is een van de huizen die verloren zijn gegaan.'

'Misschien zou het niet uitgebrand zijn als ze iemand zou hebben verteld wat ze had gezien,' zei Hy.

Lark liet haar stoel terugzakken en stond op. 'Dan is de zaak daarmee rond. Het is allemaal wel verdomd jammer. Die vervloekte godsdienstwaanzinnige. Dat is het probleem met die fanatici; ze streven allemaal hun eigen ideaal na en de rest kan doodvallen.'

'Soms worden mensen zo gek als Hopwood omdat ze tot het uiterste worden gedreven,' merkte Hy op.

Ze keek hem streng aan. 'Dat is geen excuus. En ik heb het niet alleen over mensen die denken dat ze een open lijn met God hebben. Jullie milieubeschermers zijn niet veel beter.'

Ik had verwacht dat hij kwaad zou worden, maar hij haalde slechts zijn schouders op en zette zijn lege kopje op de tafel. 'Het is beter dat je een ideaal hebt om voor te strijden dan dat je onverschillig bent en zonder je ergens om te bekommeren door het leven gaat.'

'Dat is allemaal goed en wel, maar je moet ook een beetje redelijk blijven.'

'Het is tot op zekere hoogte goed om redelijk te zijn. Maar wat doe je als er niemand naar je luistert?'

Het was een patstelling en ik onderbrak hen. 'Kirsten, hoe zit het met Ned Sanderman?'

'Haar gezicht lichtte op alsof ze zich plotseling realiseerde dat ze een fantastisch cadeau voor me had. 'Hij zit op dit moment in de kamer hiernaast. De klootzak is hier drie uur geleden komen binnenlopen en heeft zichzelf aangegeven.'

'Wat had hij te zeggen?'

'Niet veel. Zodra we hem op zijn rechten hadden gewezen, weigerde hij alle medewerking en eiste een advocaat. Er was niemand anders beschikbaar dan Tom Lindsay, onze plaatselijke advocaat voor kwaaie zaken. Hij is nu bij hem en Sanderman wil niets zeggen, maar we hebben hem tenminste te pakken.'

'Mag ik met hem praten?'

'Natuurlijk.' Ze gebaarde me met haar mee te komen. 'Maar als je denkt dat je iets uit hem kunt krijgen, vergis je je.'

Sanderman en zijn advocaat zaten in een kamer die identiek was aan de kamer die we zonet hadden verlaten. Onder het felle licht van de tl-buis zag Sanderman er vermoeid, bang en een beetje ziek uit. De advocaat, Lindsay, was een man in een blauwgroen kostuum wiens schouders met een dun laagje roos waren bedekt. Hij zag eruit als het soort advocaat dat een inspiratiebron is voor moppen waarin de cliënt door zijn raadsman financieel wordt geruïneerd.

Toen Sanderman me zag, werden zijn ogen groot en hij wilde opstaan.

Lindsay gebaarde hem te blijven zitten. 'Rechercheur Lark, we zitten nu al een flink tijdje te wachten. Bent u...'

Ik stapte naar voren. 'Meneer Lindsay, ik ben Sharon McCone. Ik werk als privé-detective voor meneer Sandermans organisatie.'

Lindsay negeerde mijn uitgestoken hand. 'Als u zich zorgen maakt over uw honorarium...'

'Ik maak me zorgen over Ned, meneer Lindsay.' Ik pakte een stoel en ging zitten. Lark leunde met haar armen over haar borst gevouwen en met een lichtelijk geamuseerde uitdrukking in haar ogen tegen de muur achter me.

Ik wendde me tot Sanderman. 'Hoe gaat het met je?'

Hij haalde zijn schouders op.

'Waarom heb je jezelf aangegeven?'

Lindsay zei: 'Ik heb mijn cliënt instructies gegeven...'

Ik keek hem aan zonder moeite te doen mijn afkeer te verbergen. 'Wilt u misschien uw mond houden? Ik probeer uw cliënt te helpen.'

Lindsay sputterde tegen. 'Rechercheur Lark, ik protesteer tegen deze...'

'Om het minder beleefd te zeggen, meneer Lindsay – kop dicht. Uw cliënt is onschuldig aan wat hem ten laste wordt gelegd. Hij heeft niemand vermoord. Hij is alleen maar schuldig aan het lozen van een lijk.'

Lark maakte een verbaasd geluidje en duwde zich van de muur af. 'Waar heb je het over, McCone?'

Ik negeerde zowel haar als de advocaat en zei tegen Sanderman: 'Dat is waar, hè?'

Hij knikte opgelucht.

'Goed,' zei Lark, 'als dat zo is, wie heeft Mick Erickson dan wél vermoord?'

'Ik weet het niet zeker, maar ik denk Earl Hopwood. Ned?'

'Ja, hij heeft het gedaan.'

Lindsay staarde me met getuite lippen aan en zijn wangen zakten teleurgesteld uit. Waarschijnlijk zag hij zich in gedachten een buitensporig hoog honorarium ontglippen.

Lark vroeg me: 'Hoe heb je dat uitgepuzzeld?'

'Hoe langer ik over de moord op Erickson nadacht, hoe duidelijker het me werd dat Ned geen motief had om hem te vermoorden. Hoewel al het fysieke bewijsmateriaal in zijn richting wees, had hij geen reden om met zijn medesamenzweerder ruzie te maken of hem te doden.'

Lark wendde zich tot Sanderman. 'Wilt u een verklaring afleggen?'

'Daarom heb ik me in eerste instantie aangegeven. Maar toen u zei dat ik van moord werd beschuldigd...'

Lindsay zei: 'Wacht u nu eens even...'

Sanderman onderbrak hem. 'Is het mogelijk mijn advocaat nu te ontslaan?'

'Wat? Wat?'

Lark glimlachte. 'Misschien kunt u hem beter houden – mits hij belooft zijn mond te houden. Ik ga een bandrecorder halen terwijl u erover nadenkt.' Ze haastte zich de kamer uit en de vonken spatten bijna van haar af van nerveuze energie.

Lindsay zei tegen Sanderman: 'Dit is dom van u.'

'Als u hier wilt blijven, moet u uw mond houden.'

'Ik wil dat wordt vastgelegd dat u dit tegen het advies van uw raadsman in doet.'

'Goed. We zullen het op de band zetten.'

Lark kwam binnen met de bandrecorder. Ripinsky volgde haar en sloot de deur achter zich. Toen ze het apparaat had geïnstalleerd en een voorbereidende verklaring had ingesproken, zei ze tegen Sanderman: 'Wilt u ons in uw eigen woorden vertellen wat er afgelopen zaterdagavond is gebeurd?'

Ned liet zijn tong over zijn lippen glijden en keek naar de bandrecorder. Hij veegde zijn klamme handen aan zijn spijkerbroek af en begon te spreken. 'Het begon omstreeks zes uur. Mick Erickson arriveerde bij mijn bungalow in Willow Grove

Lodge om over het probleem met Earl te praten.'

Erickson, vervolgde Sanderman, vertelde hem dat hij de afgelopen paar weken in een van de caravans op het terrein van de mijn had gelogeerd en zijn schoonvader twee keer in zijn huis in Stone Valley had opgezocht om met hem te praten. Hopwood was moeilijk te bereiken geweest omdat hij daar niet meer woonde. Hij kampeerde ergens en bleef de mensen van de Transpacific lastig vallen en de eigendommen van het bedrijf vernielen. De tweede keer – dat was die ochtend – hadden ze ruzie gekregen en Hopwood had hem met een revolver bedreigd. Erickson had hem het wapen afgepakt en hem per ongeluk een vleeswond toegebracht.

'Mick was er flink door over zijn toeren,' zei Sanderman. 'Hij mocht de oude man en had niet de bedoeling gehad hem te verwonden. Bovendien was hij bang dat de kans dat hij zich met zijn vrouw zou kunnen verzoenen hierdoor misschien verkeken was. Maar hij had door dit voorval ook het idee gekregen dat het nodig zou kunnen worden dat Hopwood een ongeluk zou krijgen, zoals hij het noemde. In ieder geval speelden we een tijdje met het idee, maar we waren er geen van beiden echt voor. Ik was wel nerveus. Ik zou het bij de Coalitie en trouwens bij de hele milieubeweging verder wel kunnen vergeten als de zaak in de soep zou lopen en ze erachter zouden komen dat ik Promiseville had verkocht.'

'Waarom hebt u dat gedaan?' vroeg Lark. 'Geld?'

'Ja. Een heleboel geld.'

Achter me hoorde ik Ripinsky sissen.

Sanderman keek hem aan. 'Maar het was niet voor mezelf – het was voor de Coalitie. De Transpacific had me twee keer een aanzienlijk bedrag in contanten betaald en dat geld heb ik aan de Coalitie gedoneerd. Ze stelden me een nog groter bedrag in het vooruitzicht als ze eenmaal met de bouw van het project zouden zijn begonnen. Sommige mensen' – hij wierp Ripinsky een beschuldigende blik toe – 'beseffen niet hoeveel kosten onze acties met zich meebrengen. Alleen al de administratieve kosten... Soms moet je een ideaal opgeven om een ander en hoger doel te kunnen bereiken.'

Ripinsky bleef zwijgen, maar ik kon voelen hoe zijn woede aanzwol.

'Vertelt u verder over wat er die avond is gebeurd,' zei Lark tegen Sanderman.

'We hadden ongeveer een uur zitten praten toen er op de deur werd geklopt en ik ging kijken wie het was. Eerst dacht ik dat het een van die mannen uit de bergen was – hij had een wilde blik in zijn ogen en zag er verwaarloosd uit – maar Mick kwam erbij en noemde hem "meneer Hopwood".'

Sanderman had ook gedacht dat Hopwood dronken was, hoewel hij zich al snel realiseerde dat hij ernstig in de war was. Hopwood en Erickson zetten de ruzie die ze daarvoor hadden gehad voort en al snel begon Hopwood tierend door de kamer rond te lopen terwijl hij Mick vreemde beschuldigingen naar het hoofd slingerde.

'Wat voor beschuldigingen?'

'Archaïsch klinkende dingen, alsof hij de Schrift citeerde. Hij noemde Mick een bedrieger en een giftige slang en hij zei dat hij een dienstknecht van Satan was.'

'Was meneer Hopwood gewapend?'

'Nee. Mick had zijn revolver gehouden nadat hij Hopwood had geraakt en hij had het wapen ergens opgeborgen.'

'Ga verder.'

'Het liep flink uit de hand. Hopwood rende de keuken in en Mick ging achter hem aan terwijl hij iets over messen schreeuwde. Toen klonk er een schot en Mick begon te vallen. Er klonk nog een schot en toen sprong Hopwood met mijn .22 in zijn hand over Mick heen en rende de bungalow uit.'

'Waar had hij die revolver vandaan?'

'Uit de koelkast. Dat is een goede plaats om een wapen te verstoppen.'

'Hoe wist Hopwood volgens u dat het daar lag?'

Sandermans gelaatsuitdrukking maakte duidelijk dat hij er geen idee van had.

Ik gebaarde naar Lark. Ze fronste haar voorhoofd en zette de bandrecorder uit. 'Wat wil je ons vertellen, McCone?'

'Ik denk dat Hopwood de revolver heeft gezien toen hij vlak nadat Ned hier was aangekomen in de bungalow inbrak.'

Ze knikte en keek Sanderman weer aan. 'Heeft het wapen de hele tijd dat u daar logeerde in de koelkast gelegen?'

'Ja, behalve toen ik een keer naar Sacramento ben teruggegaan.'

'Oké.' Ze zette de bandrecorder weer aan en vatte samen wat we hadden gezegd. 'Wat hebt u gedaan nadat meneer Hopwood was weggerend, meneer Sanderman?'

'Ik ben natuurlijk gaan kijken of Mick dood was en dat was hij. Daarna... kon ik een tijdje niets doen. Ten slotte besefte ik dat ik het lijk moest zien te lozen. Als ik de politie zou waarschuwen, zou alles uitkomen en ik zou geruïneerd zijn. Het was vreselijk moeilijk; hij was zwaar en ik kon hem niet erg ver dragen. Ten slotte heb ik hem maar naar het meer gesleept.'

Ripinsky maakte een geluid van afkeer. Ik wist hoe hij over Sanderman dacht en dat deze op een klaaglijke jammertoon had gesproken, maakte het er niet beter op.

Lark bleef een onbewogen uitdrukking op haar gezicht houden. 'En toen?'

Sanderman zuchtte alsof het vertellen van zijn verhaal hem vermoeid had. 'Ik reed met de Bronco die hij had gehuurd de stad in en parkeerde de auto op de snelweg. Ik ben teruggelopen en begonnen met het opruimen van het bloed. Er was heel veel bloed, dus ben ik naar de stad teruggegaan om schoonmaakmiddelen te kopen. Toen ik de vloer aan het schrobben was, bleek dat ik een van de kogelhulzen niet kon vinden. Ik heb overal gezocht, maar ik kon hem niet vinden.'

Een moment later vroeg Lark: 'Is er nog iets anders dat u ons wilt vertellen?'

Sanderman schudde met gesloten ogen zijn hoofd.

Kristen zette de bandrecorder uit. 'Meneer Sanderman,' zei ze, 'ik zal u nu in het bijzijn van uw advocaat vertellen dat het er niet al te goed voor u uitziet. Uw verhaal is niet bevestigd. U hebt toegegeven dat het wapen van u was, maar nu kunt u het niet overleggen. Waarom zou ik geloven dat u deze misdaad niet in de schoenen probeert te schuiven van een dode die u niet kan tegenspreken?'

Ik zei: 'Omdat hij niet weet wat er in Stone Valley is gebeurd. Hij weet niet dat Hopwood dood is.'

De geschrokken uitdrukking op Sandermans gezicht bevestigde dat.

'Bovendien,' voegde ik eraan toe, 'had Hopwood de .22 in de tunnel in de mijn bij zich.'

Lark staarde me, zonder met haar ogen te knipperen, aan. Haar gelaatsuitdrukking vertelde me dat ze me niet geloofde. 'Heb je het wapen gezien, McCone?'

'Zoals ik al eerder heb verklaard, heeft Hopwood op mij en

Lionel Ong geschoten. Het was een automatische .22 revolver. Als je het controleert, zul je waarschijnlijk ontdekken dat Hopwood zo'n wapen niet in zijn bezit had.'

'Je hebt in je eerdere verklaring niet gezegd welk type revolver het was.'

'Ik heb er niet aan gedacht. Het leek me niet belangrijk.'

'En nu ligt het wapen samen met Hopwood begraven onder tonnen puin.'

'Ik denk het.'

Lark keek me even strak aan. 'Ben je bereid dat onder ede te verklaren?'

'Als het moet.'

'Sanderman,' zei Lark, 'je staat behoorlijk bij McCone in het krijt.'

Ik wierp hem een snelle blik toe die zei: Bedank me niet. Toen Lark de bandrecorder begon in te pakken, vroeg ik me af waarom ik Sanderman te hulp was gekomen. Ik had er geen idee van wat voor wapen Hopwood in de tunnel op Ong en mij had gericht en ik kon niet er in alle eerlijkheid getuigenis van afleggen dat wat ik zojuist had gezegd de waarheid was. Maar ik geloofde Neds verhaal en ik wilde hem helpen. Waarom? Ik mocht de man absoluut niet. Hij was iemand van het soort dat we de laatste tijd steeds vaker zien: emotieloze, geprogrammeerde opportunisten die zullen liegen, bedriegen en – als ze het straffeloos kunnen doen – moorden en dat niet om persoonlijk gewin, maar om een programma uit te kunnen voeren.

Geen ideaal, maar een programma. Niet iets waarin ze diep geloven, maar een serie activiteiten die slechts een oefening zijn in managementtechnieken en leiding geven. Ik heb een afkeer van dat soort bloedeloze mensen en bovendien ben ik er bang van. Ze zijn van het slag dat eens de wereld zal verkopen als ze daardoor bij hun eigen intellectuele spelletjes zullen winnen.

Waarom had ik Sanderman dan geholpen?

Misschien omdat ik had aangevoeld dat achter al zijn leugens en grootspraak nog een restje menselijkheid smeulde. Omdat achter de onwaarheden die hij me had verteld een vleugje waarheid en echt verdriet schuilgingen. Ik herinnerde me zijn gezicht toen hij me vertelde dat hij zijn hele leven niet met mensen had kunnen opschieten en ik hoorde weer de holle klank van zijn stem toen hij probeerde met trots over het isolement dat hij zichzelf had opgelegd, te praten. Zoals ik die nacht toen we samen op het meer dreven tegen Hy had gezegd: misschien was er *iets*. Misschien was er nog hoop voor Ned Sanderman.

Lark zei tegen me: 'De helikopter vertrekt direct om poolshoogte in Stone Valley te gaan nemen. Als jullie je haasten, kunnen jullie een lift naar Vernon krijgen.'

Ik keek Hy aan. Hij knikte en stond op. Ik volgde zijn voorbeeld en keek niet meer om naar Sanderman en zijn advocaat. Lark liep met ons mee naar de deur.

'Sharon,' zei ze terwijl ze mijn hand vastpakte. 'Ik sta ook bij je in het krijt. En niet zo'n beetje ook.'

'Misschien zal ik je daaraan nog eens een keer moeten herinneren. Wie weet?'

'Intussen moet je hier nog maar eens terugkomen. We kunnen gaan vissen, de beest uithangen in cafés of wat ook. Goed?'

'Goed,' zei ik in de wetenschap dat ik het nooit zou doen.

Toen we het gebouw uitliepen, keek ik Hy aan. Zijn gezicht stond strak van woede, maar ik wist niet of hij nu kwaad was op Sanderman of op mij omdat ik Neds verhaal bevestigd had. Hij vroeg: 'Wat nu?'

'Ik wil naar huis.'

Hij knikte en protesteerde niet. 'Ik vlieg je wel naar Oakland.'

Toen we weer op het vliegveld van Vernon waren aangekomen, belde ik Hank en vroeg hem me op het vliegveld van Oakland bij General Aviation af te halen. Daarna dronk ik in het restaurant een cola terwijl Hy de Citabria controleerde. Ik had niet naar het bungalowpark willen teruggaan om mijn spullen op te halen. Er zouden te veel vragen worden gesteld en ik kon het nog niet verdragen Margot Erickson onder ogen te komen. Hy zei dat hij Rose Wittington zou vragen of ze mijn weekendtas naar de stad wilde opsturen.

Toen we opstegen, verspreidde de opgaande zon een rode gloed over de heuvels in het oosten. Ik zag hoe het meer een roze kleur kreeg en ik wierp een laatste blik op de alkalivlakte en de kegels van de vuurbergen in het zuiden. Toen zakte ik weg in een onrustige slaap.

Zelfs toen ik ergens boven Livermore wakker was geworden, praatten Hy en ik niet met elkaar. De intimiteit tussen ons leek verdwenen. Het was alsof het gevaar dat we samen hadden doorstaan het gevoel had doen opbloeien, maar dat het nu in de minder vruchtbare bodem van de veiligheid weggekwijnd en doodgegaan was.

Toen we een bezoekersruimte op het vliegveld van Oakland op taxieden, zag ik Hank die vlak bij de General Aviation-terminal tegen de afrastering van harmonikagaas leunde. Zijn slaperige gezicht en zijn in de war gewaaide, op staalwol lijkende haar gaven me het vertrouwde gevoel thuis te zijn. Zonder iets te zeggen, stapte Hy uit en hielp me uit het vliegtuig. Toen draaide hij zich om en maakte de vleugels vast aan de kettingen van het platform.

Ik wachtte. Hij liep om de Citabria heen. 'Ga nu maar,' zei hij, 'je vriend staat te wachten.'

'Hij is mijn vriend niet. Hij is mijn baas. Anne-Maries echtgenoot.'

'Wat maakt het uit.'

Beledigd draaide ik me om en liep naar Hank toe.

'McCone.'

Ik bleef doorlopen en keek toen over mijn schouder. Hy stond naast het vliegtuig – dubbel zeven twee acht negen – met zijn linkerhand op de hoge vleugel. 'Ja?' zei ik.

Hij keek me lang en ernstig aan en stak, precies als op de dag dat ik hem voor het eerst had ontmoet, zijn rechterwijsvinger naar me uit. 'Ik ben blij dat je geen afscheid hebt genomen,' zei hij, 'want het is tussen ons nog niet eens begonnen.'

De gele rozen bleven komen. Iedere dinsdag werd er een bij mijn kantoor bezorgd, zonder dat er ooit zelfs maar een kaartje bij zat. Ze wekten visioenen van misvormde tufsteentorens, ijsblauw water, kleine zandhozen op de alkalivlakte en gebroken steen. En wanneer ik de herinnering niet kon onderdrukken, zag ik ook voor mijn geestesoog een brandende bergtop en as die op een stad neerdaalde waar – nu – ieders dromen vervlogen waren.

We hadden voor de verandering een natte winter. Van nature word ik depressief van regenachtige, grauwe dagen, maar dit jaar zakte ik nog dieper weg in mijn neerslachtige buien en ze duurden langer. Het verhaal over de gebeurtenissen in Stone Valley bleef wekenlang in het nieuws en zoals ik verwachtte, probeerde Lionel Ong zijn door hemzelf als heldhaftig bestempelde optreden zoveel mogelijk uit te buiten. De Coalitie maakte daaraan echter een eind door een persconferentie te beleggen waarin ze de bijzonderheden van de handel en wandel van de Transpacific in Mono County onthulden. Toen de media geen aandacht meer aan de gebeurtenissen besteedden, begon mijn leven weer enigszins normaal te worden.

George en ik schoven het gesprek dat we zouden hebben voor ons uit. Na mijn terugkeer uit Mono County was er een nevel van vragen die hij liever niet wilde stellen en die ik liever niet wilde beantwoorden tussen ons neergedaald en zelfs wanneer we het samen prettig hadden, maakte onze overdreven beleefdheid en behoedzaamheid dat de sfeer niet echt ontspannen was. We leken niet meer te weten waar het met ons naar toe moest en we dobberden stuurloos rond net als Hy en ik in het bootje op Tufa Lake.

Voor Thanksgiving gaven we een groot diner bij George thuis. In tegenstelling tot de tijd voordat ik naar Stone Valley was vertrokken, voelden we ons nu meer op ons gemak als we veel mensen om ons heen hadden dan wanneer we samen waren. De gasten waren drie van zijn collega's, de meeste mensen van All Souls en verscheidene andere vrienden. Het opruimen nam een hele dag in beslag.

Begin december bekende Ned voor de rechtbank dat hij in gebreke was gebleven de moord op Erickson aan te geven en dat hij diens lijk in Tufa Lake had gegooid, zodat het niet nodig was dat ik naar Mono County terugkeerde om bij het proces te getuigen. Ik vond het vreemd dat ik daarover gemengde gevoelens had en ik vroeg me kort af hoe dat kwam.

Omstreeks dezelfde tijd keerde Anne-Marie naar San Francisco terug en ze kondigde aan dat ze voortaan in haar woonplaats voor de Coalitie zou gaan werken. Een opgetogen Hank organiseerde ter ere van haar een kookwedstrijd waarbij het erom ging wie de beste chili maakte. We stonden hem grootmoedig toe de derde prijs op te eisen.

Voor de vakantie begon, kreeg ik Lily's adres in Reno te pakken en ik stuurde haar een nieuwe Pendleton-blouse omdat ik haar overhemd had geruïneerd. In haar bedankbriefje schreef ze dat ze bang was geworden voor AIDS en een fatsoenlijke baan had aangenomen. Maar als ik me ooit nog eens in mijn burgerlijke gevoelens wilde laten kwetsen, moest ik haar maar komen opzoeken, want ze gedroeg zich nog steeds 'verdomde choquerend'.

George en ik bleven aanmodderen. Hij vroeg me met hem op vakantie te gaan naar de Bahama's, maar met het oog op de recente opschudding rondom mijn moeder voelde ik me verplicht mijn familie te gaan bezoeken. George leek niet bijzonder teleurgesteld en besloot alleen te gaan.

Na de gebruikelijke festiviteiten in de stad vloog ik op de dag voor Kerstmis naar San Diego en na mijn aanvankelijke aarzeling te hebben overwonnen, bracht ik kerstavond met ma en Die Man door in zijn huis Rancho Bernard. Melvin Hunt bleek een charmante man te zijn en toen ik zag hoe gelukkig ma met hem was, liet ik mijn bedenkingen grotendeels varen. Toen ik haar echter ondeugend vroeg of ik niet eens naar een jurk moest gaan uitkijken om op haar huwelijk te dragen, zei ze dat ik gek was als ik dacht dat ze op haar leeftijd nog ging trouwen. Op eerste kerstdag zag ik in ons oude huis mijn broer John, zijn kinderen, Chalene en Ricky met hun kroost plus de helft van de musici van de Savage-band. We kookten voor pa die in een prima humeur was en de hele dag niet in de buurt van de garage kwam zodat mijn laatste bedenkingen nu ook verdwenen.

In januari ontving Rae haar vergunning voor privé-detective van de staat Californië. We vierden het met zijn allen in de Remedy Lounge en toen er weer een toast op haar werd uitgebracht en we met elkaar klonken, realiseerde ik me dat de afstand tussen ons al kleiner begon te worden.

In februari vroeg George me bij hem in te trekken, maar ik voelde dat het voorstel op zijn best een halfhartig gebaar was. We hadden nu al zo lang aangemodderd dat we er geen van beiden in geloofde dat onze relatie nog toekomst had. Toen ik 'nee' zei, leek hij opgelucht. Aan het eind van de maand hadden we eindelijk het lang uitgestelde gesprek waarvan het resultaat was dat we elkaar beloofden vrienden te blijven – een belofte die we tot nog toe hebben gehouden.

Begin mei werd Hy Ripinsky bij een demonstratie tegen ontbossing in Siskyou County gearresteerd wegens verstoring van de openbare orde. De aanklacht werd later ingetrokken.

En iedere dinsdagochtend werd er weer een gele roos bezorgd. Op een van die ochtenden, toen het weerbericht in de krant meldde dat de lentedooi was ingetreden, gooide ik een weekendtas in de MG en reed via de pas opengestelde Tioga Pass naar het zuidoosten, naar Tufa Lake. Zo ging ik uiteindelijk toch nog terug. Het werd tijd om uit te zoeken hoe fijn Hy en ik het samen zouden kunnen hebben.